KB107719

옴니버스 장편소설

아라베스크

옴니버스 장편소설

아라베스크

마광수 지음

'가벼움의 미학'을 위하여

이 소설의 역사는 길다. 이 소설은 1992년 봄에 『알라딘의 신기한 램프』라는 제목으로 〈스포츠 조선〉에 연재되기 시작했다. 그러나 같은 해 10월에 소설 『즐거운 사라』 필화사건이 일어나 내가 전격적으로 구속되는 바람에 연재가 중단되었다.

그러다가 수감생활을 끝낸 후인 1997년에 월간지 〈길〉에 후속편을 연재하여 탈고했다가, 전체 내용을 손질하여 2000년에 단행본으로 출간했다.

그 책이 절판되어 다시 재출간하기로 마음먹은 뒤, 가장 재미있고 특이하고 날렵한 이야기만 모아 분량을 반으로 줄인 개정판으로 만든 것이 이 책이다. 내용도 많이 손질했으므로 환골탈태하는 뜻으로 제목을 『아라베스크』로 고쳤다. '가벼움의 미학'과 '솔직한 판타지의 구현'이 이 소설을 쓴 의도라고 할 수 있다.

2014년 2월

마광수

• 차례 •

에덴동산에 가다

나는 어느 날 대낮의 판타지 속에서 지상낙원이라는 에덴동산에 가보았다. 그곳은 생각했던 것보다 훨씬 더 야(野)한 곳이었다. 에덴동산은 문명화되기 이전의 곳이라서 원시적인 모습을 난 상상했다. 『성경』에서는 아담과 이브가 처음에는 완전히 벌거벗은 상태로 살았다고 기록되어 있기 때문에 더 그런 생각을 했는지도 모른다.

하지만 에덴동산은 생각했던 것보다 '인공미'와 '섹시미'의 극치였다. 나는 처음엔 아담을 만날 수 있었는데, 그렇게 잘생긴 사람을 본 것은 처음이었다. 달걀형 얼굴에 쌍꺼풀진 눈, 제대로 오뚝 솟아있는 코, 잘 빠진 인중, 그리고 조금 아래 있는 빨간 입술. 그리고 나만큼이나 길고 갸름한 손가락에서 나는 동성애적 페티시를 느낄 수 있었다.

특이한 것은 아담의 속눈썹이 비정상적으로 길다는 점이었다. 자세히 살펴보니 인조 속눈썹 같아 보였다. 흡사 여장남성을 보는 듯했다. 하느님이 '야한 외모' 중심주의자이시기 때문에 아담이 남자인데도 그에게 긴 속눈썹을 붙이라고 요구했든지, 아니면 아담 스스로가 나르시시즘에 겨워 긴 인조 속눈썹을 붙인 것 같았다.

무엇보다 눈에 띄는 것은 역시 그의 가느다랗고 긴 손가락이었다. 그 손가락은 정말로 내 손가락과 빼닮았다.

손가락을 움직일 때 보이는 관절의 움직임조차 아름다웠다. 왼손 검지와 오른손 검지에는 실처럼 가는 얇은 금사(金絲)가 둘둘 말려져 있었고, 왼쪽 새끼손가락과 오른손 약지, 새끼손가락에는 큼지막한 메탈로 된 커다란 반지들이 끼워져 있었다. 물론 손톱들도 다 10센티미터 넘게 길러져 있었다.

그는 위에는 안이 훤히 비치는 메시로 된 파란색 저지를 입고 있었는데, 이게 바로 무화과 나뭇잎 그물 옷인 듯했다. 웃옷이 비치지 않는 것이었다면 나는 그의 가슴 근육과 배 근육을 볼 수 없어 무지 안타까웠을 것이다. 액세서리들로 온몸이 감싸인 그는 정말 제대로 된 '힙합맨'이었다. 나는 평소에 힙합에 관심이 많아 '힙합 스타일'의 남자를 보면 같은 남자라도 눈을 떼지 못했는데, 아담은 이 부분에 있어서도 완벽했다.

연한 베이지색 듀렛을 써서 머리를 깔끔하게 밀착시키고 그 위에는 앞이 가죽으로 된 메시캡을 옆으로 15도 정도 기울여서 썼다. 그리고 배꼽까지 내려오는 긴 메탈 목걸이를 두 개나 걸고 팔에는 황금 암릿(armlet)과 팔찌를 하고 있었다. 특히 두 젖꼭지에 박혀 있는 커다란 피어싱 고리가 인상적이었다.

나는 아담의 손가락을 유심히 쳐다보고 나서 그의 손을 잡았다. 부드럽고 살풋했다. 나는 그의 긴 손가락을 하나씩 살짝 잡아당겨 보았다. 그

리고 긴 손톱 끝부분을 깨물어보기도 했다. 재미있었다. 정말로 갖고 싶은 손이었다. 나는 그와 이야기하는 동안 내내 그의 손을 놓아주지 않았다(내가 동성애자일까?).

그는 나에 대해 다 알고 있는 눈치였다. 그러나 내가 모르는 게 더 많다고 말하자 그는 이렇게 말했다.

"내 자지에 손을 갖다 대보세요. 그리고 내 신체 부위 중 아무 곳이나 긁어 보세요."

그래서 나는 그의 자지를 살며시 잡아 보았다. 그랬더니 그의 페니스 한가운데 커다란 황금 링이 피어싱 돼 있는 것을 알 수 있었다. '저 자지를 갖고서 인터코스를 하면 여자의 보지에 얼마나 큰 오르가슴을 선사할까' 하는 생각에 나는 나도 모르게 가슴이 쿵쾅거리는 것을 느꼈다. 아담은 자기도 역시 나의 불두덩을 슬금슬금 쓰다듬어 주면서 또 이렇게 말했다.

"하느님은 '야한 사람'을 좋아하셔서 나 같은 남자한테도 여자처럼 치장할 권리를 주었죠. 그래서 나는 어느새 '탐미적 평화주의자'가 된 것이랍니다. 손톱이 짧으면 오히려 남을 할퀴게 되지요. 그렇지만 손톱이 길면 손톱이 부러지는 게 아까워서라도 남을 할퀴지 않게 되거든요."

아담의 얘기를 듣고 나서 나는 어서 빨리 이브를 보고 싶어졌다. 그래서 나는 아담에게 이브를 소개해달라고 졸랐다.

아담이 내 곁에서 떠난 후 얼마 안 있어 이브를 데리고 나타났다. 이브는 내가 상상했던 것보다 훨씬 더 섹시하고 야하디야한 외모를 갖고 있었다.

적어도 3미터는 될 것 같은 긴 머리는 하늘색으로 염색되어 중간중간에 흰색과 노란색으로 블리치가 되어 있었다. 이 긴 머리를 앞머리와 옆머리는 남긴 채 가체(머리 위에 얹는 높고 커다란 가발)처럼 틀어 올린 모습이 무척이나 관능적이었다.

가체 위에는 여러 개의 나비장식을 하고 있었는데, 계속해서 움직이는 것을 보니 장식품이 아니라 진짜 살아있는 나비인 듯했다. 위 아래로 헐렁하게 붙어 있는 연보라색 원피스는 속이 훤히 비치는 시폰 소재로 만들어져 있었는데, 가슴을 깊게 파 옷깃을 왼쪽에서 오른쪽으로 여미게 되어 있었다.

허리에는 뱀 모양의 허리띠를 두르고 있었는데, 아마도 이브를 유혹했다는 뱀(사탄)의 전설은 그래서 만들어진 것 같았다. 모든 옷 끝마다에는 은빛 레이스가 연결돼 있어 여성스러움이 돋보였다. 손톱의 길이는 15센티미터가 넘었고 손톱 끝에는 아주 가느다란 황금 체인들이 꿰어져 있었다. 특히 나를 놀라게 한 것은, 옷에서 보지 언저리 부분을 온통 뚫어놓았다는 사실이다.

그녀의 질구(膣口)에서는 두 개의 사파이어 사슬이 무릎 근처까지 늘어져 내려와 있었는데, 하나는 음순걸이였고 하나는 클리토리스걸이였다. 나는 이브의 섬뜩한 염정미(艶情美)에 놀라 어떻게 해서 이토록 야한 몸매를 갖게 됐느냐고 물었다.

그러자 이브는,

"하느님이 워낙 야한 여자를 좋아하셔서 이렇게 차린 것이랍니다. 당신도 에덴동산으로 들어오고 싶으면 하루라도 빨리 야한 남자가 되어야 해요."

라고 말하는 것이었다.

나는 그 말을 듣고 다시 한번 이브의 얼굴을 찬찬히 뜯어보았다. 짙디 짙은 화장이 무척이나 고혹적이었다. 옷 색깔에 맞추어 연보라색 아이섀도를 칠하고 아이 라인을 눈꼬리 바깥까지 길게 뻗어나가게 하여 더욱 신비감이 났다. 그리고 왼쪽 눈에는 하늘색 콘택트렌즈를, 오른쪽 눈에는 노란색 콘택트렌즈를 끼고 있었다. 특히 숱이 많고 길이가 긴 황금색 인조 속눈썹이 인상적이었다. 립스틱 대신 파란색 글로스 틴트를 바른 입술은 두터운 입술고리와 함께 더욱 음음(淫淫)한 빛을 자아내고 있었다.

내가 멍청한 모습을 하고 있자 이브는 매트리스와 쿠션으로 사용할 수 있으리만큼 크고 빵빵하게 부풀어 오른 젖가슴 사이에서 뭔가를 꺼냈다 (이브의 옷에는 주머니란 게 없다. 그녀의 두 가슴 사이가 주머니 역할을 하기 때문이다). 다름 아닌 스프레이식 파운데이션이었다.

그녀는 햇볕 때문에 화장이 번진다면서 스프레이를 자신의 얼굴에다 대고 뿌렸다. 스프레이에서 나오는 미세 입자 하나하나가 그녀의 얼굴 표면에 닿을 때마다 그녀는 '꺄악' 하고 행복한 비명을 질렀다.

스프레이를 잡고 있는 오른 손에서 파랗고 창백한 핏줄이 보였다. 이브의 가느다란 팔목에 있는 형광색 팔찌 세 개 아래로 힐끗힐끗 엿보이는 힘줄 두 개가 나를 이상하게도 흥분시켰다. 그것은 나에게 있어 전혀 새로운 페티시였다. 또 이브는 남자같이 허스키한 목소리를 갖고 있어서 묘한 양성성(兩性性)을 느끼게 했다. 나는 그녀와 함께 한번 멋진 페팅을 해보고 싶은 생각이 들었다. 이때 아담이 문득 끼어들었다.

"우리는 생식을 위한 성관계를 갖지 않습니다. 모든 게 다 비생식적인 성희(性戱)뿐이지요. 남자든 여자든 '정력'보다 '정열'이 더 중요해요. 부디 이 말을 명심하세요."

그래서 나는 그들에게 내 앞에서 한번 멋진 성희 장면을 보여 달라고 청했다. 그랬더니 아담은,

"그건 뭐 어려운 일이 아니지요. 우리는 누군가가 우리의 성희를 봐줄 때 더 노출증적인 쾌감을 느끼니까요."

하고 대답하는 것이었다.

드디어 두 사람의 페팅이 내 앞에서 시연되었다. 두 사람은 먼저 옷을 훨훨 벗어던지고 식스티 나인(69, sixty-nine) 형태로 포개졌다. 그러고는 서로가 열심히, 그리고 진지하게 펠라티오와 쿤닐링구스를 하는 것이었다. 이브는 길고 날카로운 손톱으로 이따금 아담의 자지를 자극해 주기도 했다. 그리고 아담은 자신의 길디긴 손가락을 이용하여 이브의 보지와 불두덩을 에로틱한 율동으로 슬슬 비벼댔다.

두 사람이 땀을 뻘뻘 흘리면서 구강성희를 즐기는 것을 보면서 나는 군침이 꼴깍꼴깍 넘어갔다. 어느새 나의 음부 언저리는 흘러나온 정액으로 흥건히 적셔졌다.

"나도 빨리 애인을 구해 저런 페팅을 해봐야지. 그리고 먼저 손톱부터 길게 길러야겠다."

하고 나는 마음속으로 중얼거렸다. 그러고 나서 나는 더 황홀한 판타지 속으로 이끌려 들어갔다…….

옴니버스 장편소설

아라베스크

1··· 사라 공주

나는 1992년 8월에 출간한 장편소설 『즐거운 사라』가 야하다는 이유로 그 해 10월 29일 뜬금없이 구속되었다. 판매금지 처분만 해도 울화통이 터질 판인데, 형사범 취급에다 역사상 유례가 없는 긴급체포(그것도 강의가 한창 진행되고 있던 학기 중에!)였으니 기통이 터질 노릇이었다. 도주 및 증거인멸의 우려가 없는데다 현행범도 아닌데 전격 구속이라니…….

그런 황당한 법 집행인데도 구속적부심 신청은 기각되었고 보석 신청도 기각되었다. 그래서 나는 꼬박 두 달 동안 구치소 신세를 져야 했는데, 당시 언론의 하이에나 같은 작태와 꽉 막힌 지식인들의 비이성적 마녀사냥 취미로 봐서는 집행유예로 풀려나온 것만도 다행이었다.

감옥 생활이 끝나긴 했지만 재직하고 있던 대학에서도 직위해제를 당해 할 일이 없었다. 원고 청탁도 없었고 방송출연 요청이나 강연 요청도 없었다. 어느새 나는 사회에서 가혹하게 버림받은 희생양이 돼버린 것이다. 교권과 표현의 자유를 유린당한 데 대한 울화까지 겹쳐, 글을 쓰는 것은 고사하고 책 한 권조차 읽을 수 없는 형편이었다.

그래서 집에서 빈둥빈둥 놀며 하릴없이 한(恨)만 쌓아가고 있는데, 그런 내가 딱해 보였는지 화가 친구 한 명이 스트레스도 풀 겸 그림을 한번 본격적으로 그려보라고 권했다. 그 친구는 1991년 봄 〈4인의 에로틱 아트전〉을 열면서 나를 끼워 넣어 주었던 친구였다. 내가 내 책의 표지화나 연재소설 삽화를 그리는 것을 보고, 화가도 아닌 나를 전시회에 참여시켜 주었던 것이다.

그런데 그땐 내가 글 쓰는 일로 바빴고 또 작업실도 없었던지라, 먹 하나만으로 그린 작은 크기의 문인화만 출품할 수밖에 없었다. 그래서 큰 크기의 유화나 아크릴화를 그려보고 싶은 욕심이 생겼는데, 내가 그림을 50점 정도 그린다면 화랑을 주선하여 초대전까지 열어주겠다고 했다.

전시회 얘기를 들으니 나는 문득 겁이 나 한동안 망설일 수밖에 없었다. 취미로 문인화나 수채화, 파스텔화 같은 것을 그려보긴 했지만, 캔버스를 펼쳐놓고 유화 등의 본격적인 그림을 그려본 적은 한 번도 없었기 때문이다. 그렇지만 아무 하는 일 없이 빈둥대다가는 울화병으로 고꾸라져버릴 것 같은 생각이 들어, 결국 그 친구의 권유대로 따르기로 했다.

다만 작업공간이 없어서 고민이었는데, 그 친구는 자기의 작업실을 같이 쓰면 어떻겠냐고 했다. 하지만 아무래도 폐가 될 것 같고 또 혼자서 그리는 게 더 좋을 것 같아 망설이고 있었는데, 마침 좋은 원조자가 나타났다. 몇 년 전부터 알고 지내던 젊은 사업가 L씨가 우연히 그 얘기를 듣고서, 가평 외진 곳에 있는 자기의 별장을 빌려주겠다고 나선 것이다. 자기는 지어만 놨지 쓰는 일이 거의 없고, 아무래도 자연 속에서 그림에 몰두하다 보면 한결 울화가 가실 게 아니냐는 것이었다. 나는 L씨의 제안을 고마운 마음으로 받아들이기로 했다.

L씨의 별장은 정말 외진 곳에 있었다. 경기도 가평읍에서 한참 들어간 명지산 골짜기 깊숙한 곳에 숨어 있었는데, 돌로 지은 아담한 단층 건물에 취사 시설이 갖춰져 있어 별 불편함 없이 지낼 수 있을 것 같았다.

나는 별장에 도착한 후 준비해 간 그림 도구들을 내려놓고 자그마한 벽난로에 불을 지폈다. 뭉긋이 타들어가는 장작불을 바라보며 나는 비로소 마음이 가라앉아 오는 것을 느꼈다. 그날 이후로 나는 한적한 산골의 정취를 즐기며 모처럼 그림 삼매경에 빠져 들어갈 수 있었다.

한가롭게 빈둥대며 그림을 그리기 시작한 지 보름쯤 지난 어느 날, 내가 침대 위에서 낮잠을 자고 있는데 문득 인기척이 났다. 눈을 떠보니 갈색 옷을 입은 사람이 침대 앞에 서 있었다. 양복도 아니고 한복도 아닌 옷으로 흡사 아라비아 사람들의 내리닫이 옷을 연상시켰다. 옷차림으로 보아 남자긴 남잔데 꼭 여자처럼 예쁘장하게 생긴 남자였다. 그는 조심스런 목소리로 내게 이렇게 말했다.

"임금님께서 마 선생님이 오시기를 바라고 계십니다."

임금님이라는 말이 어이없게 들려 나는 얼른 뭐라고 대답을 해줄 수가 없었다. 그래서 잠자코 그 사내를 바라보고만 있었는데, 사내의 얼굴 표정이 너무나 진지해 보였다. 나는 무슨 말이든 대꾸를 해주는 것이 예의겠다 싶어 그 사내에게 말했다.

"임금님이라니요. 임금님이란 대체 누구를 말하는 것입니까?"

그러자 그 사내는 더욱 진지한 얼굴 표정을 해가지고 이렇게 대답하는 것이었다.

"바로 이웃에 살고 계신데 가보면 아십니다."

그리고는 내 팔을 정중하게 붙잡고서 나서기를 재촉하는 것이었다. 그래서 나는 재미 삼아 그 사내를 따라나서 보기로 했다.

밖으로 나가 골짜기를 지나 한참을 올라가니 보통 땐 전혀 보이지 않던 희한한 풍경이 펼쳐졌다. 드넓은 평원에는 오색 꽃들이 만발해 있었고, 싱그러운 바람결을 따라 희귀한 색조의 새들이 날아다니고 있었다. 가슴이 탁 트이며 머리가 맑아지는 기분이었다.

저 멀리 평원 한가운데 휘황찬란한 궁전 하나가 보였다. 그 궁전은 평소 내가 동경해 마지않던 『아라비안나이트』풍의 이슬람 건축 양식으로 되어 있었다. 나는 비좁은 한국 땅, 그것도 깊디깊은 산중에 광활한 평원이 펼쳐져 있고, 거기다 보석들로 뒤덮여 웅장한 위용을 자랑하는 하렘(harem)풍의 궁전이 있다는 데 놀랐다.

내가 벌어진 입을 한동안 다물지 못하고 있자, 그 사내는 빙그레 웃으면서 이렇게 말하는 것이었다.

"마 선생님께서 쓰신 책을 보니 옹색한 한국의 풍광과 좁디좁은 한국인들의 심성에 염증을 느끼고 계시더군요. 그리고 중동풍의 궁전과 하렘 안에서의 유쾌한 쾌락을 늘 상상하시는 것 같아 이런 모양으로 준비했지요."

나는 사내가 한 말의 뜻을 얼른 알아챌 수가 없었다. 한참을 생각해 보고 나서 나는,

"혹시 이런 경치와 궁전이 모두 다 신기루가 아닙니까?"

 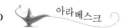 아라베스크

하고 물어보았다. 그러자 그 사내는,

"신기루는 없습니다. 있는 것은 마음뿐이지요."

하고 알쏭달쏭한 대답을 하는 것이었다.

한참을 걸어가 궁전 안으로 들어가니 벽과 바닥과 천장이 온통 휘황찬란한 보석들로 뒤덮여 있었고, 번쩍이는 샹들리에들이 고혹적인 불빛을 은은하게 내뿜고 있었다.

나는 어쩐지 가슴이 두근거려지는 것을 느끼며 한 발짝 한 발짝 걸어들어갔다. 여인의 살내음 비슷한 희한한 향기가 궁전을 감싸고 있었는데, 도저히 이 세상 냄새로는 생각되지 않았다.

보석으로 뒤덮인 수십 개의 문을 지나 널따란 회랑으로 들어서니 하렘의 후궁인 듯, 배꼽을 드러낸 요염한 얼굴의 젊은 여인들이 여기저기 몰려서서 배시시 미소를 흘리고 있었다. 잠자리 날개같이 투명한 의상이 여인들의 풍만한 몸매를 아련히 드러내주고 있었고, 빗자루처럼 긴 색색가지 속눈썹을 붙인 여인들의 그윽한 눈이 요사스런 추파를 흘리며 나를 맞이하고 있었다.

나는 겹겹의 문을 거치고 계속 앞으로 나아가 드디어 어마어마하게 큰 궁전의 중앙 홀로 안내되었다. 창문이 보이지 않는데도 불구하고 연보랏빛 환한 빛이 흘러들어 실내를 감싸고 있었다. 거기서는 내시의 두목쯤 되는 사람인 듯, 나이 많은 사내 하나가 나를 맞아들이며 환영의 인사를 했다.

"어서 오십시오. 우리 임금님께서 마 선생님의 훌륭한 인품과 재주를 흠모하셔서 한번 꼭 만나고 싶다 하시므로, 이렇게 모셔오게 되었습니다."

나는 '선정미(煽情美) 어린 장려(壯麗)의 극치'라고 표현할 수밖에 없는 중앙 홀의 화려함에 놀라 왠지 주눅이 들었다. 그래서 모기만한 목소리로, 임금님이 대체 어떤 분이시냐고 물어보았다. 그러자 그 사내는 앞으로 자연 알게 되실 거라고만 대답하는 것이었다.

얼마 안 있어 시녀 네 명의 부축을 받으며 임금이 나타났다. 나이가 40대 초반으로 보이는 여자인데, 위엄이 엿보이는 가운데 빼어난 미모를 지니고 있었다.

여왕은 너무나 많은 장신구를 하고 있어 그 무게를 지탱하기 어려워하는 것처럼 보였다. 특히 묵직하게 매달린 귀걸이가 그랬는데, 두 명의 시녀가 여왕의 양쪽 귀걸이를 손으로 받쳐 들고 있었다. 열 개의 긴 손톱에는 작은 보석들이 촘촘히 박혀있는 황금 손톱끼우개가 끼워져 있었다.

이윽고 여왕은 내게 입을 열었다.

"이웃에 이사 오셔서 그림을 그리시게 되었으니 여간 인연이 깊지 않습니다. 아무쪼록 편히 쉬면서 즐겨주시기 바랍니다."

말을 마치고 나서 여왕은 오른손의 긴 검지를 들어 주연을 시작하라고 명령했다.

곧 이어 산해진미를 차린 주연상이 손에 들려 나오고, 간드러질 듯 요염한 모습을 한 반라의 시녀들이 줄지어 따라 나왔다. 그리고 여자 악사들이 홀 좌우에 자리 잡고 연주를 시작했는데, 모두 다 내가 좋아하는 아라비아풍의 관능적 음률이었다.

우윳빛 상체와 색색가지 거웃들을 망사 옷감 사이로 드러낸 수십 명의 무희들이 신나게 배꼽춤을 추어댔고, 그네들이 춤을 출 때마다 수많은 보석 장신구들이 영롱하게 쩔렁대는 소리를 냈다.

아라베스크

나는 머리통과 오장육부가 욱신욱신 해롱거려 오는 것을 느끼며 그들을 멀거니 바라보고 있었다. 내 양 옆에서는 손톱을 길고 뾰족하게 기르고 발끝까지 닿는 귀걸이와 젖꼭지걸이를 단 시녀 두 명이 들러붙어 시중을 들어주고 있었고, 다른 네 명의 시녀가 등받이와 팔 받침 역할을 해주고 있었다. 그네들 몸에서 풍겨 나오는 독한 향수 냄새가 최음제 역할을 하여 나는 넋이 나가는 듯했다.

술잔이 서너 번 돌아간 뒤, 여왕이 드디어 입을 열고 본론을 꺼냈다.

"내가 애지중지하는 공주의 이름이 하필 '사라'지요. 인간들이 하도 떠들길래 나도 마 선생님이 쓰신『즐거운 사라』를 읽어봤습니다. 그리고 그전에 쓰신『권태』와『광마일기』『나는 야한 여자가 좋다』『가자, 장미여관으로』같은 책들도 읽어봤는데, 천의무봉한 솔직성과 관능적 상상력이 정말 대단하다고 느꼈습니다. …… 마 선생님이『즐거운 사라』란 책을 쓰시게 된 걸 우연의 일치라고만 볼 수 없겠지요. 그건 마 선생님과 내 딸이 전생의 인연으로 맺어져 있다는 것을 암시하는 게 아니겠습니까? 선생님께서는 지금 그 책 때문에 황당무계한 고초를 겪고 계시는데, 선생님을 위로해 드리기 위해서라도 내 딸을 선생님께 바치기로 했습니다. 그러면 내 딸은 진짜 '즐거운 사라'가 될 것이고, 선생님 역시 '즐거운 광수'가 되실 게 분명하니까요."

말을 마치고 나서 여왕은 시녀들에게 명하여 공주를 데리고 나오게 했다.

잠시 후 귀걸이·코걸이·입술걸이·목걸이·어깨찌·팔찌·반지·배찌·발가락찌·종아리찌·젖꼭지걸이·배꼽걸이·음순걸이 등의 장신구들이 왱그랑 댕그랑 흔들거리는 소리가 들려오면서, 숨이 막힐 것만 같은 섹시한 향수 냄새와 함께 공주가 나타났다.

황금빛 머리카락은 발꿈치를 지나 바닥까지 흘러내려올 정도의 길이였고, 시녀 한 명이 공주의 머리채를 조심스럽게 받쳐 들고 있었다. 20센티미터가 넘는 긴 손톱 끝마다 가느다란 금실로 연결된 은방울을 달고 있는 것이 이채로웠다.

얼굴의 피부 빛깔은 황금빛이 살짝 도는 순백색이었다. 나이는 열아홉이나 스무 살쯤 되었을까. 이 세상 여인이라고는 도저히 생각할 수 없으리만큼 빼어나게 뇌쇄적이면서 신비한 아름다움을 지니고 있었다. 굳이 설명하자면 젊었을 때의 나스타샤 킨스키에다가 젊었을 때의 메릴린 먼로, 그리고 젊었을 때의 비비안 리의 얼굴을 한데 합쳐놓은 데다가 나오미 캠벨과 클라우디아 쉬퍼의 몸매를 붙여 놓았다고나 할까.

하지만 그 정도의 비교 가지고서는 그녀의 아름다움을 설명할 수가 없다. 청초하면서도 육감적이고 또렷하면서도 아련한 그녀의 외모는, 마약처럼 피어오르는 새벽안개 속에서 고혹적인 자태를 드러내고 있는 핑크빛 꽃송이를 연상시켰다.

특히나 길디긴 손톱과 길디긴 발톱, 그리고 폭포수처럼 흘러내리는 머리카락 더미는 나를 계속 아찔하게 만들었다. 가느다란 연필 같은 체형의 날렵한 몸매에는 엄청난 크기의 유방이 매달려 있어 극단적인 언밸런스의 미학을 보여주고 있었고, 아기 주먹만 한 얼굴은 시간이 지나갈수록 더욱더 다채로운 형광색을 띠어가고 있었다.

움푹 들어간 눈두덩은 금색과 청동색과 연두색 아이섀도로 광택 있게 번들거리며 눈부신 반사광을 만들어냈다. 찢어질 듯 위로 뻗어나간 보라색 아이라인과 두텁디두터운 무지갯빛 속눈썹 아래에서는, 황금빛 동공이 허공을 그윽하게 응시하고 있었다.

곧 이어 나는 눈부시게 화려하고 황당하리만큼 사치스럽게 꾸며진 신방으로 안내되었다. 시녀들까지 줄줄 따라와 우리의 첫 방사(房事)를 도와주기도 하고 또 관객 역할을 해주기도 했다. 공주가 나를 펠라티오(fellatio)해줄 때 내 몸과 공주의 몸에 들러붙어 혓바닥으로 너울너울 핥아댄다거나, 공주와 내가 진한 키스를 할 때 빙 둘러서서 에로틱한 노래를 불러주는 식이었다.

처음엔 시녀들이 그러는 게 어색하게 느껴졌지만 나중엔 오히려 더 재미있고 운치가 있었다. 다만 공주가 내게 삽입을 허용하지 않고 진한 페팅만 하도록 하는 것이 아쉬웠는데, 그녀의 애무기술이 기막히게 선정적이면서도 요요(夭夭)하여 오히려 더 큰 쾌감을 맛볼 수 있었다.

공주와 나는 약 한 달 동안 꿈결 같은 시간을 보냈다. 도대체 그 궁전 안에는 온통 여자들뿐이었다. 내가 내시라고 생각했던 사람들도 알고 보니 다 여자였다. 다만 남자 복장을 하고서 구색을 맞추고 있을 뿐이었다. 공주의 말로는 그네들 왕국의 국민들 모두가 여자라는 것이었다.

나는 말로만 듣던 전설 속 여인왕국 '아마존'에 온 것이 아닌가 하여 문득 불안한 생각이 들었다. 나를 씨받이 남자로 부려먹다가, 때가 되면 죽여버릴지도 모른다는 생각이 들어서였다. 하지만 그녀가 삽입성교를 절대로 허락하지 않는 걸 거듭 확인하고 나서 공연한 걱정은 제쳐버리기로 했다. 어쨌거나 나는 순간의 쾌감, 찰나의 진실을 만끽하고 있었다.

다만 궁금했던 것은, 그럼 대체 공주의 아버지는 누구냐는 것이었다. 그래서 나는 공주에게, 그럼 당신의 아버지는 대체 어디 계시냐고 조심스럽게 물어보았다. 그랬더니 공주는 배시시 웃으면서 이미 돌아가셨다고 대답하는 것이었다. 내가 더 캐물어보려고 하자 공주는 내 입을 그녀의 입술로 덮어 더 이상 말을 못하게 했다.

나중에 시녀를 통해 알아보니 여왕을 위한 하렘이 따로 준비되어 있었는데, 그곳에만 남자들이 모여 있었다. 나는 공주에게 간청을 하여 그곳을 몰래 들여다 볼 수 있었다.

사내들은 모두 연약한 모습을 하고 있었고, 얼굴 표정이 하나같이 굳어 있었다. 자지 하나만큼은 다들 기형적으로 불룩 튀어나와 있는 게 신기했다. 공주에게 캐물어본 결과, 하렘의 남첩(男妾)들은 여왕과 동침한 다음날로 기진맥진 자연사(自然死)해 버린다는 사실을 알 수 있었다.

나는 어쩐지 불안한 예감에 사로잡혀 공주와의 잠자리가 불편해질 수밖에 없었다. 그러나 공주는 곧바로 눈치를 채고서 이렇게 소곤거리는 것이었다.

"당신은 예외니까 절대로 안심하셔도 돼요. 또 그래서 제가 삽입성교를 피하고 있는 거구요."

공주의 말에 안심이 되긴 했지만 어쩐지 꺼림칙한 기분이 들었다. 그래서 나는,

"그럼 왜 날 불러왔을까?"

하고 공주에게 물었다.

"순전히 손님으로 오신 거예요. 그러니까 당신은 그저 즐겨주시기만 하면 돼요. …… 어머님께서 무슨 예감 같은 걸 느끼셨나 봐요. 저희가 당신께 제공해드리는 쾌락에 쉽게 보답해 주실 수 있는 기회가 머잖아 올 거예요."

알쏭달쏭한 말이었지만 그녀가 더 이상 자세히 말하지 않으려 하므로, 나는 내가 속 좁은 남자로 보일까 봐 입을 다물었다. 하지만 그럴수록 자꾸 호기심이 발동하는 것이었다. 또 삽입하고픈 충동도 자꾸 몰려왔다. 그래서 나는 한참 있다가 다시 물었다.

"만약에 내가 삽입성교를 하면 나도 하렘의 남첩들처럼 곧바로 죽어버리게 될까?"

"그럴 가능성이 커요. 저희 나라의 자연법칙이 그렇게 돼 있으니까요. 말하자면 저나 어머니의 음기(陰氣)가 너무 센 거지요. …… 하지만 당신은 언제나 생식적 섹스를 비웃고 비생식적 섹스, 즉 유희적 섹스를 강조해 오지 않으셨어요? 그러니까 삽입성교를 못한다 하더라도 섭섭해 하지 않으실 줄 알았는데요."

"응……. 글에서야 그랬지. 하지만 나도 관습적 성윤리로 오랫동안 세뇌 받아 온지라 생식적 섹스로부터 아주 벗어나긴 힘들어. 게다가 당신처럼 기막히게 아름다운 여자를 보면 종족보존의 본능이 나도 모르게 발동하는 걸 느끼게 되지."

"저랑 유쾌하게 노시면서 생식적 섹스에 대한 미련을 아예 떨쳐버려 보도록 하세요. 인생은 어차피 고통의 연속인데 굳이 생명을 만들어내는 죄를 지을 필요가 어디 있겠어요? 또 그래야만 변화하는 세상에, 아니 변화하는 성(性)에 적응해 나가시기가 한결 수월해지실 거구요."

"세상의 성이 어떻게 변해 가는데?"

"남자들의 정력이 점점 약해져 가고 있어요. 당신도 환경호르몬 얘길 들어보신 적이 있으시죠? 환경호르몬 때문에도 그렇고 인구 증가에 대한 집단무의식적 공포나 여권신장 때문에도 그렇고, 남성들의 정자는 앞으로 더욱 줄어갈 수밖에 없을 거예요. 그런 상황인데도 대다수의 바보 같은 남자들은 생식적 성교에 더 미련스럽게 집착하고 있지요. 그러다 보면 정력제나 발기유도제 같은 일시적 흥분제는 더욱 날개 돋친 듯 팔려나갈 것이고, 그로 인해 급사(急死)하는 남성들이 늘어나는 것은 물론 남자들의 평균수명이 점점 더 짧아져 갈 게 틀림없어요. '힘에만 의존하는 섹스'는 화를 부를 게 뻔하니까요. …… 당신은 오래오래 살아남으셔야 해요. 그래야만 당신이 주장하는 유미적 평화주의나 실용적 쾌락주의를 세상에 펼쳐나갈 수 있을 것이고, 또 도덕적 테러리즘이나 수구적 봉건윤리 역시 쳐부술 수 있으실 테니까요."

나는 공주가 나이에 비해 너무나 어른스러운 말을 하는 것에 놀랐다. 그래서 나는 그녀에게,

"나를 너무 치켜 올리니까 몹시 쑥스러워지는군. 나는 지금 몹시 지쳐 있어. 또 인간의 이중성에 절망하고 있지. 그래서 앞으로의 계획 같은 것도 없고 싸울 의사도 없어. 그저 남의 간섭 안 받고 관능적 판타지를 즐기고 싶을 뿐이야……. 아무튼 당신은 좀 이상해. 어쩌면 그렇게 어른스러운 말을 할 수 있지? 대관절 당신의 정체는 뭐야?"

하고 말했다. 그러자 그녀는,

"저는 구름이자 이슬이자 안개예요. 전 당신의 마음속에서, 아니 몸속에서 왔어요. 마음이래 봤자 뇌의 대사 작용에 불과한 것이고, 뇌 역시 몸의 일부이니까요."

라고 말하며 내 품안으로 거세게 파고드는 것이었다. 나는 그녀의 아리송한 대답에 잠시 정신이 복잡해지는 기분이었다. 하지만 곧 이어 베풀어진 그녀의 요변스런 혀 놀림과 손톱 놀림이 나의 이성적 추리를 멈추

게 했다.

사람은 간사한 동물이다. 형이하학에 만족할 땐(또는 자신이 있을 땐) 형이상학에 관심을 안 두고, 형이하학을 만족시킬 수 없을 때만 형이상학에 관심을 둔다. 형이상학을 만족시킬 수 없을 때 형이하학에 관심을 두는 일은 없다. 형이상학이란 형이하학적 무력감에 대한 보상심리에서 나온 것이므로, 형이상학이 인간 실존의 근거는 되지 못한다. 아니 '실존'이란 단어 자체가 어쩐지 쑥스럽고 경박하고 사치스럽다. 그냥 '먹고, 자고, 싸기'라고 해두자.

이러구러 달착지근한 시간들이 흘러갔다. 나는 공주와의 연이은 음락(淫樂)에 몸이 흐물흐물해져 가는 느낌이었다. 단둘이서만의 성희에 내가 조금 싫증을 내는 듯싶자, 여왕은 나를 위해 따로 하렘을 하나 마련해 주었다. 공주도 내가 하렘의 후궁들과 섞여서 노는 것을 기분 나빠하지 않았고, 자신도 즐거이 다른 궁녀들처럼 마조히스틱한 열락(悅樂)에 동참해 주는 것이었다.

어마어마하게 큰 하렘의 한가운데에는 작은 호수만한 크기의 욕탕이 마련돼 있었다. 투명한 천창(天窓)이 너무 높아 하렘은 마치 야외에 만들어져 있는 것처럼 보였다. 주변에는 잘 손질된 원추형의 나무들이 빽빽하게 늘어서 있었고, 나무들마다에는 탐스럽게 잘 익은 열대 과일들이 주렁주렁 매달려 있었다. 그리고 바닥 여기저기에서는 아름다운 꽃들이 한껏 교태부리며 암술과 수술을 뻗쳐 올리고 있었다.

욕탕의 바닥과 가장자리는 황금과 백금과 옥으로 만든 타일로 덮여 있었는데, 수십 명의 남녀들이 서로 얽히고설켜 몸을 비비꼬면서 애무하는 모습이 모자이크되어 있었다. 욕탕 바깥의 바닥은 수천 개의 두꺼운 거울로 모자이크되어 있었고, 사이사이에는 자주색과 핑크색을 주조로 하는 화려한 빛깔의 페르시아 융단이 깔려 있었다.

욕탕의 지붕은 여섯 개의 육각형 기둥에 의해 떠받쳐지고 있는데, 기둥들은 모두 투명한 크리스털로 만들어져 있었다. 기둥 옆에는 여러 남녀들이 애무하는 모습으로 조각된 수정 스탠드가 있어 은은한 오렌지색 불빛을 내뿜고 있었다. 황금으로 된 욕탕의 지붕은 여인의 풍만한 유방 모양을 하고 있었고, 젖꼭지 부분에는 엄청나게 커다란 다이아몬드가 박혀 있어 열대 오후의 나른한 햇살을 갖가지 찬란한 빛깔로 반사시켜 주고 있었다.

지붕의 안쪽은 모자이크로 만들어진 거울로 되어 있어, 여러 개의 거울들이 서로를 끊임없이 반사시켜 무수히 신비로운 상(像)을 만들어 냈다. 욕탕 위에 높디높은 천창에는 루비와 사파이어 등 갖가지 보석으로 만들어진 샹들리에들이 꽃 모양의 전구들을 머금고 뻗어 내려와, 흡사 성긴 은하수를 보고 있는 것 같았다

욕탕은 기분 좋은 온도의 향기 나는 물로 채워져 있었다. 그리고 욕탕 한가운데에서는 핑크빛 대리석으로 만들어진 거대한 분수가 물을 방울방울 뿜어 올리고 있었다. 분수는 위로 높이 쳐든 여인의 엉덩이 모양을 하고 있었고, 항문에서 서서히 흘러나오는 물방울들은 물이 아니라 꿀맛이 듬뿍 스민 향기로운 술이었다.

욕탕 주변에 있는 만개한 꽃들과 잘 익은 과일에서 풍겨 나오는 감미로운 냄새, 그리고 분수에서 흘러나오는 술의 고혹적인 알코올 향(香)이 뒤섞이면서, 욕탕 안은 더욱 신비롭고 몽롱한 분위기를 만들어냈다.

 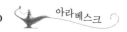

하렘에서의 하루를 한 번 묘사해 보자.

욕탕 밖에서는 수십 명의 발가벗은 여인들이 나태한 자세로 누워 오후의 햇살을 즐기고 있다. 그녀들 가운데는 서로 얽히고설켜 애무하면서, 바닥의 거울이 반사해 내는 자신들의 황홀한 나신을 도취된 눈빛으로 바라보고 있는 여자들도 있다.

여인들은 뒷굽의 높이가 15센티미터는 됨직한 황금빛 뾰족샌들을 신고 있을 뿐인데, 가지가지 색깔의 탐스러운 머리카락들이 길게 웨이브지며 흘러내려와 하얀 유방과 곱슬거리는 음모와 탐스럽게 부풀어 오른 엉덩이들을 가려주고 있었다.

한 여인이 길디긴 손톱을 부챗살처럼 길게 뻗어 머리카락을 뒤로 빗어 넘기자, 보름달 같은 유방의 농염한 자태가 드러난다. 젖꼭지에는 둥근 황금고리가 꿰어져 있고, 고리 아래로 늘어진 체인 끝에 매달린 금방울들은 살랑살랑 흔들거리며 명량(明亮)한 소리를 만들어 내고 있다.

욕탕 안에는 수십 명의 여인들이 알몸뚱이로 물에 몸을 반쯤 담근 채 앉아 있다. 대리석으로 깎아 빚어 만든 듯한 늘씬한 다리들은 물 아래에서 뒤엉켜 서로를 마찰해 주고 있고, 길고 가느다란 색색가지 음모(陰毛)들이 물풀처럼 살랑대며 춤을 추고 있다.

중앙의 분수에서 느릿느릿 뿜어져 나오는 작은 물방울들이 여인들의 몸을 간질인다. 그로테스크한 색조로 짙게 화장한 얼굴들과 껍질을 벗긴 핑크빛 수박덩어리 같은 유방들이 반쯤은 물에, 반쯤은 향기로운 술에 젖어 반짝이고 있다. 여인들은 가끔씩 유방에 방울방울 맺혀 있는 술을 서로가 혀끝으로 천천히 핥아먹으면서 아리따운 추파를 흘리고 있다.

욕탕 바깥의 페르시아 융단 한 모퉁이에서는 십여 명의 여인들이 서로 화장을 해주고 있다. 한 여인이 상대방 여인의 속눈썹을 은색의 펄 (pearl) 마스카라로 한 올 한 올 정성껏 올려주고 있는 게 보인다. 은빛 콘택트렌즈를 낀 여인의 눈동자는 은색의 펄 속눈썹과 함께 신비스런 분위기를 발산한다. 여인은 붉은 포도주 색깔의 립스틱이 자기의 입술에 진하게 발라지는 동안 입술을 백치처럼 멍하니 벌리고 있다.

얼굴 화장이 끝나자 몸 화장이 시작된다. 흑장미색의 립스틱이 양쪽 유두에 칠해지고, 짙은 꽃분홍색 액체 파운데이션이 하얀 유방 위에 부드러운 동심원을 그리며 칠해져 나간다. 배꼽 주변에도 물감을 칠한 후, 이번에는 두 다리 사이의 거웃이 손질된다. 손가락 길이만큼 길러 황금빛 매니큐어를 칠한 긴 손톱을 조심스럽게 움직이면서, 상대방 여인의 음모를 정성껏 손질해 주고 있는 궁녀의 손놀림이 곱다.

곱슬거리는 연한 갈색의 음모는 황금빛 손톱이 스쳐 지나가면서 화려한 무지개색으로 염색되고, 곧 이어 막 세팅한 머리처럼 봉곳이 부풀어 오른다. 음모 손질을 끝낸 궁녀는 상대방 여인의 불두덩에 살짝 입맞춤을 하고 나서, 음순에는 진주로 된 음순걸이를, 항문에는 묘안석(猫眼石)으로 된 항문걸이를 달아준다. 그런 다음 두 몸이 한데 엉켜 우아하게 요동을 친다.

하렘의 나무 사이를 거닐며 열매를 따거나 꽃을 꺾고 있는 여인들도 있다. 그들은 다른 여인들과는 달리 투명한 옷감으로 된 드레스를 입고 있는데, 걸음을 걸으면서 몸의 각도를 바꿀 때마다 젖가슴의 볼륨과 음모의 반짝임, 하늘거리는 허리선과 부드러운 둔부의 곡선이 잠자리 날개 같은 옷감을 통해 보일 듯 말 듯 내비친다.

그네들 역시 맨발에 굽 높은 샌들을 신고 있다. 타원형을 이루며 둥글

 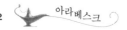

게 아래로 말려들어간 긴 발톱들이 샌들 앞부분으로 튀어나와 있고, 발톱들은 노란색, 빨간색, 보라색, 분홍색, 연두색, 복숭아색, 은색, 금색 등 여러 가지 색깔의 매니큐어로 손질되어 있다.

샌들의 앞굽을 발톱 길이에 맞춰 높게 만들었지만, 휘어들어간 발톱들이 워낙 길기 때문에 걸을 때마다 바닥에 부딪치지 않도록 조심해야 한다. 그래서 그런지 여인들의 발놀림은 무척이나 느리고 권태로워 보인다. 과일이나 꽃을 따고 있는 손톱들도 둥글게 말려들어 갈 정도로 길다. 갖가지 색깔로 손톱에 칠해진 펄 섞인 매니큐어들이, 일제히 햇빛에 반사되어 눈부시게 빛나고 있다.

나와 공주는 카펫 위에 있는 상아 침상에서 푹신한 금빛 보료에 묻혀 나란히 누워 있다. 나는 한 궁녀가 땀을 뻘뻘 흘리며 해주는 보디마사지를 받고 있고, 공주는 미풍에도 출렁거릴 정도로 얇고 긴 손톱들을 궁녀 두 명에게 손질시키고 있다.

보디마사지가 끝나자 방금 온몸에 화장을 끝낸 여인이 내게로 천천히 걸어온다. 그녀가 발걸음을 옮길 때마다, 귀걸이, 코걸이, 팔찌, 반지, 젖꼭지걸이, 음순걸이, 항문걸이 등에 매달린 금방울들이 꿈결 같은 소리를 만들어낸다.

여인은 내 앞으로 오자 무릎을 꿇고서 내 발에 입 맞춘 후, 서서히 혓바닥을 옮겨 나의 온몸을 혀끝으로 살살 핥아주기 시작한다. 공주 역시 손톱 손질을 끝내고서 한 궁녀가 해주는 혓바닥 마사지를 받고 있다.

혓바닥 마사지가 끝나자 나는 궁녀 두 사람의 부축을 받으며 천천히 발걸음을 옮겨 욕탕 안으로 들어간다. 물속에 반쯤 몸을 담그자 한 여인이 분수로 가서 입 안 가득히 술을 받아 머금고 온다. 그녀의 긴 핑크빛 머리카락과 진줏빛 시폰 드레스는 물에 젖어 몸에 찰싹 달라붙어 있다. 그녀가 내 쪽으로 몸을 움직일 때마다 몸에 달라붙은 드레스를 통해 어렴풋이 보이는 핑크빛 젖가슴과 연두색 불두덩이 물결치듯 움직이고 있다.

여인은 입안에 머금고 있는 술을 내 입안에 흘려 넣어 준다. 나는 그녀의 입안에서 적당히 따뜻해진 술의 향기를 음미하면서 여인의 젖꼭지를 장난치듯 꼬집어본다. 여인은 적포도주색 매니큐어가 칠해진 긴 손톱으로 나의 머리를 천천히 쓰다듬어 주면서 꿈꾸는 듯 황홀한 표정을 짓는다.

그러는 동안 또 다른 궁녀 한 명은 물속에서 붉은 입술을 벌려 내 자지를 부드럽게 키스해 주고 있다. 물 위에 둥실 떠서 넘실거리는 그녀의 은빛 머리카락이 나의 아랫배를 간질인다. 내 뒤로 다시 두 명의 궁녀가 춤추듯 다가와 그네들의 풍만한 젖가슴을 내 등에 밀착시킨다. 그런 다음 내 어깨가 편히 쉴 수 있도록 기분 좋은 쿠션을 만들어 주고 있다.

공주가 천천히 내 쪽으로 기어와 욕탕 안으로 들어온다. 그녀의 손에는 방금 딴 꽃 한 송이가 쥐어져 있다. 공주는 내 앞에 있는 여인의 음순에 꽃을 꽂아준다. 그리고 나서 내게 들러붙어 오랫동안 입을 맞춘다.

그때 지금까지 방울방울 술을 뿜어내던 분수가 문득 비눗방울을 쏟아내기 시작한다. 보라색, 하늘색, 오렌지색, 비취색 비눗방울들이, 투명하고 영롱한 빛을 발하며 은은한 음악 소리에 맞춰 사방으로 퍼져나간다.

욕탕 안의 여인들은 해사한 웃음을 흘리며 비눗방울을 쫓아가 입에 머금으면서 오르가슴에 젖은 표정들을 한다. 샹들리에 불빛을 받은 비눗방울들은 더욱더 신비한 빛을 발하며 여인들의 농염한 나신을 에워싸 나가고 있다……

나는 이런 식으로 관능의 황홀경에 빠져 세상의 온갖 시름을 잊고 있었다. 그러던 어느 날이었다. 공주 및 궁녀들과의 연이은 성회에 지쳐 기분 좋은 피로감을 느끼며 잠에 빠져들려는 순간, 갑자기 문을 두드리는 소리가 나며 헐레벌떡 내시 한 명이 들어왔다. 그러고는,

"요괴가 국경을 침범해 들어왔습니다. 여왕님은 편전 쪽으로 피신하셨습니다. 어서 빨리 이곳을 피하십시오!"

하고 다급한 어조로 말하는 것이었다. 그래서 나는 영문도 모르는 채 공주의 손에 이끌려 여왕이 있는 곳으로 갔다. 그러자 여왕은 내 손을 꼭 붙잡고서 울음 섞인 목소리로 이렇게 말하는 것이었다.

"선생님께서 내 딸을 사랑해 주셔서 정말 고마웠습니다. 언제까지나 함께 열락을 즐기며 살 생각이었는데, 뜻밖에도 하늘의 재앙이 내려 나라가 뒤집히려 합니다."

그러고 나서 여왕은 내게 국경 수비대장으로부터 날아온 보고서를 보여 주었다. 내용은 대강 이런 것이었다.

…… 수상한 요괴가 국경에 출몰하여 지금 수많은 양민을 살육하고 있습니다. 그 요괴는 벌써 10만여 명의 백성들을 잡아먹거나 죽였으며, 그가 지나간 마을들을 모두 폐허로 변해버리게 했습니다. 신(臣)이 용기를 내어 요괴의 형편을 몰래 살펴본즉, 머리는 산악과도 같고 눈은 태양만 한 불덩이 같았으며, 아가리를 벌리면 아무리 큰 집 한 채라도 한 입에 집어삼키고, 허리를 펴면 성곽이 모두 무너질 기세를 가지고 있습니다. 실로 천고에 보지 못한 흉물이며 만대(萬代)에 당해보지 못한 화(禍)라 하겠습니다. 종묘사직의 붕괴가 조석으로 임박하고 있는 게 사실이오니, 바라옵건대 폐하께서는

조속히 황족을 거느리시고 안전한 곳으로 천도하시어 국가의 명맥을 보존하시옵소서…….

벌써부터 궁전 안은 울부짖는 소리로 가득하고 궁녀들과 내시들이 허둥대며 보따리를 싸고 있었다. 나는 뭐가 뭔지 도무지 알 수가 없어 그저 멍하니 서 있을 수밖에 없었다. 그러자 여왕은 눈물을 머금은 눈으로 나를 바라보며,

"공주는 마 선생님께 부탁하겠습니다."

하고 말하는 것이었다. 공주 역시 창백해진 얼굴로 내 옷소매를 붙잡고 매달리며 이렇게 말했다.

"여보, 저를 어떻게 해주시겠어요?"

나는 정신이 얼떨떨해진 상태라 뭐라고 대꾸를 해줄 수가 없었다. 공주가 재차 재촉하자 그제야 정신을 차린 나는,

"우선 내가 거처하고 있던 별장으로 갑시다. 하지만 그곳은 이곳 궁전에 비해 너무나 초라한데 그래도 괜찮겠소?"

하고 대답했다. 그러니까 공주는,

"위급한 때에 이것저것 가리고 자실 게 어디 있겠어요? 아무쪼록 빨리 데리고만 가주세요."

라고 말하며 발을 동동 구르는 것이었다.

그래서 나는 공주의 손을 잡고 열 명의 시녀들과 함께 궁을 빠져 나왔다. 한참을 걸어 내려와 내가 거처하고 있던 집에 도착하니, 그제야 공주는 안심하는 낯빛을 하며 안도의 한숨을 내쉬었다. 그러고는,

"이곳이라면 안심할 수 있습니다. 제가 살던 궁전보다 훨씬 더 좋아요.

하지만 저는 그렇다 치고, 어머님과 궁인들이 걱정이에요. 제발 제 어머님을 위해 따로 한 채 궁전을 지어주셔요."

라고 말하며 내 무릎에 매달려 한없는 키스를 퍼붓는 것이었다.

나는 갑자기 궁전을 지어놓으라는 요청에 어이가 없어 공주를 물끄러미 내려다보고 있을 수밖에 없었다. 내가 계속 그러고 있자 공주는 큰 소리로 울부짖으면서,

"가족의 위급을 구할 수 없는 바에야 남편은 가져서 무엇 하겠습니까?!"

라고 말하는 것이었다.

나는 정신이 점점 더 혼란스러워졌다. 하지만 잠시 후 정신을 수습하고 나서 그렇게 해보겠다고 대답하여 일단 공주를 진정시켰다.

나는 집 밖으로 나와 여기저기 거닐며 생각에 잠겼다. 하지만 그저 마음만 초조할 뿐 별 뾰족한 수가 생각나지 않았다. 하지만 너무나도 고혹적인 공주의 모습을 생각하니, 공주의 청을 물리쳐 그녀가 내 곁을 떠나버리고 나면 내가 상사병으로 죽어버릴 것만 같은 예감이 들었다.

이렇게 삼십 분쯤 어슬렁거리며 고민에 빠져 있다가 다시 집으로 돌아와 보니 공주와 시녀들이 보이지 않았다. 나는 그예 다들 떠나버렸구나, 하고 낙심하며 슬픔에 잠겨 있었다. 슬픔이 깊어질수록 공주의 풍만한 유방과 하늘거리는 긴 손톱이 생각나 나를 더욱 비탄 속으로 빠뜨리는 것이었다.

그러고 있는 중에 문득 이상한 소리가 내 귀에 들려왔다. 들릴 듯 말 듯 아주 작은 소리라서 나는 귀에 신경을 모으고 소리의 진원을 추적해

보았다. 아주 가냘프긴 했지만 그 소리는 아무래도 훌쩍훌쩍 우는 여인의 울음소리 같았다. 하지만 아무리 사방을 둘러봐도 공주의 모습은 보이지 않는 것이었다.

다시금 방안을 찬찬히 훑어보니 벽난로 위에 열한 마리의 벌이 앉아 있는 게 눈에 띄었다. 벌들은 내가 자기네를 알아보자마자 내 소매와 옷 사이로 휘감기면서 나를 어디론가 안내하려는 듯한 동작을 했다. 그제야 나는 사라 공주가 벌이라는 것을 알 수 있었고, 내가 초대받아 갔던 곳이 큰 벌집이었다는 것을 깨달을 수 있었다.

나는 벌들을 따라 밖으로 나와 한참을 걸어갔다. 그랬더니 벌들은 어느 으슥한 숲 속의 오래된 느티나무 가지에 앉아 움직이지를 않는 것이었다.

나는 공주의 청을 알아차리고서 아랫동네로 가서 양봉을 하는 사람 집에 들러 큰 벌통을 하나 구했다. 그런 다음 다시 숲으로 올라가 벌통을 느티나무 가지 사이에 고정시켜 주자 수천수만 마리의 벌들이 당장 몰려들기 시작했다.

그래서 벌들이 날아오는 쪽을 더듬어 가보았더니, 커다란 느티나무 밑동에 파진 커다란 구멍 속이었다. 구멍 속을 들여다보니 열 자가 넘는 커다란 구렁이가 도사리고 있었다. 나는 동네의 땅꾼을 불러다가 구렁이를 당장 처치하도록 했다.

일을 끝내고 난 후, 나는 이제 공주와 다시 만나긴 힘들겠구나, 하고 생각하며 쓸쓸하게 아쉬운 마음을 품고 별장으로 돌아왔다.

그런데 현관문을 여는 순간, 공주가 빵긋 웃으며 나를 즐겁게 맞아주는 것이 아닌가. 방안은 어느새 으리으리한 하렘으로 변해 있었고, 공주와 시녀들 역시 화려와 사치의 극을 달리는 옷차림과 장신구를 하고 있

아라베스크

었다. 공주는 나를 얼싸안으면서,

"정말 감사드려요. 저는 이제 평생 동안 당신의 노예가 되어 은혜에 보답하겠어요."

하고 달콤한 음성으로 속삭이는 것이었다.

그 뒤로 나의 생활은 기막힌 즐거움의 연속이었다. 그림 그리는 일 역시 잘 되어주었는데, 공주와 시녀들이 모델이 돼주었기 때문이다. 남의 이목에 신경 쓸 일도 없었다. 혹시라도 누군가 별장 안으로 들어오면 집 안은 다시금 조촐한 작업실로 변해 버리고, 공주와 시녀들 역시 벌로 변해 한쪽 구석에 얌전히 앉아 있기 때문이었다.

로열젤리만 먹고 커서 그런지 공주는 음력(陰力)이 대단했다. 삽입성교를 하지 않다 보니 음력이란 음력을 모두 혀끝과 젖꼭지와 손톱 끝에다가 모아 기막힌 기교로 나를 천상의 엑스터시 속에서 해롱거리게 하는 것이었다.

석 달이 지난 후 나는 전시회용 그림이 대충 마무리되어 별장을 떠날 수밖에 없었다. 그래서 공주와 시녀들도 나를 따라 서울로 왔다. 나는 내 방안에 앙증맞은 모양의 예쁜 벌집 하나를 만들어 주었다. 물론 손님이 찾아왔을 때에 대비하기 위한 것이었다.

전시회가 열리자 공주의 얼굴을 그린 유화 〈금빛 눈의 여자〉는 전시회 중 가장 인기를 끌었다. 공주는 일반 관람객으로 가장하고 전시회 오프닝 파티 때 나타났는데, 그녀의 휘청거리는 몸맵시와 그로테스크하게 아리따운 외모, 그리고 날렵하게 긴 손톱, 발톱은 뭇사람들의 시선을 끌었다.

다들 그녀의 정체를 궁금해 하면서 침을 질질 흘리는 것이었다.

몇 달 후 나는 『사라를 위한 변명』이라는 에세이집을 내게 됐는데, 공주의 초상인 〈금빛 눈의 여자〉를 다시 표지 그림으로 써서 독자들한테 강렬한 인상을 주었다. 그리고 그 뒤에 신작 시집 『사랑의 슬픔』을 내게 됐을 때, 공주의 얼굴을 바라보며 쓴 시 「사라에게」를 수록해 넣었다.

이 시에 나오는 '사라'는 사라 공주의 이미지에다가 소설 『즐거운 사라』에 나오는 사라의 이미지를 한데 합쳐 형상화시킨 것이다. 이제 그 시를 소개하면서 이 이야기를 끝낼까 한다. 참, 이 글을 쓰는 동안에도 사라 공주는 줄곧 내 곁에 들러붙어 자지를 빨아주고 있었다는 사실을 덧붙여 둔다.

너를 처음 보았을 때
네 인상이 너무 강렬해서 나는 눈을 뗄 수 없었다

눈빛이 너무 그윽했다
멀리 허공을 응시하고 있는 듯한 독특한 눈초리였다
세상의 눈(目)이란 눈이 다 한데 모여 있는 것 같았다

얼굴의 피부 빛이 너무 고왔다
얇게 가로퍼진 입술과 오뚝한 콧날이
창백한 음영(陰影)을 만들어내어
너를 마치 안개꽃처럼 보이게 했다

너의 이름은 '사랑'에서 '이응(ㅇ)'자가 빠진 것

그 이응(ㅇ)자를 내가 다시 채워 넣고 싶다

'슬픈 사라'를 '즐거운 사라'로 만들어주고 싶다

'슬픈 사랑'을 '즐거운 사랑'으로 만들어주고도 싶다

오 사라, 오 사라의 눈, 오 사라의 사랑!

2··· '부마 콤플렉스'와
'알라딘의 요술 램프' 생각

그런데 앞의 글을 쓰고 난 지 얼마가 지난 후부터, 나는 사라 공주가 걱정이 되어 좌불안석인 처지가 되었다. 공주는 사실 서울에 도착해서부터 탁한 공기와 답답한 도시 생활을 참기 어려워했기 때문이다.

나는 저녁때도 집에 일찍 들어가기 어려웠는데, '달걀로 바위 치기'나 '벽에다 대고 말하기'식의 『즐거운 사라』 필화사건 재판 관계(나는 명분상 상급심에 항소를 해놓고 있었다)로 일이 많은데다가, 필화사건에 걸려든 나를 위로해 주려는 지인(知人)들과 더불어 늦게까지 술자리를 가져야 하는 날이 많았기 때문이다. 자정이 넘어 집에 들어가면 공주와 시녀들은 피로에 지친 기색을 하고 있었다. 아파트 밖으로 날아다녀 봐도 몹쓸 매연 때문에 흥이 안 난다는 것이었다.

술자리를 사양하기 시작하고 나자 나는 조금 마음이 놓였다. 일단은

아라베스크

내가 집에 어느 정도 들러붙어 있게 됐기 때문이다. 그러나 공주와 시녀들은 벌써 병색이 완연한 얼굴을 하고 있었다.

나는 서둘러 공주와 시녀들을 데리고 그녀들이 살던 가평으로 가려고 했다. 잠깐 동안이라도 맑은 공기를 쐬게 해주고 향수병을 달래주는 게 좋을 것 같아서였다.

하지만 이미 때가 늦은 것 같았다. 그녀들은 아예 자리보전하고 드러누워 끙끙 앓기 시작했기 때문이다. 수의사를 불러오기도 뭣하고, 특별한 치료법도 몰라 나는 발을 동동 구를 수밖에 없었다.

열흘 정도를 그렇게 시름시름 앓다가 공주와 시녀들은 그만 숨을 거두고 말았다. 억장이 무너지는 것 같았고 눈이 캄캄해져 왔다. 내가 소리 내어 엉엉 울자 공주는 숨을 거두기 직전에 꺼져 들어가는 목소리로 이렇게 말하는 것이었다.

"저를 고향에다 묻어 주세요. 그리고 당신은 착한 분이니까 저 말고도 다른 여자를 얼마든지 만나실 수 있고, 또 저보다도 훨씬 더 예쁘고 섹시한 여자를 꼭 만나시게 될 거예요. 그러면 제가 저승에 가서라도 아주 행복할 수 있어요. …… 그동안 정말 고맙고 즐거웠어요."

공주의 유언이 너무 착하고 어여뻐서 나는 더욱 큰 슬픔에 잠겼다. 나를 사랑해서 나온 소리였겠지만, 보통 여자로서는 도저히 할 수 없는 유언이었다. 나는 사라 공주보다 더 예쁜(아니 더 야한) 여자를 만나는 건 불가능한 일이라는 생각이 들어, 더욱 억장이 무너지는 것 같았다.

공주가 죽자 나는 그녀의 시신을 가평으로 가져가 느티나무 옆에 묻어주었다. 그러자 수천수만의 벌들이 몰려와 공주의 무덤 주위를 에워싸고 몇 시간 동안이나 떠나가지를 않았다. 그녀의 백성들인 게 분명하여, 나는 새삼 눈물이 흘러내리는 동시에 숙연한 마음을 금할 수 없었다.

공주의 죽음에 대한 슬픔이 어느 정도 가라앉은 후, 나는 공주와 같이 지내며 하렘의 열락을 맛보았던 꿈결에서와도 같은 궁전 안에서의 생활을 거듭 반추해 보게 되었다. 그리고 내가 결국 여왕의 부마(駙馬)가 되었기 때문에 그런 쾌락이 가능했다는 걸 깨닫고서, '부마 콤플렉스'에 대해 생각해보게 되었다.

여자에겐 '신데렐라 콤플렉스'가 있지만 남자에겐 '부마 콤플렉스'가 있다. 이 말은 내가 만들어낸 말인데, '부마'란 임금의 사위라는 뜻이다. 그러므로 '부마 콤플렉스'를 '바보 온달 콤플렉스'로 바꿔 불러도 될 것이다.

요즘 우리나라의 보수적 여권운동가들은 여성들이 갖고 있는 신데렐라 콤플렉스만 들입다 강조하며 '남성에게 종속된 여성상'으로부터의 탈출을 선전해대고 있다. 나는 그런 내용의 글을 볼 때마다 은근히 화가 치민다. 왜냐하면 남자 쪽 사정은 전혀 고려해 보지도 않고 무조건 여자 쪽 불평만 늘어놓는 것 같기 때문이다. 능력 있고 잘생긴 이성에게 기대고 싶은 소망이 어찌 여자에게만 있겠는가.

여자든 남자든 이 풍진(風塵) 세상을 살아가기가 힘겹긴 마찬가지기 때문에, 남자들 역시 예쁘고 능력 있는 여자에게 기대고 싶어하고, 그런 여자와 연분을 맺어 '신분상승의 엘리베이터 타기'를 꿈꾸고 있는 것이다.

'부마 콤플렉스'를 기본 모티프로 하여 이루어진 소설들은 너무도 많다. 그 가운데 대표적인 것이 미국 작가 시오도어 드라이저가 쓴 『미국의 비극』인데, 영화화됐을 때는 〈젊은이의 양지(陽地)〉라는 제목으로 나왔다. 영화에서는 한창 젊었을 때의 엘리자베스 테일러와 몽고메리 클리프트가 나와 더욱 화면을 빛내 주었다.

이 소설은 가난한 청년이 재벌의 딸과 사랑을 나누게 되어 결혼까지 가게 됐는데, 가난한 집 딸인 먼저 애인이 방해물이 되어 그 여자를 죽이고 나서 발각돼 사형당하는 스토리로 되어 있다.

우리네 보통 남자들은 누구나 부마 콤플렉스를 갖고 있게 마련이고, 그런 부마 콤플렉스 때문에 옛날부터 갖가지 이야기들이 생겨나와 과도한 책임감과 노역에 지쳐버린 남성들을 안쓰럽게나마 위로해주고 있다.

남자의 평균수명이 여자보다 훨씬 짧고, 전쟁에 나가 용감한 체 싸우다 죽어가야 하는 것도 남자이고, 감옥 안의 여자 죄수가 남자 죄수의 5분의 1도 못 된다는 사실로 미루어 볼 때, 확실히 여자보다는 남자가 더 불쌍한 존재라는 것을 알 수 있다.

나는 특히 내가 쓴 소설 『즐거운 사라』가 야하다고 전격 구속되기까지 하는 황당한 필화사건을 겪으면서 더욱 그런 사실을 절감했다. 보수적 관변 여성단체들은 성(性) 박멸운동이라도 벌이는지 나의 구속을 적극 지지하고 나왔는데, 만약 그 소설을 여류작가가 썼다면 '여성해방 소설'이라고 작가 편을 들었을 게 틀림없다. 내 딴엔 여자의 프리섹스를 인정하자는 내용의 페미니즘 소설을 써본 것이었는데, 여성단체는 현진건의 단편소설 「B사감과 러브레터」에 나오는 노처녀 'B사감'식 심통을 부려 내가 '마녀사냥' 당하는 것을 고소해했던 것이다.

나 역시 어렸을 때부터 지독한 부마 콤플렉스에 시달리고 있었다. 그래서 중학교 때 내가 가장 감동 깊게 읽은 소설은 독일인 소설가 막스 뮐

러가 쓴 『독일인의 사랑』이었다.

병약한 성주(城主)의 딸을 사모하는 평민 출신 대학생의 사랑 얘기인데, 결국 성주의 딸을 죽게 만듦으로써, 부마 콤플렉스의 환상이 실제로는 실현되기 어렵다는 것을 은근히 암시해주고 있다.

부마 콤플렉스를 주된 모티프로 삼고 있는 얘기 가운데 가장 으뜸가게 인구(人口)에 회자되고 있는 것은 역시 「알라딘의 신기한 램프」 이야기일 것이다.

나는 어렸을 때 「알라딘의 신기한 램프」를 그저 재미있는 동화 정도로만 읽었다. 그런데 나이를 먹어가면서 생각해 보니, 그 얘기는 '재미있는 얘기'가 아니라 '사람 약 올리는 얘기'인 동시에 '바보 같은 남자의 얘기'라는 사실을 깨닫게 되었다.

왜 '바보 같은 얘기'가 거기에 껴붙냐 하면, 요술램프를 구했으면 마신(魔神)의 힘을 빌려 응당 '왕'이 돼버렸어야 마땅한데도 불구하고, 주인공 알라딘은 기껏 공주의 남편, 즉 왕의 부마가 되는 것으로 만족하고 있기 때문이다.

그것만 봐도 예로부터 남자들에게는(『아라비안나이트』의 작가는 아무래도 남자일 것이므로) 부마 콤플렉스가 최고·최대의 소망이요 미망(迷妄)으로 작용했다는 사실을 알 수 있다. 아니면 「알라딘의 신기한 램프」의 작가가 왕의 권위(또는 권력)에 무조건 복종하는 것을 당연한 덕목으로 아는, 말하자면 한국 조선조의 그 잘나빠진 유생들이 갖고 있던 '충성제일주의'에 빠져 있어서 그랬다고도 볼 수 있다.

그래서 나는 대개의 모든 남성들이 갖고 있는 부마 콤플렉스의 미망이나 비굴한 충효사상이 한심스럽게 생각되었고, 「알라딘의 신기한 램프」

얘기가 상상력의 면에 있어 나보다 한 수 아래라는 건방진 생각을 하게 되었다. 그러면서 나는 내게 만약 '신기한 요술 램프'가 생긴다면, 마신에게 더 신나는 소원을 말하겠다고 다짐하게도 되었다.

인간의 상상력은 무한하다. 그것이 '관능적 상상력'일 경우엔 더욱 그렇다. 상상은 언제나 실제로 이루어지기 마련이고, 그래서 과학의 발달이나 인권신장이 이루어졌다. 그래서 나는 관능적 상상력을 모티프로 한 시나 소설을 쓰기 시작하면서, 언젠가는 내 손으로 새로운 「알라딘의 신기한 램프」얘기를 써봐야겠다고 마음먹게 되었다. 「알라딘의 신기한 램프」를 얻는 것이야말로 모든 인간의 궁극적 소원이요, 갈망이라고 믿고 있기 때문이었다.

나는 고달픈 현실에 찌들어 있는 사람들이 상상조차 마음대로 못하면서, 숨소리조차 죽여 가며 살아가고 있는 것이 보기에 딱했다. 그리고 상상을 단죄하기까지 하는 이 나라의 참담한 현실에 분노가 치밀기도 해서, 소설로나마 그들을 위로해주고 나 또한 대리만족(대리배설)의 효과를 맛보고 싶었다.

그런데 나는 「알라딘의 신기한 램프」를 다시금 정독해 나가는 동안, 요술램프를 얻는다는 것이 실제로 가능할지도 모른다는 생각을 해보게 되었다. 그 이야기의 기본 모티프는 물론 바보 같은 '부마 콤플렉스'로 되어 있다. 하지만 알라딘이 요술램프를 얻게 되는 과정을 묘사한 부분만큼은, 우리가 돈·섹스·명예 등 실제적인 행복과, 나아가서는 인권신장과 분배정의의 실현, 또는 진짜 명실상부한 자유민주주의를 성취시킬 수 있는 방법을 어느 정도 암시해주고 있기 때문이다.

「알라딘의 신기한 램프」에서 주인공 '알라딘'은 홀어머니의 외아들로 나온다. 그런데 그는 고생하는 어머니에게 효도할 생각을 하기는커녕 매일같이 친구들과 장난만 쳐대고 있다.

그런 알라딘에게 한 마법사가 찾아온다. 그는 온갖 비술(秘術)과 마법을 연구한 결과 알라딘이 살고 있는 동네 근처 지하에 '요술램프'가 감춰져 있다는 사실을 알아냈고, 그 램프를 손에 넣을 수 있는 사람은 오로지 '알라딘'밖에 없다는 사실 또한 알아내었다. 그 요술램프는 티 없이 맑고 솔직한 심성을 가진 소년의 접근만을 허용하기 때문이었다.

그래서 그는 알라딘의 삼촌으로 변장하고 나타나, 알라딘을 꼬드겨 마법의 지하궁전에 들어가 램프를 가져오게 한다. 그런데 알라딘은 지하궁전에서 지상으로 빠져나올 때, 거기서 손에 닿는 대로 챙겨 넣은 보석들 때문에 몸이 무거워 마법사에게 램프를 먼저 건네주지 못한다.

그래서 알라딘은 손부터 먼저 잡아서 끌어올려 달라고 마법사에게 부탁하는데, 의심 많은 마법사는 알라딘이 램프를 혼자서 독차지하려는 줄로만 알고 왈칵 화를 내어 통로를 막아버린다. 그러고 나서 마법사는 후일을 기약하며 고향으로 돌아가 버리고, 알라딘은 지하궁전에 며칠 동안 갇혀 있게 된다. 그러다가 천신만고 끝에 지상으로 탈출하는 데 성공하는 것이다.

지금까지 내가 요약한 것만 봐도 이 이야기가 시사하는 가장 중요한 '상징적 메시지'가 발견되는데, 그것은 다름 아니라 "마음이 가난한 자가 복을 받는다"는 메시지이다. 예수는 마음이 가난한 자가 복을 받는다고 말하고 나서, 다시 우리가 어린아이같이 돼야만 천국에 들어갈 수 있다고 덧붙였다.

내가 보기에 그가 말한 '천국'이 꼭 우리가 죽어서 가는 저승세계를 의미하는 것 같지는 않다. 그는 우리가 마음만 잘 다스릴 수 있다면 살아서도 천국에 갈 수 있다는 뜻으로 말한 것이 분명하다. 그럴 경우 '마음이 가난하다'는 것은 일체의 고정관념이나 윤리적 선입견 같은 것이 없는, 내 식으로 표현하자면 '열린 생각'을 가지고 오로지 본성에만 솔직한 이른바 '야(野)한 사람'의 마음을 가리키는 것이다. 따라서 그것은 자연히 '어린아이같이 솔직한 마음'과 통하게 된다.

어린아이는 착한 천사도 아니고 심술궂은 악마도 아니다. 어린아이는 그저 동물적 본능 덩어리일 뿐이기 때문에, 성악설이나 성선설 같은 '어른스런' 이분법이 적용되지 않는다. 어린아이는 그저 알라딘 같은 철부지 개구쟁이일 뿐, 효자니 불효자니 하는 개념과도 전혀 무관한 존재인 것이다.

그런데도 예수는 그런 마음을 가진 사람만이 행복에 이를 수 있다고 했고, 또 「알라딘의 신기한 램프」에서도 늦도록 철이 안 난 알라딘만이 마법의 요술램프를 소유할 자격이 있다고 했다. 여기서 우리는 본성에 솔직한 '야한 마음'이야말로 정신적 행복 따위가 아니라 진짜 구체적인 행복으로 나아갈 수 있는 첩경이 된다는 사실을 다시 한 번 확인해 볼 수 있다.

「알라딘의 신기한 램프」 얘기가 시사해 주는 또 하나의 상징적 메시지는, '램프를 손으로 문질러줘야만' 마신이 나타나 소원을 성취시켜 준다는 사실이다. 손으로 비비고 문질러주는 행위에서 우리는 쉽게 남녀 간의 애무, 특히 '살갗접촉'을 위주로 하는 애무를 연상하게 된다. 그러므로 램프를 비비고 문질러줘야만 복을 받을 수 있다는 것은, 우리가 끊임없이 '육체적 사랑'을 솔직하게 나눌 수 있어야만 비로소 행복한 삶을 이룩할 수 있다는 의미로 해석될 수 있다.

나는 현재 외로운 처지라서 알라딘이 램프를 문지르는 행위에서 남자의 자위행위를 연상할 수밖에 없었는데, 둘이서 하든 혼자서 하든 좌우지간 성욕을 그때그때 솔직하게 배설할 수 있으면 행복을 얻게 된다는 뜻으로 이해되었다.

우리의 소원을 성취시켜 주는 기적의 별은 하늘 위에 떠 있는 것만은 아니다. 별은 우리 마음속에도 있고, 여인의 손톱에도 있고, 반짝이는 귀걸이에도 있다.

로켓이 발사되어 달에 있는 돌을 채취해 온 다음부터, 우리는 이성에 더욱더 맹종하는 생활을 해왔다. 옥토끼가 떡방아를 찧고 계수나무가 서 있는 달, 아니 중국의 전설대로라면 천하절색의 미녀 항아(姮娥)가 살고 있다는 달의 이미지가 어느덧 퇴색해 버린 것이다.

하지만 우리는 다시금 항아가 사는 달을 되찾아 와야 하고, 견우와 직녀가 만나는 사랑의 강(江)인 은하수도 되찾아 와야 한다.

밤하늘의 별을 바라보며 요염무쌍한 선녀(또는 선남(仙男))들이 노니는 선궁(仙宮)을 상상할 수 있는 사람은 행복해질 수 있다. 그 '선궁'은 매일 신선들이 모여 고담준론만 일삼는 재미없는 곳이 아니다. 그곳은 신선과 선녀들이 질탕하면서도 삼빡한 열락을 즐기는 곳, 즉 '알라딘의 요술램프'가 만들어내는 구체적인 환락의 장(場)인 것이다. 이데올로기의 질곡과 위압적 도덕률의 질곡에서 벗어나 실용적 쾌락주의를 죄의식 없이 실천할 수만 있다면, 우리는 언젠가 수많은 미녀(또는 미남) 로봇들을 노예

아라베스크

처럼 부리는 지상낙원을 이룩해 낼 수 있다.

자, 그럼 이제 잔소리를 이 정도로 끝내고 다시 재미있는 이야기로 들어가 보기로 하자. 그래서 우리 다 같이 부마 콤플렉스(또는 신데렐라 콤플렉스)와 권력에 대한 공포, 그리고 봉건윤리가 강요하는 부질없는 죄의식에서 벗어나 더욱 자유롭게 관능적 상상의 기쁨을 맛보기로 하자.

한 가지 덧붙일 말은, '관능적 상상'이란 반드시 즐겁고 쾌락한 것을 뜻하는 것만은 아니라는 사실이다. 관능적 상상은 곧 '야(野)한 상상'이므로 슬픈 것이 들어갈 수도 있다. 야(野)한 자연 속에서는 언제나 쾌락과 고통이 엇갈리게 마련이기 때문이다.

3··· 램프의 요정

내가 '램프의 요정'을 만난 곳은 일본의 동경 '롯폰기' 번화가에 있는 술집인 '셰에라자드'에서였다. 『즐거운 사라』 일본어판이 그곳에서 베스트셀러가 되어 일본 TV 프로에 나가거나 신문 인터뷰 등을 하기 위해 일본에 가게 됐을 때, 나는 이왕이면 일본 문화를 더 알고 싶어 혼자서 동경 시내 여기저기를 구경하고 다녔다. 그러다가 우연히 들어간 장소가 바로 '셰에라자드'였던 것이다. 그곳은 Q호텔 지하에 있었는데, 일본과 중동 국가들 간의 무역이 한창 활발해지기 시작할 때 생겨난 일본 유일의 중동풍 사교클럽이었다.

나는 고등학교 때 『아라비안나이트』에서 소재를 딴 〈셰에라자드〉라는 프랑스 영화를 보고 나서 그만 머리가 뻥 돌아갔던 경험이 있고(특히 무희들의 배꼽춤 장면이 일품이었다.), 또 중동풍의 후궁인 하렘을 늘 동경해 왔던 차라 그곳에 들어서자마자 쉽사리 정을 붙이게 되었다.

아라베스크

'셰에라자드'는 내가 미치도록 좋아하는 페르시아풍의 실내장식으로 되어 있었고, 아라베스크 양식의 카펫과 진솔하게 야한 느낌을 주며 핑크색 빛을 뿌리는 화려한 샹들리에가 돋보이는 곳이었다. 앉는 좌석도 서양식 의자가 아니라 여러 개의 쿠션과 스툴로 이루어져 있어, 마치 아라비아의 부호나 족장이 소유하고 있는 화려한 이동천막 같은 분위기를 풍겨 주고 있었다.

손님들은 스툴과 쿠션에 비스듬히 기대앉아 술과 음식을 먹었다. 실내에는 언제나 흐느적거리는 중동풍의 선율이 나직하게 흘러, 사람들의 마음을 이국적인 관능적 감수성의 세계로 이끌어갔다. 손님들에게 술을 서비스해 주는 여자들이 모두 다 외국여성들이라는 점도 특이했다.

합리적 지성의 수준이 극히 낮은 우리나라도 경제적으로만은 국제적으로 꽤 허세를 부려 '부자 나라' 소리를 듣고 있어서 그런지, 돈을 벌러 한국으로 몰려오는 외국 여성들이 많다. 그러니 우리보다 훨씬 부자나라인 일본에 외국 여성들이 더 많이 몰려올 건 뻔한 일이다. '셰에라자드'에서는 『아라비안나이트』에 나오는 노예계집들의 이미지를 연상시킬 수 있도록(동서양의 중간지대에 있어서 그런지 옛날 페르시아의 여자 노예들은 여러 인종이 다 모여 있었다.), 검둥이, 흰둥이, 노랑둥이 등 가지각색의 피부 색깔을 가진 여자 호스티스들을 두고 있었다.

또한 '셰에라자드'의 호스티스들은 모두 다 배꼽을 드러낸 스타일로 된 아라비아 비단으로 만든 옷을 걸치고 있었다. 그녀들은 잠자리 날개처럼 투명하고도 얇은 천으로 만들어진 옷을, 조금만 건드려도 금방 흘러내릴 것 같은 느낌이 들 정도로 맨몸에 슬쩍 두르고만 있었다.

내가 '셰에라자드' 안에 들어서자 클럽 중앙 부분에 있는 널따란 카펫 위에 앉아 술을 마시고 이야기도 하며 손님을 기다리고 있는 호스티스 아가씨들이 보였다.

마침 눈에 번쩍 뜨일 만큼 요염한 얼굴에다가 극도로 야한 차림을 한 백인 여자 하나가 눈에 들어왔다. 사라 공주만큼이나 야하고 예쁜 여자였다. 그래서 나는 냉큼 그 여자를 데리고 구석에 있는 작은 방으로 들어갔다. 이 클럽 구석구석에는 마치 아라비아의 텐트처럼 장식해 놓은 방들이, 출입구가 묘하게 숨겨져 있는 채로 흩어져 있었다.

부드럽게 넘실거리는 여자의 긴 황금빛 머리카락이 탐스럽게 흘러내려와 엉덩이 부근에서 찰랑거리고 있었다. 땋아진 머리카락 한 다발이 연두색으로 염색되어, 왼쪽 가슴에 늘어뜨려져 있는 게 인상적이었다.

쿠션을 등에 대고 비스듬히 앉아 있는 내 품안으로 여자가 당장 파고 들어왔다. 그러고는 내 목덜미와 뺨, 가슴 등을 부드럽게 어루만지기 시작했다. 그녀의 손톱은 아주아주 길어 보였는데, 차가운 금속성의 금빛 매니큐어와 야광 빛을 내며 반짝거리는 초록색 매니큐어가 번갈아 칠해져 있어 환상적인 분위기를 만들어내고 있었다. 손톱이 길어도 전혀 불편을 느끼지 않는 듯, 그녀는 아주 능숙한 솜씨로 내 몸의 성감대들을 여기저기 어루만져 주었다.

그녀의 진분홍 입술이 내 목덜미를 더듬고 있었다. 그러다가 빨간 혓바닥이 빠져나와 내 살갗을 핥았다. 여자는 속이 훤히 비치는 옷감으로 된 황금빛 탱크톱을 걸치고 있었는데, 어깨와 목이 드러나는 윗도리가 젖가슴 바로 아래서 끝나, 반짝이는 초록색 안료가 발라져 있는 배꼽을 잘 드러내주고 있었다.

보면 볼수록 몸매가 무척이나 예쁜 여인이었다. 실에 꿴 작은 구슬들

을 늘어뜨려 주렴(珠簾) 모양으로 만든 치마 아래로 미끈한 허벅다리가 쭉 뻗어 내리고 있었다. 무릎 위 40센티미터 정도는 되어 보이는 입으나 마나 한 치마였는데, 치마 길이가 원체 짧기도 했지만 그녀의 다리 또한 매우 길었다.

여자는 오른손으로 내 가슴을 어루만지면서 왼손으로는 자기의 팬티 스타킹을 벗었다. 참으로 대담한 여자였다. 날카로운 손톱 끝이 스타킹을 할퀴지 않도록 손가락을 부챗살처럼 빳빳하게 일직선으로 편 채로 스타 킹을 벗겨 내리자, 그녀의 금빛 거웃과 상앗빛 다리가 주황색 조명 아래 서 뽀얀 빛을 내며 드러나기 시작했다.

나는 문득 그녀의 발에 눈길이 가 그녀가 신고 있는 하이힐을 집어 들 었다. 나는 여자의 하이힐이야말로 인간이 고안해 낸 것들 중 가장 훌륭 한 걸작품이라고 생각해 왔다. 그녀의 하이힐 뒷굽은 어림잡아 보아도 15센티미터는 되어 보였다.

긴 손톱과 높은 하이힐 등 완벽하게 관능적 장치를 갖추고 있는, 그리 고 농염무쌍한 얼굴을 한 여자가 바로 내 앞에 앉아 있다니! 나는 감격하 지 않을 수 없었다. 하이힐의 굽은 아래로 뻗어 내려가면서 멋진 곡선을 만들어내고 있었고, 끝이 정말 송곳같이 뾰족했다. 나는 감격한 나머지 하이힐을 집어 들고 거기에다 키스를 하기 시작했다.

"난 이제껏 기껏해야 12센티미터 높이 정도의 하이힐밖에 못 봤는 데……."

키스를 끝내고 나서 내가 여자에게 한 말이었다.

내가 사라 공주를 만나기 전 현실 속에서 사랑했던 여자가 12센티미 터짜리 하이힐, 아니 뾰족부츠를 즐겨 신고 다녔던 것이다. 그녀 역시 손

톱을 길렀지만 손끝에서 3센티미터 정도밖에 되지 않아 15센티미터쯤
되어 보이는 이 여자의 손톱보다는 훨씬 짧았다.

내가 사귀었던 여자는 어깨끈 없이 유방에 걸려 지탱되는 탱크톱 스타
일의 빨간색 미니 원피스를 즐겨 입었다. 가로로 두른 끈 아래로 등이 허
리까지 깊게 파여 뒷모습만 보면 거의 알몸으로 보이는 드레스였다. 그
위에다 여름이든 겨울이든 반드시 니트로 된 롱코트를 걸치고, 긴 가죽부
츠를 신고 다니는 것이 그녀의 일상적인 차림새였다.

그런데 지금 옆에서 나를 시중들고 있는 여자와 그녀를 비교해 보니,
손톱뿐만 아니라 얼굴로도 도무지 게임이 될 것 같지가 않았다. 그래서
나는 그 정도 여자를 지금껏 못 잊어하는 나 자신이 몹시도 부끄러워졌
다. 그녀는 내가 『즐거운 사라』 때문에 감옥소에 가고 또 대학교수도 못
하게 되자 나한테서 도망쳐버렸던 것이다. 나를 좋아한 게 아니라 나의
명예와 지위를 좋아한, 말하자면 '겉만 야한 여자'요 전형적인 속물이었
다.

'셰에라자드'의 여자가 나의 얼굴에 가슴을 갖다 댔다. 풍만한 젖가슴
때문에 나는 관능적 법열감에 넘쳐 질식할 것만 같은 기분이 되었다. 하
지만 나는 곧 정신을 차리고 나서, 그녀가 걸치고 있는 주름 모양의 치마
사이로 손을 집어넣어 엉덩이를 어루만졌다. 매끈매끈하면서도 부드러
운 피부가 마치 기름을 발라놓은 것 같았다.

나는 환희에 넘쳐 그녀의 탄력 있는 젖가슴에 얼굴을 파묻었다. 그리
고 몸에서 풍겨 나오는 짙은 향수 냄새를 맡으며 젖꼭지를 입술로 애무
했다. 젖꼭지 역시 먹음직스럽게 뾸딱 솟아 있었다.

"당신, 정말 대단한 여자군!"

내가 기쁨에 넘쳐 소리치자 여자는 흡사 꿈을 꾸고 있는 듯한 목소리로 말했다.

"당신을 기다리고 있었어요."

"그래? 내가 누군지 어떻게 알고 그런 말을 하지? 당신은 한국 사람도 아닌데……."

나는 계속 그녀의 젖꼭지를 음미하면서 말했다.

"텔레파시로 알지요. 당신은 진짜로 본성에 솔직한 분이셔요. '알라딘' 같은 바보 페미니스트가 아니라."

「알라딘의 신기한 램프」 얘기는 내가 수없이 읽어 거의 외우다시피 하는지라, 나는 그녀가 무슨 얘기를 하고 있는지 금세 알아챌 수가 있었다.

"맞아. 알라딘은 너무나 바보였어. '부마 콤플렉스' 때문에 애써 얻은 마법의 램프를 너무 싱겁게 사용하고 말았지. 걔는 상대가 공주라는 사실에 그만 깜빡 죽어가지고, 공주의 공처가 남편이 되는 정도에서 만족하고 만 거야. 나라면 그렇게 하지 않았을 텐데……."

"그럼요, 당신이라면 공주 정도는 그냥 후궁으로나 삼으셨을 거예요."

여자는 이렇게 말하면서 나를 보드랍게 끌어안고 입을 맞췄다.

긴 입맞춤이 끝나자 그녀는 내 어깨에 살포시 머리를 기댔다. 그래서 나는 그녀의 풍성한 머리카락 사이에 얼굴을 묻고 입술로 머리카락을 잘근잘근 씹었다. 그녀는 긴 손톱으로 내 불두덩을 갉작거려 주면서 계속 말을 이어나갔다.

"사실 그만하면 알라딘은 순진했어요. 하지만 당신의 순진성에는 못 미치죠. 선생님…… 오늘 밤 저한테 진짜 낭만적인 사디스트가 돼주실 수 있으세요?"

"당신은 「알라딘의 신기한 램프」 얘기에 숨겨져 있는 상징적 모티프를 어찌 그리 자세히 알고 있지? 난 그걸 연구하느라 머리카락이 다 빠져버렸는데…… 혹시 대학에서 상징이론이라도 전공한 거 아냐?"

내가 이렇게 묻자, 그녀는 까르르 웃어젖히며 마치 은방울이 옥쟁반 위로 굴러가는 것 같은 소리를 냈다.

"죄송해요. 제가 너무 경박스럽게 웃어서요. 대학에 다녔다고 해서 그런 걸 알 수 있나요? 선생님은 너무 바보 같으세요. 갑자기 대학 얘기를 꺼내시니 말씀이에요. 공부를 많이 한다고 해서 '직관력'이 길러지는 건 아니잖아요?…… 자, 그러니까 우리 이제 그런 딱딱한 얘기는 그만두기로 해요. 오늘 밤은 일단 사디스트가 되셔가지고 저를 기쁘게 해주세요, 네?"

그녀의 입에서 나온 '사디스트'라는 말이 나의 오관(五官)을 새삼 난폭하게 긴장시켰다. 또 아까부터 그녀가 긴 손톱으로 내 자지를 약 오르게 했기 때문이기도 했다. 그래서 나는 그녀를 바닥으로 밀어내 넘어뜨린 뒤, 한껏 팽창된 자지를 꺼내가지고 그녀의 보지를 향해 돌진해 들어가려고 했다. 그러자 그녀는 내 수선스런 동작을 황급히 제지하면서 이렇게 말했다.

"그동안 너무 외로우셨나 보군요. 왜 그렇게 서두르시죠? 선생님은 항상 '인터코스'보다는 '페팅'이 낫다고 주장해 오셨잖아요?"

나는 좀 부끄러워졌다. 그래서,

"아니 그렇게까지 외롭진 않았어. 내게는 '관능적 상상력'이라는 애인이 있었으니까……."

하고 여자에게 말해주었다.

"그런데 왜 그리 서두르신 거예요? 예전에 그 시건방진, 그리고 의리도 없이 도망친 그 계집애하고도 늘 그러셨나요?"

"아니, 당신이 그 여자 얘길 어떻게 알지?…… 맞아, 당신은 텔레파시에 통했다고 그랬지. …… 그 여자애하곤 헤비 페팅만 하고 인터코스는 별로 안 했어. 또 사실 걔가 너무 약아빠져서 그걸 피하기도 했고 해서 말이야."

"그러니까 제가 선생님이 지금도 미련을 갖고 계신 그 얄미운 여자애보다 훨씬 더 섹시해 보이기 때문에 그토록 흥분하셨단 말이 되는군요."

"말하자면 그렇지. 정말 넌 굉장하거든."

"그러다가 만약에 저보다 몇 배나 더 섹시한 여자가 생기면 어떡하시겠어요? …… 항상 의연한 자세를 유지하셔야 해요. 삽입에 대한 끈질긴 향수에서 못 벗어나신다면, 그건 알라딘이 요술램프를 구해가지고 기껏 한다는 것이 권력자, 즉 왕한테 고개 숙이며 공주에게 장가간 것과 별로 다를 게 없죠. 삽입은 종족보존의 본능에서 나오고, 종족보존의 본능은 온갖 압제와 수탈을 가능하게 만들어요. 종족보존의 본능이 결국 '결혼'이라는 제도를 만들어냈고, 사람들은 '결혼생활의 행복'이라는 자위수단에 마취되어 천부의 독립적 인권과 자유를 포기하니까요. 그래서 저는 오늘 밤 선생님께서 좀 더 느긋하게 즐기실 수 있는 기회를 마련해드리기로 했어요."

여자의 말을 들으니 내가 너무 오두방정을 떤 것 같아 몹시 부끄러워졌다. 그래서 나는 그녀가 시키는 대로 따르기로 했다.

"알았어, 네가 하자는 대로 할게. 그럼 어떤 방법으로 날 기쁘게 해줄래?"

내가 이렇게 말하자 그녀는,

"우선 여기를 빠져나가요. 여긴 너무 답답한 곳이니까요."

하고 말하며 내 손을 잡아 나를 일으켜 세웠다. 그래서 나는 그녀의 손을 잡고 '셰에라자드'를 빠져나왔다. 그녀가 옷을 바꿔 입지 않고 야한 옷차림 그대로 나서는 걸 보고 나는 정말 깡이 센 여자라고 생각했다.

그녀는 호텔 문을 나서자 나를 자기 차에 태웠다. 빨간색 포르쉐였다.

차는 남쪽을 향해 달렸다. 동경 시내를 지나갈 때까지만 해도 주변의 풍경이 예전 그대로였는데, 조금 시간이 지나자 서울의 한강대교를 건너고 있는 게 아닌가. 그리고 다리 중간쯤에 오자 눈에 보이는 풍경이 달라지기 시작했다.

강 가운데 큰 섬이 하나 있었고, 섬 한가운데 성이 하나 높다랗게 솟아 있었다. 그 성은 지은 지가 1천 년도 더 돼 보이는 아주 고풍스런 성이었다. 나는 귀신에 홀린 듯하여 통 정신을 차릴 수가 없었다. 살을 꼬집어봤지만 아픈 걸 보니 현실은 분명 현실이었다.

차는 어느새 섬 안으로 들어가고 있었다. 성 주변은 아름다운 숲으로 가득 차 있었는데, 나무들이 모두 다 생전 처음 보는 남국풍의 열대수들이었다. 나는 깜짝 놀라 여자에게 물어보았다.

"아니, 여기가 어디지? 아무리 봐도 동경이 아닌데……. 그리고 서울이래도 내가 아는 서울이 아니고……. 도대체 어떻게 된 거야, 응?"

여자는 빙그레 미소를 머금은 얼굴로 나의 물음에 대답했다.

"선생님, 그렇게 당황하실 것까진 없어요. 선생님은 늘 환상적인 꿈을 먹고 살아가는 '어린 왕자' 같은 분이시잖아요? 전 사실 선생님을 뵙고

싶어 오늘 처음으로 '셰에라자드'에 나갔던 거예요. 참 셰에라자드는 제
이름이기도 하죠. 이젠 짐작이 가시겠어요?"

"아니 그럼 …… 당신이 그 『아라비안나이트』에 나오는 셰에라자드란
말이오? 그럼 다시 환생을 했다는 말이 되는데……."

"그 셰에라자드는 아니에요. 그 여자는 왕에게 별로 야지도 못한 시
시껄렁한 옛날 얘기나 들려줘 가지고 자기의 목숨을 연장 받은 비굴한
여자지요. 하지만 페르시아 지방에는 예전부터 '셰에라자드'란 이름이 흔
하답니다. 그래서 제 이름도 셰에라자드가 된 거지요."

"이름은 그렇다 치고, 당신이 어떻게 환생을 했으며 또 어떻게 이런 마
술을 부릴 수 있는지 무척 궁금해지는군."

나는 워낙 어렸을 때부터 동화책에 나오는 신비스런 얘기들이 상상력
의 힘에 의해 언젠가는 실제로도 충분히 실현될 수 있다는 믿음을 갖고
있었으므로, 여자가 귀신(또는 요정?)이라는 사실에 그다지 놀라지 않았
다. 다만 그녀가 부리는 마술이, 거대한 섬과 그 안에 있는 고성을 만들어
낼 수 있는 정도의 것이라서 꽤 놀라고 있을 뿐이었다.

"그건…… 제가…… 램프의 요정이기 때문에 그래요."

여자는 나직한 소리로 아주 천천히 말했다. 아마도 내가 자기 말을 믿
어주지 않을 것을 걱정해서 그러는 것 같았다.

"램프의 요정이라구? 그럼 그 '알라딘의 신기한 램프'를 말하는 거
야?…… 거기선 당신처럼 섹시하게 생긴 여자 요정이 아니라 무섭고 우
람하게 생긴 마신이 나오는 걸로 돼 있는데……."

"아무튼 제 말을 다 믿어주시는 거죠? 하긴……제가 선생님을 너무 의
심하고 있었는지도 모르죠. 선생님이 진짜로 순진하고 마음이 열려 있는

야(野)한 분이라는 걸 알면서도, 대부분의 요즘 사람들은 마음이 탁할 대로 탁해져 있어서 제가 그만 선생님을 잠깐 의심하고 말았어요. 정말 죄송해요."

"당신이 램프의 요정이란 건 내가 확실히 믿겠어. 암, 믿고말고……. 내 말은, 어째서 램프의 요정이 남자 마신이 아니라 여자 요정이냐 이 말이야."

"아참, 조금 아까 그걸 제게 질문하셨지요? 물론 램프의 정(精)은 원래 남자 마신이었어요. 그런데 그분도 이젠 꽤 늙으셔서 저를 대리자로 지명하신 거죠. 그리고 선생님이 워낙 섹시한 여자를 밝히신다는 걸 알고 자기 대신 저를 보낸 거구요."

"그건 참 잘한 일이야. 아무리 요술을 잘 부려준다고 해도, 흉측하게 생긴 남자 마신과 자주 만나야 한다고 생각하면 왠지 찜찜한 생각이 드니까 말이야……. 그런데, 그럼 그 램프는 어디 있지?"

"아, 그 요술램프 말씀이로군요? 그런 건 없어도 돼요. 굳이 말씀드리자면 선생님 몸 안에 넣어놨다고 할 수 있지요. 『아라비안나이트』 책에서처럼 꼭 수중(手中)에 램프가 있어야 한다면, 혹시라도 그걸 잃어버린 뒤에 '알라딘'처럼 고생을 하게 되니까요. 선생님은 뭐든지 손에 들고 다니는 걸 귀찮아 하는 성격인지라 램프의 마신께서 특별히 배려를 해주신 거죠."

"램프를 내 몸 안에 넣어놨다구? 난 무슨 말인지 잘 못 알아듣겠는데. 그런 내가 너를 부르고 싶을 땐 어떻게 해야 하지?"

"램프를 손으로 문지르시면 돼요. 주인님의 몸 자체가 램프고 그 중에서도 주인님의 자지가 가장 중요하니까, 그걸 손으로 마스터베이션 하듯

이 문지르면서 '야하디야하다'를 두 번 외쳐주셔요. 그리고 끝에다 '쌍!'을 붙이시구요. 그럼 제가 나타날 테니까요."

"그것 참 편리한 방식으로 돼 있군. 아무튼 고마워. 내가 알라딘의 요술 램프를 얻게 되리라곤 정말 꿈에도 생각지 못했어. 게다가 너처럼 섹시하기 짝이 없는 램프의 요정까지 겹쳐서 말이야."

나는 의연한 태도로 말하려고 애썼지만, 너무나 흥분이 되어 몸을 가눌 수 없을 지경이었다. 아아, 이게 꿈이냐 생시냐, 내가 꿈에 그리던 그 요술 램프를 실제로 얻게 되다니!

차가 드디어 성문 안으로 들어섰다. 온갖 나무들이 무성한, 마치 태고의 원시림을 방불케 하는 정원을 지나자 웅장한 성채가 모습을 드러내기 시작했다. 가까이서 보니까 고성은 고성인데 '낡은 고성'이 아니라 '새 고성'이었다. 이슬람 궁전 양식에 로코코풍의 화려한 장식이 가미된 호화스러운 저택이었다. 나는 마음속으로 무어풍(風)과 유럽풍이 이처럼 기막히게 어울릴 수도 있구나, 하고 놀라움 섞인 탄성을 연발할 수밖에 없었다.

성 안으로 들어가자 아라비아풍의 화려한 홀이 나타났고, 거기서 다시 2층으로 올라가자 르네상스풍으로 된 거대한 침실이 나왔다. 탑의 아랫방이라 방은 둥글었고, 한가운데 르네상스 시대의 화려한 장식으로 된 침대가 놓여 있었다. 창문에는 커튼이 처져 있었는데, 금빛 실크로 된 커튼은 비칠 듯 말 듯 투명한 문양으로 직조(織造)되어 있었다. 천장에 높이 매달린 샹들리에에서는 수백 개의 촛불이 은은한 빛을 뿜어내며 실내를 밝혀주고 있었다.

나는 셰에라자드가 권하는 대로 침대 옆에 있는 붉은 장미무늬의 천이

덮인 소파에 앉았다. 그녀는 내 곁으로 다가와 어깨에 키스를 했다. 그리고 구두와 양말을 희디흰 이빨로 벗겨낸 다음 내 발가락들을 입으로 핥고 빨기 시작했다. 그러면서 손으로는 계속 내 허벅지를 쓰다듬고 있었다. 그녀의 긴 손톱이 살에 닿을 때마다 짜릿짜릿한 쾌감이 전해져 왔다.

조금 있다가 남자 검둥이 노예 두 명이 진수성찬이 차려진 음식상을 날라 왔다. 우람한 체격을 가진 남자 검둥이 노예를 보니, 예쁘게 생긴 여자 노예를 보는 것보다 오히려 더 사디스틱한 쾌감을 느낄 수가 있었다. 내가 말라깽이라서 그런지도 몰랐다.

셰에라자드는 내 입에 술과 음식을 넣어주면서 말했다.

"언제까지나 주인님 곁에서 주인님을 즐겁게 해드리고 싶어요. 무엇이든지 원하시는 대로 말씀하세요. 저는 램프의 요정이고, 램프가 당신 몸에 있는 이상 전 당신의 노예니까요. 주인님이 진정한 사디스트라면 저를 거칠게 애무하고 고문하세요. 그리고 이 성 안에 가둬두세요. 당신은 원하실 때마다 이곳에 오실 수가 있어요."

"그럼 나한테 마법의 램프가 있어봤자 결국 너 하나만 갖고 놀 수 있을 뿐이란 말인가?"

어쩐지 미진한 생각이 들어서 내가 셰에라자드에게 볼멘소리로 물어보았다(확실히 난 욕심이 많은 놈이다).

"아니에요. 주인님은 그때그때 원하시는 걸 뭐든지 하실 수가 있어요. 타임머신을 타고 고대로 올라가 황제가 돼보실 수도 있고, 또 미래로 달려가 천하절색의 여자가 돼보실 수도 있어요. 또 현재에 머물면서 여러 가지 상상의 유희를 즐기실 수도 있구요. 다만 중간중간 짬이 나실 때마다 저에게도 좀 사랑을 베풀어주십사 하는 말씀이지요."

"내가 램프를, 아니 자지를 문지를 때마다 너를 만나게 될 텐데?"

"그래도 혹시 저를 그냥 램프의 노예로만 부려 먹으실까 봐 그러는 거지요."

"걱정 마, 난 지금 너한테 홀딱 빠져 있으니까. 아예 이 성 안에 상주하면서 그때그때 상상의 유희를 즐겨보는 것도 괜찮을 것 같다는 생각이 들 정도야."

"그것도 좋은 생각이시네요. 뭐든 주인님 마음 내키는 대로 하셔요."

"그런데 한 가지 켕기는 게 있어. 내가 여기서 살든 상상의 나라 속에서 살든, 내가 갑자기 없어져버리면 집에 계신 어머님이나 나의 복권·복직운동을 하고 있는 학교 제자들 등 세상 사람들이 걱정을 많이 할 것 같아서 그게 마음에 걸려. 또 내가 새로 연재하게 된 소설이나 칼럼도 있고 강연 요청도 꽤 많아지고 해서 말이야."

"그 문제는 염려 마세요. 선생님의 분신(分身)을 하나 만들어가지고, 하시던 일을 계속하게 하면 되니까요. 생각난 김에 아예 지금 당장 만들어버릴까요?"

내가 그럼 그렇게 해보라고 하자 셰에라자드는 내 음모 한 가닥을 뽑아내어 거기다가 '후―'하고 입김을 불었다. 그러자 나와 똑같이 생긴 남자가 한 명 나타나는 것이었다. 셰에라자드는 또 자기의 음모도 한 가닥 뽑아 그녀의 분신을 만들었는데, 두 사람은 팔짱을 낀 채 곧장 방 밖으로 사라졌다.

"저 두 사람이 대체 어디로 가는 거지?"

"아까 선생님과 제가 있던 나이트클럽 '셰에라자드'로 가는 거지요. 거기서 선생님은 저랑 술을 드시다가 호텔로 돌아가시는 거구요."

"내 분신이 과연 나처럼 강연을 하고 글도 쓰고 할 수 있을까?"

"염려하지 마세요. 선생님과 똑같이 해낼 수가 있으니까요."

그녀의 말이 진실인 것 같아서 나는 적이 마음이 놓였다.

고달픈 세상살이로부터 일단 해방됐다고 생각하니 정말 기분이 좋았다. 그래서 나는 음식이 더 맛있게 느껴졌고, 셰에라자드의 졸린 듯 몽롱한 눈매가 더 고혹적으로 느껴졌다.

음식을 먹고 나서 우리는 침대에 누웠다. 셰에라자드는 술과 안주를 가져다가 침대 옆 나이트 탁자 위에 놓고서, 술과 안주를 계속 내게 입으로 먹여주고 있었다.

우선 나는 펠라티오의 쾌감을 실컷 맛보고 싶어 그녀에게 내 자지를 입으로 애무하게 했다. 입술을 살짝 안으로 오므리고 빨아대는 그녀의 펠라티오 기술은 대단해서, 나를 정신없이 헷갈리게 했다. 나는 원래 지루증(遲漏症)인지라, 한 시간 이상이나 오럴섹스의 기쁨을 맛볼 수 있었다. 셰에라자드는 나의 노예답게 한마디 불평도 없이 오로지 일방적으로만 봉사해 주었다. 말 많고 시건방지기 짝이 없는 요즘 여자들하고는 질이 달랐다.

나는 그녀를 잠시 쉬게 할 겸 해서 그녀로 하여금 내 품에 안기도록 했다. 그녀는 내 품안에 기어들어 와서도 내 목과 가슴을 쉴 새 없이 핥아주는 것이었다. 나는 그녀가 너무나 기특하게 생각되어, 그녀의 입술에 입맞춤을 한 뒤 부드럽게 말했다.

"셰에라자드, 넌 정말 착한 노예로구나……. 그런데 한 가지 궁금한 게 있어. 넌 원래 요정이었니, 아니면 처음엔 사람이었니? 또 네가 램프의 마신을 만난 건 언제니? 정말 네 과거가 궁금해서 못 견디겠구나. 그러니까 어서 너의 역사를 말해 봐."

"아아. 다정하신 저의 주인님! 그렇다면 저에 관한 이야기를 말씀드리겠어요. 믿기지 않으시더라도 제 얘기를 끝까지 들어보셔요. 어쩌면 재미있는 얘기가 될 지도 모르니까요."

셰에라자드는 한 손으로는 내 자지를, 그리고 다른 한 손으로는 내 가슴을 부드럽게 애무해 나가면서, 약간 졸린 듯한 목소리로 이야기를 하기 시작했다.

❖

저는 사실 과거에서 온 여자가 아니라 미래에서 온 여자예요. 물론 전원래가 인간이었구요. 저는 서기 2323년에 태어났어요. 저는 프랑스에서 태어나 전파공학을 전공했지요.

꽤 섹시한 용모를 갖고서 태어나는 바람에 배우나 모델이 돼보라고 권하는 사람들이 많았죠. 24세기엔 거의 실물이 움직이는 것처럼 보이는 입체영화가 여전히 오락시작을 점령하고 있고, 또 누드에 신물이 난 사람들이 어떻게 하면 더 야해 보이는 옷을 입나 하고 고민하는 시대이기 때문에, 배우와 모델의 사회적 위치가 지금보다 훨씬 더 높아요. 정치가보다 더 큰 권력을 누리고 있다고 하면 아마 이해가 가실 거예요.

그렇지만 저는 공부도 잘하는 편이었기 때문에 전파공학을 전공하고 세계 제일의 위대한 과학자가 돼보려는 꿈에 부풀어 있었어요. 제가 공부한 전파공학은 요즘 말하는 전파공학과는 차원이 좀 달라요. 알기 쉽게 설명 드리자면 일종의 '텔레파시'를 연구하는 분야라고 할 수 있지요. 저는 월반에 월반을 거듭하여 스무 살 때 박사학위를 받을 수 있었어요. 그런 다음 국립연구소에 근무하면서 하루 종일 연구실에 파묻혀 오로지 공부만 하면서 지냈지요.

그러던 어느 날 밤, 늦게까지 연구를 하다가 캄캄한 자료실에 들어가야 할 일이 생겼어요. 퓨즈가 끊어졌는지 스위치를 눌러도 불이 잘 안 들어와 어둠 속을 더듬거리며 자료를 찾고 있는데, 그만 기계를 잘못 건드리는 바람에 감마선 발사장치가 저를 향해 작동되었어요.

저는 갑자기 몸이 붕 뜨는 것처럼 느껴졌고, 엄청나게 밝은 빛 속으로 끌려들어가고 있다는 걸 알았습니다. 나중에 정신을 차리고 보니 아름답기 그지없는 숲 속 한가운데에 제가 누워 있더군요. 온갖 기화요초가 만발하고 기이한 짐승들이 뛰노는 신비스런 분위기의 잘 가꿔진 정원이었습니다.

좀 더 누워 있으려니까 멀리서 사람들의 행렬이 저를 향해 오고 있는 것이 보였어요. 가까이 온 뒤에 보니 그 중에 우두머리처럼 보이는 사람은 황금색 비단옷을 입고서 호화로운 수레를 타고 있었고, 나머지 사람들은 허리를 굽히고서 그 사람의 뒤를 따르고 있었습니다. 모두가 동양인들이었는데, 전 이상하게도 그 사람들이 하는 말을 다 알아들을 수가 있었어요.

황금옷을 입은 사람이 뭐라고 지시를 하자 곁에 늘어서 있던 호위병들이 저를 붙잡아 일으켰습니다. 그리고는 동그란 문이 늘어서 있는 궁전으로 절 데려갔어요. 궁전 안팎에는 황금빛 옷을 입은 여인들이 많이 있었는데, 다들 눈부신 옷차림에 비해서는 못생긴 얼굴을 하고 있는 게 이상했어요. 아마도 종자가 나빠서 그런 것 같았습니다. 하지만 그녀들이 걸어 다닐 때마다 이루 형언할 수 없으리만큼 묘한 향내가 풍겼지요. 그리고 집 안팎도 역시 아름다운 향기로 가득했구요.

여인들은 저를 데리고 들어가 옷을 벗기고 나서 목욕을 시켰습니다. 탕 안에서도 역시 기이한 향내가 났어요. 뭐라고 표현해야 할까요. 장미꽃 향기에다 사향노루의 배꼽에서 나오는 암내를 합친 냄새라고나 할까요.

여인들은 저의 손톱에 약초를 찧어 만든 즙을 발라주었어요. 손톱이 빨리, 그리고 예쁘게 자라나도록 하는 풀이라고 하더군요. 그런 다음 저에게 옷을 입혀줬는데, 속이 거의 다 비치는 투명한 실크로 만들어진 황금빛 가운이었어요. 옆을 여러 군데 길게 터서, 걸어 다닐 때 사타구니까지 훤히 드러나 보이는 롱 드레스였지요.

그런 다음 제가 여인들의 안내를 받아 들어간 곳은 바로 왕의 침실이었습니다. 나중에 알고 보니 그곳은 '색(色)'이라는 왕조(王朝)의 왕실이었어요. 왕은 저를 매우 흡족한 눈으로 쳐다보았고, 그곳에서 저는 그의 요구대로 움직일 수밖에 없었죠.

하루 이틀 지나는 동안 머리가 좋고 눈치가 빠른 저는 금방 그의 성(性) 취향을 간파하게 되었어요. 그래서 그날그날 그의 기분에 따라 기민하게 행동하여 그를 만족시켜 줄 수 있었지요.

왕은 저를 매우 사랑해 줬어요. 그럴 수밖에 없는 것이, 왕궁 안엔 저만큼 예쁜 여자가 없었으니까요. 화려한 왕궁에 비해 못생긴 왕이나 못생긴 궁녀들은 너무나 안 어울리고 또 너무나 불쌍해 보였습니다. 제가 살던 24세기 프랑스로 데려가서 몽땅 성형수술을 받게 하거나 유전자 조작을 통해 미남, 미녀로 바꿔버리고 싶은 충동이 일어났지요.

사람의 외모는 너무나도 중요해요. 돈이나 권력에 대한 욕구 못지않게 미모에 대한 욕구 또한 크게 마련이거든요. 23세기 후반부터는 인간의 외모 문제도 어느 정도 해결되기 시작하죠. 다 과학의 힘 덕분이었지요. 물론 그때가 돼도 '타고난 미인'에 대한 선망은 그대로지만요. 제가 배우가 되도록 권유받은 것은 '타고난 미인'이었기 때문이죠.

왕은 곧 저를 위해 곧바로 호화의 극을 달리는 별궁을 지어주었어요. 저와 그가 성희를 즐기는 방은 수정과 다이아몬드로 만들어진 방이었는데, 수정으로 만든 거울이 온 벽과 바닥, 그리고 천장을 장식하고 있어 저의 온갖 동작들이 전후좌우 사면과 아래위로 비쳐졌습니다.

방 한가운데에는 황금으로 만든 침대가 놓여 있었고, 왕은 그곳에 드러누워 제가 혼자서 벌거벗은 채로 풍만한 젖가슴을 쓰다듬으며 자위행위를 하는 모습을 바라보기 좋아했어요. 그리고 또 제가 금실, 은실로 짜인 투명한 천으로 된 옷을 입고, 살이 드러날 듯 말 듯 옷을 찰랑거리며 춤을 추는 모습을 지켜보는 것도 좋아했지요.

사면의 거울에는 춤추는 저의 모습이 그대로 비쳐져, 마치 얼굴이 똑같이 생긴 수십 명의 무희가 춤을 추고 있는 것같이 보였어요. 왕은 또 제 가슴이 꼭 수밀도 복숭아같이 생겼다고 하면서 발가락으로 제 젖가슴을 애무하는 것을 즐겼습니다.

그러던 어느 날 저는 그분과 정원의 향수 연못 속에서 헤엄을 치며 놀고 있었는데 그분이 갑자기 심장마비를 일으켜 물속으로 가라앉고 말았어요. 저는 그를 끌어올리려고 애썼지만 무게를 이기지 못해 그만 함께 물속으로 가라앉아 버렸지요. 그러고는 정신을 잃어버렸는데, 나중에 깨어보니 어느 바닷가에 발가벗은 채로 누워 있는 것이었습니다.

좌우를 둘러보니 웬 여자 하나와 그녀의 하인으로 보이는 사람들이 제 곁에 서 있었어요. 그 여자는 저를 일으켜 세우라고 부하들에게 명령했습니다. 제가 부하들의 부축을 받으며 가까스로 일어서자 그녀는 제 몸을 아주 에로틱한 손놀림으로 부드럽게 쓰다듬어 주는 것이었어요. 그래서 저는 금세 피로를 잊을 수 있었습니다.

그러고 나서 여자는 저를 데리고 바다 속으로 들어갔습니다. 신비로운 모양의 흰 물거품이 일어나면서 저를 감싸자, 물속인데도 불구하고 하나도 숨이 차지가 않았고 그래서 전 편하게 숨을 쉴 수가 있었지요. 그 여자는 바다의 요정임이 분명했어요.

저는 바다의 요정으로부터 흰 물거품으로 만들어진 옷을 선사받았습니다. 흰 물거품들이 마치 하늘거리는 레이스를 연상케 해주는 옷이어서, 바다의 요정은 언제라도 제 젖가슴을 만지작거릴 수가 있었죠.

바닷속 궁전에 사는 여자들은 다 굽이 아주 높은 스틸레토 하이힐을 신고 있었는데, 제가 그들이 준 하이힐을 신어 보니 물거품처럼 가벼웠고, 오색이 영롱한 예쁜 조개껍데기로 장식돼 있는 구두였습니다.

바다의 요정은 궁정 발코니에 앉아 제가 바다 속을 헤엄쳐 다니는 광경을 바라보는 것을 좋아했어요. 그러니까 바다의 요정은 일종의 레즈비언이었던 것 같아요. 저는 조개껍데기를 잇대어 만든 좁은 띠를 가슴에 두르고, 팔에는 산호로 만든 팔찌를 차고, 발목엔 진주로 엮은 발찌를 걸고서 헤엄을 쳤습니다. 다리엔 흰 물거품으로 만든 스타킹을 신고 있었죠.

바다의 요정은 제가 홀라당 발가벗고 헤엄치는 것보다는, 여러 가지 장신구들로 몸을 살짝 가리고서 거의 나신에 가까운 모습으로 헤엄치는 것을 좋아했어요. 참, 그리고 그녀는 제가 헤엄을 칠 때도 반드시 높은 하이힐을 신을 것을 저에게 요구했지요. 제가 헤엄을 치다가 돌아와 그녀 곁에 누워서 쉬면, 그녀는 저의 등과 엉덩이를 쓰다듬어 주면서 저의 엉 덩이와 다리에 미칠 듯한 키스를 보냈습니다.

바다의 요정은 제가 전에 '색(色)'이라는 이름의 나라에 있을 때 바른 신비한 약초 덕분에 아주아주 길고 예쁘고 튼튼하게 자라나 있는 제 손 톱을 황금색으로 물들이게 했어요. 그리고 저의 긴 머리카락을 온통 바닷 빛으로 물들이게 했지요. 바다의 요정은 물결을 일으켜가지고 제 항문을 애무하길 좋아했는데, 그 부드러우면서도 강한, 찰싹찰싹 때리는 듯한 느 낌이 전 너무나도 좋았습니다.

어느 날 저는 바다 속까지 뚫고 들어오는 햇빛이 정말 아름다워서 바 다 위로 몸을 솟구쳤습니다. 물고기 떼들이 제 옆을 지나갈 때 저의 몸을 살짝살짝 때리는 느낌이 섬뜩하면서도 색다른 쾌감을 선물해 주더군요. 기분이 좋아진 저는 바다색으로 염색된 머리를 황금색으로 물들인 긴 손 톱으로 빗어 내리면서 바다 위를 하염없이 떠다니고 있었습니다.

그런데 웬 배가 한 척 다가오더니 갑자기 그물을 던졌어요. 일순간 벌 어진 일이라서 저는 미처 피할 겨를도 없이 그 배에 낚아 올려지고 말았 지요.

사공들은 저를 신기한 듯 쳐다보며 이러쿵저러쿵 마구 떠들어댔습니 다. 그때 그 배의 선장이 나타났어요. 그는 아주 기품 있게 생긴 남자였는 데, 나를 보고는 마음에 든다는 표정을 했지요. 그리고 배에 싣고 가던 옷 감들 중에서 가장 좋은 비단을 가져오게 하여 저의 몸에 둘러주었습니다. 그리고 나서 그가 저를 데려간 곳이 바로 페르시아의 궁전이었어요.

아라베스크

페르시아의 왕은 저를 보자마자 아주 마음에 들어 하는 것 같았어요. 저는 그가 지시하는 대로 배꼽이 드러나는 선정적인 옷을 걸치고 투명한 베일을 썼습니다. 옷은 그저 가슴을 가리는 둥 마는 둥 한 디자인으로 되어 있었지요.

제가 들어간 곳은 왕의 하렘이었는데, 금색 실로 수놓아진 화려한 쿠션들과 신비하고 현란한 무늬로 된 카펫이 인상적이었습니다. 그곳에는 예쁘면서도 마조히스틱하게 생긴 여자들이 우글거렸는데, 다들 투명한 천을 가슴에 두르고 골반에다 구슬로 엮은 발을 늘어뜨리고 있어, 움직일 때마다 성기와 엉덩이가 또렷이 드러나는 것이었어요. 그녀들은 제게 향수를 발라주고 화장도 시켜주었지요. 그때 왕이 들어오며 저를 보고 말했습니다.

"그대의 가슴은 정말 눈처럼 희군."

그러고는 저의 얼굴을 손으로 쓰다듬더니 제 가슴에서 옷을 왈칵 떼어냈습니다.

그는 이렇게 말하며 제 젖꼭지를 만지작거리기 시작했습니다. 왕은 피부 빛깔이 흰 여자를 미치도록 좋아했는데 하렘의 여자들은 대개 다 가무잡잡한 피부를 갖고 있었으므로, 저에게 홀라당 반해버린 모양이었어요.

방 안에는 시리아산(産) 사과와 사르데나산 오렌지, 나일산 참외 같은 것들이 그릇에 담겨 여기저기 놓여 있었는데, 왕은 그것을 집어 들고 쪼개가지고 저의 젖가슴에 문지르고 나서 다시 그것을 핥아먹는 것이었습니다. 그러고 나서 그가 입술을 제 입술에 포개자, 저는 제 혓바닥을 힘껏 움직여가면서 그의 혀를 깊이깊이 빨아주었습니다.

하렘에 들어온 뒤 머리카락과 손톱을 다시 새롭게 은색으로 물들인 저는, 바다 속에서 신고 있었던 하이힐만은 그대로 신고 있었습니다. 제가 하이힐을 집어 들어 뾰족한 굽으로 왕의 사타구니를 애무하자, 왕은 자지러지게 좋아하는 것이었어요. 그 다음에 저는 시녀들이 가져다 놓은 술을 왕의 얼굴과 가슴에 발랐습니다. 그리고 그것을 천천히 핥아먹으면서, 긴 손톱으로 그의 몸뚱어리를 계속 애무해주는 것을 잊지 않았죠.

얼마 후 왕은 저를 목욕실로 데려갔어요. 저는 향수를 풀어놓은 물에 들어가 천천히 몸을 씻었고, 그는 술을 마시면서 흐뭇한 눈빛으로 저를 바라보았습니다.

목욕을 마친 저는 다시 방에 들어와 왕이 잘 볼 수 있도록 사면에 거울을 배치하라고 시녀에게 이르고서, 거울이 온 뒤 몸뚱이를 가릴 옷 대신에 다마스커스산 연꽃과 새빨간 아네모네를 사용하여 가슴을 장식하기 시작했습니다.

꽃들을 서로 엮어 가슴에 걸치고 나서, 석류와 장미, 오랑캐꽃과 수선화로 머리와 겨드랑이를 장식했어요. 그리고 여러 명의 남녀가 함께 엉켜 뒹구는 그림이 프린트돼 있는 투명한 천을 허리에 둘렀습니다. 그리고 손톱에 맞게 발톱도 은색으로 칠했지요. 발톱도 상당히 길게 길러져 있었거든요.

그때까지 황홀한 눈빛으로 저를 쳐다 보고만 있던 왕은 드디어 제게 다가와 저를 화려한 쿠션 위에 앉혔습니다. 그리고 제 허벅지를 베고 눕는 것이었어요. 그래서 저는 한쪽 다리를 세우고서 긴 다리 사이로 술잔을 든 손을 집어넣어, 왕의 입가로 가져갔지요. 왕은 푸근한 행복감에 빠져 술맛과 여자 맛을 함께 즐기고 있었습니다.

그런데 그때 갑자기 벼락 치는 소리가 나며 방바닥이 갈라지더니, 검은 머리카락을 길게 늘어뜨린 사납게 생긴 괴물이 나타났습니다. 왕은 깜짝 놀라 일어나 그 괴물을 맞이했습니다. 왕은 제게 말하기를, 그 괴물은 왕의 배다른 동생인데 그의 어머니가 마녀였기 때문에 그 또한 마인(魔人)이 되었다고 했어요.

마인은 저를 뚫어져라 바라보더니 왕에게 이렇게 말했습니다.

"이 여자를 내게 주시오."

그러자 왕은 이 여자는 내 보물단지니 다른 여자를 주겠다고 말했습니다. 그때 갑자기 마인의 눈에서 불꽃이 번쩍 튀는 듯싶더니, 저는 이미 그의 손에 붙들려 하늘을 날아가고 있었습니다.

한참 동안 하늘을 날아 도착한 곳은 마인이 살고 있는 동굴이었어요. 마인이 주문을 외자 동굴 입구가 열리며 층계가 나타났습니다. 불이 환히 켜져 있었고 온갖 휘황찬란한 보석으로 실내가 장식돼 있는 곳이었습니다.

마인은 저를 내려놓자마자 방 한가운데 있는 기둥에다 붙들어 맸습니다. 그러고는 칼을 꺼내 제 젖가슴을 긋더니 떨어지는 피를 받기 시작했습니다. 그래서 저는 살이 떨어지는 아픔 때문에 금세 기절하고 말았지요.

꽤나 긴 시간이 흐른 뒤에 깨어나 보니, 아픔은 여전히 저의 폐부를 찌르고 있었고 마인은 계속 피를 받아내고 있었습니다. 그러고는 그것을 맛있게 마시는 것이었습니다. 그는 피를 다 마시고 나자 저를 풀어주고 바닥에 눕혔습니다. 그러고 나서 저에게 자기를 섹시하게 애무해달라고 명령했습니다.

그래서 저는 할 수 없이 그의 발에 키스하고 그의 전신을 살풋하게 쓰다듬으면서, 그의 거대한 자지를 입이 터져나가도록 힘겹게 빨고 또 빨았습니다. 그런데 제가 그를 애무해주는 동안 제 가슴의 상처가 신기하게도 서서히 아물어가는 것이었어요.

애무가 끝나자 그는 다시 저를 기둥에 묶어두고 사라졌습니다. 그리고 한참 후에 다시 돌아오는 거예요. 그런 식의 괴로운 나날들이 계속 흘러 갔지요.

나중에 알고 보니 마인들은 젊은 여자의 피를 마셔야 오래 살게 된다는군요. 그런데 오랜 시간에 걸쳐서 받아내는 피가 가장 효과가 있다는 것입니다. 그는 저를 기둥에 묶을 때 제 가슴을 특수한 형틀로 꽉 잡아맸는데, 형틀엔 젖가슴 두 개가 들어가는 구멍이 뚫어져 있어 그것을 끼면 젖가슴이 눌리도록 되어 있었습니다.

저의 유방은 당장이라도 터져버릴 것처럼 두 구멍에 팽팽하게 끼워졌지요. 숨이 가빠 젖가슴이 크게 오르락내리락거릴 정도였어요. 그러면 마인은 그의 긴 손톱으로 제 유방에 상처를 내고, 상처를 통해 흘러나온 피가 방울방울 떨어지게 되지요. 형틀 아래 붙어 있는 황금그릇에 피가 고이기 시작하면 저는 젖가슴이 눌리고 찢기는 아픔 때문에 몸서리를 치게 되고, 그러는 동안 마인은 유방을 뺀 저의 나머지 육체를 미칠 듯이 핥고 빨아대는 것입니다.

이런 채혈(採血) 의식은 1주일에 한 번씩 벌어졌어요. 고통스럽긴 했지만 상처의 회복이 빨라 그런대로 견딜 만했습니다. 그런데 그런 의식이 있은 후에는 마인이 저를 더 애틋하게 애무해 주는 것이었습니다. 그래서 저도 차츰 피를 뺏기는 의식을 통해 마조히스틱한 쾌감을 느끼게 되어, 저도 모르게 그를 깊이 사랑하게 되고 말았지요.

그러던 어느 날이었어요. 마인이 또 저를 형틀에 묶어놓고 피를 받을 준비를 하고 있었는데, 그때 마침 마인의 친구가 찾아왔습니다.

그 마인은 제가 섬기고 있던 마인과는 달리 아주 잘생긴 마인이었어요. 그는 제가 나체 상태로 기둥에 묶여 있는 것을 보더니 갑자기 정신 나간 사람처럼 울부짖기 시작했습니다. 그는 한바탕 울어 젖히고 나서, 다짜고짜 제가 주인으로 섬기고 있던 마인에게 달려들어 주먹으로 그의 머리를 때렸습니다. 그래서 두 마인끼리 싸움이 벌어졌지요. 정말 피 튀기는 혈투요 격전이었어요.

두 마인은 서너 시간 동안이나 결투를 벌였는데, 결국 제가 모시고 있던 마인의 패배로 끝났어요. 그래서 저는 새로운 마인의 품에 안겨 그가 살고 있는 동굴 궁전으로 가게 되었습니다.

그 마인의 이름은 '야하디야하다'라고 했는데, 먼저 마인과는 모든 게 백팔십도로 딴 판이었어요. 저를 동굴 궁전까지 데리고 가는 데도 그렇게 포근하게 품에 안아줄 수가 없었고, 제 피를 받아 마시기는커녕 오히려 저를 공주님처럼 떠받들었지요.

제가 그에게 왜 나를 보자마자 그토록 슬프게 울부짖었냐고 물어봤더니, 그는 아름답기 그지없는 네가 그렇게 험한 고생을 하고 있는 게 너무나 슬퍼서 그랬다고 대답했어요. '야하디야하다'는 그만큼이나 페미니스트였고, 또 유미주의자다운 데가 있는 신사 마인이었습니다.

그가 살고 있는 지하궁전은 정말 훌륭했어요. 제가 먼저 가봤던 '색(色)'나라의 왕궁이나 페르시아의 왕궁은 거기에 비하면 '개미 발의 무좀'만큼이나 꾀죄죄한 곳이었습니다. 저는 그곳에서 야하디야하다님의 사랑을 듬뿍 받으며 세월 가는 줄 모르고 즐거운 나날을 보낼 수 있었지요.

그는 먼저 마신처럼 여자의 피를 받아 마시지는 않았습니다. 그는 사람들을 행복과 쾌락으로 인도해주는 일을 통해 스스로의 생명을 건강하게 연장시켜 나가고 있다고 했어요. 어떤 식으로 사람들을 행복하게 해주냐고 물어보니까, 그는 그제야 비로소 자기가 그 '요술램프의 마신'이라고 고백했습니다. 저는 「알라딘의 신기한 램프」 얘기를 알고 있었기 때문에, 그가 하는 말을 금방 알아들을 수 있었지요.

그는 저를 자기의 제자 겸 후계자로 삼고 싶다고 했습니다. 자기는 천상세계의 왕자였는데, 사소한 실수 때문에 상제(上帝)의 노여움을 사 그만 램프의 마신이 되어버렸다는 것입니다. 그래서 램프의 요술을 통해 사람들을 행복하게 해주고, 또한 동시에 인간의 마음, 즉 다시 말해서 인간의 상상력이 갖고 있는 무진장의 가능성을 사람들이 확신하게끔 만들어주면 다시 천상세계로 돌아갈 수 있다는 것이었습니다.

그 뒤로 저는 야하디야하다님을 통해 갖가지 마법을 전수받을 수 있었고, 그 마법을 통해 많은 사람들을 만족시켜줄 수 있었습니다. 하지만 '알라딘' 이후로 요술램프를 손에 넣은 사람들은, 다들 한결같이 기존 윤리의 굴레에서 못 벗어나고 있는 사람들이었어요. 말하자면 상상력이 형편없는 사람들이었지요. 돈을 벌게 해달라고 해서 돈을 왕창 가져다주면, 그걸 갖고 기껏 한다는 짓이 세계에서 제일 힘센 나라이긴 하지만 이중적 위선으로 똘똘 뭉친 미국의 대통령 선거에나 나가는 정도였답니다.

생각해보셔요. 미국 대통령이 돼보겠다고 설치는 것도 우습지만, 미국 대통령에 당선돼봤자 지배욕의 충족 말고 뭐가 더 있겠어요? 하렘도 없고 첩 하나 맘대로 둘 수 없는, 그야말로 '위선의 지옥'일 뿐이지요. 그러다 보면 더 기를 쓰고 권력을 추구하게 되고, 권력 유지를 위해 별의별 짓을 다 하게 되지요. 권력욕이나 명예욕은 성욕보다 훨씬 더 추한 것이라는 걸 저는 그런 사람들을 통해 확실히 알게 되었습니다.

그러다가 드디어 선생님을 만나게 된 거예요. 아니, 우연히 만나게 된 게 아니라 야하디야하다님께서 제게 선생님을 추천해 주신 거죠. 그분도 이젠 좀 조급해지셔 가지고 한시라도 빨리 천상세계로 돌아가고 싶어 해요. 그분을 빨리 천상세계로 돌아가게 해드리려면 제가 선생님을 진정으로 기쁘게 만들어 드려야 하구요.

셰에라자드의 긴 이야기가 끝나자 나는 좀 얼떨떨해졌다. 그녀가 한 얘기가 너무나 만화 같았기 때문이다. 아니 만화 같다기보다는 옛날 얘기를 적당히 섞어가지고 종합해 놓은 것 같았다.

여자의 피를 받아 마시는 마신 얘기는 '드라큘라' 얘기와 흡사했고, 페르시아 궁전에서의 얘기는 『아라비안나이트』에 나오는 얘기와 비슷했다. 또 바닷속 이야기는 안데르센의 「인어공주」를 연상시켜 주었고, 그녀가 미래에서 왔고 또 실험실에서의 실수 때문에 과거로 날아가게 됐다는 얘기는 공상과학소설에 나오는 '타임머신' 얘기와 흡사했다.

그래서 내가 좀 떨떠름한 표정을 짓고서 아무 말도 안 하고 있었더니, 그녀는 나의 심중을 금방 알아차리고서 이렇게 말하는 것이었다.

"제가 한 얘기에 의심이 가셔서 그러시는 거죠? 선생님까지 그런 식으로 나오신다면 정말 전 슬플 수밖에 없어요. 제가 한 얘기는 물론 다 옛날 이야기나 소설책 같은 데 실려 있는 얘기들이에요. 하지만 그게 다 사실인 걸 어떡해요. 제가 텔레파시를 전공해서 그런지, 전 그런 만화 같은 일을 겪는 게 하나도 이상하지 않았어요. 마음이 곧 두뇌라면, 두뇌가 감마선에 자극돼 마술적 환상의 세계를 실제로 만들어낼 수도 있다는 게 제가 배운 전파과학의 이론이니까요. 사람들은 상상으로 꾸며대길 즐기면서도, 그게 과학을 통해 실제로 일어날 수 있다는 건 도무지 상상조차 하지 않으려 든단 말이죠."

셰에라자드의 얘기를 듣고 나서 나는 무척이나 부끄러워졌다. 상상력의 중요성을 늘 강조하면서도, 뭐든지 논리적으로 따지고 드는 '먹물' 버릇을 내가 미처 못 버리고 있다는 걸 깨닫게 됐기 때문이다. 또 그녀가 한 말이 설사 거짓말이라 할지라도 좀 속아 넘어가 주면 어떤가, 하는 생각도 들었다.

그녀의 과거가 어떻든지 간에, 마녀로서의 능력만은 도저히 부정할 수가 없었다. 아무리 눈을 씻고 둘러봐도 지금 내가 있는 곳이 호화찬란한 궁성 안이기 때문이었다. 그래서 나는 그녀에게,

"그래, 그래, 네 말을 믿을게……. 그럼 어쨌든 내가 그 요술램프의 주인이 됐단 말이지? 그러니까 당장이라도 소원을 말하면 네가 다 들어줄 수 있단 말이지?"

하고 다시 한 번 물어보았다. 그러자 그녀는,

"정말 그렇다니까요. 그러니까 잘 생각해서 말씀을 해보세요. 어떻게 되시는 걸 원하세요?"

하고 대답하는 것이었다. 하지만 막상 소원을 말하려니까 얼른 생각이 나질 않았다.

"글쎄……. 사실은 지금 이대로도 좋은데……. 이 성 안에서 너하고 살 수 있는 것만으로도 난 무척 행복해."

 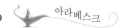

"그렇지만 곧 싫증을 느끼시게 될 거예요. 여긴 아무래도 규모가 좀 작으니까요……. 그럼 이렇게 하면 어떨까요? 저와 함께 여기 머무르시면서 선생님의 관능적 상상력이 움직이는 대로 그때그때 여러 가지 체험을 해보시는 거죠. 알라딘처럼 왕의 사위로 끝나버리는 게 아니라, 그때그때 원하시는 대로 여러 가지 형태로 변신을 해보시는 거예요."

"하지만 네가 내 곁에 없을 거 아냐?"

"아니에요. 선생님이 제가 전에 말씀드린 방식으로 절 부르시기만 하면 제가 당장 달려갈 거예요. 그럴 때 저는 선생님 눈에만 보이고 다른 사람 눈엔 안 보이는 일종의 투명인간이 될 거구요. 그리고 소원을 말씀하실 때도 굳이 말로 하실 것 없이 그냥 마음먹으시기만 해도 돼요."

4··· 즐거운 왕국

나는 좀 미심쩍어하는 표정을 하며 우물쭈물하고 있었다. 이러다가 아예 마법의 나라 속에 파묻혀 현실로 돌아가지 못하면 어떡하나 하는 걱정이 들어서였다. 나는 다시 학교로 복직해 가지고 예전처럼 학생들과 지내고 싶었다. 학교는 내 고향이나 마찬가지기 때문이었다.

그러자 셰에라자드는 내 어깨를 포근히 얼싸안았다. 그리고 더 따뜻하면서도 강한 어조로 말했다.

"제가 항상 곁에서 도와드릴 테니까 염려하지 마셔요. 그럼 먼저 무엇이 되고 싶으셔요?"

"제발 서둘지 말아줘. 난 네 곁에 좀 더 오래 있고 싶으니까. 난 널 사랑하게 됐단 말이야."

내 속마음을 급하게 감추려다 보니 뜬금없이 '사랑'이라는 말이 튀어나왔다. 내가 그동안 너무 외로웠던 탓인가 보았다. 또 지금까지 사귀어

본 여자는 많았지만 셰에라자드처럼 '입속의 혀'가 되어 가지고 날 만족
시켜 준 여자는 없었기 때문인지도 몰랐다.

"선생님께 저의 능력을 빨리 보여드리고 싶어서 그래요. 그럼 우선 이
렇게 해보면 어떨까요? 첫 번째 상상여행에서는 제가 선생님 곁에 붙어
있기로요."

"그렇다면 안심이지."

나는 과장적인 억양으로 짐짓 이렇게 대답하며 학교 생각을 잊기로
했다.

"그럼 소원을 말해 보셔요."

"그야 말하나마나지. 맨 먼저 나는 왕이 돼보고 싶어. 남자라면 누구나
갖고 있는 게 황제망상이니까. 아니, 그건 여자도 마찬가지일 거야."

이렇게 말하고 나서 나는 그녀에게 내 시집 『가자, 장미여관으로』를 마
술로 가져오게 하여, 내가 대학 2학년 때 쓴 작품으로 그 책에 수록되어
있는 「황제와 나」를 보여 주었다.

나는 나의 아잇적 방을 생각합니다.
푸른빛 휘장 사이로는 매일을 꿈의 선녀들이 넘나들었고
나는 백합, 튤립의 향내를 처음 맡아보는 소년처럼
언제나 동화 속에서 행복했습니다.
언제나 나를 즐겁게 해주던 동화 속의
왕자님과 공주님의 의미를 나는 그때는 몰랐습니다.
신데렐라를 찾아가던 왕자님, 그리고 백마를 타고
백설공주를 만나러 가던 왕자님의 늠름한 모습에

나는 매일 밤을 흥분으로 보냈습니다.

그리고 이 세상 모든 사람들이 모두

왕자님과 공주님같이 보였습니다.

그것도 아주 착한 왕자님과 공주님같이.

해가 바뀌어갈수록 나는

동화 속의 세계, 꿈의 세계에서 벗어나

이 세상 모든 사람이 다 왕자님이 되기에는

너무나 나라들이 많지가 못하다는 것을 알게 되었습니다.

그리고 거울 속에 비치는 나의 초라한 모습은,

정말 왕자님의 그것은 아니었구요.

요즈음, 다 자란 것 같은 요즘에도

나는 매일 밤 왕자님 꿈을 꿉니다.

그런데 요즘 보이는 것은 어렸을 때 보았던

어린 왕자님들이 아니에요, 모두들 나이를 먹어

이미 진짜 왕들이 되어 있는 왕자님들입니다.

아니, 그네들은 모두가 어쩌면

황제님들인지도 모르겠습니다.

요즘의 꿈에 보이는 황제들은, 영화에서나 본

진시황이나 네로 황제와 많이 닮았어요.

양손엔 벌거벗은 미녀들을 끼고 앉아 호탕하게 웃으면서

벌벌 떨고 있는 백성들을

게슴츠레한 눈으로 재미난 듯 보고 있습니다.

아라베스크

많은 시녀들은 갖은 아양을 떨어가며 황제님을 즐겁게 합니다.

꿈을 꾸고 난 다음, 나는 야릇한 흥분에 사로잡힙니다. 그리고

나중엔 어떻게 되더라도, 백성들이 들고 일어나 망하는 일이 있더라도

한번 그런 폭군 황제가 되고 싶어집니다.

미녀들을 안고 싶어집니다.

갑자기, 어리고 싱싱하기만 하던 왕자님들,

동화 속에서나 보던 왕자님들이 우스워집니다.

정말, 이 세상에 그런 착한 왕자님들은 없습니다.

매일 밤 황제의 꿈을 꾸면,

나는 내가 귀족도 못 되는 초라한 평민인 것이 보기 싫습니다.

아아, 왠지 꿈속에서나마

나는 매일매일 황제가 되고 싶습니다.

시를 다 읽고 나서 세에라자드는,

"정말 솔직하게 잘 쓴 시로군요. 선생님의 시는 겉멋만 부리는 다른 시인들의 시와는 아주 달라요. 진솔한 본능이 상징적으로 잘 함축돼 있어요."

라고 말하며 칭찬을 했다. 그리고 나서 이렇게 말을 이었다.

"저도 선생님 소원이 그러실 줄 알았어요. 그럼 당장 근사한 왕국을 하나 만들어버리기로 하죠."

"하지만 잘 만들어야 해. 왕이라고 해서 다 좋은 것은 아니니까 말이야. 예를 들어 우리나라 조선시대의 왕 같으면 왕 노릇 하는 게 하나도 재미없었을 것 같은 생각이 들거든. 만날 예법에 얽매여 살아야 하고 후궁을

건드려봤자 본마누라 눈치 보며 1대1의 섹스만 해야 했으니 말이야. 좀 질탕하게 놀았다 싶으면 연산군같이 신하들한테 쫓겨나는 왕도 있었고."

"그런 걱정일랑 제발 붙들어 매셔요. 제가 주인님 취향을 잘 알고 있으니까요. 자, 그럼 우선 제가 주인님을 위해서 만든 왕국의 전경(全景)을 한번 구경해 보시기로 할까요?"

셰에라자드는 이렇게 말하면서 낮은 목소리로 무언가 주문을 외웠다. 그러자 방안 전체가 살짝 흔들리면서 하늘 위로 떠오르는 듯한 느낌이 들었다.

"방이 갑자기 왜 이러지?"

은근히 놀라 내가 그녀에게 물었다.

"이제 주인님은 『아라비안나이트』에 나오는 '마법의 양탄자'를 타신 거예요. 마법의 양탄자가 지금 왕국을 향해 날아가고 있는 중이죠."

"하지만 동화책의 삽화나 영화 같은 데서 보면 그 마법의 양탄자는 정말 글자 그대로 카펫 한 장으로 되어 있던데……."

"그러니까 한심한 거죠. 사람들이 상상력을 부려가지고 기껏 만들어냈다는 게 다 그 모양 그 꼴로 꾀죄죄한 것들이라니까요. 주인님도 한 번 생각해 보셔요. 카펫 한 장 위에 달랑 올라타 가지고 하늘을 난다면 얼마나 현기증이 나겠어요? 그러니까 이렇게 집 전체를 하늘로 들어 올려 날아가게 하는 게 낫지요. …… 자, 이젠 왕국에 거의 다 도착했을 거예요. 주인님, 어서 창문 있는 데로 가서서 아래를 한 번 내려다보셔요.

나는 셰에라자드가 시키는 대로 창문으로 가 아래를 내려다보았다. 먼저 큰 도시의 전경이 보였고, 이어서 집이며 가로(街路)들이 모양을 또렷이 드러냈다. 그런데 이상한 것은, 도시가 크기는 한데 전체적으로 지저분하고 초라한 느낌을 준다는 사실이었다. 그래서 나는 셰에라자드에게 물었다.

"여기가 바로 내 왕국의 수도인가? 그런데 왜 이렇게 초라하지? 난 아주 웅장하고 화려한 도성(都城)을 연상했는데……."

그러자 셰에라자드는 그녀 특유의 배릇한 미소를 흘리며 이렇게 대답했다.

"조금만 더 기다려보셔요. 곧 주인님이 계실 왕궁이 나타날 테니까요. 제가 주인님을 위해서 왕궁 하나만은 그지없이 화려하게 지어놓았어요."

"그럼 왕궁 하나만 화려하면 도시 전체는 더럽고 초라해도 된단 말인가? 뭔가 앞뒤가 안 맞는 것 같군……."

"그건 주인님이 모르고 하시는 말씀이에요. 왕궁도 화려하고 일반 서민들이 사는 도시도 화려하다면 어디 왕 노릇 할 기분이 나겠어요? 서민들은 다 끔찍하게 못살고 왕 하나만 잘 살아야 사디스틱한 욕구가 제대로 충족될 수 있어요."

나는 그녀의 말에도 일리가 있다 싶어 고개를 끄덕거려 주었다. 그런데 조금 더 생각해보니까 또 다른 의문이 생겼다.

"하지만 그래 가지고는 통치가 잘 안 될 텐데……. 아무래도 귀족 계급이 필요할 테니까 말이야. 서민들은 찢어지게 가난하다 하더라도 일정수(一定數)의 특권계급을 인정해줘야 그들이 왕을 잘 떠받들어줄 게 아니겠어? 지주 밑에 마름이 있어야 하고 사또 밑에 아전이 있어야 하는 식으로 말이야."

"그러니까 이 왕국이 보통 왕국이 아니라 마법의 왕국이죠. 아니 마법의 왕국이 아니라 하더라도, 왕 자리에서 쫓겨나지 않기 위해서는 측근의 신하를 두지 않는 게 필요해요. 그들은 언제라도 배반할 염려가 있으니까요. 절대 권력을 혼자서만 갖고 있는 게 독재의 비결이지요. 스탈린과 김일성도 그래서 실각당하거나 암살당하지 않고 죽을 때까지 권좌에 앉아 있을 수가 있었어요. …… 저도 처음엔 선생님을 중국의 진시황이나 로마제국의 네로 황제 시절로 가보시게 해드려 볼까 하고도 생각해 봤어요. 진시황이나 네로 황제의 혼을 뽑아버리고 그 대신 선생님의 혼을 집어넣으면 되니까요. 하지만 전 결국 그 계획을 포기하고 말았어요, 다 주인님을 위해서지요. 진시황이든 네로 황제든, 왕으로서 누릴 수 있는 쾌락에 느긋하게 빠져들어 시간을 보내기보다는 신하들을 감시하거나 신하들에게 아부하는 데 신경을 써야 했으니까요. 만에 하나지만, 그러다가 재수 없게 네로 황제처럼 신하들이 반란을 일으켜 스스로 자살하게 되는 경우도 있었구요. 그래서 제가 주인님을 위해 아주 특별한 마법의 왕국을 하나 만들어본 거예요. 이 왕국에는 왕만 자유인이고 다른 사람들은 모두 다 노예 신분으로 되어 있답니다. 중신(重臣)들이라고 해서 예외가 될 순 없지요. 온갖 쾌락을 오직 왕 혼자서만 즐기도록 되어 있어요."

"그럼 반드시 반란이나 혁명이 일어날 텐데……."

"그러니까 여기가 마법의 왕국이지요. 신하들이건 일반 백성들이건 다들 오직 왕 하나만의 쾌락을 위해 봉사하는 것을 보람으로 알게끔 세뇌시켜 놨으니까 안심하세요. 주인님, 자 어서 밖을 내려다 보세요. 주인님이 머무르실 왕궁이 보일 거예요."

셰에라자드의 말을 듣고서 나는 서둘러 밖을 내다보았다. 장려(壯麗)의 극을 달리는 거대한 왕궁이 바로 눈앞에 펼쳐지고 있었다. 왕궁은 높이가 10미터가 넘는 두터운 담장으로 둘러싸여 있었는데, 그 넓이가 웬만한 도시만큼이나 커 보였다.

궁성 중앙에는 왕궁의 본채로 보이는 거대한 건물이 들어서 있었다. 프랑스 베르사유 궁전의 1백 배가 넘을 만큼이나 큰 건물이었다. 왕궁은 로코코 양식이 가미된 이슬람풍으로 지어져 있어 마치 스페인의 알람브라 궁전의 확대판처럼 보였다. 흰 대리석으로 세운 원기둥들마다 다이아몬드, 루비, 사파이어, 호박, 마노 등 온갖 보석들이 아낌없이 아로새겨져 있었다.

궁전의 지붕은 전부 다 황금으로 돼 있었고, 정교한 문양으로 장식된 창문의 틀 역시 황금이었다. 황금으로 된 틀이 햇빛을 받아 번쩍번쩍 빛을 뿜어내고 있었다. 문짝마다 수천수만 개의 다이아몬드를 촘촘히 박아 넣어 휘황한 빛을 발하고 있었고, 왕궁의 외벽에도 역시 바닷가의 모래알만큼이나 수많은 보석들이 정교한 그림을 그리며 거대한 모자이크를 이루고 있었다. 그래서 왕궁 전체가 마치 거대한 발광체처럼 보였다.

궁전 앞마당은 드넓은 정원으로 돼 있었는데, 17세기풍의 프랑스 정원을 연상시켜 주었다. 교묘하게 손질된 상록수들이 갖가지 모양으로 조합돼 있었고, 군데군데 대리석 조각으로 된 분수들이 배치되어 시원한 물줄기를 뿜어내고 있었다.

정원이 끝나는 곳에 거대한 호수가 자리 잡고 있었다. 역시 온갖 보석들에 휩싸인 화려한 정자들이 호숫가에 서 있는 게 보였다. 호수 위에는 목재에 황금을 입혀서 만든 것처럼 보이는 아주 넓은 뗏목이 떠다니고 있었는데, 뗏목 위엔 휘황한 비단 너울이 공중 높이 씌워져 차일 역할을 해주고 있었다.

뗏목 위에서는 늘씬하게 잘 빠진 전라의 미녀들이 물에 뛰어들어 헤엄을 치기도 하고 서로 엉켜 애무를 하기도 하며 놀고 있었다. 나는 발가벗은 여자들을 보자마자 나도 모르게 침을 꼴깍 삼킬 수밖에 없었다.

호수 주위의 울창한 숲에는 여기저기 별궁들이 지어져 있었고, 숲이 끝나는 곳에 설악산의 십이선녀탕을 연상시키는 시원한 계곡이 펼쳐지고 있었다. 계곡 사이로는 투명하리만치 맑은 물이 시원스럽게 흘러내리고 있었고, 그곳에서도 역시 선녀 같은 미인들이 미역을 감으면서 놀고 있었다.

계곡 위쪽으로 시선을 올려다보니 흡사 알프스 산을 연상시키는 산봉우리가 푸른빛과 보랏빛이 엇섞인 상태로 우아하고 아름다운 자태를 드러내고 있었다. 봉우리 꼭대기엔 희디흰 만년설이 뒤덮여 있어 아래쪽 계곡의 짙푸른 빛깔과 기묘한 대조를 이루고 있었다. 그러고 보니 산록을 따라 궁성이 지어져 있고, 궁성 앞쪽의 들판에 도시가 만들어져 있는 셈이었다.

나도 모르게 내 입에서 감격에 겨운 탄성이 흘러나왔다. 그때 셰에라자드가 살며시 내 곁으로 다가왔다. 그리고 내 뺨을 혓바닥으로 핥아주면서 말했다.

"어떠셔요. 이만하면 주인님 마음에 드시나요?"

나는 사실 벌어진 입을 다물 수 없을 지경이었지만, 그래도 셰에라자드한테는 체면을 세워 둬야 할 것 같아(어쨌든 그녀는 내 램프의 노예니까!) 일부러 시치미를 떼고 말했다.

"겉은 그만하면 쓸 만해 보이는군. 하지만 역시 속을 들여다봐야만 진짜 판정을 내릴 수 있겠는걸."

그러자 그녀는 생끗 웃으면서 이렇게 대답하는 것이었다.

 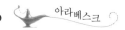

"염려 마셔요, 주인님. 주인님의 마음에 드시도록 만반의 준비를 갖춰 놓았으니까요. 하지만 혹시라도 마음에 안 드시는 부분이 있으면 그때그때 제게 말씀해 주시면 돼요."

말을 마치고 나서 세에라자드는 내 얼굴에다 대고 '후' 하고 입김을 내뿜었다. 그러자 내 머릿속에 순간적으로 아찔한 느낌이 밀려오는가 싶더니, 어느새 내가 왕궁 안 정원의 호숫가에 앉아 있는 것을 알 수 있었다.

주위를 둘러보니 아까 공중에서 내려다봤던 것 이상으로, 청초(淸楚)와 화려의 극을 달리는 정원이었다. 나무들은 모두 다 잘 손질되어 시들거나 말라버린 이파리들을 하나도 볼 수 없었고, 비를 맞은 5월의 연두색 신록처럼 모두가 청청한 자태를 자랑하고 있었다. 가을하늘처럼 맑고 청량한 대기 속으로 따스한 햇살이 내리비쳐, 마치 신선한 초가을의 날씨를 연상케 했다. 말하자면 봄 날씨와 가을 날씨가 적당히 합쳐진 그런 분위기였다.

나는 황금으로 만들어진 벤치에 앉아 있었는데, 벤치는 벌거벗은 미녀 두 명이 잇달아 꿇어 엎드린 모양으로 만들어져 있었다. 나는 벤치에 등을 기대어보았다. 그랬더니 살갗으로 느껴지는 촉감이 여느 쿠션과는 다르게 아주아주 보드랍고 푹신푹신하게 느껴지는 것이었다.

그래서 뭘로 만들어진 쿠션인가 하고 뒤를 돌아다봤더니, 놀랍게도 그것은 천으로 만들어진 쿠션이 아니라 인간으로 만들어진 쿠션이었다. 벌거벗은 흑인 여자 네 명이 내 뒤에 무릎만 구부린 채로 엉거주춤하게 서서, 가슴을 꼿꼿이 펴고 풍만한 젖가슴을 앞으로 내밀어 쿠션 역할을 해주고 있었다.

내가 걸치고 있는 옷이 달라져 있는 것 같았다. 그래서 무슨 옷을 입고 있나 살펴봤더니, 맨몸에다가 로마 시대의 토가(toga) 비슷하게 만들어진 헐렁한 흰색 천을 두르고 있었다. 내의는 물론 팬티조차 입지 않고 있었기 때문에 맨 살갗에 보드랍게 부딪쳐 오는 순면의 느낌이 기가 막히게 관능적이었다. 자세히 들여다보니 옷 가장자리마다 금사(金絲)로 된 정교한 문양의 자수가 수놓아져 있었다.

나는 내 등을 받치고 있는 흑인 여자들의 몸뚱어리를 슬슬 어루만져보았다. 젖가슴을 만질 때 어쩐지 내 손이 무겁고 불편하게 느껴진다 싶어 손을 들여다봤더니, 손가락마다 메추리알만 한 보석으로 만들어진 휘황찬란한 반지들이 끼워져 있었고, 손톱 또한 20센티미터 정도로 길게 길러져 있었다. 허구한 날 손톱 긴 여자 타령만 해대고 있는 나를 생각하여, 셰에라자드가 내 손톱을 아예 길게 만들어버린 모양이었다. 8센티미터 정도만 진짜 손톱이고 나머지는 얇은 황금으로 만들어진 모조 손톱이었다. 모조 손톱은 끼우개식으로 만들어져 진짜 손톱 위에 덧씌워져 있었다.

그럼 여자 노예들의 손톱은 어떤 모양으로 돼 있나 하는 생각이 들어 등받이 역할을 하는 흑인 여자의 손톱을 들여다봤더니, 12센티미터 정도 길이의 손톱이 전부가 다 진짜 손톱이었다. 그러니까 셰에라자드는 내 손톱을 진짜로 길게 만들면 아무래도 내가 불편해할까 봐 특별한 배려를 베풀어준 셈이었다.

하긴 여자의 무지무지하게 긴 손톱이든 무지무지하게 높은 뾰족구두든, 거기에 익숙해지려면 피눈물 나는 훈련이 필요한 법이다. 남자는 여자가 그러한 불편함을 무릅쓰고라도 남자에게 잘 보이기 위해 바락바락

애쓰는 모습을 바라보면서, 사디스틱한 쾌감과 탐미적 쾌감이 한데 합쳐진 오묘한 쾌감을 맛볼 수 있게 된다.

중국에서는 여자들이 남자에게 잘 보이기 위해 고통을 무릅쓰고 전족을 했고, 한나라 때 궁녀들은 몸을 날씬하게 만들려고 밥을 굶다가 죽어버리는 일이 비일비재했다. 황제들이 날씬한 여자들만 좋아했기 때문이다.

또 그와는 반대로 당나라 때 궁녀들은 풍만한 살집을 가진 글래머가 되려고 너무 먹다가 배가 터져 죽는 일이 많았다. 당나라 땐 황제들이 뚱뚱한 여자들만 좋아했기 때문이다. 천하절색이라는 양귀비도 사실은 뚱뚱한 글래머였다.

나는 여자 노예들의 긴 손톱을 보며 새삼 사디스틱한 쾌감을 느꼈다. 그리고 나의 긴 모조 손톱을 보면서, 노동을 전혀 안 한다는 표시로 손톱을 길게 길렀던 옛날 중국 황제들의 나르시시즘적 쾌감을 마음속에 재생시켜 보려고 애썼다.

그때 문득 눈부시게 화려한 옷차림을 한 미녀 하나가 내가 앉아 있는 벤치를 향해 걸어오고 있는 모습이 눈에 띄었다. 그녀는 내 뒤에 있는 여자 노예들처럼 벌거벗은 나신이 아니라 화사한 옷을 걸치고 있는 게 특이했는데, 옷뿐만 아니라 화려하기 이를 데 없는 갖가지 장신구들과 유별난 머리모양이 지독한 페티시스트인 나를 가슴 울렁이게 만들었다.

여자는 금발머리를 높은 탑 모양으로 틀어 올리고 있었다. 머리에는 보랏빛 모래가 듬뿍 뿌려져 있어 금발과 함께 묘한 조화를 이루고 있었고, 머리다발 사이사이로 갖가지 색깔의 영롱한 보석들이 촘촘히 박혀 있어 머리카락들을 더욱 눈부신 빛으로 반짝이게 만들었다. 마치 에펠탑을 연상시키는 높은 탑 모양의 헤어스타일이 9등신쯤 되어 보이는 여자의 날씬한 몸매를 더욱더 가냘파 보이게 했다.

관자놀이로 흘러내리는 살쩍에 달아맨 진주 다발이, 마치 절반쯤 열린 석류알과도 같은 그녀의 장밋빛 입가에까지 늘어져 있었다. 모기 날개처럼 투명한 실크로 만들어진 그녀의 옷은 발밑으로 흘러내리는 소매 없는 헐렁한 가운 형태로 되어 있었는데, 하늘하늘한 옷감을 통해 그녀의 풍성한 유방과 배꼽이 또렷이 드러나 보였다. 젖가슴 위에는 반짝이는 보석이 겹겹이 붙어 있어서, 그것들이 뿜어내는 광채가 마치 갈치의 비늘만큼이나 다채로웠다.

황금으로 만들어진 여러 개의 암릿(armlet)이 여자의 양쪽 팔을 뱀 모양으로 휘감고 있었다. 거기에도 다닥다닥 다이아몬드가 박혀 있어 여자가 팔을 움직일 때마다 형형한 빛을 뿜어냈다.

여자가 신고 있는 높은 뾰족구두 뒷굽 사이에는 우아한 걸음걸이를 만들어내기 위해 가느다란 금 사슬이 연결돼 있었다. 여자의 어깨엔 장밋빛 망사로 만들어진 넓고 투명한 망토가 매달려 있었다. 망토는 여자가 한 걸음 한 걸음 움직일 때마다 커다란 물결을 만들어내며 그녀의 뒤를 따르는 것이었다.

여자는 내 앞으로 바싹 다가와 무릎을 꿇고 앉아 내 발등에 입을 맞추었다. 그제서야 나는 여자의 얼굴을 자세히 들여다볼 수 있었다. 눈두덩에 금분(金粉)을 아낌없이 칠하고 눈 아래위로 두텁게 새까만 아이라인을 두른 이집트풍의 눈 화장이 무척이나 인상적이었다. 입술에도 역시 자줏빛이 약간 도는 금빛 립스틱이 칠해져 있었고, 코에 걸려 있는 커다란 황금 코걸이는 체인을 통해 귀걸이에까지 연결돼 있었다.

 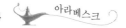 아라베스크

화장이 너무 진하고 장신구가 너무나 현란해서 나는 그녀가 누구인지 금세 알아볼 수가 없었다. 여자의 입에서 "주인님, 제가 누군지 모르시겠어요?" 하는 말이 속삭이듯 튀어나온 다음에야, 나는 비로소 그녀가 셰에라자드란 것을 알 수 있었다.

"아, 셰에라자드! 어떤 여자가 저토록 아름다운가 했더니 바로 너였구나! 정말 멋진 옷을 걸치고 있군. 그리고 헤어스타일과 장신구도 훌륭하고……. 그럼 네가 내 왕비라도 되는 건가?"

"아니요. 제가 어찌 감히 주인님의 왕비가 될 수 있겠어요? 이 왕국엔 왕비 따윈 없어요. 왕비를 두면 만날 베갯머리송사를 벌이거나 바가지나 긁어대게 마련이고, 또 외척들이 엉뚱한 세도를 부리기 십상이기 때문이죠. 저는 단지 주인님의 '수석궁녀'일 뿐이에요. 수석궁녀이기 때문에 이렇게 다른 노예계집들보다 좀 더 화려한 복장을 하고 있는 거죠. 이 왕궁엔 오직 궁녀, 아니 주인님의 여자 노예들밖에 없어요. 정사(政事)는 왕궁 밖에 있는 정청(政廳)에서 대신들이 처리하도록 되어 있지요. 혹 대신들이 피치 못할 일로 왕궁 안에 들어온다고 해도 그들의 눈을 가리도록 되어 있어요.

주인님은 왕궁 안에서 그저 유쾌하게 노시기만 하면 돼요. 이 나라 백성들은 귀족이건 천민이건 임금님이 신나게 쾌락을 즐기실수록 나라가 잘돼간다고 굳게 믿고 있답니다. 그리고 백성들은 모두 현세에서 가난하게 살아야만 사후세계에 가서 복을 받게 된다는 믿음을 가지고 있구요. 그러니까 주인님이 즐기시는 사치와 쾌락들은 모두 다 백성들이 죽은 뒤에 가서 맛보게 되는 쾌락의 상징물이 되는 셈이지요. 그렇기 때문에 주인님은 반란이나 폭동이 일어날 걱정 같은 것은 전혀 하실 필요가 없어요."

셰에라자드는 이렇게 말하면서, 그녀의 손을 내 사타구니에 얹어 놓고 긴 손톱으로 내 자지를 계속 깜작거려 주고 있었다. 열 개의 손톱에는 각각 다른 색 매니큐어가 칠해져 있었고, 손톱의 길이는 18센티미터쯤 되어 보였다. 그러니까 내 손톱보다는 조금 짧고, 다른 노예들보다는 훨씬 긴 셈이었다. 이 왕궁에서는 손톱의 길이로 직분의 상하관계를 표시하고 있는 모양이었다.

셰에라자드는 내 손을 일으켜 벤치에서 일으켜 세웠다. 그러자 여덟 명의 흑인 여자 노예가 가마를 들고 나타났고, 이어서 세 명의 궁녀가 어디선가 달려와 내 앞에 무릎을 꿇고 개처럼 엎드렸다.

세 명의 궁녀는 모두 다 백인 노예들이었는데, 한결같이 풍만한 육체를 가지고 있었다. 전라의 몸에는 휘황찬란한 금속으로 만들어진 목걸이·귀걸이·팔찌·배찌·음순걸이 같은 장신구들을 몇 겹씩 치렁치렁 휘감고 있었고, 음모 하나하나마다에도 모래알처럼 작은 영롱한 구슬들이 매달려 있었다. 빗자루처럼 긴 인조 속눈썹들과 부챗살처럼 긴 손톱들이 다시 한 번 내 눈을 어지럽혔다.

세 명의 궁녀들 가운데 발끝까지 닿을 만큼이나 긴 머리채를 오색 물감으로 염색한 궁녀가 엉금엉금 내 앞으로 기어왔다. 가마를 든 여자들이 그 뒤를 따랐다. 그러나 곁에 있던 셰에라자드가 내게 말했다.

"어서 이 노예의 등을 딛고 가마에 올라타셔요. 우선 호수의 뗏목으로 가셔서 식사를 하시는 거예요."

이 왕궁 안에서는 여자가 등받이나 발판 역할을 대신하는 모양이었다. 나는 발판 역할을 하는 노예계집의 유난히 살집 좋은 엉덩이를 바라보며 천천히 노예의 등을 딛고 가마 위에 올라탔다. 셰에라자드도 같이 탔고,

세 명의 백인 노예들도 가마 위에 올라타 쿠션 대용이 돼주었다.

다섯 명이나 탔는데도 가마를 든 흑인 여자 노예들은 힘들어하는 기색도 없이 앞으로 걸어가기 시작했다. 등받이 역할을 하던 네 명의 궁녀는 가마 곁에 좌우로 둘씩 바짝 붙어 호위를 했다. 나는 손가락을 꼼지락거려 쿠션 역할을 하는 궁녀의 유방과 배를 간지럼 태워 보기도 하고, 가마 곁에 붙어 있는 호위궁녀의 보지를 손으로 조몰락거리기도 하며 장난을 쳐보기도 했다. 기분이 저절로 유쾌해졌다.

잠시 후 가마는 호숫가에 이르렀다. 나는 셰에라자드의 손에 이끌려 호숫가에 정박돼 있는 뗏목 위로 올라갔다. 금을 씌운 재목으로 만들어진 거대한 뗏목이었다. 뗏목 가장자리에는 갖가지 아름다운 조개껍데기가 장식돼 있었는데, 조개껍데기들은 햇빛을 받아 진줏빛이 도는 무지개 색깔로 반짝거리고 있었다.

뗏목 위엔 금색 천으로 된 커다란 천막이 둘러져 있었고, 천막을 받치고 있는 기둥은 모두 금으로 되어 있었다. 뗏목엔 커다란 나무 화분들이 수없이 박혀 있어 마치 조그만 섬이나 정원처럼 보였다. 벌거벗은 수백 명의 미녀들이 뗏목 위에서 교태 어린 몸짓으로 뒹굴고 있었다.

내가 금빛 비단으로 덮인 옥좌에 앉아 아까처럼 등받이 역할을 하는 궁녀들과 팔받침 역할을 하는 궁녀들이 다가와 나를 편안하게 해주었다.

셰에라자드가 손뼉을 쳐 신호를 보냈다. 그러자 뗏목에 황금빛 끈으로 연결돼 있는 40개의 조그만 배들 위에 타고 있던 나체의 여자 노수(櫓手)들이 노를 젓기 시작했다.

악기를 타는 궁녀들과 노래하는 궁녀들이 중동풍의 선정적인 곡조를 연주하기 시작하자, 뗏목 안은 곧장 황홀한 분위기의 주연장(酒宴場)으로 변했다. 스무 명의 궁녀들이 기어와 나란히 꿇어 엎드려 식탁을 만들었고, 다시 여러 명의 궁녀들이 산해진미들을 날라와 그릇과 접시 역할을 하는 궁녀들의 가슴, 배, 음부 위에 쏟아놓았다.

나는 셰에라자드를 품에 끼고 앉아 궁녀들이 입안에다 머금어서 날라다 주는 음식들을 받아먹었고, 셰에라자드는 술 한 가지만을 역시 입으로 먹여주었다.

호숫물은 잔잔하기 이를 데 없어 마치 평지와도 같은 느낌이었다. 살랑대는 미풍이 궁녀들의 몸에서 풍겨 나오는 짙은 향수 냄새를 내 코에까지 기분 좋게 실어다 주었다. 내가 식사를 하는 동안 두 명의 궁녀가 내 가랑이 사이에 들러붙어 교대로 내 자지를 펠라티오 해주었다. 그리고 다른 두 명의 궁녀가 내 곁에 입을 벌리고 꿇어앉아 내가 생선 뼈다귀 등 음식찌꺼기를 뱉어낼 때마다 그것을 받아 담는 그릇 역할을 했다.

이어서 춤과 노래와 즐겁고 유쾌한 음락(淫樂)이 줄줄이사탕으로 이어졌다. 춤은 중동의 명물인 벨리 댄스, 즉 배꼽춤에다가 탱고를 가미한 것이었는데, 탱고를 출 때 남자 대신 여자가 남자 파트너 역할을 하는 것이 오히려 더 섹시해 보였다. 나는 원래 남성미를 싫어하고 여성의 아름다움만 찬양하는 탐미주의자인지라, 남녀가 한데 엉켜 선정적인 포즈를 구사하는 것보다는 여자끼리 엉겨 붙어 관능적인 포즈를 만들어내는 것이 훨씬 더 아름답고 깨끗하게 여겨졌기 때문이다.

수십 명의 무희들이 내 앞에 일렬로 서서 나풀나풀 음모를 휘날려가며 엉덩이를 맷돌 굴리듯 흔들어댈 때, 나는 까무러칠 것만 같은 법열감에 휩싸여들었다. 벨리 댄스가 원래 섹스에 물릴 대로 물려 성적(性的) 무력감에 빠져버린 하렘의 군주를 위해서 고안된 춤이라는 것을 나는 알고 있었다. 그렇지만 막상 실제로 요염의 극치를 달리는 무희들이 내 코앞에서 음부를 흔들며 풍겨대는 비릿한 암내에 취하다 보니, 나는 정신이 팽돌아버릴 수밖에 없었다.

내가 계속 맹맹하고 얼얼한 표정을 하고 있는 것이 보기에 딱했던지, 셰에라자드가 방그레 웃으면서 말을 붙였다.

"이 정도 가지고 벌써 흥분하시면 안 되는데요. 이건 그저 맛보기에 불과해요."

"그래? 하지만 난 벌써부터 미치고 환장하겠는걸. 아무래도 너하고 얘기라도 나눠야겠어. 그래야만 좀 흥분을 가라앉혀가지고 위엄을 부릴 수 있을 것 같군……. 대체 이런 식으로 살아갈 수 있었던 왕이 얼마나 됐을까. 로마제국의 폭군 칼리굴라나 중국의 진시황 같은 이들이 과연 매일같이 이런 황홀한 쾌락 속에서 지낼 수 있었을까?"

"그럼요. 대부분의 왕들이 다 그랬어요. 칼리굴라나 네로 같은 왕들은 재수가 없어 쫓겨났을 뿐이지요. 그토록 포악했던 진시황도 어쨌든 쫓겨나지 않고 제 명을 다 살았고, 프랑스의 루이 14세나 15세 같은 왕들도 신나게 색(色)을 즐기면서 장수했어요. 절대권력이란 정말 무서운 거예요. 반란이 일어나 망하거나 암살을 당해 죽어버린 절대권력자는 사실 아주 드물죠. 절대권력이 강해질수록 백성들은 거기에 길들여져 멍청한 마조히스트가 되게 마련이기 때문이지요. 다만 그런 절대권력자들이 지금의 주인님과 다른 점이 있다면, 신나게 놀기만 하는 게 아니라 정치도 해야 했기 때문에 골치를 쬐끔 더 썩였을 뿐이에요."

"하지만 결국에 가서 그런 절대군주제의 나라들은 다 망해 버리고 민주제가 수립됐잖아?"

"그래봤자 사람들이 갖고 있는 황제망상은 없어지지 않았어요. 다만 왕이란 명칭이 대통령 등으로 바뀌었을 뿐이지요. 게다가 요즘 권력을 획득한 이들은 최후의 보람을 하렘식의 일부다처제식 섹스(여자 권력자의 경우라면 일처다부제식 섹스)에서 찾을 수 없기 때문에 더욱더 교묘하게 횡포를 부리고 있어요. 하긴 미국의 케네디 대통령 같은 이는 여러 여자와 즐기기도 했지요. 물론 숨어서 비밀로 해야 했다는 점이 다르지만요."

"최근 들어 어쨌든 인권이 상승돼 가고 있는 추세인데 요즘도 과연 그것이 가능할 수 있을까? 난 돈도 없고 권력도 없기 때문에 상상으로만 황제망상에 빠져들게 되지만, 실제로 돈과 권력이 있는 이들은 과연 어떤 식으로 놀고 있는지 궁금해질 때가 많아."

"바로 보셨어요. 돈과 권력이 있어봤자 점점 더 재미가 없어지는 세상이 돼가고 있는 게 사실이에요. 그래서 권력자들은 전쟁 같은 걸 일으켜 가지고서라도 성욕을 대리배설하려고 애쓰고 있어요. 과거에도 전쟁은 있었지만 권력자들이 섹스를 제한받을수록 전쟁의 규모가 더 커지고 더 큰 대량살상이 일어나게 되지요. 그러니 이래저래 인간은 흉악하고 또 불쌍한 존재예요. 권력을 가지게 되면 흉악한 존재가 되고, 권력에 지배당하게 되면 불쌍한 존재가 되지요……. 그래도 주인님은 행복하신 편이에요. 제가 태어난 24세기의 남자들은 훨씬 더 비참해요. 그때는 남자가 황제망상을 즐기는 주체가 되는 게 아니라 여자가 황제망상을 즐기게 되니까요. 말하자면 모계사회로 되돌아간 시대라고 설명 드리면 되겠지요. 24세기의 남자들은 모두 다 수벌이나 수개미 같은 신세로 전락해 있어요. 그래서 제가 선생님을 더욱더 좋아하게 된 거구요. 선생님은 지구 최

아라베스크

후의 정신적 사디스트 남성이시자 솔직한 본능우선주의자시니까요. 제가 살던 24세기 때의 여자들 가운데 저 같은 정신적 마조히스트들은 상대할 남자가 없어 큰 고통을 받았거든요. 사실 따지고 보면 인간은 다 사디스트이고, 남성은 다 남성우월주의자, 여성은 다 여성우월주의자죠. 마조히즘이라는 것도 결국은 사디즘의 다른 모습일 뿐이구요. 요즘 겉으로 페미니스트인 체 위장하고 다니는 남자들이 늘어나고 있는데, 그 얄팍한 위선엔 정말 넌더리가 나요. 그러고 보면 선생님은 정말 솔직한 분이셔요."

"그럼 이른바 후천개벽이라는 건 바로 남자와 여자의 역할이 바뀌는 것을 말하는 건가? 말하자면 양(陽)의 시대에서 음(陰)의 시대로 전환된다 이거지?"

"바로 보셨어요. 23세기쯤에 이르면 지구는 드디어 대(大)이변을 맞게 돼요. 남성중심의 사회구조가 그때 가서 완전히 무너지게 되는 거지요."

"아닌 게 아니라 요즘 성경에서 말하는 '최후의 심판'이 곧 닥친다는 둥, 그 전에 휴거가 있다는 둥 여러 가지 말들이 많은데, 그럼 '지구 최후의 날'이 뜻하는 게 지각의 대변동이나 제3차 세계대전 같은 게 아니라 남성중심사회의 멸망이란 말인가?"

"네, 맞아요. 물론 꽤 큰 전쟁이나 기상이변·지진·화산폭발 같은 건 많이 일어나게 되지요. 그동안 기가 센 여자들이 한을 품고 죽어 가지고 그네들의 원한이 그런 식으로 한꺼번에 나타나게 되는 거예요. 왜 한국 속담에도 '여자가 한을 품으면 오뉴월에도 서리가 내린다'는 말이 있잖아요? 하지만 이 세상이 졸지에 망하는 일은 있을 수 없어요. 다만 여자가 득세하는 세상이 서서히 도래할 뿐이지요."

셰에라자드의 이야기를 듣다 보니 왠지 모골(毛骨)이 송연(悚然)해지고 온몸에 소름이 돋는 듯한 느낌이었다. 그래서 그런지 내 눈 앞에서 온갖 교태를 부리며 유방과 엉덩이를 흔들어대는 무희들에게 느꼈던 사디스틱한 욕정이 슬슬 사그라들고 있었다.

셰에라자드는 내가 좀 머쓱한 표정을 짓고 있는 것이 보기에 안 됐던지, 그녀의 찹쌀떡같이 뭉실뭉실한 유방을 살며시 내 얼굴에 대고서 부드럽게 비벼댔다. 그리고 뽈딱 솟아올라 있는 젖꼭지를 내 입에 물려주면서 말했다.

"주인님, 너무 걱정하지 마세요. 아무리 미래사회가 그렇게 된다 하더라도 주인님같이 솔직한 분이라면 언제나 복을 받게 마련이니까요. 그러니까 제발 자질구레한 걱정일랑 끊어버리시고 오직 이 순간만을 즐겨주세요. 네?"

나는 셰에라자드가 더욱더 사랑스럽게 느껴졌다. 그래서 나는 그녀의 풍만한 젖가슴에다 코를 박고서, 어린애가 엄마 젖을 빨듯 젖꼭지를 쪽쪽 빨았다.

5··· 착한 R을 위한 선물

마법의 궁전에서 한동안 지내다 보니 슬슬 지루해지기 시작했다. 매일같이 주지육림 속에서 벌어지는 질탕한 파티 역시 권태감을 완전히 씻어주지는 못했다. 특히 내 주변에서 얼씬거리는 여자들이 다들 하나같이 빼어난 글래머에 미인이다 보니, 어느 한 여인에게 애틋한 연정을 쏟아 부을 수 없다는 게 가장 큰 고통이었다.

그건 셰에라자드에 대해서도 마찬가지였다. 평소 황제망상에 자주 빠져들긴 했지만 천부적인 로맨티시스트인 나로서는, 좀 더 애절하고 드라마틱한 연애사건이나 모험적인 스토리가 필요했던 것이다.

내가 이런 생각을 셰에라자드에게 말하자, 그녀는 약간 섭섭한 표정을 지으며 이렇게 대답했다.

"벌써 싫증을 느끼고 계시다니 저로선 약간 서운할 수밖에 없군요. 그렇지만 주인님을 즐겁게 해드리는 게 제 임무이니까 주인님 뜻에 따라야

하겠지요. 하지만 그렇다고 해서 주인님께 당장 로맨틱한 연애사건을 선물해 드리고 싶진 않아요. 저 역시 샘이 많은 여자니까요. 그런 기회는 다음에 마련해 드리기로 하고, 우선 다른 종류의 색다른 즐거움을 맛보시면 어떠시겠어요?"

"글쎄……. 색다른 게 뭐가 있을까?"

"그동안 이 궁전에서 지내시면서 특별히 느끼신 점 같은 건 없으셔요?"

"그거야 많지. ……그래 맞아, 다른 무엇보다도 여기엔 미녀가 바닷가의 모래알처럼 너무 흔하다는 점이 참 신기했어. 그래서 문득문득 내 절친한 친구 R의 생각이 났지."

"R씨가 어떤 분이신데요?"

"그 친구 역시 나처럼 우라지게 미색을 밝히는 사람이야. 그런데 어쩌다가 눈에 천개(天蓋)가 씌어가지고 너무 못생긴 여자와 결혼하는 바람에 항상 투덜거리며 지내고 있지. 그렇다고 이혼을 하는 것도 아니고. R의 부인이 착하기 때문이기도 하고, 또 R이 선량한 가톨릭 신자이기 때문이기도 해."

"그럼 잘됐네요. R씨에게 진짜 예쁜 여자를 마누라감으로 선물해 드리면 될 거 아니겠어요? 그러면 R씨도 이혼을 결심하게 될 거예요."

"그런데 R의 와이프는 마음씨가 정말로 착한 여자란 말이야. R도 그녀의 마음을 보고 결혼을 결심했던 거고. 그래서 R도 마누라에게 아주 정이 들어 있어. 사랑보다 무서운 게 바로 그 정(情)이란 건가 봐. 또 속궁합도 맞는 눈치고 말이야. 그러니까 그 여자의 마음은 그대로 두고 얼굴만 바꿔칠 수 있으면 좋겠는데……. 조강지처를 버리는 건 아무래도 죄가 될 테니까 말이야."

아라베스크

"걱정 마서요. 방금 제게 재미있는 아이디어가 떠올랐어요. …… 남을 도와준다는 것은 정말 더없는 기쁨이 되죠. 그 일이라면 저한테 한번 맡겨보셔요. R씨도 또 R씨의 부인도 다 행복하게 해드릴 자신이 있으니까요. 주인님은 그때그때 제가 부탁드리는 대로 연극배우처럼 행동해 주시기만 하면 돼요."

그래서 나와 셰에라자드는 다시 현실로 돌아와 R의 부인을 미녀로 만드는 일을 하게 되었다. 하지만 마법의 궁전을 그대로 한강 가운데 있는 환상의 섬으로 옮겨놓았기 때문에, 왕으로서의 질탕한 일상생활에는 아무런 변화가 없었다.

나는 학생 시절에 연극 활동을 많이 했기 때문에, 셰에라자드의 각본에 따라 움직이는 배우 역할을 하면서 썩 괜찮은 쾌미(快味)를 맛볼 수가 있었다. 그리고 평소에 내가 추상적으로 생각해 왔던 '육체가 정신을 지배한다'는 믿음을, 그녀 덕분에 확실한 체험으로 실증해볼 수가 있었다. 물론 여기서 말하는 '육체'는 뇌를 뺀 오장육부를 가리킨다.

사람의 마음은 심장에 있는 것일까, 아니면 머릿속 뇌(腦)에 있는 것일까. 이것이 바로 지금까지 내가 골똘히 추구해 왔던 지상(至上) 과제였다. 거기서 육체가 정신을 지배하느냐, 아니면 정신이 육체를 지배하느냐 하는 문제가 풀리기 때문이다.

물론 현대의학의 견지에서 본다면 마음은 당연히 뇌 속에 있는 것일 것이다. 그런데도 우리는 마음을 형용할 때 으레 가슴을 가리키게 되고, 가슴은 당연히 심장을 의미하게 된다.

한방의학의 입장에서 볼 때는 더욱 그래서, 심장이 마음을 주관하고 기타 다른 장기들이 마음을 이루는 여러 가지 성정(性情)들을 곁에서 도와가며 다스린다고 되어 있다. 즉, 비위(脾胃)는 걱정하는 마음(憂心)을 맡고 간(肝)은 분노하는 마음(怒心)을 맡으며, 폐는 슬퍼하는 마음(悲心)을 맡고 콩팥은 두려워하는 마음(恐心)을 맡는다. 그리고 심장은 총괄적으로 마음을 다스리는 기뻐하는 마음(喜心)을 맡는다.

한방의학에서는 이른바 '오장육부' 속에 '뇌'를 포함시키지 않을 정도로 뇌의 존재를 무시하고 있는데, 이는 데카르트 이래 서구의 근대의학이 마음의 작용을 설명할 때 뇌만 중요시하고 오장육부를 무시하는 것과 좋은 대조를 이룬다.

데카르트는 인간의 정신(곧 마음)은 오직 뇌 속에 있고, 육체의 다른 부위들은 뇌의 명령을 따를 뿐이라고 주장했다. 그렇지만 서양 사람들 역시 마음을 형용할 때 지금까지도 심장 모양의 '하트'를 그리고 있다. 그걸 보면 마음이 곧 심장이라는 생각은 동서양이 다 마찬가지라고 볼 수 있다.

R은 원래부터 성격이 단순하고 호방했다. 대대로 내려오는 가톨릭 집안에서 태어났기 때문에 성당에 나가고는 있었지만, 여느 신자들처럼 쩨쩨한 구석이 한 군데도 없었다.

그는 술도 잘 마셨고 여자도 좋아했다. 그렇다고 건성으로 성당에 나가고 있는 것도 아니어서, 하느님에 대한 열정적인 신앙 하나만큼은 타의 추종을 불허할 정도였다. 다만 다른 신자들과 구별되는 점이 있다면, 그는 예수가 말한 대로 진짜 '가난한 마음'과 '어린아이 같은 순진성'을 가지고 신앙생활을 해나간다는 점이었다.

그래서 나처럼 마음이 복잡한 회의론자로서는 그런 R이 부러울 때가

많았다. 광신(狂信)만 아니라면, 이토록이나 험난한 세상에서 단순·명랑·쾌활한 신앙생활을 해가며 살아가는 것도 썩 괜찮은 자기최면이 될 것이기 때문이었다.

말하자면 R은 허식과 위선으로 가득 찬 신앙인이 아니라 정말로 하느님을 '아버지'로 믿고 예수를 '형님'으로 믿어, 아버지한테 떼를 쓰기도 하고 형한테 농담을 건네기도 하는 천진난만한 신앙인이었다. 돈에 별 욕심을 부리지 않아서 그런지 그가 하고 있는 사업도 그리 큰돈을 벌어다 주지 못했다. 그런데도 그는 항상 쾌활한 호인으로 지냈고, 친구들 사이에서도 의리가 있기로 소문나 있었다.

어느 날 R의 집에서 나를 비롯한 여러 친구들이 모여 술을 마신 적이 있었다. 그때 R과 함께 같은 성당에 나가고 있는 어떤 친구가 R에게 농담 비슷하게 이런 말을 했다.

"자넨 항상 하느님 아버지를 진짜 생부(生父)처럼 대하고 그리스도를 친형처럼 대하는데, 그럼 오늘 밤 자네 생각을 직접 행동으로 증명해 보이는 게 어떻겠나? 이렇게 좋은 술자리에 아버지나 형님을 빼놓는대서야 말이 되겠어? 그건 자식 된 도리도 아니고 동생 된 도리도 아니지. 생각 같아선 두 분 다 모셔왔으면 좋겠지만 아버지는 형체가 없어서 곤란하니 우선 형님이라도 한번 모셔오면 어떻겠나?"

친구의 말을 듣고 나서 R은 고개를 갸우뚱하며 대답했다.

"거 좋은 생각이긴 한데, 예수 형님이라고 해도 어디 쉽게 모셔올 방법이 있어야 말이지……. 자네가 먼저 말을 꺼냈으니 무슨 묘안이라도 있으면 한번 얘기해 보게."

농담 삼아 건넨 말인데 R이 하도 진지한 표정으로 대꾸해 왔으므로, 말을 꺼낸 친구는 오히려 객쩍은 표정이 되었다. 그렇지만 지기가 싫었던지 잠시 생각해 보다가 다음과 같이 말했다.

"왜 우리가 나가는 성당에 십자가에 달리신 예수님 상(像)이 하나 있지 않나? 그거라도 모셔다 놓고 술을 대접하면 될 거 아니겠어?"

마침 그 성당이 R의 집 근처에 있었다. R은 친구의 말을 듣자마자 그거 참 좋은 생각이라고 하며 당장 밖으로 나갔다.

R이 밖으로 나가자 나뿐만 아니라 모든 친구들은 어이없어하는 표정을 지을 수밖에 없었다. 예수님 상을 모셔다 놓고 술대접을 한다는 아이디어 자체도 우스꽝스럽기 짝이 없는 것이었지만, 그 말을 곧이곧대로 믿고 당장 성당으로 달려간 R의 순진성 또한 어처구니없는 것이기 때문이었다. 게다가 한밤중에 몰래 성당 안으로 들어가 예수님 상을 훔쳐 내오는 일도 쉬울 것 같지가 않았다.

그런데 R은 한 시간도 채 지나지 않아서 돌아왔다. 그는 아주 기분 좋은 얼굴로,

"여보게들, 예수 형님을 모시고 왔네!"

하고 크게 소리를 지르는 것이었다.

그러고는 어깨에 메고 온 예수 상을 아랫목 쪽에 세워놓고 그 앞에 술잔을 놓았다. 그런 다음 잔에다 술을 따르고 나서 이렇게 말하는 것이었다.

"형님, 우선 한잔 드십쇼. 그리고 오늘 제가 무례한 행동을 한 걸 부디 용서해 주시기 바랍니다. 성당 사람들한테 말해 봤자 허락을 해줄 것 같지 않아서 창문으로 몰래 들어갔는데, 다 형님께 술 한잔 올리고 싶은 충정에서 나온 것이니 부디 허물하지 말아주세요."

친구들은 결국 그의 백치같이 순수하면서도 호방한 행동을 칭찬하지

않을 수 없었고, 그래서 그날 밤은 더욱더 유쾌한 술자리가 되었다.

R은 친구들이 돌려가며 예수의 술잔에 따르는 술을, 형님이 과음하시면 안 된다고 하며 대신 자기가 다 받아 마셨다. 술자리가 파할 때가 되자 그는 예수 형님께 마지막 잔을 드리며 혀가 꼬부라진 목소리로 이렇게 말했다.

"형님이 계신 곳은 제 집 가까이에 있습니다. 오늘은 제가 형님을 모셔왔지만 다음부터는 마음 내키시는 대로 제 집에 놀러와 주시기 바랍니다. 정말 사양 마시구……."

R은 이렇게 말하고 나서 예수 상을 어깨에 둘러메고 친구들과 함께 집을 나섰다. 그는 예수 상을 성당에 다시 갖다 놓고 나서, 다시 또 우리를 데리고 어느 노래방으로 가 2차를 냈다.

내가 이런 얘기를 셰에라자드에게 들려주자, 셰에라자드는 그럼 일을 더 재미있게 꾸며볼 수 있게 됐다며 기분 좋아하는 것이었다.

그래서 나는 그녀가 시키는 대로 살아 있는 예수 역할을 하기로 했는데, 셰에라자드가 투명인간이 되어 나를 곁에서 도와준 것은 물론이었다.

셰에라자드는 우선 요술을 부려 나를 예수의 모습으로 만들어주었다. 그래서 나는 예수의 모습을 하고서 R의 집을 찾아가게 되었다.

R은 집에서 혼자 술을 마시고 있었다. 그런데 갑자기 문이 열리면서 (닫혀진 문 정도는 셰에라자드의 요술로 아주 손쉽게 열 수 있었다) 웬 남자가 들어오는 것을 보고 깜짝 놀라는 것이었다.

R이 자세히 바라보니 어깨까지 내려오는 장발에다가 헐렁한 내리닫이 옷을 걸치고 있는 게 틀림없는 예수였다. 다만 조상(彫像)과 다른 점이 있

다면 얼굴이 훨씬 예술적으로 생겼다는 점이었다. 내가 셰에라자드에게 부탁하여 내 얼굴을 아주 매력적인 예술가 얼굴로 만들어 놓으라고 했기 때문이다. 그래서 나는 비틀즈의 '존 레논' 비슷한 얼굴이 되어 있었다.

담대한 성격의 R도 이번에는 깜짝 놀라는 것 같았다. 하지만 그는 금세 정신을 수습하고서, 자리에서 벌떡 일어나 큰절을 하며 이렇게 말했다.

"아이고, 형님께서 이거 웬일이십니까? 지난번에 제가 무례한 짓을 저질렀다고 해서 벌을 주러 오셨나요?"

그래서 예수, 아니 나는 굳어 있던 표정을 풀며 빙그레 웃으면서 이렇게 대답해 주었다.

"아니, 아니, 벌을 주긴요. 지난번에 친절하게도 절 초대해 주셨기 때문에 오늘 밤엔 제가 이렇게 술을 사가지고 당신을 대접해 드리려고 왔습니다."

그러면서 나는 손에 들고 있던 꾸러미를 펼쳤다. 꾸러미 속엔 값비싼 양주 한 병과 희한한 안주들, 이를테면 용의 배꼽이나 봉황의 똥집, 인어의 눈곱을 말린 것 등이 들어 있었다. 물론 다 셰에라자드가 마련해 준 것이었다.

R은 마음이 놓였는지 내 얼굴을 자세히 들여다보았다. 그리고 내가 확실히 예수임에 틀림없다고 믿어버리는 눈치였다. 그래서 나와 R은 오랫동안 친숙하게 지내온 친구 사이처럼 되어, 주거니 받거니 기분 좋게 술을 마셨다.

내가 계속 존댓말을 쓰니까 R은,

"예수 형님, 제발 말 좀 놓으십쇼. 듣기에 참 거북합니다."

하고 말했다. 그래서 나는,

"제 나이가 지금 서른셋이고 R형의 나이가 마흔여섯인데 어떻게 말을 놓겠습니까. 제 쪽이 오히려 동생뻘이 되는걸요."

하고 말하며 빙긋이 웃어주었다. 그러자 R은,

"아따, 예수 형님두. 형님도 저처럼 나이 먹기를 싫어하시는군요. 어째서 형님 나이가 서른셋입니까? 1천9백 96살이지……."

하고 말했다.

"계산이 그렇게 되나요? 나이야 아무렇게나 따져도 괜찮으니까 앞으로는 같이 다 존댓말을 쓰기로 하지요. 친한 사이일수록 높임말을 쓰는 게 좋으니까요. 그런데 R형은 나이 먹는 게 그렇게도 싫습니까?"

"뭐 나이 먹는 걸 미치도록 안타까워하는 건 아니에요. 다만 제 처와 나이 차이가 많이 나서 그게 좀 마음에 걸릴 뿐이지요. 마누라는 요즘 와서 은근히 색(色)을 밝히는 눈친데, 전 슬슬 시들어가고 있거든요."

"아하, R형께선 재주도 좋게 아주 젊은 분을 마누라감으로 꼬셨나 보군요. 대관절 나이 차이가 얼마나 나는데요?"

"제 처의 나이가 지금 서른셋이지요."

"서른세 살이면 R형께선 은근히 꿀리고 들어갈 만도 하겠군요. 하지만 걱정 마세요. R형 관상을 보니 노익장(老益壯)의 상이니까요. '정력'보다는 '정열'이 중요해요. 정열을 돋구어보도록 노력하세요."

R은 10년 전에 결혼을 했는데, 이왕에 늦게 하는 결혼이라면 나이 어린 색시를 얻는 게 좋을 것 같아 회사에서 데리고 있던 고졸 여직원을 아내로 맞아들였던 것이다.

R과 나는 계속 이 얘기 저 얘기 하며 술을 마셨다. R도 나 못지않은 술꾼이어서 양주 한 병을 순식간에 비워버렸다. R은 예수가 자기만큼 술을

잘 마시는 걸 보고 조금 놀란 듯했다. 안주 또한 다 떨어져 가서 R은 아내에게 술상을 새로 차려오라고 시켰다.

잠시 후 R의 아내가 술과 안주를 갖고 들어오자, 나는 다시 한 번 관심 깊게 그녀의 얼굴을 들여다보았다. 예전과는 다르게 화장을 짙게 하고 있었다. 그렇지만 빈말로라도 예쁘다는 칭찬을 해줄 수가 없었다. 전에도 늘 느꼈던 것이지만, 그의 아내는 나이만 젊었다 뿐 썩 빼어난 미인이 못 됐기 때문이다.

나는 내 눈에만 보이는 셰에라자드의 아름다운 얼굴을 다시 한 번 흘 끔 곁눈질해 보면서, 새삼 뿌듯한 우월감을 느꼈다. R은 내가 화장한 자기 아내를 빈말로라도 칭찬해 주지 않는 게 내심 서운한 표정이었다.

R은 전에 아내를 고를 때 우선 나이를 봤고, 그 다음엔 유순하고 착한 성격을 보았다. 얼굴까지 예쁜 신부를 맞아들였으면 더 좋았겠지만 그런 여자들은 다 콧대가 높았던 것이다. 그도 나처럼 기가 센 여자는 딱 질색 이었다. 그래서 결국 대학 나온 여자나 얼굴 예쁜 여자를 단념하고 말았 는데, 그 이유는 그런 여자들은 대개 콧대가 높고 시건방지기 때문이었다.

R의 아내는 복종심 면에서는 단연 제일이었다. 그녀는 남편의 일에 일 절 간섭하지 않고 오직 봉사와 순종으로만 일관했다. 그래서 남편이 지금 누구와 술을 마시고 있는지도 모르고(또 관심을 두려고도 하지 않고) 술상 을 봐온 것이었다.

R은 아내가 놀랄까 봐 그랬는지, 나를 예수라고 소개하지 않고 미국에 서 온 전위예술가라고 소개했다. 그랬더니 그녀는 별 의심 없이 남편의 말을 믿어버리는 눈치였다.

우리는 술을 더 주거니 받거니 마시면서 이야기를 계속 했는데, 어느

 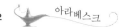

덧 화제가 R이 하고 있는 사업 얘기 쪽으로 기울었다. R이 요즘 사업이 마음먹은 대로 굴러가질 않는다고 걱정하자, 나는 얼른 뭐라고 대꾸해 줄 말이 생각나지 않았다. 그랬더니 어느새 셰에라자드가 나로 변신하여 나 대신 얘기를 해주는 것이었다.

눈 깜짝하는 사이에 그녀와 내 위치가 바뀌어져 있었고, 이번에는 내가 투명인간이 되어 곁에서 그녀가 하는 꼴을 바라보게 되었다.

"R형처럼 마음씨 착한 분이 장사를 하려니까 더 그렇겠지요. 하지만 사악한 모리배라고 해서 돈을 많이 번다는 보장도 없죠. 사업 역시 적성에 맞아야 하니까요. 제가 보기에 R형은 사업가 체질은 아닌 것 같습니다만."

"그렇다고 해서 지금 와서 갑자기 직업을 바꿀 수도 없는 일 아니겠습니까? 그저 대충 먹고 살아갈 수 있다는 것 하나만으로도 만족해야겠지요."

"제가 한번 하시는 사업이 잘되게 할 수 있는 방법을 연구해 보도록 하겠습니다."

셰에라자드가 이런 얘기를 하는 걸 보니, R이 돈을 잘 벌 수 있게 해줄 수 있는 무슨 묘안이라도 있는 모양이었다.

그녀는 R과 함께 좀 더 술을 마시다가 R의 만류를 무릅쓰고 그의 집을 나왔다. 예수, 아니 그녀를 따라 나도 처벌처벌 밖으로 나왔다. 집 밖으로 나오자 셰에라자드가 다시 제 모습으로 돌아와 내 곁에 서 있었다. 그래서 나는 그녀에게,

"R의 사업이 잘되게 해줄 수 있는 무슨 묘안이라도 있어?"

하고 물어보았다. 그랬더니 그녀는,

"R씨가 참 좋은 분 같아 보여서 미인 아내만 선물할 게 아니라 돈도 많이 벌게 해주고 싶어졌어요. 방법은 간단해요. 돈을 잘 벌 수 있도록 체질과 적성, 즉 마음을 바꿔버리면 되니까요. 두고 보셔요. 주인님 보시기에 재미있는 일이 벌어질 거예요."

하고 대답하는 것이었다.

궁으로 돌아온 뒤 셰에라자드는 잠시 저승에 다녀와야겠다고 하며 밖으로 나갔다. 그러고 나서 한 시간쯤 있다가 뭔가 보자기에 싼 물건을 가지고 돌아왔다. 내가 그게 뭐냐고 물어봤더니, 이따가 알게 될 거라고 하면서 다시 R의 집으로 가자고 했다. 그래서 그녀와 나는 R의 집으로 가 R의 방으로 들어갔고, 그녀는 다시 예수 모습이 되어 나 대신 행동을 했다.

R은 마침 곤드레만드레 만취되어 혼자서 잠들어 있었다. 예수, 아니 셰에라자드는 칼을 꺼내더니 R의 배를 갈랐다. 그리고 그의 오장육부를 꺼내 하나하나 가지런히 늘어놓았다. 그때 비로소 R이 눈을 떴다. 그러고는 깜짝 놀라 예수에게 이렇게 묻는 것이었다.

"아니, 예수님. 제가 그만하면 형님께 잘해드렸는데 어째서 저를 죽이시려는 겁니까?"

그러자 예수 즉 셰에라자드는 빙그레 웃으면서 이렇게 대답했다.

"겁내지 말아요. 제가 당신을 도와드리고 싶어서 그러는 거니까요. 지금 전 R형을 위해 형의 마음을 사업을 잘할 수 있는 체질과 적성을 가진 마음으로 바꿔주고 있는 겁니다."

그러고는 계속 유유자적한 태도로 새 내장들을 R의 뱃속으로 들이미는 것이었다. 그 일이 끝나자 예수는 뱃가죽을 맞추고 침을 발랐다. 그러

자 상처가 감쪽같이 아무는 것이었다. 수술이 끝난 뒤에 보니 핏자국 하나 없었다. 또 R도 그저 배 근처가 약간 저린 것 같은 감을 느꼈을 뿐이라고 말하는 것이었다.

R은 예수가 여러 개의 내장들을 책상 위에 늘어놓고 있는 것을 보고 그게 뭐냐고 물었다. 그랬더니 예수, 즉 셰에라자드는,

"이것들이 바로 R형이 원래 가지고 계셨던 마음입니다. R형의 사업이 이제껏 신통치 못했던 까닭이 사업가 체질이 아닌 R형의 마음 때문이었다는 걸 알게 됐지요. 그래서 조금 아까 저승에 가서 수백만이 넘는 사람 마음들 중 사업가 체질로 가장 우수한 마음을 골라 가지고 와 R형을 위해 바꿔드린 겁니다. 이제 R형의 마음을 저승에 가지고 가서 빼내온 마음 대신 보충해 넣어야 하지요."

하고 대답하는 것이었다. 그러고 나서 예수는 R에게 작별을 고했다.

R의 집을 나와 다시 궁으로 돌아오자, 나는 예수에서 다시 본모습으로 돌아온 셰에라자드를 보고 물었다.

"아까 네가 R에게 한 얘기가 참말이야? 정말 저승에 갔다 왔단 말이야?"

"그럼요. 제가 왜 거짓말을 하겠어요?"

"저승이란 게 정말 있나? 또 그렇다 쳐도 저승이 그렇게 아무나 드나들 수 있는 덴가?"

"저승은 있기도 하고 없기도 해요. 말하자면 저승은 살았을 때 저승의 존재를 믿고 살던 사람들에게만 있지요. 그리고 물론 저승에 아무나 드나들 순 없어요. 하지만 전 마법을 전수받았기 때문에 손쉽게 드나들 수 있지요. 그래서 저승에 가서 미국의 강철왕 카네기의 마음을 그가 잠든 사

이에 훔쳐왔죠. 그 사람은 이승에서 그만큼 잘 살았기 때문에 저승에선 좀 가난해도 되니까요. 주인님, 심심하시더라도 잠시 기다려주셔요. 제가 금방 저승에 다녀올 테니까요.”

말을 마치고 나서 셰에라자드는 R의 오장육부를 싸가지고 궁을 나섰다. 아마도 비어 있는 카네기의 배때기 속에 R의 마음을 집어넣고 오려는 모양이었다.

이튿날 나는 다시 예수로 변장하고 셰에라자드가 마련해 준 타임머신을 같이 타고 5년 후의 미래로 달려갔다. R이 어떻게 지내고 있는지 궁금했기 때문이다.

R의 집에 가보니 어느새 이사를 가고 없었다. 그래서 셰에라자드가 금세 신통력을 발휘하여 R이 새로 이사 간 집을 알아냈다. R이 살고 있는 집에 이르니 성북동에 있는 으리으리한 대저택이었다.

내가 R 앞에 나타나자 R은 나한테 고맙다는 인사를 하며 사업이 아주 잘돼 간다고 말했다. 그래서 내가 대관절 지금 얼마쯤이나 벌었냐고 물어봤더니 재산이 한 1천억쯤 된다는 대답이었다. 그래서 나는 앞으로 훨씬 더 많이 벌게 될 거라고 말해 주었다.

돈을 많이 벌게 되니까 R은 이제 본격적으로 여자 생각이 나는 모양이었다. ‘조강지처(糟糠之妻)는 불하당(不下堂)’이라는 말이 있긴 하지만, 남자가 나이 들어 돈이 많아지면 반드시 젊고 예쁜 여자를 그리워하게 마련이다. R 역시 거기서 예외가 될 수는 없었다. R은 자기의 속마음을 내게 솔직히 털어놓았다.

“예수 형, 솔직히 고백할 게 있습니다. 다름 아니라 제가 슬슬 예쁜 여

  아라베스크

자 생각이 나기 시작했어요. 마누라가 아직 젊고 착하긴 한데 아무래도 너무 못생겼거든요. 이런 생각을 하는 게 죄일까요?"

그래서 나는 생각나는 대로 이렇게 대답해 주었다.

"죄가 될 것까지야 없지요. 사람들은 남자든 여자든 나이를 먹으면 젊고 예쁜 영계를 좋아하게 되어 있으니까요. 저도 서른세 살에 죽어서 '영원한 청년'의 이미지를 남겼기에 망정이지, 만약 늙어 꼬부랑 할아범이 되어서 죽었다면 교회에 나오는 젊은 여자 신도들의 숫자가 10분의 1로 줄어들어 버렸을 겁니다. 그 대신 늙은 할머니들이 나머지 숫자를 채워줬겠지요. 저도 늙은 여자나 못생긴 여자는 아주 질색이에요. 그래서 하늘나라에서도 젊어서 일찍 죽은 여자들하고만 연애를 하고 있죠."

"성경에 보면 막달라 마리아를 제일 사랑하셨던 것 같은데……."

"그 여잔 정말 예쁘고 섹시하고 착한 여자였어요. 또 저를 정말 지극정성으로 사랑해 줬구요. 그런데 너무 오래 살다 죽는 바람에 하늘나라에서 재회해 보니 꼬부랑 할멈이 되어 있더라구요. 그래서 그만 정나미가 떨어져 관계를 딱 끊고 말았죠."

"그럼 요새 형님과 연애하고 있는 여자는 대관절 누굽니까?"

"메릴린 먼로예요. 30대 중반의 나이라 10대나 20대 나이의 여자만은 못하지만 그래도 정말 섹시한 여자죠. 하는 행동도 그렇고 애무의 기술도 그렇고, 영계 못지않게 순진하고 귀여운 맛이 있어요. 특히 입을 벌리고 멍청하게 웃는 모습이 아주 일품이지요. 또 화장 솜씨도 대단하고……."

내가 이렇게 생각나는 대로 지껄여대자 곁에 있는 셰에라자드가 깔깔거리고 웃어댔다. 물론 그녀의 모습과 마찬가지로 그녀의 웃음소리 역시 나한테만 감지되는 것이었다.

예수도 영계를 밝히고 또 메릴린 먼로와 연애를 하고 있다는 얘길 들으니 호탕한 성격의 R로서도 조금은 황당한 기분이 드는 모양이었다.

"그럼 늙거나 못생긴 여자들은 다 어떻게 하란 말씀입니까? 세상 사람들은 형님이 젊었든 늙었든 모든 인간을 다 사랑하고 계실 거라고 굳게 믿고 있는데요……."

R의 말을 듣고 나는 약간 짜증스런 목소리로 이렇게 대답해 주었다.

"그건 나와는 전혀 상관없는 얘기예요. 내가 죽고 나서 기독교가 로마 제국의 국교가 되자, 권력에 기생하는 엉터리 신학자들이 나를 가지고 자기들 구미에 맞게 그럴듯한 우상을 하나 만들어 놓은 거지요. 사실 난 동정녀한테서 나온 게 아니라 그저 사생아일 뿐이고, 또 죽었다가 부활한 적도 없어요. 생각해 보세요. 죽은 사람이 어떻게 다시 살아날 수 있단 말입니까? 나는 그저 솔직한 사랑을 통한 평화를 외치고 다녔을 뿐, 천국이니 지옥이니 해가며 거창한 형이상학 같은 걸 떠들고 다닌 적은 없거든요."

"그럼 형님은 하느님의 아들도 아니란 말씀입니까?"

"하느님이 인간이 아닌데 어떻게 '아들'이 있을 수 있겠어요? 만약 아들이란 말을 상징적 의미로 사용한다면 R형도 하느님의 아들이고 모든 인류가 다 하느님의 아들인 셈이지요."

"하지만 형님께선 전에 제 오장육부를 바꿔주시는 등 상당한 신통력을 갖고 계시지 않습니까?"

"그건 제가 하느님의 아들이라서 그런 게 아니라 살아 있을 때 인도에 가서 신기한 동양의학을 배웠기 때문이고, 또 그만하면 좋은 말을 떠들고 다녔다고 해서 저승에서 꽤 높은 직책을 맡고 있기 때문입니다. 저승에선

 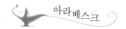

솔직한 사람이 최고로 대접받거든요."

R은 더 물어보고 싶은 것이 많은 것 같은 눈치였다. 하지만 그러면 예수가 자기를 쩨쩨한 놈으로 취급할까 봐 걱정이 돼서 그랬는지, 화제를 다시 여자 얘기로 돌렸다.

"아까 했던 말의 계속인데…… 아내보다 더 젊고 예쁜 여자가 좋아졌으니 대체 어쩌면 좋지요? 그렇다고 마누라를 버릴 수도 없는 일이고 말입니다."

"그럼 돈도 많겠다, 슬쩍슬쩍 바람이나 피워보시지 그래요."

"돈 주고 그런 애들을 데리고 노는 것은 싫어요. 또 호화판 룸살롱이란 델 가 봐도 다들 돈만 밝히지 젊고 얼굴이 예쁘면서 마음까지 착한 여잔 드물더란 말씀이에요."

"그럼 일류 영화배우나 톱클래스 모델 정도의 수준은 될 만큼 아주 젊고 예쁘면서, 부인처럼 마음이 유순한 여자를 원하신단 말씀이로군요."

"예…… 염치없는 말씀이지만 사실 솔직히 말해서 그렇습니다."

나는 더 이상 대꾸해 줄 말이 없어서 그냥 가만히 있을 수밖에 없었다. 그의 욕심이 너무 과하다고 생각됐기 때문이다. 내 생각에 얼굴이 예쁘면서 마음까지 착한 여자는 요즘 세상엔 없다. 그래서 그에게 예쁜 마누라를 선물해 주겠다던 생각이 어느새 사라져버리고 말았다. R도 머쓱해진 표정으로 잠자코 술만 마시고 있었다.

그런데 술기운이 더 오르자 그는 예쁜 여자에 대한 자신의 갈망을 도저히 주체할 수 없는 모양이었다. 그는 내 무릎에 손을 얹으면서 애원조로 말했다.

"아무래도 조강지처를 버려서는 안 되겠지요……. 마누라를 버리지 않고서도 예쁜 여자와 함께 살 수 있는 길을 형님께서 한번 마련해 주실 수는 없을까요? 제발 부탁드립니다."

R이 이렇게까지 막무가내로 어린애처럼 매달리는 것을 보고, 나는 새삼 그의 솔직성과 순진성에 마음이 끌리며 기분이 풀렸다.

"글쎄요……. 금방 묘안이 떠오르지 않는군요. 혹시 평소에 생각해 뒀던 무슨 묘안이라도 있습니까? 그럴듯한 방법이라면 내가 힘닿는 대로 도와드리기로 하죠."

내가 이렇게 얘기하자 R은 다음과 같이 말했다.

"지난번에 보니까 마음은 머릿속에 있지 않고 오장육부 속에 있더군요. 그러니까 마누라의 머리만 바꾸면 되지 않겠어요? 형님께선 창자를 교체하여 마음을 바꿔줄 정도의 실력을 갖고 계시니까, 반드시 얼굴 바꿔치기도 할 수 있을 것 같습니다. 수고스러움을 끼쳐드려 정말 죄송합니다만 마누라의 얼굴 수술을 부탁드리고 싶어요."

R이 간절한 어조로 이렇게까지 나오자 나로서도 거절할 도리가 없었다. 어쨌든 셰에라자드가 알아서 잘해주겠지, 하는 생각이 들어 나는 빙그레 웃으면서 R에게 이렇게 대답해 주었다.

"알겠습니다. 제가 한번 고려해 볼 테니까 기다려주십시오."

그런 다음 R과 나는 술을 한참 동안 더 마시고 나서 헤어졌다.

R의 집을 나오자 셰에라자드가 모습을 드러내며 깔깔거리고 웃었다. 그러고는,

"참 잘하셨어요. 예수에 대해 하신 말씀은 정말 사실 그대로예요. 주인님은 정말 상상력이 풍부하시더군요."

하고 말하는 것이었다.

  아라베스크

"되는 대로 지껄인 말인데 내 말이 정말 맞는 말이었단 말이야?"

"그럼요. 주인님이 하신 말씀은 한 치의 오차도 없었어요."

"자, 그럼 어서 R의 마누라를 예쁜 얼굴로 만들어줘. 나도 내가 한 말에 책임을 지고 싶으니까."

"물론이죠. 이제부턴 미녀 사냥에 본격적으로 나서야 해요. 근데 시간이 좀 걸릴 것 같아요. 마술로 R씨 부인의 얼굴을 바꿔버릴 수도 있지만 그러면 아무래도 재미가 없거든요. 이왕이면 R씨가 깜짝 놀랄 만한 일을 벌여야만 해요."

말을 마치고 나서 셰에라자드는 눈을 감고 한동안 골똘히 생각에 잠겼다. 그러더니 활짝 눈을 뜨면서 방긋 웃으며 내게 이렇게 말하는 것이었다.

"열흘만 지나면 R씨도 잘 아는 미녀 한 명의 모가지를 손에 넣을 수 있게 될 것 같아요. 주인님은 제가 하는 일을 곁에서 지켜보기만 하셔요. 그래야 더 재미가 있으실 거예요."

그래서 나는 더 캐묻고 싶은 것을 참고 그녀가 하는 대로 내버려 두기로 했다.

열흘이 지나자 셰에라자드는 혼자서 어디론가 나갔다가 뭔가 보자기에 싼 물건을 들고 들어왔다. 그리고는 나더러 R의 집으로 같이 가자고 했다. 그래서 이번에는 셰에라자드가 예수 역할을 하고 나는 투명인간이 되어 그녀가 하는 행동을 곁에서 지켜보게 되었다.

R의 방에 들어서자 셰에라자드, 즉 예수는 보자기를 탁자 위에 놓으면서 이렇게 말했다.

"그때 R형한테 부탁을 받고 여러모로 찾아봤지만 미인의 얼굴을 좀처럼 찾아낼 수 없었죠. 그런데 마침 다행히 미인의 얼굴이 하나 입수되었기에 이렇게 약속대로 가져왔습니다."

말을 마치고 나서 예수는 보자기를 풀어 보였는데, 다름 아니라 최고의 인기 여배우 Q양의 목이었다. 목에서는 아직도 피가 질펀하게 흘러내리고 있었다. R은 피가 흐르는 목을 보고 깜짝 놀라 이렇게 말했다.

"아니…… 그럼…… 이 여잘 죽인 다음에 목을 잘라가지고 왔단 말씀입니까? 전 마누라의 얼굴을 수술해 달라고 했지 애꿎은 목숨을 죽여 달라고 부탁하진 않았는데요."

그랬더니 예수는,

"내가 죽인 것은 아닙니다. 자, 시간이 없으니까 우선 수술부터 하도록 합시다. 모든 건 내일 아침에 알게 될 겁니다."

라고 말하며 R의 부인이 자고 있는 안방으로 들어가는 것이었다.

R의 부인은 침대 위에 누워 곤히 잠들어 있었다. 예수는 여자의 목을 R더러 들고 있게 했다. 그리고 품안에서 비수를 꺼내더니 부인의 목덜미에다 대고 힘을 주어 내리쳤다. 마치 두부나 참외라도 자르는 것 같았다.

부인의 목이 덜컥 떨어지자 예수는 R에게서 재빨리 여자의 목을 받아가지고 부인의 목에 똑바로 맞춘 다음 힘껏 눌러 붙였다. 그리고 베개를 가져다가 부인의 목 밑에 고였다.

R이 그럼 잘라진 목은 어떻게 처리해야 하냐고 예수에게 묻자, 예수는 보자기에 잘 싸놓으라고 말했다. 그러고 나서 예수는 R에게 작별 인사를 하고 R의 부인 모가지가 든 보자기를 들고서 집을 나왔다.

집 밖으로 나오자 예수는 다시 셰에라자드로 변하여 나보고 어디론가

 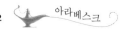

같이 가보자고 했다. 그녀의 뒤를 따라가 보니 마치 서울역 대합실 같은 곳이었다. 수많은 사람들이 와글거리고 있었다.

"대체 여기가 어디지?"

내가 셰에라자드에게 물었다.

"옛 한국말로 '중음(中陰)'이라는 곳이에요. '죽음'이란 말은 사실 '중음'이라는 말에서 나온 거죠. 중음은 저승과 내세를 믿고 살다 죽은 사람들이 다음 세계에 태어날 때까지 대기하는 곳이죠. 사람이 일단 사망하게 되면 이곳으로 와서 49일 동안 지내게 돼요. 그런 다음 주어진 업(業)에 따라 다음 세상에 태어나게 되는 거구요."

셰에라자드는 이렇게 말하면서 사람들 사이를 헤치고 누군가를 찾아다니고 있었다. 마침내 목 없는 여자 한 명이 눈에 들어왔다. 셰에라자드는 그 여자한테로 가서 싸가지고 갔던 R의 부인의 목을 꺼내 들고 잘려진 모가지 그루터기에다 대고 붙였다.

"저 여자 참 불쌍하게 됐군. 못생긴 얼굴을 가지고 환생하게 됐으니 말이야."

하고 내가 말하자 셰에라자드는,

"오히려 잘된 거죠. 저 여자는 살았을 때 얼굴 하나만 믿고 너무 건방지게 굴었거든요. 그래서 내세에서는 거지 팔자를 타고 태어나게 돼 있었어요. 그런데 못생긴 얼굴로 바뀌는 바람에 거지 팔자는 면하게 되었죠."

하고 말했다.

셰에라자드의 말을 듣고 나서 나는 기분이 울적해졌다. 죽은 뒤에도 또 다른 생(生)이 기다리고 있다는 사실 자체가 너무 처절한 비극으로 느껴졌기 때문이다.

물론 내세를 믿지 않고 살다 죽으면 그냥 무(無)로 돌아갈 수 있을 것이다. 그러나 영생이나 내세에 대한 집착을 끊어버리고 산다는 것은 정말 정말 힘든 노릇. 석가 같은 위대한 인물도 진짜 완전히 죽어 무(無)로 돌아가기 위해, 다시 말해서 열반에 들기 위해 일생 동안 무진 애를 썼다. 그러니 평범한 범인으로서는 내세를 피할 수 없을 것 같았다. 그래서 나는 그녀를 재촉하여 이른바 중음이라는 음침한 장소를 서둘러 빠져나왔다.

궁으로 돌아오자마자 나는 셰에라자드와 격렬한 애무를 나누었다. 죽음의 공포를, 아니 죽어도 죽어지지 않는 인생과 영원한 생로병사(生老病死)의 반복에 대한 공포를 잊어버리기엔, 섹스만한 것도 달리 없기 때문이었다.

질퍽한 애무가 끝나자 셰에라자드가 방금 나온 신문을 요술로 한 장 가져다가 내게 보여 주었다. 사회면을 펼쳐보니 과연 영화배우 Q양에 관한 기사가 실려 있었다. Q양을 열렬히 짝사랑하고 있던 어느 정신병자가, 밤중에 Q양의 집 담을 넘어들어가 Q양의 방에 가서 자기와 결혼해 달라며 떼를 썼다. 그러나 Q양이 끝내 거절하자 그만 여자를 칼로 찔러 죽이고서 달아난 것이었다.

사건을 알고 난 뒤 Q양의 가족들은 그저 부들부들 떨 수밖에 없었는데, 더욱 묘한 것은 경찰이 와서 시체를 덮어놓은 흰 보를 펼치자 Q양의 목이 온데간데없이 사라져버렸다는 사실이다. 그래서 Q양의 목을 훔쳐간 사람도 동시에 찾고 있다는 것이었다.

나는 신문 기사를 읽고 나서 R이나 R의 부인이 무척이나 당황해하고 있으리란 생각이 들었다. 그래서 나는 다시 예수로 변하여 투명인간이 된

셰에라자드와 함께 R의 집으로 갔다.

과연 R은 굉장히 얼떨떨해하고 있었다. R의 부인 역시 마찬가지였다. R의 부인은 목 수술이 끝난 뒤 잠에서 깨어나 목덜미 근처가 어쩐지 근질근질하고 딱딱하게 굳어버린 것 같은 느낌이 들었다고 했다. 그래서 손으로 목을 문질러보니 핏방울이 서너 방울 떨어졌다. R의 아내는 깜짝 놀라 거울을 들여다보았다. 그랬더니 자기와는 전혀 다른 얼굴을 가진 여자가 거울 속에서 자기를 쳐다보고 있었고, 목에는 빨간 줄이 가늘게 그어져 있는 것이었다.

너무 놀라고 어이가 없어 멍하니 앉아 있는데, 마침 R이 들어와 자초지종을 설명해 주었다. 잠시 숨을 돌리고 나서 두 사람은 거울을 다시금 자세히 들여다보았다. 오뚝한 코에 우유처럼 흰 피부, 그리고 초롱초롱한 눈망울이 미녀 스타 Q양의 얼굴 그대로였다. 그러고 나서 얼마 후에 배달된 신문을 보니 Q양 살인사건이 실려 있어 지금 황당해하고 있다는 얘기였다. R은 내게 약간 원망조로 말했다.

"일단 아내더러 당분간 외출을 하지 말라고 시키긴 했습니다. 전 형님께 마누라의 얼굴을 고쳐달라고 부탁했지, 다른 여자의 목을 가져다가 붙여 놓으라곤 안 했어요. 그런데 왜 하필이면 유명한 영화배우의 얼굴을 훔쳐다가 마누라의 얼굴과 바꿔치셨습니까? 앞으로는 마누라가 마음 놓고 길거리를 걸어 다닐 수조차 없게 됐어요."

그래서 나는 껄껄 웃으며 셰에라자드가 미리 알려준 대로 이렇게 대답했다.

"미인 아내가 소원이랄 땐 언제고, 이제 와서 제게 투정을 부리시다니 정말 실망했습니다. 걱정 마세요. 모든 게 잘될 테니까요. 얼굴은 화장으로 얼마든지 바꿀 수 있어요. 저도 처음엔 천당에서 하는 초정밀 성형수술을 생각해 봤지만 아무래도 천연의 미(美)만 못할 것 같아 이런 방법을 써본 거예요. Q양이 죽게 된 것은 다 정해진 명(命) 탓입니다. 그러니까 얼굴이라도 이승에 살아남아 있게 된 게 다행이라고 할 수 있죠. 한국 여자들은 원래 골상이 흉한데, 한국 여자치고 그만큼 예쁜 얼굴도 드무니까요."

"하지만 마누라의 목이 잘려진 것을 보니까 마치 제가 마누라를 죽인 것만 같아서 아주 찜찜한 생각이 들던데요."

"얼굴은 사실 아무짝에도 소용없는 것이에요. 머리를 뺀 나머지 육체가 그 사람의 마음을 지배하니까요. 그러니까 미안해하실 것 없어요."

R은 내가 해준 말을 듣고 나서야 비로소 안심이 되는 모양이었다.

R은 아내를 불러 술상을 차리게 했다. R의 아내는 자기가 예쁜 얼굴을 갖게 된 게 신이 나는 모양이었다. 그래서 행여나 들킬세라 당장 헤어스타일을 Q양과 다르게 바꾸고 또 화장도 다르게 했기 때문에, Q양과 닮아 보이긴 해도 똑같은 사람이라고는 생각되지 않았다. 그리고 키와 유방, 손이나 발 등이 Q양보다 크기 때문에 더욱더 변별성이 있어 보였다.

다만 얼굴 피부와 몸의 피부가 색깔이나 탄력 면에서 다르다는 게 마음에 걸렸는데, 그래서 앞으로는 우유 목욕 등으로 열심히 피부미용을 하겠다고 했다. 얼굴은 바뀌었지만 성격이나 말투는 옛날 그대로였다.

R은 자기 아내에게 마치 새로 시집온 신부에게 느끼는 것 같은 사랑을 느끼고 있는 것 같았다. 그래서 내가 옆에 있는데도 불구하고 아내와 불현듯 열렬한 키스를 나누는 것이었다. 그래서 나는 R의 아내에게 마지막

아라베스크

으로 한마디 해주었다.

"얼굴이 예뻐졌다고 해서 건방져지시면 안 됩니다. 여자가 건방지면 팔자가 최악으로 뒤집히니까요. 그러니까 전처럼 계속 남편을 하늘 모시 듯 하세요. 그러면 복이 오죠."

R 부부와 헤어져 집 밖으로 나오자 셰에라자드가 까르르 웃으며 말했다.

"그렇게 여자의 복종심만 강조하시다간 페미니스트들한테 몰매 맞으시겠어요. 그러니까 공개 석상에서나 글을 쓰실 때는 좀 위선을 떨도록 하셔요, 네?"

6··· 나의 첫사랑

앞에서 '미녀' 이야기를 했으므로, 그러면 여기서 잠시 나의 첫사랑 얘기를 해보려고 한다. '혜진이'가 바로 나의 첫사랑의 대상이다. 그녀와의 사랑에 얽힌 추억담을 한번 털어놔 보기로 하자.

나는 진짜 사랑이란 적어도 상대방을 처음 보자마자 가슴속에 전기가 찌르르 통해오면서, 뒤통수를 망치에라도 한 대 얻어맞은 것 같은 충격을 느끼며 시작되는 것이어야 한다고 생각한다.

몹시도 외롭고 심심하던 차에 한 여인(또는 남자)을 만나, '시장이 반찬' 또는 '꿩 대신 닭'이라는 식으로 대충 사랑의 감정을 위장해가며(물론 당시에는 그것이 '위장'이라는 사실을 자기 자신도 모르지만) 연애행위로 들어가는 것은 참사랑이 아니다. 그렇기 때문에 '첫인상'이란 참으로 중요한 것이고, 사랑은 오로지 첫인상에 의해서 그 운명이 좌우된다고 할 수 있다.

아라베스크

나는 대학생 때 세 여자와 사랑을 했는데, 지금 생각해 보면 그것은 진짜 사랑이 아니었다. 내가 쓴 소설 『광마일기』에는 내가 대학 다닐 때의 연애 얘기가 거의 사실 그대로 수록돼 있는데, 그것은 사실 '첫사랑'이라기보다는 '풋사랑'에 가까웠다. 여자가 뭔지도 모르고, 오로지 그동안 잠재워두었던 사춘기의 열정을 아무 여자한테나 닥치는 대로 마구 쏟아 부은 것에 지나지 않았기 때문이다.

물론 대학 2학년 때 만난 S는, 내가 그녀를 처음 보자마자 머리가 뻥 돌아버린 여인이었다. 그러나 그녀와의 만남은 결국 풋사랑이 될 수밖에 없었다. 그 까닭은 그때까지만 해도 내게 진짜 사랑의 기술, 즉 관능적 접촉의 기술이 없었기 때문이기도 했지만, 더 근본적인 이유는 역시 내가 그녀의 '예쁜 얼굴'에만 반했기 때문이다. 진짜 사랑은 '예쁜 외모'에 대한 정신적 경탄에서가 아니라, '관능적 외모'에 대한 순수한 동물적 욕구에서 나온다.

그러므로 첫사랑에 대한 얘기를, 단지 처음으로 사랑한 여자를 대상으로 기술한다는 것은 조금 무리가 있다고 본다. 상대방 여자를 처음 본 순간 '아찔한 관능적 황홀경'을 경험하지 못했다면, 그것은 대개 '풋사랑' 아니면 '자위행위적 사랑'이 되기 쉽다. 혼자서 자위행위를 하는 것보다는 그래도 여자가 곁에 있는 편이 한결 더 낫기 때문에, 상대방 여자를 사랑한다기보다 얼렁뚱땅 그 여자를 이용하여 '사랑의 분위기'에 휩싸려 들어가, 그 분위기를 나르시시즘으로 즐기는 사랑이 바로 '자위행위적 사랑'이다.

그래서 나의 첫사랑은 대학을 졸업하고 난 다음에 왔다. 대학 시절 4년 동안은 그저 사랑을 '연습'해 본 셈이었다. 대학 때 마지막으로 만난 세 번째 여자하고는 처음으로 육체관계(주로 오럴섹스를 위주로 하는 헤비 페팅)를 가져 계속 질깃질깃 어우러졌는데, 첫사랑의 상대가 나타나자 나는 그 여자를 과감하게 버릴 수밖에 없었다. 내가 대학원 1학년을 마치고 난 다음의 일이었다. 지금도 그때 그 여자가 내게 울고불며 매달리던 일이 눈에 선하다.

내가 네 번째 여자인 혜진이를 처음 본 것은 대학 3학년 때였다. 그때 나는 줄기차게 명동을 들락거리고 있었는데, 명동이 좋아서이기도 했지만 딱히 놀 만한 곳이 달리 없었기 때문이다. 요즘은 신촌이 엄청난 유흥가로 발전했지만 그 당시엔 변변한 카페 하나 없었다. 강남의 유흥가도 없었고, 대학로도 없었다. 그래서 젊은 대학생들은 다들 명동으로 몰려들었다.

그때 내가 자주 들렀던 명동의 다방은 '캠퍼스' 다방이었다. 여자와 만날 때도 '캠퍼스'를 자주 애용했고, 남자친구들하고도 '캠퍼스'에서 죽치는 날이 많았다. 그런데 어느 날 나는 그녀를 먼발치에서 바라보게 되었던 것이다.

그녀는 남자 애인과 함께 탁 포개어 앉아 정담을 나누고 있었는데, 샛노란 미니스커트와 가운데 가르마를 타고 길게 늘인 생머리가 그렇게 매력적일 수가 없었다. 얼굴은 마치 앙큼스런 고양이 같은 인상이었는데, 내가 워낙 그런 요부형을 좋아하는지라 나는 그 자리에서 그만 머리가 팽 돌아버릴 수밖에 없었다.

그런데 그 곁에 앉아 있는 남자를 보니 머리를 장발로 기르고 얼굴도 기생오라비같이 생긴 미남인데다가, 아주 세련된 퇴폐미를 풍겨주고 있는 사내였다. 그래서 나는 더욱 질투심을 느낄 수밖에 없었고, 또 걷잡을 수 없는 무력감을 느꼈다. 나는 그때도 전혀 멋대가리 없는 교복을 걸치고 시커먼 안경을 쓴 전형적인 촌놈이었기 때문이다.

어쨌든 '임자 있는 여자'를 꼬시기가 너무 힘들다는 것을 그때도 나는 잘 알고 있었다. 우연히 어떤 '계기'가 주어지지 않고서는 여자에게 저돌적인 프러포즈를 하지 못하는 내 옹색한 성격은, 지금이나 그때나 마찬가지였던 것이다.

그 뒤에도 나는 그녀를 명동에서 몇 번 바라볼 수가 있었다. 언제나 그녀는 남자와 함께였는데, 자주자주 파트너가 바뀌는 것 같았다. 그러면서 나는 대학을 졸업하게 되었고, 졸업하자마자 곧바로 대학원에 진학했다. 그동안 그녀와 내가 단둘이서 극적으로 만날 기회는 주어지지 않았다.

그러다가 그녀와 내가 정말 우연히도 드라마틱한 상봉을 하게 된 것은, 어느 떠들썩한 술자리에서였다. 그녀는 그때 여자친구를 따라왔다가 그 술자리에 어울렸던 것이다. 그녀가 하필 내 앞에 앉는 순간, 나는 머리털이 모두 쭈뼛쭈뼛 위로 솟구쳐 오르는 것만 같은 느낌을 받았다. 정말 기적 같았다.

그날 나는 술기운을 빌어가지고 비로소 그녀한테 그동안 간직해왔던 내 감정을 고백할 수 있었다. 그런데 그녀는 예상과는 달리 진지한 태도로 내 얘기를 들어주는 것이었다. 그래서 나는 실컷 장광설을 늘어놓을 수 있었고, 얼렁뚱땅 뽀뽀까지 한번 해볼 수가 있었다.

나중에 알게 된 것이지만, 그때 그녀는 대학을 졸업하고 난 뒤 뭘 해야 할지 몰라 한참 방황하던 중이었고, 또 정해진 애인도 없는 상태였다. 나는 '첫인상' 때문에 오매불망 그녀한테 접근해 간 것이었지만, 그녀는 한창 남자에 배고파하고 있던 상태였기 때문에 내게 어느 정도 호의를 베푼 셈이었다.

그 뒤로 나와 그녀의 데이트가 급속도로 진행되었다. 아무리 뜯어봐도 예쁜(아니, 섹시한) 얼굴이었고 세련된 매너였다. 그녀는 술도 잘 마시고 담배도 잘 피웠다. 그 당시만 해도 담배 피우는 여자가 별로 없던 때여서, 나는 그녀가 담배를 입에 물 때마다 성냥불을 켜대면서 무한한 희열을 느꼈다. 여자가 담배를 피운다는 사실 한 가지만 가지고서도 야한 퇴폐미를 만끽할 수 있었기 때문이다.

댄스클럽에 드나들게 된 것도 그녀 때문이었는데(그때는 '댄스클럽'이라고 하지 않고 '고고클럽'이라고 불렸다), 그녀는 '블루스'는 물론 그때 새로 나온 '쿵푸' 춤을 잘 춰서 나를 관능적 흥분으로 허우적거리게 만들어놓았다.

하지만 그녀는 나와 잠자리를 같이해 주지는 않았다. 기껏해야 키스 정도였을 뿐, 헤비 페팅에 대해서만은 도무지 요지부동이었다. 나는 그녀의 결벽증이 너무도 야속했지만 나를 만나준다는 사실 한 가지만 가지고서도 그저 감지덕지할 수밖에 없었다.

그런 식으로 1년이 흘러갔고, 나는 그녀에게 계속 순진한 '충성'을 맹서하는 것으로만 일관하고 있었다.

1년이 지난 다음부터 나는 그녀에게 결혼해 달라고 졸랐다. 그때 나는 결혼할 수 있는 조건이 전혀 구비되어 있지 않았다. 대학원 석사과정을 마치고서 곧 방위로 입대해야 했고, 방위 복무를 마치면 박사과정으로 진

아라베스크

학하게 되어 있었다. 완전히 백수(白手) 그 자체인 내가 감히 결혼신청을
한 것은, 내가 그만큼이나 그녀를 사랑하고 있기 때문이었다.

그렇게 내가 결혼하자고 계속 졸라대자, 그녀는 결국 속마음을 내게
털어놓고 말았다. 그때 내가 받았던 충격이 지금까지도 생생하게 기억난
다. 그녀는 내게 이렇게 말했던 것이다.

"나는 따로 사랑하는 사람이 있어요."

그녀의 얘기를 차근차근 들어보니 그녀가 사랑하고 있는 사람은 그녀
보다 10여 년이나 연상인 어느 유부남이었다. 언젠가 어린이날에 내가
그녀와 만났을 때 그녀는 아이들 장난감 꾸러미를 들고 있었는데, 나와
만나고 난 다음에(아마도 그 유부남이 저녁 늦게까지 일하고 밤에 퇴근하는 날
인 모양이었다) 그 남자를 만나 아이들에게 줄 선물을 준비해 가지고 나왔
던 것 같았다.

나는 그녀가 그 염병할 놈의 유부남한테 바치는 지극정성이 한없이 증
오스러웠고, 처량한 내 신세가 한탄스러울 수밖에 없었다. 하지만 어쩔
수 없는 일. 나는 치밀어 오르는 울화를 꾹꾹 눌러 참아가며 계속 '선처'
를 호소할 수밖에 없었고, 어느새 나의 두 눈에서는 그렁그렁 눈물방울이
맺히고 있었다.

그 다음부터 나는 그녀에게 더욱더 지극정성·저자세로 나갈 수밖에
없었는데, 한편으로 내 마음속에서는 자연히 '두고 보자, 이년아'라는 말
이 수없이 중얼거려지고 있었다. 그런데 내가 계속 애원조(調)로 나가자,
그녀는 나를 단지 '친구'로 만나는 것만으로도 크게 부담감을 느낄 수밖
에 없다고 선언해 왔고, 결국 내 곁을 떠나버리고 말았던 것이다.

그녀가 내게 마지막 고별인사를 하던 날, 그녀의 눈동자에서는 한두

방울의 눈물이 흘러내리고 있었다. 그때 나는 어리석게도 그 눈물이 나와 헤어지는 것이 슬퍼서 흘리는 눈물인 줄 알았다.

하지만 꽤 산전수전을 겪고 난 지금에 와서 생각해 보니, 그때 그녀가 흘린 눈물은 나와 헤어지는 게 슬퍼서 흘린 눈물이 아니라, 자기가 사랑하는 사람이 하필이면 '이루어질 수 없는 사랑'인 유부남이라는 게 억울해서 흘린 눈물이었던 것 같다. 그래서 '간식'용으로 심심풀이 땅콩 삼아 나와 데이트를 했던 셈인데, 나까지 계속 부담을 주니까 그게 억울해서 눈물이 나왔을 것이다.

이렇게 해서 나의 허무한 '첫사랑'은 끝이 났다. 만약에 내가 그녀와 잠자리라도 한번 같이 해볼 수 있었더라면, 내가 먼저 싫증을 내어 그녀를 차버릴 수도 있었을 것이다. 그런데 그만 사랑에 눈이 멀어 나는 그럴 수 있는 기회를 놓치고 만 것이었다. 생각하면 할수록 자존심 상하는 일이요 울화통 터지는 일이다.

그녀는 지금 어디서 어떻게 지내고 있을까? 아마 늙을 대로 늙어가지고 중년 여성의 허세나 부리고 앉아 있겠지…… 나의 순정을 짓밟아버린 그녀가 너무나도 밉고 얄밉다.

그래서 나는 그녀가 섹시하고 예쁜 외모 하나만 믿고 내게 잘난 체했던 것 같아, 그녀의 '건방짐'을 상기하며 얼마 전에 「달」이라는 제목의 시를 한번 지어보았다. 그런 다음에 시집 『사랑의 슬픔』에 수록해 넣었다.

　　내가 그녀에게
　　당신 얼굴은 달덩이처럼 환해

하고 말하니까
그녀는 화를 냈어
자기 얼굴이 그렇게 넓적하냐며.

그래서 내가 그녀더러
당신 얼굴은 반달처럼 갸름해
하고 말하니까
그녀는 화를 냈어
자기 얼굴이 그렇게 반동강나는 건 싫다고.

그래서 내가 그녀더러
당신 얼굴은 초생달처럼 날씬해
하고 말하니까
그녀는 화를 냈어
자기 얼굴이 그렇게 빈상(貧相)이냐며.

둥근 보름달이 떠 있는
어느 가을밤이었어
나는 화가 나서 그녀의 얼굴을
마구마구 때려주었지
그랬더니 그녀의 얼굴은
정말 달덩이처럼 부풀어 올랐어.

어쨌든 내가 지금 그녀에게 하고픈 말은 이것이다.

"이년아, 그래 어디 한번 그놈하고 잘 먹고 잘 살아봐라!"

아라베스크

7··· 황진이

　　나는 원래 동양적 아름다움보다 서구적 아름다움을 좋아한다. 그건 내가 동양인으로 태어났기 때문에, 바다 건너 이국풍의 미(美)를 동경하는 익조티시즘(exoticism)에 당연히 빠져들 수밖에 없어서일 것이다.

　　나는 어렸을 때부터 매니큐어를 바른 긴 손톱이나 높은 뾰족구두를 미치도록 좋아하는 등, 서양식 페티시즘에 대한 동경이 남달리 강했다. 나는 한복을 입은 여자에게서 성적 매력을 느껴본 적이 한번도 없다. 그래서 나는 앞가르마를 타고 곱게 쪽을 진 머리에 오이 씨 같은 버선, 그리고 흰 목이 날렵하게 드러나는 저고리의 동정 선(線) 등을 통해 페티시즘적 감흥에 빠져든다는 것은 상상할 수조차 없었다.

　　특히 나는 둔탁하게 짧은 손톱에다 칙칙하고 희멍드레한 빛깔의 붉은빛 봉숭아물을 들여놓고, 그것을 보며 아름답다고 하는 것을 이해할 수가 없었다. 매니큐어를 바른 긴 손톱과는 도무지 게임이 안 된다고 생각했기 때문이다.

또 중국이 비록 우리나라보다는 야한 문화를 가진 나라라곤 하지만, 여자의 발을 꽁꽁 묶어 전족을 만들어 놓고 그것을 보며 관능적 흥분을 느꼈다는 것도 잘 납득이 가지 않았다. 물론 기형적으로 작아진 발로 뒤뚱뒤뚱 걷는 모습을 보며 묘한 사디즘을 맛봤다는 사실에는 이해가 갔다. 하지만 송곳처럼 뾰족한 굽의 하이힐을 신고 불편하고 아슬아슬하게 걷는 서양 여자의 섹시한 걸음걸이와는 역시 비교가 안 된다고 생각되었다.

나의 이러한 미관(美觀)은 어찌 보면 미스 코리아 대회 같은 데서도 한국식 미녀보다 늘씬한 팔등신의 서양식 미녀만 찾는 요즘의 미관과도 부합되는 것이라서, 하나도 이상할 게 없을지 모른다.

하지만 나는 양장한 여자보다 한복 입는 여자가 훨씬 더 많았던 어린 시절부터 내가 서구식 관능미만을 좋아했다는 사실이 이상하게 여겨질 때가 많다. 그래서 나의 전생(前生)이 혹시 서양인, 그것도 보들레르 같은 탐미주의자가 아니었나 하고 생각해 볼 때가 많은 것이다.

아무튼 그래서 내 '섹슈얼 판타지' 중에 동양 미인이 등장한 적은 한번도 없었다. 은(殷)나라 주왕(紂王) 등 주지육림 속에서 논 동양의 폭군들이 등장한 적은 있었지만, 주변의 여자들은 모두 이집트나 페르시아풍의 미녀들이거나 높은 하이힐을 신고 긴 손톱을 한 서구풍의 현대 미인들이었다.

하지만 그런 가운데서도 내가 은근히 사모하게도 되고 또 그 실제 모습이 과연 어떠했는지 궁금해지기도 하는 동양 미인이 하나 있었으니, 그가 바로 우리나라 조선조의 기생 황진이였다.

아라베스크

예로부터 걸출한 동양 미인으로 알려진 여자들은 중국 여자가 대부분인데, 이를테면 당나라의 양귀비나 오(吳)나라의 서시(西施), 그리고 한(漢)나라의 비연(飛燕) 같은 여자들이 그들이다.

그러나 중국 여자들은 아무리 미인이라 해도 대개 펑퍼짐한 얼굴을 하고 있다. 중국인들은 원래 과장법이 심하여 '경국지색(傾國之色)'이니 '화용월태(花容月態)'니 하며 들입다 뻥튀기를 해대지만, 요즘 유명한 중국 여배우들을 봐도 대부분 우리 입맛에 안 맞는 미모를 가지고 있다. 아니, 입맛에 안 맞는 게 아니라 아무래도 한국 여성들만 못한 것이다. 미모에 있어서만은 확실히 한국 여성이 중국 여성이나 일본 여성보다 한 수 위인 것 같다.

물론 얼굴이 예쁘면 키가 작고, 키가 크면 얼굴이 큰 게 한국 여자의 특징이라서, 얼굴이 조막만 하게 작고 예쁘면서 키도 늘씬한 서구 여성들의 현대미에는 훨씬 못 미친다. 하지만 '동양적인 미'로 범위를 한정시킨다고 할 때, 한국 여성들은 그만하면 빼어난 용모를 지니고 있다고 볼 수 있다.

특히 '코'가 그러한데, 예컨대 배우 송혜교의 코(절대로 수술한 코가 아니다)는 중국이나 일본 여배우들과 비교가 되지 않을 정도로 예쁘다. 중국 여배우들 중엔 왕조현이 제일 예쁜 코를 가졌다고 볼 수 있지만, 콧구멍이 들여다보여 아무래도 송혜교만은 못한 것이다. 일본 여자들의 코는 중국 여자 코보다는 낫지만 원체 다들 치아가 못생긴데다 오종종한 체형을 가지고 있어 영 섹시한 맛이 없다.

그래서 나는 황진이가 기록에 전해오는 대로 아주 빼어난 미모를 가지고 있었을 거라고 생각하여 은근히 사모하게 되었는데, 진짜 이유는 사실 다른 데 있었다. 즉 그녀가 글자 그대로 '재색(才色)'을 겸비한 여인이었다고 모든 기록이 증언하고 있다는 점과, 그녀가 당시로서는 상당히 자유 분방한 성관(性觀)을 가진 '야한 여자'였다는 점이 한데 합쳐, 나로 하여 금 궁금증을 느끼게 했던 것이다.

나는 말로는 백치미를 가진 여자를 좋아한다고 떠들어대면서도 속으로는 은근히 '똑똑하면서 예쁜 여자'를 찾고 있었던 셈이다. 역시 내가 촌스러운 얼간이 서생(書生) 기질을 못 버리고 있기 때문인지도 모른다.

어쨌든 황진이는 용감한 여성이었다. 그녀는 몸을 팔아가며 애인과 함께 명산을 순례했고, 달이 잠긴 술잔을 들었으며, 애정에 있어 자유로웠다. 천재는 시대를 앞지른다는 말이 있지만, 사실상 이 세상에 자기 시대보다 오백 년 세월을 앞질러 살았던 사람이 과연 몇이나 될 것인가?

게다가 요즘까지도 왈가왈부되는 순결의 문제를, 오직 순결만이 생의 전부였고 육체적 정조만이 순결의 척도였던 당시에 용감하게 걷어차 버리고 기류(妓流)로 뛰어든 것은, 그녀가 얼마나 주관이 뚜렷하고 진실에 용감했나 하는 것을 단적으로 증명해 주고 있는 것이다.

당시의 교방(敎坊)을 배경으로, 그녀는 적극적인 태도로 때로는 사랑하고 때로는 매몰찼다. 자신이 사회의 위선을 뚫고 나온 이상 자신의 애정을 솔직히 보여줬으며, 위선적인 인물에 대해서는 통쾌한 냉소로 답해 주었던 것이다.

그래서 나는 셰에라자드에게 황진이를 만나러 가게 해달라고 부탁했다. 그랬더니 셰에라자드는 처음엔 약간 질투심 어린 표정을 지었다. 하지만 그녀는 곧 자기가 램프의 노예라는 사실을 시인하고 내 청을 들어주었다.

 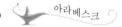

"저를 빼놓고 주인님 혼자서만 가시게요?"

"응, 이번엔 나 혼자 가고 싶어. 필요할 땐 너한테 도움을 요청할게."

그녀는 섭섭해 하는 얼굴로 고개를 끄덕였다.

"그런데…… 내가 좀 젊어져서 가면 안 될까? 난 황진이가 20대 나이일 때로 가고 싶거든."

내가 이렇게 셰에라자드에게 부탁하자 그녀는 배시시 웃으면서 고개를 가로 젓는 것이었다.

"아니에요. 지금 모습만으로도 충분하니까 염려 마세요. 황진이가 서화담에게 빠졌을 때 서화담은 50대의 나이였어요. 그때 황진이는 20대였고요. 주인님께서는 똑똑한 체하는 여자들일수록 연상의 남자를 좋아한다는 사실을 모르고 계시군요."

그래서 나는 약간 찝찝한 채로 과거로의 시간여행을 떠나게 되었다.

셰에라자드가 나를 돈 많은 양반 풍류객으로 만들어준 건 물론이었다. 방문 시기를 황진이가 몇 살 때로 잡을까 고심하다가, 그녀가 벽계수(碧溪守)와 지족선사(知足禪師), 그리고 서화담 등을 거친 20대 후반의 시기를 택하기로 했다.

사실 나는 황진이가 10대 후반의 나이였을 때로 방문 시기를 잡고 싶었다. 그래야만 그녀의 어리고 예쁜 얼굴을 볼 수 있기 때문이었다. 하지만 그렇게 하면 그녀를 거쳐 간 여러 남자들에 대해서 알아볼 도리가 없었다.

나는 어머니의 고향이 개성이기 때문에, 어머니로부터 개성(開城) 즉 송도(松都)의 깨끗한 거리 풍경과 그곳 사람들의 경위 바르고 세련된 매너 등에 대해 많이 들어왔으므로 크게 기대가 되었다.

그런데 타임머신을 타고 개성에 도착한 순간 우선은 금세 실망이 될 수밖에 없었다. 너무 작고 답답한 도시였기 때문이다. 그러나 이리저리 한참 동안 돌아다녀본 결과 내 첫인상을 수정하지 않을 수 없었다. 아담한 가운데 운치가 있고, 잔잔한 분위기 속에 따스한 인정이 흘러 흡사 고향을 찾아온 것 같은 기분이 들었기 때문이다.

길은 포장이 되어 있지 않았지만 모래땅이라서 보송보송했고, 곳곳에 서 있는 짙푸른 나무들이 한결 푸근한 정취를 자아내고 있었다. 흡사 용인에 있는 민속촌을 찾아갔을 때의 기분과도 같았다.

황진이의 집은 송악산 기슭에 있었는데, 작지만 단아한 기와집이었다. 나는 두근거리는 가슴을 안고 황진이의 집 앞에 이르러 대문을 두들겼다. "이리 오너라" 하고 거드름 떠는 소리를 내며 예스러운 방문 절차를 밟고 싶었지만, 왠지 쑥스러운 생각이 들어 보통 때 하던 식대로 한 것이었다.

대문이 열리며 식모인 듯싶은 아줌마가 나왔다. 내가 명월이(황진이의 기생 이름)를 만나고 싶어 찾아왔다고 하니까 그녀는 두말 않고 나를 들여보내 주었다. 생각보다 절차가 간단하여 나는 조금 맥 빠진 기분이 들었다.

진이의 방에 안내되어 들어가니 진이는 혼자서 술을 마시고 있었다. 뭔가 스트레스에 지쳐 있는 모습이었다.

뭣보다도 나는 그녀의 얼굴 생김새가 궁금했으므로 별다른 수작을 걸지 않고 우선 그녀의 얼굴을 요모조모 관찰해 보았다. 황진이를 찾아온 첫째 목적이 과연 그녀가 절색이냐 아니냐를 알아보기 위함이기 때문이었다.

키는 한 1백 62센티미터쯤 되는 것 같아 보여 예전에 내가 좋아했던

 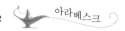

탤런트 이미숙의 체구와 비슷했다. 우유에다 백설탕을 살짝 혼합한 색깔의 피부가 얼음처럼 투명했다. 오뚝한 코가 빚어놓은 것처럼 예뻤고, 입술은 짙은 꽃자주색 립스틱을 발라놓은 것처럼 붉었다. 눈은 물론 쌍꺼풀 진 것은 아니었지만 초롱초롱 맑았고, 무엇보다도 초승달 같은 눈썹이 고왔다. 털을 다 뽑고서 일부러 그려놓은 것 같았다. 정말로 명불허전(名不虛傳)인 셈이었다.

나는 순간 숨이 막히는 듯한 기분을 느꼈다. 진이의 얼굴은 미녀 그 자체였다. 화장을 전혀 하지 않았는데도 붉은 입술과 희디흰 피부가 사무치게 어울리고, 거기에다가 눈썹의 뚜렷한 선이 어우러져 짙고 생생한 느낌을 주었다. 흡사 동양식 미녀를 본떠 만든 마네킹을 마주 대하고 있는 것 같았다.

"술 한잔 드실래요?"

얼렐레 얼이 빠져 있는 나에게 진이가 말을 붙이며 술잔을 건넸다. 흡사 옛 친구라도 대하고 있는 것 같은 말투였다. 나는 그녀의 세련된 매너에 감탄하며 흥분을 가라앉힐 겸 해서 그녀가 주는 술을 받아 단숨에 들이켰다.

"용케도 제때 찾아오셨군요. 어디서 온 뉘신지요?"

진이가 말했다.

"서울…… 아니 한양에서 온 마광수입네다."

"그러세요? 반갑네요. 이곳 송도에는 마씨(馬氏) 성을 가진 분들이 많지요. 그런데 이상하군요. 마씨 성을 가진 분이 어떻게 그토록 어마어마한 양반 복색을 하셨지요? 마씨는 양반이 아닌데요."

"돈을 벌어서 벼슬을 샀시다."

나는 적당히 얼버무려두었다. 어쩐지 등에서 식은땀이 났다.

"아무래도 좋아요……. 전 지금 돈이 필요하니까요. ……사실은 화담 선생이 돌아가신 충격 때문에 서너 달 손님을 안 받고 있었어요. 그래서 오늘부터는 손님을 받기로 하고 절 찾아오는 분이 있으면 무조건 받아들이라고 해주댁한테 말해 뒀지요. 그러고 보니 우리는 인연이 깊군요."

말하는 품이 아주 활달하고 솔직했다.

"화담 선생이 돌아가신 건 너무나 안됐습니다. 연세가 이제 겨우 쉰여 덟이시니 너무 일찍 타계하신 셈이지요. ……그래 화담 선생하고는 얼마 동안이나 지내셨는지요?"

내가 책에서 본 대로 화담의 나이까지 대가며 맞장구를 쳐주자 진이는 신나는 표정을 했다.

"자그마치 3년이에요, 3년. 그동안 전 전혀 손님을 받지 않고 지냈죠. 그래서 이렇게 빈털터리가 되어버렸어요."

"왜, 화담 선생께서 생활비를 대주지 않으셨습니까?"

"생활비를 대주긴요. 오히려 제가 그분의 생활비를 대드렸는걸요. 그분은 경제력이 전혀 없는 분이었어요."

"그런데 왜 그토록 그분을 사모하셨습니까? 당신은 '송도삼절(松都三絶)'로 박연폭포와 화담 선생, 그리고 명월(明月) 곧 당신을 꼽으셨다지요?"

"그분의 양물(陽物)이 거룩했기 때문이죠. 그분은 도학(道學)에 조예가 깊으셨고, 특히 방중술(房中術)에 뛰어나셨으니까요. ……그런데 손님은 참 이상한 분이시로군요. 저한테 꼬박꼬박 공대를 하시니 말이에요. 아무리 돈을 주고 산 벼슬이라고는 하지만 일단 그 정도 위치가 되셨으면 저

아라베스크

한테 하대를 하셔도 되는데요."

"당신을 마음속 깊이 연모해 왔기 때문입니다. 직접 만나 뵙고 보니 당신은 정말 보기 드문 미인이십니다."

"뭘요, 저도 이젠 한물갔지요. 벌써 스물아홉인걸요."

나는 그녀가 스물아홉 살이라는 것을 확인하고 나서 새삼 깜짝 놀랐다. 아무리 봐도 갓 스물로밖에 안 보였기 때문이다.

"몇 살 때부터 기적(妓籍)에 올랐습니까?"

"열다섯 살 때부터예요. 이제 벌써 14년이 지난 셈이지요. 기생 나이로는 고희(古稀)인 셈이죠. 자, 제게 화대를 얼마나 주시겠어요?"

진이가 돈을 보채는 걸 보니 돈을 벌기로 아예 작심한 모양이었다. 나는 그녀가 돈 얘기부터 꺼내는 데 정나미가 떨어졌지만, 말하는 품이 하도 예뻐서 금세 불쾌감을 털어버릴 수 있었다.

"대체 얼마를 원하십니까?"

"많으면 많을수록 좋지요. 그래야 한 이삼 년 또 손님을 받지 않고 지낼 수 있으니까요."

"그럼 너무 심심하지 않나요?"

"심심하진 않아요. 이젠 보통 남정네들한테는 관심이 없어졌거든요. 정 심심하면 이곳저곳 유람을 다닐 수도 있구요."

"한 백만 냥 드리면 되겠소?"

진이의 눈이 휘둥그레졌다. 그러나 그녀는 곧 샐쭉한 웃음을 흘리며,

"아이 손님두, 제발 농담 그만하세요."

하고 말했다.

백만 냥이 아주 큰돈인 모양이었다. 그래서 나는 소피를 보러 가는 체

하며 잠시 방을 빠져나와 변소로 갔다. 그리고는 내 자지를 잡고 서너 번 흔들며 '야하디야하다 야하디야하다 쌍!' 하고 주문을 외워 셰에라자드 를 불러냈다.

그러자 금세 셰에라자드가 나타났다. 그래서 나는 그녀에게 "백만 냥 을 가져와" 하고 명령했다. 셰에라자드는 약간 샐쭉한 얼굴을 하며 잠깐 동안 꺼져 없어졌다가 다시 나타났다. 그녀의 손엔 1백만 냥짜리 어음 한 장이 쥐어져 있었다.

나는 셰에라자드가 아무래도 샘을 내고 있는 것 같아, 문득 그녀가 갖 고 온 어음이 가짜일지도 모른다는 생각을 하게 되었다. 그래서 나는 그 녀에게,

"이왕이면 현찰로 갖다 줘. 그래야 내가 진이한테 좀 더 생색을 낼 수 있지."

하고 말했다. 그랬더니 셰에라자드는,

"현찰은 너무 무거워요. 지폐가 아니라 엽전이니까요."

하고 말대답을 하는 것이었다. 그래서 나는 그녀가 내게 소속된 노예 라는 사실을 다시 한 번 상기시켜 주고 싶어서, 일부러 화를 내는 체하며 뺨을 한 대 세게 때려주었다.

"램프의 요정이라는 년이 그래 그까짓 1백만 냥이 무겁다고 그래? 잔 소리 말고 냉큼 가져다가 마당에다 쌓아놔!"

내가 이렇게 화가 난 음성으로 소리 지르자 셰에라자드는 찍 소리 한 번 못하고 내 앞을 물러났다. 그녀가 나한테 꼼짝 못하는 모습을 보니 새 삼 기분이 흐뭇해졌다.

변소에서 나와 보니 돈 궤짝을 실은 나귀들의 행렬이 벌써 문 앞에 이

르러 있었다. 10여 명의 하인이 딸려온 것은 물론이었다. 하인들은 돈 궤짝을 내려 마당 위에 쌓아놓고서 사라졌다. 그 사이에 황진이는 방문을 열고 마당 위에 쌓이는 돈 궤짝들을 내다보고 있었는데, 나는 그녀의 얼굴빛이 환해지는 것을 금세 알아볼 수 있었다.

내가 다시 진이의 방에 들어가자 그녀는 반색을 하며 나를 맞아주었다. 전해오는 얘기보다는 돈을 밝히는 셈이었다.

"돈이 그렇게 좋아?"

나는 그녀에게 이번엔 반말로 물었다. 돈을 줬으니까 이젠 하대를 해도 괜찮을 것 같다는 생각이 들었기 때문이다.

"그럼요. 돈 싫어하는 기생이 어디 있겠어요? 저도 이제 조금만 더 나이를 먹으면 퇴기(退妓)가 되는데, 의지할 데라곤 돈밖에 없지요."

말하는 품이 너무나 평범한 화류계 여성처럼 보여 나는 조금 실망이 되었다. 그래서 나는 진이에게 궁금했던 것을 물어보았다.

"대체 당신은 어떤 집안 출신이지? 내가 야사(野史), 아니 누가 쓴 글에 나온 걸 보기로는, 황 진사의 서녀(庶女)라고도 하고 여기저기 노래를 부르고 다니던 맹녀(盲女)의 딸이라고도 하는 두 가지 설(說)이 있던데……."

그랬더니 황진이는 별 이상한 사람 다 봤다는 식으로 시큰둥한 표정을 하며 이렇게 대답하는 것이었다.

"손님은 참 이상한 분이시로군요. 제 어머니가 장님 거지였다는 것은 세상 사람들이 다 아는 사실인데요."

전부터 내가 짐작으로 추측했던 것이 들어맞은 셈이었다. 황진이는 천한 신분으로 태어난 여자인데, 자색이 워낙 출중하다 보니 후세에 가서 출신 성분이 뻥 튀겨진 것이었다.

박혁거세가 알에서 나오고 예수가 하느님의 아들이고, 헤라클레스의 아버지가 제우스신이라는 식으로, 훌륭한 인물은 그 출생 배경부터 들입다 뻥 튀겨지는 수가 많다. 황진이의 경우는 워낙 천한 신분이다 보니 양반의 서녀(庶女) 정도로만 과대포장 되는 데 그친 모양이었다.

그래서 나는 이왕 내친 김에 한 가지 더 물어보았다.

"시에 매우 능하다고 하던데, 그런 신분으로 어떻게 글을 배울 수 있었지?"

그러자 황진이는 이번엔 눈을 더 둥그렇게 뜨며 한결 놀라는 표정을 했다.

"제가 시를 잘 쓴다구요? 전 글을 읽을 줄 몰라요. 그저 언문이나 깨친 정도지요. 화담 선생이 제게 진서(眞書)를 가르쳐 주려고 했지만 너무 골치가 아파 그만두고 말았죠."

그럼 그녀가 썼다는 걸작 한시, 예컨대 「송소양곡귀경(送蘇陽谷歸京)」같은 작품은 후세의 위작이었단 말인가.

독자들 중엔 이 한시를 모르는 분이 계실 것 같아 여기에 원문과 번역문을 한번 소개하고 넘어갈까 한다. 제목을 번역하면 「서울로 가는 소양곡을 송별하며」 정도가 될 것이다.

月下梧桐盡 霜中野菊黃 (월하오동진 상중야국황)

樓高天一尺 人醉酒千觴 (누고천일척 인취주천상)

流水和琴冷 梅花入笛香 (류수화금냉 매화입적향)

明朝相別後 憶君碧波長 (명조상별후 억군벽파장)

달빛 깔린 뜰에는 오동잎 지고
서릿속에 들국화 노랗게 피네

다락은 하늘에 닿을 듯하고
술에 취해도 오가는 잔은 끝이 없네

차갑게 흐르는 물소린 거문고랄까
매화 향긴 그윽히 피리에 감돌고야

내일 아침 우리 둘 헤어진 뒤면
그리운 정은 길고 긴 물결이랄까

　이왕 한시 한 편을 소개했으니, 그녀가 썼다고 전해지는 시조 중에서 가장 절창이라고 생각되는 시조 세 편을 다시 또 소개해 보기로 하자.

동짓달 기나긴 밤을 한 허리를 버혀내어
춘풍(春風) 이불 아래 서리서리 넣었다가
어른님 오시는 날 밤이여드란 구비구비 펴리라

어져 내일이야 그릴 줄을 모르던가
이시랴 하려면 가랴마는 제 구태여

보내고 그리는 정은 나도 몰라 하노라

청산(青山)은 내 뜻이요 녹수(綠水)는 님의 정이라
녹수 흘러간들 청산이야 변할손가
녹수도 청산 못 잊어 울어예어 가는고

나는 진이에게 그럼 시조는 지을 줄 아느냐고 물어보았다. 역시 모른다는 대답이었다. 그러고 나서,

"전 보통 기생들하고는 좀 종류가 달라요. 잡다한 기예(技藝)를 배우지 않고 오로지 얼굴 하나로만 기생이 되었으니까요."

하고 꼬리를 달았다. '재색겸비'라는 말은 완전히 허언(虛言)인 셈이었다.

말을 마치고서 진이는 하녀에게 술상을 하나 근사하게 차려내 오라고 시켰다. 술상이 들어오자 그녀와 나는 권커니 자커니 하며 술을 마셨다. 발갛게 홍조를 띤 진이의 얼굴은 보면 볼수록 예뻤다.

대체로 얼굴이 예쁜 여자는 두 종류로 나누어진다. 하나는 지나치게 악하고 요사스런워 남자들을 괴롭히는 형이요, 다른 하나는 지나치게 선하여 남자들을 싫증나게 만드는 형이다. 선하지도 악하지도 않은 미인이란 한마디로 성격이 없는 여인, 다시 말해서 개성이 없고 미련한 형이기 쉽다.

술에 취한 황진이의 얼굴은 확실히 요사스런 미인형에 가까웠다. 그래서 나는 마음씨가 착한 여자는 야한 여자가 될 수 없고, 한국 여자는 확실히 키가 너무 크면 안 된다고 생각하게 되었는데, 키가 1미터 75가 넘는

아라베스크

모델형의 미인은 아무래도 개성 없는 싱거운 얼굴형이 되게 마련이기 때문이었다.

황진이는 비슷한 체형을 가진 송혜교나 김태희, 그리고 김희선의 얼굴 정도 가지고는 비교가 안 될 정도로 요염했다. 황진이는 투명하리만치 흰 피부를 가지고 있어, 요사스런 아름다움을 묘하게 감싸 청순한 백치미처럼 보이게도 하는 것이었다.

술을 더 마셨다가는 내 자지가 쪼그라들 염려가 있어, 나는 술을 이제 그만 마시고 서로의 육체를 신나게 희롱해 보자고 말했다. 그러자 진이는 기다렸다는 듯 고개를 까딱이며 서둘러 비단 금침을 폈다.

그녀는 내가 시키기도 전에 옷을 다 벗어 내렸는데, 봉긋한 젖가슴하며 잘록한 허리가 과연 천하일품이었다. 진이는 내 옷을 벗겨주며 이렇게 말했다.

"1백만 냥이나 주셨으니 제가 최대한 성의 표시를 해드려야겠지요. 우선 통소부터 불어드릴게요."

진이는 나를 금침 위에 편하게 눕힌 뒤 내 다리 가랑이 사이에 꿇어앉아 정성껏 펠라티오를 해주었다. 조선시대엔 펠라티오를 가리켜 '통소 불기'라고 표현했던 모양이다. 입술 놀림과 혀 놀림이 어찌나 보드랍고 살풋한지 흡사 구름 위에서 노니는 기분이었다.

내 자지가 적당히 부풀어 오르자 그녀는 내 사타구니 위에 똥 누는 자세로 앉았다. 그런 다음 마치 개구리가 '쪼그려 뛰기'를 하는 것처럼, 엉거주춤하게 앉은 자세로 수없이 왕복운동을 하는 것이었다. 아마 천 번도 넘는 것 같았다. 나는 전혀 힘을 쓸 필요도 없이 그저 가만히 누워 있기만

하면 되었다. 원체 허약체질인데다가 술을 마시고 난 뒤끝임에도 불구하고, 내 자지는 신기하리만치 늠름한 기세를 보이고 있었다.

그토록 가냘파 보이는 몸매에서 어떻게 그런 힘이 나오는지 신기하기만 했다. 진이의 넓적다리 근육은 마치 강철로 만들어진 스프링과도 같았다. 그래서 나는 마음속으로, '그러면 그렇지, 네게 이런 비기(秘技)가 있었기에 그토록 많은 사내들을 홀릴 수 있었지, 단순히 얼굴 하나로 사내들의 마음을 녹여낼 수 있었겠느냐' 하고 중얼거렸다.

그러면서 나는 언젠가 역술에 능통하다는 어느 점술가를 만나봤던 일을 상기하게 되었다. 그 역술인은 내 사주(四柱)를 감정하고 나서 말하기를, "당신은 온몸의 양기란 양기가 모두 입, 즉 글발로만 몰려 보통 때의 정력은 형편없게 되어 있소. 그러나 진짜로 속궁합이 맞는 여자를 만나게 되면 변강쇠보다도 더 센 정력이 솟구치게 됩니다"라고 결론 내렸기 때문이다.

그런데 이상하게도, 내가 이만하면 황진이와 속궁합이 맞는 것 같다는 생각에 빠져드는 순간부터 내 자지가 슬슬 쭈그러들기 시작했다. 그래서 나는 갑자기 초조하고 황당한 기분에 빠져들 수밖에 없었는데, 가만히 그 이유를 생각해 보니 내가 '정력' 또는 '섹스'에 대한 상념에 빠져들기 시작했기 때문인 것 같다.

건강하고 원시적인 성이란 원래 무념무상의 방심상태에서만 가능하다는 것을 나는 이론으로는 알고 있었다. 그러나 천성이 워낙 소음인(少陰人) 체질의 옹졸한 사색가였던 탓에, 나는 황진이와의 기막히게 황홀한 교합 중에도 그만 성 자체의 물리적 속성 등에 대한 생각에 턱없이 빠져들고 만 것이었다.

그래서 나는 다시 내 머릿속은 물론 온몸의 힘을 빼고 내 몸뚱어리 전체를 텅 빈 진공상태처럼 만들어 보려고 노력했다. 그러나 도무지 마음먹은 대로 돼주지를 않았다. 일단 한번 뿌려진 상념의 씨앗을 다시 거둬들이기란 도저히 불가능하다는 사실을 나는 깨달을 수 있었다.

진이의 얼굴을 보니 약간 실망하는 듯한 눈빛을 보이고 있었다. 그래서 할 수 없이 셰에라자드에게 구원을 요청하기로 했다. 은근히 자존심 상하는 일이었지만 어쩔 수가 없었다.

내가 마음속으로 '야하디야하디'를 두 번 외치고 '셰에라자드, 쌍!'하고 외치자 그녀가 당장 배틋한 웃음을 흘리면서 나타났다. 물론 내 눈에만 보이고 진이의 눈에는 안 보였다.

나는 셰에라자드에게 마음속으로 "어서 빨리 내 자지를 쇠망치처럼 딱딱하게 만들어 줘!" 하고 애원조로 말했다. 그러자 셰에라자드는 한쪽 눈을 찡긋해 보이며 혓바닥을 장난스럽게 날름 내밀고 나서, 내 자지에다 대고 침을 퉤퉤 뱉었다.

내 자지는 그 순간부터 다시금 기운찬 작동을 개시했다. 셰에라자드는 나를 골려주려고 그러는지 그냥 꺼져 없어져버리질 않고, 황진이의 무릎에다 대고 역시 침을 퉤퉤 뱉는 것이었다. 그러자 황진이는 다리에 쥐가 났는지 졸지에 낭패한 표정을 지으며 그냥 비실비실 주저앉아버리고 말았다.

셰에라자드는 이 광경을 곁에서 다 지켜보고 나서, 다시 한 번 혀를 삐죽 내밀고는 사라져버렸다.

그녀의 질투 어린 장난기가 괘씸하기 그지없었지만, 나로서는 어쩔 수 없는 일이었다. 그래서 나는 황진이의 손을 붙들어 내 곁으로 오게 한 후,

그녀의 보들보들한 젖무덤을 손으로 애무해 주면서 말했다.

"왜, 갑자기 다리에 쥐가 났나?"

"정말 이상해요. 전엔 이런 적이 한번도 없었거든요. 쪼그리고 앉은 자세에서 적어도 5천 번 이상씩 엉덩이 상하운동을 할 수가 있었어요. 어르신네한테 정말 죄송스럽군요. 하지만 그래도 제가 2천 번은 넘게 한 셈이니까 너그럽게 용서해 주세요. 이다음엔 더 정성껏 해드릴게요."

나는 내게 정중하게 사과하는 진이의 겸손한 표정이 너무나 사랑스럽게 느껴져서, 그녀의 입에다 대고 한껏 요란하게 혓바닥을 찔러 넣어주었다.

"그런데 그런 기술을 대체 어디서 배웠어?"

"화담 선생한테 배웠어요. 그분은 방중술에 조예가 깊으셔서, 별의별 기술을 다 가르쳐 주셨지요."

"그런 사람이 어째서 그렇게 빨리 죽었지? 환갑도 못 넘겼으니 말이야."

"다 저 때문이에요. 아무리 몸을 축내지 않는 방법으로 색을 즐긴다고 해도, 너무 자주 하면 역시 건강을 상하게 마련이니까요."

"그럼 지족선사도 그런 식으로 죽었나?"

"아니요. 지족선사는 아직 죽지 않고 살아 있어요. 그분은 처음엔 들입다 폼을 잡으며 점잔을 빼다가, 결국 내 유혹에 걸려들고 말았죠. 그 꼴이 하도 우습고 아니꼬워서 서너 번 자준 뒤에 내 쪽에서 차버리고 말았어요. 그랬더니 그이는 파계를 했다는 자책감에다가 저에 대한 연모의 정이 겹쳐가지고 결국 미쳐버리고 말았지요. 그래서 지금은 거렁뱅이 땡초가 돼가지고 이곳저곳을 유랑하고 다닌다고 해요."

"그럼 탁 트이게 화통한 면에서는 불가(佛家)의 승려보다 유가(儒家)의 도학자가 한 수 위라는 얘기가 되는군."

"다 그런 건 아니겠지요. 벽계수 같은 바보도 있었으니까요. 벽계수 역시 도학군자였는데, 처음엔 자기가 여색을 진짜로 멀리 할 자신이 있다고 실컷 큰소리쳐대다가 결국 저한테 무릎을 꿇고 말았으니까요."

"그럼 지금 벽계수는 뭘 하고 있나?"

"서당 훈장 노릇을 하면서 아직도 저한테 계속 연서를 보내오고 있어요. 하지만 전 받아보는 족족 무조건 다 찢어버린답니다. ……그런데, 어르신네께서는 정말 이상한 분이시로군요. 저에 대해서 정말 아무것도 모르고 계시니까 말이에요. 지족선사나 벽계수가 어떻게 됐다는 건 세상 사람들이 이미 다 알고 있는 사실이거든요. 혹시 …… 중국에서 오신 분이 아니세요? 중국에도 마(馬)씨가 많으니까요."

나는 진이가 내게 자꾸 의심스런 눈길을 보내는 것이 어색하고 불편하게 느껴졌다. 게다가 진이는 한술 더 떠 이런 얘기까지 꺼내는 것이었다.

"솔직히 말해서 아까 그 1백만 냥도 이상했어요. 갑자기 나귀들이랑 하인들이 밀어닥쳐가지고 1백만 냥을 부려놓고 가니 말이에요. 어르신네께서 제게 아무리 반했다고 해도 저처럼 삭은 나이에 그건 너무 과한 액수거든요. …… 혹시 가짜 돈은 아니겠지요?"

그녀가 '가짜 돈' 얘기까지 꺼내자 나도 모르게 기분 좋은 웃음이 나왔다. 그녀는 재색을 겸비한 건방진 여류형(女流型) 여성이 아니라, 돈이든 섹스든 자신의 욕망에 솔직한 '진짜로 야한 여자'라는 생각이 들었기 때문이다. 그래서 나는 진이에게 내 정체를 솔직하게 털어놓아 버렸다.

"가짜 돈은 아니야. 하지만 내가 이상한 사람이란 말은 맞아……. 나는 아주 먼 데서 온 사람이야. 난 미래에서 왔어."

나는 진이가 내가 미래에서 온 사람이라는 얘기를 들으면 깜짝 놀라할 줄 알았다. 그런데 그녀는 눈 하나 깜짝하지 않고서 말똥말똥한 표정으로, 내가 한 얘기에 대해 이렇게 반문하는 것이었다.

"미래요? 대관절 어느 시대에 사시다가 저를 찾아오셨는데요?"

"지금부터 5백 년쯤 뒤의 조선 땅에서 왔어."

"어쩐지 말씀하시는 품이 이상하다 했지요. 하지만 일단 만나 뵙고 보니 너무나 반가워요. 화담 선생은 돌아가시기 직전에 앞으로의 제 운명을 예언해 주셨지요. 자기가 죽고 나면 어떤 비썩 마른 선비가 저를 찾아오게 되어 있는데, 무조건 그 사람이 하자는 대로 따르라고 하셨어요. 그러면 자기가 못 시켜준 호강을 실컷 해볼 수 있게 될 거라구요. 또 신분차별이 심한 조선 땅에서 태어나, 얼굴이 예뻐도 기생이라는 이유로 설움을 받을 수밖에 없었던 제 팔자가 활짝 피어나게 된다고도 말씀하셨죠."

"화담 선생의 예지력은 정말 보통이 아니셨군."

"그럼요. 그분은 자기가 죽는 날짜까지 미리 알아맞힌걸요."

"나에 대해선 더 이상 말씀이 없으셨나?"

"미래에서 온 사람이라고는 말씀 안 하셨어요. 그냥 별천지에서 온 사람이라고만 말씀하셨지요."

"내가 살고 있는 세상은 이 씨가 다스리던 조선이 망한 뒤에 생긴 '대한민국'이라는 나라야. 지금 세상보다도 낫지만 아주 무릉도원이라고는 할 수 없지. 나라가 두 동강이 나는 바람에 이곳 송도도 대한민국 땅에서 제외돼 버렸으니까. 하지만 진이같이 미색이 뛰어난 여자한테는 그런대로 신나는 세상이 될 수도 있어. 대한민국에선 기생이 스타 대접을 받을 수 있으니까 말이야."

아라베스크

"스타? 스타가 뭔데요?"

"서양 말인데, 별이라는 뜻이지. 백성들에게 크게 칭송을 받는, 말하자면 임금님보다도 더 높은 존재라고도 할 수 있어."

"하지만 기생이 어떻게 그런 대접을 받을 수 있는지 전 도무지 이해가 안 가요."

"술 따라주는 기생은 대한민국에도 있어. 시쳇말로 호스티스라고 부르지. 하지만 너처럼 미색이 출중하거나 재주가 많은 기생은 단순한 기생에 머무는 게 아니라 배우나 가수, 모델 등 스타가 될 수 있는 길이 많아."

황진이는 영리한 여자인지라, 내가 하는 말을 금세 알아들은 듯 했다.

"그럼 빨리 저를 그 세상으로 데려다 주셔요. 더 늦기 전에 저도 한번 마음껏 광을 내보고 싶어요."

진이는 이렇게 말하면서 내 품에 기대와 안겼다. 그러고는 어느새 축 늘어져 있는 자지를 뱅어같이 흰 손으로 살포시 어루만져주는 것이었다. 나는 진이의 가늘고 긴 손가락들을 바라보면서 손톱이 짧은 것이 마음에 걸렸다. 그래서 나는 그녀에게,

"진이는 나를 위해 손톱을 길게 길러줄 수 있어? 난 여자의 긴 손톱을 너무너무 좋아하거든."

하고 말해 보았다.

"아, 어르신네께서는 선녀 같은 손을 원하고 계시는군요. 그림에서 보니까 신선이나 선녀들은 모두 다 손톱을 길게 기르고 있더군요. 나라에서 시시콜콜 간섭을 해서 그렇지, 저도 선녀처럼 손톱을 길게 기르고, 화려한 빛깔의 옷을 입고, 또 갖가지 패물들을 주렁주렁 걸치고 싶었어요. 손톱이라면 얼마든지 길러드릴 테니까 안심하셔요."

진이의 말을 듣고 나니 더 이상 조선시대에 머물러 있을 필요가 없다는 생각이 들었다. 온돌방에서 성희를 벌이는 것보다는 근사한 호텔방 물침대 위에서 성희를 벌이는 것이 더 낫고, 이왕이면 황진이도 더 섹시한 모습으로 단장시켜 놓고 나서 즐기는 게 낫다고 생각됐기 때문이다. 그래서 나는 손으로 자지를 잡고 세 번 왕복운동을 하며 주문을 외워 셰에라자드를 불렀다.

셰에라자드가 금세 모습을 드러냈다. 이번엔 셰에라자드의 모습이 황진이한테도 보인 것 같았다. 진이는 속살이 다 비치는 중동풍의 복장을 한 셰에라자드의 모습을 넋을 잃고 바라보았다. 그래서 나는 진이에게,

"내가 데리고 다니는 계집종이야. 너한테 많은 도움을 줄 테니까 안심해."

라고 말하며 그녀를 진정시켰다.

나는 셰에라자드에게 우선 진이의 모습부터 바꿔놓으라고 시켰다. 국제적인 배우로 출세시키려면 아무래도 키를 좀 크게 만드는 게 나을 것 같아 진이의 키를 1백 75센티미터 정도로 늘려놓으라고 명령했다. 1백 80센티미터가 넘게 만들면 모델로는 좋지만 배우로는 아무래도 너무 큰 키인 것 같아 그 정도로 잡은 것이었다.

또 유방도 왕창 크게 부풀리고, 엉덩이도 빵빵하게 부풀렸다. 그리고 진이의 머리카락은 종아리까지 닿을 정도의 길이라서, 머리를 풀고서 파마를 하니까 아주 관능적인 머리모양이 되었다. 마지막으로 손톱을 길게 늘이고 핏빛 매니큐어를 바른 다음, 온몸에 주렁주렁 값비싼 장신구들을 걸쳐주었다.

셰에라자드도 이번에는 샘내기를 포기한 듯, 마치 언니가 동생을 치장

시켜 주는 기분으로 시종일관 내 명령에 즐겁게 복종하는 것이었다. 내가 다시 양복차림으로 바뀐 건 물론이었다.

그 다음에 나는 셰에라자드에게, 진이와 나를 서울의 최고급 호텔 특실 VIP 룸으로 데려다달라고 시켰다. 그래서 우리는 다시 현재로 돌아왔는데, 눈을 떠보니 진이와 내가 강남의 어느 특급 호텔 방 거실에 마주앉아 있었다.

나는 진이를 변신시켜 가는 데 즐거움을 느껴, 곧 이어 셰에라자드에게 옷장을 모두 값비싼 여성복으로 꽉 채워놓으라고 시키고, 진이의 지갑에도 10억 원 정도의 예금통장을 마련해 놓으라고 시켰다.

나도 한번 돈 쓰는 재미를 맛보고 싶어 1백억 정도의 저금통장과 당좌수표 용지를 갖다 놓으라고 시킨 다음, 최고급 벤츠 차를 호텔 밖에 대기시키고 셰에라자드는 운전기사 노릇을 하라고 명령했다. 셰에라자드는 마치 '아라비아 항공'의 스튜어디스 복장 같은 옷차림을 한 아주아주 섹시한 모습의 여자 운전기사가 되어 있었다.

셰에라자드보고 옆방으로 가 대기하고 있으라고 시킨 뒤, 나는 진이에게 옷장을 뒤져 시폰으로 된 야한 디자인의 실내 옷을 꺼내 입게 했다. 그리고 전화로 룸서비스를 불러 술과 안주를 가져오라고 주문했다.

호텔 종업원이 술을 갖고 들어와 나보고 김 회장님, 김 회장님 하면서 굽실거리는 모양을 보니, 내가 어느새 '김 회장님'으로 변신해버린 모양이었다. 나는 새삼 셰에라자드의 기지(機智)에 감탄하면서, 종업원에게 50만 원짜리 당좌수표 한 장을 사인해서 팁으로 주었다.

푹신푹신한 더블베드에서 감미로운 실내음악을 들어가며 진이의 화사한 몸뚱어리를 더듬는 것은 큰 기쁨이었다. 동백기름 냄새보다는 역시 쁘와종 향수 냄새가 더 나았고, 작은 키에 짧은 손톱보다는 역시 큰 키에 긴 손톱이 더 나았다.

머리 좋은 진이는 환경 변화에 기민하게 적응하여 어느새 긴 손톱으로 내 자지를 살살 갉작거려 주기도 하고, 포크 대신 손톱으로 안주를 찍어 자기의 입안에 넣었다가 내 입에 넣어주기도 하는 것이었다. 그러고는 늘 씬한 현대식 8등신 미인으로 바뀐 자신의 몸뚱어리가 보면 볼수록 대견해 보이는지, 젖가슴과 배, 엉덩이 등을 손바닥으로 자주자주 쓰다듬으면서 흐뭇해했다.

나는 그날 밤 진이의 보지에 서너 차례나 사정(射精)을 했는데, 그만큼 진이가 온갖 교태를 부려가며 내 넋을 빼앗아갔기 때문이다. 석고처럼 흰 피부에 칠흑같이 검은 머리카락의 조화는, 마치 발정한 처녀귀신과 같은 모습의 요악(妖惡)스런 자태를 연출해 내고 있었다.

다음날 아침, 나는 셰에라자드를 불러 황진이를 국제적인 스타로 만드는 일에 대해 상의했다.

셰에라자드는 우선 영어 회화가 필수라고 하면서, 진이의 머리통에 입김을 불어넣어 영어 회화를 할 수 있도록 만들었다. 그리고 나서 잠깐 생각에 잠기더니, 아무래도 일단 먼저 미스 유니버스 대회에 출전시켜 진이의 얼굴을 빛내도록 하는 게 좋은 수순일 것 같다고 말했다. 마침 미스 코리아 대회가 얼마 남지 않았으니, 거기에 참가하면 만사가 잘 풀리게 될 거라는 것이었다.

그래서 나는 진이의 나이가 걱정이 되어 나이도 줄여버리라고 셰에라자드에게 명령했다. 진이의 얼굴은 아무리 봐도 갓 스물 정도로밖에 안 보였지만, 그래도 이왕이면 진짜로 나이가 젊은 여자로 만드는 게 더 나을 것 같기 때문이었다. 셰에라자드가 "어려져라, 쌍!" 하고 주문을 외우자 진이는 돌연 만 19세의 청초한 여인으로 변신했다.

우리는 벤츠 차를 타고서 미스 코리아를 많이 배출한 곳으로 소문난 '때빼' 미용실로 갔다. 차 안에서 셰에라자드는 자기가 나를 재일교포 갑부로 만들어 놓았다고 설명하고 나서, 황진이는 내가 후원하고 있는 모델 겸 배우 지망생으로서 내 현지처 노릇을 겸하고 있다고 설명해 주었다.

'때빼' 미용실의 마담은 '차아밍 리'라는 이름의 중년 여자였는데, 이름과는 달리 돼지처럼 살이 디룩디룩 찐 게 욕심 많아 보이는 얼굴을 하고 있었다. 셰에라자드는 이번엔 내 여비서가 되어가지고 찾아온 까닭을 설명했다. '차아밍 리'는 셰에라자드와 황진이의 눈부신 아름다움을 보고 기절할 듯 놀라며, 진이 정도의 미모와 육체미라면 미스 코리아는 물론 미스 유니버스도 문제없을 거라고 말했다.

나는 마담에게 우선 착수금조로 1억 원짜리 수표를 끊어 주었다. 그러자 마담은 잠시 옆방에 들어갔다 나오더니, 희색이 만면한 얼굴로 내게 수없이 절을 하는 것이었다. 짐작컨대 여자가 의심 많게 생긴 얼굴이라, 수표가 진짜인지 조회를 해본 것이 틀림없었다.

일은 순탄하게 착착 진행되어 갔다. 진이는 지저분한 예선과정들을 거치고 무난하게 본선에 진출했다. 본선이 있기 전부터 진이는 발군의 미모 때문에 미스 코리아는 물론 한국 최초의 미스 유니버스감으로 점쳐지고 있었다.

지금까지의 미스 코리아들은 대개 육체미를 중심으로 뽑았으므로 얼굴이 못생길 수밖에 없었다. 그런데 진이는 서양 여자처럼 늘씬한 체격에 동양 미인의 얼굴을 하고 있었으므로 자연히 눈에 띌 수밖에 없었다.

본선이 있던 날, 무대 위에 선 진이의 모습을 보니 단연 군계일학(群鷄一鶴)이었다. 차아밍 리가 그동안 열심히 공들여 가꿔 놓았기 때문에 더욱더 아리따운 아취(雅趣)가 풍겨 나왔다.

최종 심사결과를 발표할 때, 사회자는 당연한 결과라는 듯 별로 흥분되지도 않은 목소리로 "미스 코리아 진, 마리나!"를 외쳤다(진이의 이름을 나는 고심 끝에 '마리나'로 고쳐 놓았다. 국제적인 스타가 돼도 부르기 좋고 듣기 좋은 이름이라고 생각됐기 때문이다).

여기서 잠시 잔소리 한마디.

'미스 코리아' 대회를 여는 것에 대해 모든 여성단체에서는 한사코 반대한다. 그들이 내세우는 이유는 대개 두 가지다. 하나는 '여성의 몸'을 상품화하기 때문이라는 것이고, 하나는 같은 여성의 몸이라도 '육감적 관능미'에만 중점을 두어 미(美)를 평가하기 때문이라는 것이다.

첫 번째 지적사항에 관해서는, 남성 역시 자신의 몸매에 관심이 많다는 사실을 감안할 때 지나친 비판이라 하지 않을 수 없다. '미스터 코리아' 대회가 사람들의 관심을 못 끄는 이유는, 남성의 육체미가 여성의 육체미보다 못하다는 생각이 아직까지도 많은 사람들의 머릿속을 지배하고 있기 때문이다.

지금까지의 사회제도는 남성들을 전쟁이나 노역에 동원하기 위해 그들이 아름다움을 가꿀 기회를 박탈해 버렸다. 그래서 요즘에는 여성 같은 화사한 몸매를 갖고 싶어 안달복달하는 여장남성들의 수효가 급증하

아라베스크

는 추세에 있는데, 이는 '남성해방운동'의 신호탄이라고도 볼 수 있다. 상당수의 남성들은 자신이 반드시 용감해야 하고, 투박한 육체를 가져야 하고, 힘이 세야 한다는 사실에 반발하고 있는 것이다.

물론 여성들이 사회적으로 출세할 수 있는 길이 적은 남성중심의 사회구조가, 여성들로 하여금 오직 '몸의 아름다움' 하나로만 신분 상승의 길을 모색하게 만들었다고 볼 수도 있다.

그러나 이는 아름다움 그 자체와는 별개의 문제라고 본다. 사회적 출세와는 상관없이, 남성과 여성은 스스로의 아름다움에 관심을 가지게 마련이기 때문이다. 그러므로 미녀대회든 미남대회든, 그것은 몸의 상품화가 아니라 단순한 경연대회일 뿐이다. 말하자면 '씨름' 등의 스포츠 경기나 노래 부르기 대회와 하나도 다를 게 없는 것이다(최근에는 올림픽 대회에서조차 리듬체조나 수중발레, 빙상 등에서 '몸의 아름다움'이 체력 못지않게 강조되는 경향이 있다).

두 번째 지적사항인 '육감적 관능미' 문제에 대해서는, 우선 그것이 어째서 나쁘냐고 반문하고 싶다. 사실 '지성미'라든가 '정신적 아름다움' 같은 것은 그 실체가 지극히 애매모호하다. 남자든 여자든 이성을 볼 때 우선 상대방을 성적(性的) 대상으로 파악하게 마련이다. 이는 인간 역시 동물의 일종인 이상 부인할 수 없는 진실이라고 본다.

많은 인류학자들은 인간의 몸매가 지금과 같은 모양으로 형성되게 된 것이 '성적(性的) 유혹'을 위한 진화과정의 결과라고 설명하고 있다. 인간과 비슷한 동물인 유인원에겐 없는 귓불이나 젖가슴, 도톰한 입술 등은 모두 성적 애무를 위해 진화된 것이라는 것이다. 이는 인간이 직립을 하여 농경과 목축을 통해 잉여에너지를 비축하게 된 뒤에 나타난 현상이라고 한다.

말하자면 인간은 다른 동물들처럼 겨울잠을 자지 않고 일정한 발정기 없이 1년 내내 섹스를 할 수 있게 된 뒤부터, 자신의 몸매를 '성적 심벌'로 진화시켜 갔다고 볼 수 있다. 그런 인간의 특성상 '육감적 관능미'가 솔직하게 상찬(賞讚)되는 것은, 어찌 보면 당연한 현상이요 진보된 현상(진실에 대한 진일보(進一步)한 접근이 가능해졌다는 의미에서)이라 하겠다.

그건 그렇고, 미스 코리아에 당선된 순간부터 진이는 무지무지하게 바빠졌다. 그래서 나는 진이에게 따로 자동차를 한 대 사주고, 또 운전기사도 딸려주고 나서 호텔을 빠져나올 수밖에 없었다. 진이가 내 애인이라는 사실이 알려지면 아무래도 그녀의 출세에 지장이 있을 것 같기 때문이었다.

사람들은 진이가 호텔에서 화려하고 사치스럽게 지내는 모습을 보고 틀림없이 부자 후원자가 있을 거라고 짐작하는 모양이었지만, 워낙 출중한 그녀의 미모 때문에 그걸 가지고 시빗거리를 삼는 기자 따위는 없었다. 나는 이따금 진이한테로 가서, 그녀가 차츰차츰 도도한 스타로 변신해 가는 것을 지켜보며 흐뭇한 기분에 빠져들었다. 아무래도 나는 여성숭배주의자인 모양이었다.

미스 유니버스 대회에 출전하기 전부터 진이는 국내 매스컴의 각광을 받았고, TV 출연이나 영화 출연 제의가 수도 없이 들어왔다. 그러나 내가 시킨 대로 진이는 그것을 다 거절하고 더욱더 세련된 몸치장과 화술을 익히는 데 총력을 기울였다.

그러다가 드디어 미스 유니버스 대회가 미국에서 열렸다. 나는 행여라도 진이가 떨어질까 봐 걱정이 되어, 셰에라자드를 시켜 심사위원들의 마음속에 주술을 걸어 진이한테 왕창 넋을 빼앗기도록 만들어 놓았다.

결과는 대성공이었다. 세계 각지의 매스컴은 한국 최초로 미스 유니버스가 탄생했다는 사실을 다투어 보도했고, 할리우드의 영화 제작자들과 사진작가들, 그리고 패션 관계자들이 진이한테 모여들었다. 그러다 보니 나와 진이가 밀회할 수 있는 시간이 점점 적어져갈 수밖에 없었는데, 그걸 안타까워하며 발을 동동 구르는 쪽은 나보다도 오히려 진이였다.

어느 날 나와 진이는 가까스로 틈을 내어 잠자리를 같이했다. 그날 밤 진이는 나를 편하게 눕혀놓고 나서 그녀의 장기인 '쪼그려 뛰기' 체위로 5천 번의 상하왕복운동을 해주었다.

"진이, 넌 대관절 뭘 하고 싶니? 난 네가 배우가 되길 바라고 있는데……"

일을 끝내고 나서 내가 진이에게 물었다.

"글쎄요……. 배우도 좋지만 전 가수가 되고 싶어요. 전에 기생으로 있을 동안 시는 지을 줄 몰랐지만 노래를 꽤 했거든요. 현대로 나와 보니까 엔터테이너 중의 엔터테이너는 역시 가수더군요. 먼저 가수가 된 다음에 배우로 출세하는 게 더 나을 것 같아요."

딴은 그녀의 말에도 일리가 있었다. 그래서 나는 그녀를 국제적인 가수로 출세시키는 데 총력을 기울였다. 결과는 대성공! 다만 주변 사람들의 권고에 따라 머리 색깔을 순은(純銀) 색으로 바꾸었다.

8··· 어떤 만남

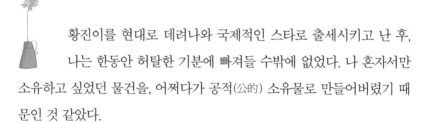

황진이를 현대로 데려나와 국제적인 스타로 출세시키고 난 후, 나는 한동안 허탈한 기분에 빠져들 수밖에 없었다. 나 혼자서만 소유하고 싶었던 물건을, 어쩌다가 공적(公的) 소유물로 만들어버렸기 때문인 것 같았다.

그러자 셰에라자드는 나를 위로해 주려고 그랬는지, 잠깐 동안 막간극 삼아 짧고 짜릿한 외도를 해보면 어떻겠냐고 권했다. 그래서 나는 셰에라자드의 힘을 빌려 20대 초반의 젊은 나이로 변신하여, 강남으로 가서 젊고 돈 많은 '오렌지족' 노릇을 한번 해보기로 했다.

몇 년 전부터 압구정동을 중심으로 '오렌지족'이 점점 늘어나고 있다는 소리를 들은 적이 있는데, '오렌지족'이란 처음 만나는 여자한테 오렌지 하나만 내밀면 금세 섹스가 이루어진다는 뜻에서 생긴 말이라고 한다. 그래서 나는 젊은 플레이보이로 변신하여 어슬렁어슬렁 강남의 카페촌으로 행차했고, 거기서 한 여자를 만나게 되었다.

❖

내가 그녀를 만난 것은 청담동에 있는 초호화판 단란주점에서였다. '노래방'과는 다르게 고급 가라오케에서는 술을 마시면서 노래를 할 수 있다. 물론 술값이 비싸고 차례를 기다려야 한다는 점이 흠이지만 말이다.

널따란 홀 한쪽에 무대가 있고, 손님들은 홀 여기저기 있는 테이블에 앉아 술을 마시고 있다가 신청한 사람 순으로 사회자가 호명을 하면 나가서 노래를 부른다. '노래방'이나 '룸살롱'에서 노래하는 것보다 훨씬 더 흥이 나는데, 그 이유는 홀 안의 손님들이 일종의 '관중' 역할을 해주기 때문이다.

'카타리나'라는 이름의 그 단란주점은 여느 단란주점과는 달리 실내장식이 무지무지하게 고급이었다. 세에라자드의 말에 의하면 그만하면 '물'이 좋기로 유명한 곳이라고 했다.

하지만 물이 좋다고 느끼는 것도 하루 이틀이지, 거기에 두세 번 출입하다 보니 결국 다 판에 박은 듯한 얼굴의 여자들이라는 걸 알 수 있었다. 그저 그런 얼굴을 가지고 건방 떠는 여자애들이 많이 오는 거야 어쩔 수 없지만, 어쩌면 그렇게들 똑같이 차리고 있는지 모르겠다. 말하자면 적당히 유행 따라가며 야하고 적당히 화사한, 개성이 없는 여자애들인 것이다.

그날 나는 별로 눈에 띄는 여자애가 없어 속으로 '쓰발 쓰발'을 연발하면서 세에라자드를 원망하며 앉아 있었다. 심드렁한 표정으로 맥주를 홀

짝거리며 앉아 있는데, 무대에서 귀에 익은 노래의 전주가 흘러나오면서 사회자가 '이노마 씨'하고 내 이름을 불렀다(나는 내 이름을 '이노마'로 바꿔 놓고 있었다). 셰에라자드가 나를 이 집의 오래된 단골손님으로 만들어 놓아, 웨이터가 내가 온 걸 보고 신청도 안 했는데 준비한 모양이었다.

그래서 나는 요술램프의 위력을 새삼 실감하며 무대로 나갔다. 무대로 나가기 전에 벽에 붙어 있는 거울을 들여다보았다. 상당히 화려하게 차려 입은 내 모습이 그만하면 만족스러웠다.

홀 안에는 가진 거라곤 돈밖에 없어 보이는 청담동의 젊은 신사들(꼭 야쿠자 두목의 아들들같이 생겼다)과 그들이 데리고 온 청담동 압구정동 일대에서 노는 여자애들이 진을 치고 앉아, 노골적인 눈빛으로 나를 쳐다보고 있었다.

고급 단란주점엔 전에도 몇 번 출입한 적이 있어, 나도 이젠 관중을 오만한 눈빛으로 제압하는 기술을 제법 익히고 있었다. 그래서 나는 꽤 여유 있는 무대 매너로 홀 여기저기로 가끔씩 시선을 던지며 노래를 불렀다.

요즘 젊은이들 사이에 유행하는 노래라서 멜로디도 가사도 몰라 처음 순간엔 당황했는데, 입을 조금 벌리기가 무섭게 저절로 노래가 나왔다. 다 셰에라자드의 배려 덕분인 것 같았다. 노래가 끝나자 뭇 여자애들의 음탕한 눈빛과 박수를 받으며 무대에서 내려와, 다음 여자에게 마이크를 건네주었다.

그 순간 나는 물씬 풍겨 나오는 관능적 체취를 느낌과 동시에 그녀의 지극히 도도해 보이는 자극적인 눈빛과 마주쳤다. 아까는 내가 미처 못 봤던 여자였다. 김광석의 〈거리에서〉를 부르는 그녀의 목소리는 그녀가 가라오케에 꽤 많이 다녔음을 알 수 있게 했다. 나는 그녀가 빠른 템포의 노래가 아니라 센티멘털한 가사로 된 발라드풍의 노래를 부르는 것이 꽤 마음에 들었다.

그녀는 젖가슴 언저리께만 덮어 어깨를 모두 드러내고 배꼽 언저리를 동그랗게 파낸 검은색의 짧은 미니 원피스를 입고 있었다. 살갗에 착착 달라붙는 수축성 옷감이 주는 에로틱한 질감과 드러난 어깨 선, 그리고 커다란 배꼽걸이가 걸려 있는 배꼽이 꽤나 도발적이었다.

그녀는 차갑고 귀족적인 순백색의 얼굴을 하고 있었다. 1백 70센티미터 정도의 키에 말랐지만 건강한 탄력을 지닌 엉덩이 선이 무척이나 매력적이었다. 특히나 엉덩이까지 내려오는 보라색 긴 머리카락이 그녀의 상큼한 매력을 더해주고 있었다.

그녀가 무대에서 내려오자 홀 안의 남자들 시선이 전부 그녀를 향했다. 아마 나처럼 혼자 온 여자인 듯했다. 그녀는 남의 눈을 의식하지 않는 자신 있는 걸음걸이로 자신의 테이블로 걸어갔다. 홀 안의 다른 여자들이 오직 선정적인 분위기만 풍겨내고 있는 데 비해, 그녀는 선정적인 분위기에다 귀족적인 분위기까지 함께 풍겨내고 있었으므로, 마치 진달래 숲에서 장미꽃을 보는 듯 눈에 번쩍 뜨일 수밖에 없었다.

내가 속으로 마른 침을 삼키며 그녀를 계속 응시하고 있을 때, 나로서는 깜짝 놀랄 일이 일어났다. 그녀가 나 있는 쪽으로 곧장 걸어오더니, "같이 술 한잔 하시겠어요? 제가 한잔 사드리고 싶은데요" 하고 말을 건넨 것이었다. 그것도 아주 당당한, 그렇지만 건방지게 느껴지지 않는 품위 있는 목소리였다.

나는 불감청(不敢請)이언정 고소원(固所願)이었던 차라, 이게 웬 떡이냐

하고 그녀를 내 옆자리에 앉혔다. 술을 몇 잔 나누자, 그녀는 내게 다른 데로 가서 술을 마시고 싶다고 말했다.

나도 그 단란주점 분위기가 단둘이서 데이트하기엔 좀 부족한 곳이라고 생각하고 있던 참이라서, 두말 않고 그녀를 따라나섰다. 그녀는 곁에 뒀던 맥시 길이의 긴 밍크코트를 챙겨 입고 내 곁에 대롱대롱 매달렸다.

술을 그리 많이 마시지 않았기 때문에, 나는 그녀를 내 차 조수석에 앉히고서 그녀가 안다는 남산 기슭의 어느 호텔 나이트클럽으로 향했다. 액셀을 밟음에 따라 시원한 속도감이 온몸으로 전해져 왔다.

나이트클럽에 도착하여 클럽의 뒷문을 통해 어두운 계단을 내려가 홀에 들어서니, 사람들이 와시글거리는 게 남대문 시장을 방불케 했다. 나와 그녀는 쏟아지는 시선을 느끼며 구석의 스탠드바로 가서 자리를 잡았다.

주거니 받거니 술잔을 기울이고 있는데 그녀가 핸드백에서 작은 병을 꺼냈다. 쁘와종 향수였다. 코끝에 감도는 독한 향수 냄새와 함께 연노랑색의 액체가 호박색의 맥주잔에 섞여 들어갔다. 건배. 멋진 아이디어였다. 왠지 모르게 에로틱한 느낌이 왔다.

우리는 서로의 술잔에 남은 것이 없음을 확인한 후, 춤을 추러 플로어로 나갔다. 그녀가 밍크코트를 벗지 않고 플로어로 나갔기 때문에 나는 좀 어리둥절했다.

희나가(우리는 아까 차 안에서 서로 통성명을 했다) 내 목에 두 손을 걸고 살며시 몸을 기대왔다. 앞이 여며지지 않는 밍크코트 사이를 헤집고 들어간 내 손에 전해지는 희나의 몸매는, 내가 겉으로만 보고 상상했던 것 이

아라베스크

상의 명품이었다.

내 손은 희나의 허리를 감싸 안고 있다가 이내 아래로 미끄러져 내려갔다. 내 손이 그녀의 엉덩이를 느끼고 있었다. 그녀의 원피스 안에서 나는 그녀의 팬티를 느낄 수 없었다. 희나의 젖가슴이 내 가슴에 밀착되는 순간, 나는 그때까지 내가 희나의 젖가슴에 신경 써서 주목하지 못했다는 사실을 알아차렸다.

부드럽고 신축성 있는 희나의 쫄쫄이 원피스 위로 그녀의 가슴을 감촉할 수 있었다. 희나는 브래지어를 안 하고 있었다. 그녀는 맨몸뚱이 위에 한 장의 얇은 원피스만을 걸치고 있었던 것이다.

매미 허물 같은 얇은 천을 통해 만져지는 그녀의 젖가슴은 정말로 부드러웠다. 그녀의 날씬한 체격에 비해 훨씬 크게 느껴지는, 그러면서도 쫄깃쫄깃 탄력 있는 젖가슴이었다.

그녀의 뜨거운 입김이 내 목에 와 닿는 것을 느꼈다. 그녀는 나를 쏘아보며 내 목에 감은 팔을 당겨 내 얼굴을 자기의 이마 앞으로 끌어당겼다. 나는 희나의 이마에 입술을 갖다 댔다. 그리고 이마 다음으로 그녀의 관자놀이, 뺨, 감은 눈, 예쁜 입술 순서로 입술을 가져갔다.

내 입술은 그녀의 입술에서 한참 동안 머물렀다. 나는 내 혓바닥이 희나의 치아에 부딪치는 것을 느끼며 그녀의 혓바닥과 엉켰다. 나는 그녀의 엉덩이를 끌어당겨 내 불두덩과 그녀의 불두덩이 서로 밀착되도록 했다. 우리는 스텝을 멈추고 춤을 추는 사람들 사이에 파묻혀 서로의 은밀한 곳을 느끼고 있었다.

희나는 긴 손가락을 내 머리카락 사이로 미끄러지듯 넣으면서 혓바닥으로는 내 입술을 탐닉하고 있었고, 내 오른손은 원피스 위로 튀어나와 있는 그녀의 유두를 자극하고 있었다. 그리고 내 왼손은 희나의 엉덩이로 가 스펀지처럼 부드러운 그녀의 살을 계속 어루만지고 있었다.

다음 순간 그녀의 긴 밍크코트 안에서 놀라운 일이 벌어졌다. 희나는 손을 내리더니 내 바지의 지퍼를 내리고서 내 자지를 밖으로 꺼냈다. 내 자지는 이미 충분히 발기된 상태로 있었고, 자지에서 흘러나온 점액이 바지를 살짝 적시고 있었다.

그녀가 가느다란 손가락들로 내 자지를 감아쥐자 온몸의 힘이란 힘이 그곳을 통해 빠져나가는 듯했다. 전신을 감싸고도는 절정감에 가까운 흥분상태가 나를 가만히 못 있게 했다. 나는 희나의 젖무덤을 모두 다 원피스 밖으로 노출시켰고, 그것만 가지고는 도저히 성에 차지 않아 원피스를 아예 그녀의 배꼽 아랫부분까지 끌어내렸다.

그녀의 알맞게 풍성한 젖가슴이 밍크코트에 아슬아슬하게 가려진 상태로 내 시야에 들어왔다. 희나의 탄력 있는 젖가슴은 도도하게 고개를 쳐들고 있었고, 유두 또한 뽈딱 솟은 채 하늘을 올려다보고 있었다. 그녀의 양쪽 젖꼭지에 종(鍾) 모양의 젖꼭지고리가 꿰어져 있는 것을 보고, 나는 더욱 흥분할 수밖에 없었다. 그 링 때문인지, 그녀가 유방을 애무 받을 때 느끼는 쾌감이 다른 여자들에 비해 월등히 민감한 듯했다.

나는 그녀의 유방을 젖꼭지고리를 단 유두를 중심으로 집요하게 애무했다. 그녀의 숨이 가빠옴에 따라 유두가 단단해져 오는 것이 느껴졌다. 나는 손을 아래로 미끄러뜨려 원피스 위로 그녀의 불두덩을 어루만지고 있었다. 도톰하게 솟아오른 둔덕이 아련하게 느껴졌다.

이번에는 손을 치마 속으로 집어넣어 그녀의 사타구니를 애무했다. 부드러우면서도 상당히 탄력이 있는 피부였다. 나는 그녀의 원피스를 아래에서 위로 훌러덩 올려버렸다. 그녀의 아랫도리가 밍크코트에 살짝 감춰진 채 그대로 드러났다. 그녀의 원피스는 골반 언저리에서 돌돌 말려 뭉쳐 있었다. 마치 맨몸에 두텁고 검은 요대(腰帶)를 두른 모습이었다.

귀족스러운 얼굴을 가지고 있는 희나가 많은 사람들 속에서 그렇게 벌거벗고 있는 것을 보니까(물론 밍크코트 때문에 다른 사람들은 전혀 눈치를 못 채지만), 흡사 순진한 야성녀를 보고 있는 것 같은 느낌이 들면서 야릇한 쾌감이 왔다. 정장을 차려입고 있는 나 또한 야(野)한 상태에 있기는 마찬가지였다. 자지가 바지 밖으로 튀어나와 부끄러운 줄도 모르고 빳빳이 고개를 쳐들고 있었기 때문이다.

희나는 내 자지를 부드럽게 잡고서 몇 번 왕복운동을 하더니, 자기의 하반신을 밀착시켜 오면서 내 자지를 그녀의 허벅지 사이로 안내했다. 자지에 뿌듯이 전해오는 만복감(滿腹感) 비슷한 느낌과 함께, 그녀의 입에서 가느다란 신음소리가 새어나왔다. 나는 자지를 더 깊숙이 그녀의 보지 속으로 밀어 넣었고, 그녀도 그것을 더욱 은은하면서도 깊숙이 받아들이려고 노력하는 것 같았다.

희나와 나는 블루스 음악에 맞춰 서로의 하복부를 부드럽게 움직여나갔다. 스텝에 따로 때로는 좌우로 때로는 전후로, 내 자지는 그녀의 보지 속 깊은 곳에서 무념무상(無念無想)의 즐거움을 만끽하고 있었다. 희나는 나의 미세한 애무에도 가늘게 몸을 떨었는데, 성감이 무척이나 예민한 여자 같았다.

드디어 나는 내 고환 깊은 곳에서 정액이 마치 분수의 물줄기처럼 치달아 오르고 있는 것을 느낄 수 있었다.

그때 마침 블루스 음악이 끝나고 귀청을 때리는 하드록 음악이 스테이지를 감싸기 시작했다. 음악 소리에 정신이 번쩍 든 나는, 일껏 외출 준비를 하고 있던 내 사랑스런 정충들에게 미안한 마음을 느끼며 분수의 조정 장치를 오프(off) 쪽으로 틀었다. 정충 제군(諸君)들이 투덜대는 소리가 내 귀에까지 들리는 듯했다.

그녀 역시 빠른 속도로 내 자지를 자신의 허벅지 사이에서 꺼내어 내 바지 속에 집어넣고 지퍼를 채워주었다. 그러고 나서 그녀는 밍크코트의 앞섶을 가리고 스테이지를 내려왔다.

우리는 출입구의 계산대로 가서 술값을 치르고 나서 나이트클럽을 빠져나와 주차장 쪽으로 갔다. 나는 정액을 미처 배출시키지 못해 계속 떨떠름한 표정을 짓고 있었다.

그녀는 차에 올라타 조수석에 앉자마자 밍크코트를 벗어던졌다. 그녀의 원피스는 또르르 말린 채 여전히 그녀의 허리께에 머물러 있었다. 그녀 역시 아직도 흥분이 가시지 않은 듯했다. 부풀어 오른 젖꼭지가 아직 그대로 뽈딱 서 있었고, 내 눈에 애교스런 추파를 홍건히 흘리고 있었다.

조수석과 운전석을 최대한 뒤로 밀고 조수석의 등받이를 젖혔다. 희나는 벌거벗은 채로 누웠고, 실내등이 그녀의 온몸을 샅샅이 비춰주고 있었다. 그래서 나는 실내등 덕분에 그녀의 온몸 구석구석을 눈으로 읽을 수 있었다.

우단으로 만든 검은색 '울트라 하이힐'을 신고 유방과 치부를 모두 드러낸 희나의 모습은, 그녀의 우아한 얼굴과 암팡진 대비를 이루고 있었다. 그러한 언밸런스 자체가 무척이나 도발적이었다.

그녀가 서서히 입술을 벌렸다. 나는 그녀가 무엇을 원하고 있는지 알

 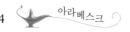

수 있었고, 나 또한 그것을 원하고 있었다. 나의 더운 입김이 그녀의 입 안 구석구석에 전해지자마자 그녀의 가느다란 손가락들이 내 머리를 거세게 잡아당겼다.

나는 희나의 코와 이마에 입을 맞추고 나서, 혓바닥 끝으로 모가지를 부드럽게 마찰해 내려가기 시작했다. 그녀의 은밀하고 깊은 가슴속에서 솟아나오고 있는 긴장된 박동의 느낌이 혀끝에 느껴졌다. 그녀가 점점 더 몸을 비비꼬고 있었다.

나는 혀끝을 날카롭게 세워 그녀의 유두 위에 올려놓고 빠른 속도로 움직였다. 그러다가 가끔씩 휴식을 취하는 기분으로 그녀의 젖무덤 사이에 코를 박고 숨을 들이켰다. 내 온몸의 말초신경들을 자극하는 비린내 비슷한 얄쌍한 냄새가, 내 목을 타는 듯한 갈증으로 허덕거리게 했다.

말아 올려진 원피스가 성가시게 느껴져서, 나는 그녀를 일으켜 세운 뒤 원피스를 아예 몸뚱어리 밖으로 떨어져 나가게 했다. 그녀의 벌거벗은 몸뚱어리에 걸쳐져 있는 것이라고는 이제 오직 하이힐 하나뿐이었다. 나는 오랫동안 계속해서 그녀의 벌거벗은 몸뚱어리를 기쁘게 음미했다.

정액을 아예 그녀의 몸 안에 쏟아 부어 버릴까 하는 생각이 났다. 하지만 아직은 미완의 상태로 두는 편이 낭만적인 쾌감을 느끼는 데 더 유리할 것 같았다. 나는 희나에게 코트를 입히고서 운전석에 앉아 시동을 걸었다.

서울 거리는 늦은 시각인데도 불구하고 지나가는 차들로 어수선했다. 시내를 겨우 빠져나와 막힘없이 달리니까 기분이 아주 상쾌해졌다.

우리는 내가 요즘 묵고 있는 걸로 돼 있는 워커힐 호텔로 달려가고 있었다. 나의 왼손은 핸들을 잡고 있었고, 오른손은 간간히 그녀의 불두덩과 유방을 애무하고 있었다. 기어 조작을 할 필요가 없는 차였기 때문에 내 오른손은 아주 자유로웠다.

차가 88도로로 접어들자 희나는 실내등을 환히 켜더니 상체를 굽혀 내 바지 앞섶을 헤치기 시작했다. 내 자지가 차 안의 미지근한 공기에 노출됐다 싶더니, 이내 그녀의 뜨거운 입속으로 미끄러져 들어갔다. 그녀는 고개를 서서히 앞뒤로 흔들면서 손으로는 나의 고환을 살금살금 어루만졌다.

수차례의 발기와 흥분에도 불구하고 미처 사정을 못한 나의 자지는, 그녀의 아주 부드러운 혀 놀림에도 불구하고 자지러지는 쾌감을 느끼며 씩씩 성을 냈다. 그녀는 계속 혀를 움직이면서 손으로는 내 자지의 밑둥을 잡고 계속 피스톤 운동을 해주고 있었다.

나는 액셀러레이터를 밟았다. 디지털 속력계가 140을 넘어 155에서 160 사이를 왔다 갔다 하고 있었다. 그러니까 나는 스피드(speed)와 섹스(sex)를 한꺼번에 맛보고 있는 셈이었다.

시속이 160을 넘어서는 순간, 나는 그녀의 펠라티오를 더 이상 참아내지 못하고 자지를 빼내고 말았다. 희나는 무척이나 서운한 모양이었다. 그래도 그녀는 계속 손으로 내 허리를 애무해 나가면서, 기쁨으로 상기된 내 얼굴을 사랑스런 눈초리로 쳐다보았다.

드디어 워커힐에 도착했다. 프런트의 직원이 희나의 몸매를 위아래로 빠르게 훔쳐보는 것을 나는 놓치지 않고 지켜보았다. 그녀는 확실히 오늘 밤 어디서나 아름답고 관능적이었다.

룸 안에 들어서자마자 희나는 내 입술에 그녀의 입술을 포개고서 바닥

아라베스크

으로 나를 쓰러뜨렸다. 이처럼 능동적이고 적극적인 여자하고의 애무라니…… 온몸의 피가 뜨겁게 끓어오르는 것 같은 느낌이었다.

그녀의 밍크코트 앞섶을 열었다. 어렴풋한 붉은 불빛 아래서 그녀의 나신이 드러났다. 내 육체는 아직도 완전한 만족감을 못 느끼고 있었고, 그녀 또한 그런 표정이었다.

그녀는 내 옷을 하나하나 정성 들여 벗겨주었다. 그녀의 긴 손톱이 맨살에 살짝살짝 닿을 때마다 미세하면서 고혹적인 자극이 왔다. 내 옷을 다 벗겨내자 그녀는 다시 한 번 입술을 포개오더니 이내 입술을 옮겨 내 목과 가슴, 그리고 배 등의 순서로 느릿느릿 핥아 내려갔다.

그녀는 내 불두덩에다 더운 입김을 불어넣고는 내 사타구니를 입술로 이곳저곳 집요하게 헤쳐 나갔다. 상쾌한 쾌감과 간지러운 느낌이 함께 뒤범벅이 되어 나를 어질어질하게 만들고 있었다. 나는 그녀의 머리카락 사이로 손을 미끄러지듯 넣고 쓰다듬는 정도의 동작만 하면서, 그녀의 혓바닥 애무를 느긋한 마음으로 음미했다.

잠시 후 희나는 몸을 세우더니 내 자지를 그녀의 몸 안으로 받아들였다. 그녀의 몸무게가 점점 더 느껴짐에 따라 자지에 전해지는 성감(性感)이 점차 심도를 더해갔다.

그녀는 몸을 일으켜 세우고는 자신의 아랫도리를 유연하게 흔들어댔다. 위로, 아래로, 빠르게, 느리게…… 그러면서도 규칙적으로 몸을 뒤틀고, 내리찧고, 오므라뜨렸다. 희나의 몸이 아래로 내려올 때마다 그녀의 유방이 넘실거리며 춤을 추었고, 나의 자지는 그녀의 사타구니 깊숙이 숨었다 다시 나타나곤 했다.

내 아랫도리에 뿌듯한 쾌감이 밀려오면서, 그곳을 통해 영혼과 육체가 함께 다 빠져나가는 것 같은 느낌과 함께 정액이 분출되었다. 희나의 입에서 가쁜 숨소리가 토해져 나오면서, 그녀의 몸이 내게서 떨어져나갔다. 그녀의 사타구니 부근은 마치 우유를 흘린 것처럼 내가 내뿜은 액체로 뒤범벅이 되어 있었다. 희나와 나는 침대 위에서도 그런 식으로 낭만을 즐기다가 아침결이 돼서야 겨우 잠이 들었다.

다음날 오후, 나는 전화벨이 귀를 따갑게 때리는 소리에 눈을 떴다. 잠결에 바라보니 호텔방 안이 아주 낯선 풍경처럼 보였다.

"체크아웃 하시겠습니까?"

"하루 더 있을게요."

신경질적으로 대답하고 나서 수화기를 내려놨다. 옥색과 흰색이 섞인 깨끗한 시트로 몸을 감싸고 다시금 잠에 곯아떨어졌다. 어젯밤 희나의 몸에서 느껴지던 체취가 시트 가득히 배어 있어, 나를 편히 잠들게 했다.

잠결에 문을 두드리는 소리가 어렴풋이 들렸다. 언뜻 시계를 보니 4시가 가까워오고 있었다. 내가 여기 있는 것을 아는 사람은 희나밖에 없다. 그러니까 문을 두드리는 사람은 희나임에 틀림없을 것이다.

나는 대강 와이셔츠만 걸치고서 출입문으로 갔다. 그러자 희나 특유의 차분하고 절제된 목소리가 들려왔다.

"노마 씨, 이제야 일어나셨어요?"

그녀의 목소리는 '침대 위에서의 희나'와는 왠지 너무나 안 어울리는 음색으로 들려왔다.

문을 여는 순간 그녀의 몸이 내 앞으로 다가오며 향수 냄새가 강하게 풍겨왔다. 그녀는 '쁘와종' 향수를 쓰고 있었는데, 거기에 그녀 특유의 체취가 뒤섞여 어젯밤처럼 나를 아찔하게 하는 것이었다.

나는 어느새 그녀의 '쁘와종' 향수 냄새를 무척이나 좋아하게 되었다. 그녀의 귀족적인 마스크와 썩 잘 어울리기 때문이었다. 마치 그녀를 위해서 만들어진 향수가 아닌가 싶었다.

그녀의 체취에 취해 멍해져 있는 순간, 꿈속에서 본 아름다우면서도 관능적 판타지의 여운 때문에 단단한 발기상태를 유지하고 있던 내 자지에 문득 섬뜩한 촉감이 전해져 왔다. 제법 차가운 날씨 때문에 냉랭하게 얼어붙은 희나의 손이 내 자지를 감싸 쥐고 있었다.

너무나 태연스럽게(그러면서도 아주 귀엽게) 남자의 자지를 감싸 쥐고 있는 희나의 손에는 길디긴 손톱 끝마다 핏빛 매니큐어가 발라져 있었고, 그래서 나의 시각을 더욱더 요란하게 흩뜨려 놓고 있었다. 그녀의 당당하고 대담한 인사법이 다시 한 번 그녀를 귀티 나 보이게 했다.

희나의 더운 입김이 내 하초(下焦)에 전해져 왔다. 그녀의 차가운 손과 더운 입김이 만들어내는 상반되면서도 미묘한 하모니가, 나로 하여금 아주 신선한 쾌감을 느끼게 해주었다. 그녀는 꿇어앉은 자세로 목구멍 깊숙한 곳까지 나의 자지를 끌어들이고 나서 고개를 위아래로 흔들었다. 그러면서도 손으로 부지런히 왕복운동을 하는 것을 잊지 않았다.

잠을 깬 직후의 조양(朝陽) 현상 덕분인지 꽤 크게 팽창한 내 자지가, 갑작스런 기습 때문에 더 이상 팽창할 수 없을 정도로 부풀어 올랐다. 터질 듯 발기된 자지가 그녀의 도톰하면서 작은 입안에 가득 머금어져 있는 모습이 내려다 보였다. 촉각으로 전해지는 쾌감보다 한층 더 관능적인 쾌감이 내 시각을 자극시켰다.

그녀는 될 수 있는 한 내 자지를 더 깊이 머금으려는 듯, 아주 열심히 펠라티오를 해주었다. 내 자지에 전해지는 강한 흡인력과, 가끔씩 따끔따끔하게 느껴지는 치아의 자극이 아주 새롭게 느껴졌다. 어젯밤 그토록 많이 했는데도 전혀 권태롭지가 않았고, 오히려 신선한 느낌이었다. 나는 인간의 진짜 성기는 자지나 보지가 아니라 혀와 입술이라는 사실을 새롭게 확인할 수 있었다.

그녀는 입이 아주 작았기 때문에 마치 자지를 그녀의 보지 속에 삽입한 듯한 느낌이었다. 성기의 끝부분이 그녀의 목젖 가까이 있는 부드러운 살에 닿는 것을 느끼며 나는 지그시 눈을 감았다.

그녀는 고통스러운지 내가 전후운동을 할 때마다 작은 신음소리를 냈다. 그러면서도 자지를 뱉어내지는 않았고, 오히려 강한 집착을 보이며 왕복으로 움직이는 입 운동 속도를 두 배로 빨리 했다. 그러다가 따스해진 그녀의 손이 고환에 가닿는가 싶더니 다시 자지 쪽으로 갔다. 그리고 얼마 안 있어 그녀의 혀가 내 고환을 부드럽게 핥아주고 있었다.

곧 이어 그녀는 내 고환을 침을 가득 머금은 그녀의 입 안으로 가져간 다음, 자지를 손으로 움켜쥐고 나 대신 자위행위를 해주었다. 그래서 그녀의 손과 내 자지는 그녀의 타액과 내 성기에서 방울방울 흘러나온 오줌 비슷이 맑은 분비물로 뒤범벅이 되었다. 나를 하늘 높이 두둥실 띄워 올렸던 무아(無我)의 쾌감이 이제 극(極)을 향해 치달리고 있었다. 말하자면 환희의 절정이었다.

드디어 자지 끝에서 흰색의 액체가 분출되어 그녀의 얼굴 위로 쏟아졌다. 나는 그녀의 머리를 당겨 자지를 입으로 머금게 했다. 내 자지가 반쯤 벌어져 있던 그녀의 입 안으로 거침없이 들어갔고, 그녀의 혀는 자지에서 분출된 액체를 매우 빠른 속도로 핥고 있었다.

나는 희나의 얼굴에 묻어 있는 정액을 시트로 닦아주었다. 그러고 나서 우리는 침대 위로 올라가 한동안 휴식을 취했다. 휴식을 취하면서도 내 손은 부지런히 그녀의 젖가슴과 불두덩, 그리고 허벅지 등을 어루만지고 있었다.

희나는 내 가슴에 머리를 기대고 어느새 새근새근 잠을 자고 있었다. 나는 잠들어 있는 그녀의 모습이 너무나 사랑스러워 그녀의 입술에 깊은 입맞춤을 보냈다.

얼마 후 잠에서 깨어난 희나가, 함께 갈 곳이 있다며 나를 재촉했다. 그녀의 아파트에서 오늘 저녁 유쾌한 파티를 벌이기로 했다는 것이다. 원하기만 하면 홀딱 벗고 술을 마실 수도 있는 파티라고 했다. 그렇지만 희나는 내가 다른 여자와 친해지는 것만은 싫다고 했다. 하지만 단 한 사람하고만은 예외라고 꼬리를 달았다.

예외? 난 이해할 수가 없었다. 나 역시 그녀가 다른 남자와 친해지는 것은 싫었다. 그런데 예외가 있다니 대관절 누굴 말하는 것일까?

그녀는 잠시 후면 자연히 알게 될 거라고 말하며 차를 몰기 시작했다. 한 시간 후에 도착한 그녀의 아파트에는 10여 명의 남녀가 모여 술을 마시고 있었다.

일류모델 급의 용모와 체격을 가진 잘빠진 여자들 여섯 명이, 잘생긴 남자들 사이에서 자유스러운 포즈로 담배를 피우거나 술을 마시고 있었다. 여자들의 옷차림은 모두 다 선정적이면서도 고급스런 분위기를 풍겨주고 있었다. 그녀들을 보니까 희나가 한 말에도 불구하고, 그들과 나 사이에서 벌어질 일에 대해 은근히 기대를 하게 되었다.

여자들 중의 한 명이 유난히 나의 눈길을 끌었다. 얼굴이 희나 비슷하게 생긴 여자였다. 검으면서도 깨끗한 눈매, 작으면서도 도톰한 입술, 입체감 있는 체격, 희디흰 피부 등이 모두 똑같았다. 굳이 다른 점을 찾는다면 그녀가 풍기는 분위기가 희나와 약간 다르다고나 할까. 어딘지 모르게 도도해 보이는 희나와는 달리 왠지 우울해 보이는 인상이었다. 하지만 그 점이 퍽이나 매력적이었다.

내가 그녀에게 넋을 빼앗기고 있는 사이에 희나는 그곳에 있는 사람들을 하나하나 내게 소개시켜 주었다. 잠시 후 그 여자의 차례가 되었다. 희나는 "이쪽은 내 동생 희진" 하고 말했다. 아하, 그랬구나……. 쌍둥이 동생이 틀림없었다. 첫눈에 희나가 맘에 들었던 만큼 희진 또한 내 마음을 끄는 대단한 매력을 갖고 있었다.

"언니에게 말씀 많이 들었어요."

희진이가 내게 말했다. 젠장, 어제 일을 벌써 말해 버렸단 말인가. 희진이는 분명 언니와 같은 수준의 뛰어난 미모를 가지고 있는데도 불구하고, 선이 굵은 모습이 어딘지 모르게 미소년 같은 분위기를 풍겨주고 있었다.

파티의 분위기가 점점 무르익어가고 있었다. 벽 한쪽의 대형 스크린에는 에로틱한 포르노 비디오가 비춰지고 있었고, 룸 안의 남녀들은 어느새 쌍을 이루어 화면만큼이나 음란한 장면을 연출해 내고 있었다. 그동안 나는 희진이의 방으로 안내되었다.

나는 담배를 피우면서 연기를 장난스레 희진의 얼굴에 불어넣으며 자연스럽게 손을 잡았다. 서로의 손을 통해 흐르는 이심전심의 전류가 텅빈 머릿속으로 자분자분 울려퍼졌다. 벽을 통해 옆방에서 나는 웃음소리가 희미하게 들려왔다. 나는 내 앞에 있는 희진이가 마치 희나처럼 느껴졌고, 그래서 희나에게 미안한 마음 같은 것은 느껴지지 않았다. 희나가 말한 단 한 사람의 '예외'가 희진이를 가리킨 게 분명하다는 생각이 들었기 때문이기도 했다.

희진은 희나만큼 적극적은 아니었지만 나의 스스럼없는 행동에 수줍어하는 듯하면서도 매우 협조적으로 대해주었다. 그녀는 걸치고 있던 옷의 앞섶을 편안하게 풀어헤쳤다. 역시 '노브라'였다. 그녀의 유방은 아무래도 수술을 한 듯 유별나게 컸다.

희진이가 고개를 숙이자 그녀의 황금빛 긴 머리카락이 젖가슴 위로 폭포수처럼 쏟아져 내렸다. 지푸라기 색깔 같은 금발이 아니라, 광택 나게 반짝거리는 진짜 금발로 염색한 한국 여자를 보는 건 처음이었다.

아마도 완전히 탈색을 하고서 공들여 염색한 게 분명했다. 머리카락 중간중간마다 초록색의 꽤 굵다란 금속 체인을 늘어뜨리고 있었다. 차가운 금속이 내 손끝에 닿을 때마다 어쩐지 섬뜩한 느낌이 들었지만 곧 괜찮아졌다.

나는 자연스럽게 그녀와 키스했다. 그녀가 내 치아와 잇몸, 그리고 입천장을 정성껏 혀끝으로 애무해 주었다. 언니만큼 노련하진 못했지만 진지한 표정으로 열심히 하는 모습이 아주 보기 좋았다. 그러다가 그녀는 자신의 큰 유방 사이에 내 얼굴을 끼워 넣고서 유방을 맞잡고 마찰운동을 해주었다. 매우 묘한 느낌이었다. 마치 내 몸 전체가 희진이의 몸 안에 들어가 있는 듯했다.

문득 그녀의 사타구니로 눈이 갔다. 스판덱스로 된 타이트스커트 위로 뭔가 약간 불룩하게 솟아 있었기 때문이다.

그곳을 손으로 더듬어본 순간, 나는 소스라치게 놀랄 수밖에 없었다.

당연히 그곳에 있으리라고 생각했던 것 대신 남자의 자지가 만져졌기 때문이다. 문득 트랜스젠더가 나오는 영화 〈크라잉 게임〉의 한 장면이 생각났다.

그때 희나가 방 안에 들어왔다. 희나는 처음부터 다 알고 있었던 듯, 전혀 놀라지를 않고 입가에 엷은 미소마저 띠고 있었다. 나는 정말 믿을 수가 없었다. 아무리 번갈아 쳐다봐도 같은 얼굴인데 어떻게 희진이의 몸은 남자일 수 있을까? 희나가 놀란 나를 진정시키며 자초지종을 설명해 주었다.

희진이와 자기는 이란성 쌍둥이인데, 희진이는 사춘기를 지나면서부터 보통 여자 이상으로 여자다워지기 시작했다는 것이다. 그래서 지금까지 계속 여성호르몬 주사를 맞아오면서 성전환수술의 기회를 기다리고 있다는 것이었다.

그녀의 설명을 듣고 나서 나는 어느 정도 마음을 진정시킬 수 있었다. 하지만 아무리 바라봐도 희진이의 사타구니에 매달려 있는 남자의 심벌은 믿을 수가 없었다. 어디를 봐도 훌륭한 여자인 희진이가 여자가 아닌 남자라니……. 하지만 자꾸 바라볼수록 커다란 유방과 광택나는 금발의 아름다움이 나를 더욱 '탐미적 경탄'으로 몰아갔다. 나는 희진이에게 동정심을 느끼는 동시에 한편으로는 야릇한 부러움을 느끼고 있었다.

어느새 희나는 내 품안에 안겨 혀끝으로 내 작은 젖꼭지를 희롱하고 있었고, 희진이는 내 등 뒤에서 내 몸을 부드럽게 손바닥으로 마찰해주고 있었다. 섬세한 손길이었다. 손톱이 희나보다 훨씬 긴 듯했다.

얼마 후 희나는 방을 나갔다. 그러자 희진이가 내게 무언가 해주려는 듯한 기척이 왔고, 나는 그것이 어떤 것이라는 것을 직감적으로 알 수 있

었다. 드디어 내 입안에 뜨거운 희진이의 자지가 디밀어졌고, 나는 어색한 중에도 새롭고 신선한 충격을 느꼈다. 마치 내가 영화의 주인공이라도 된 듯한 기분이었다. 나는 그(그녀)의 자지를 꾸역꾸역 빨았다. 그리고 트랜스젠더의 '행복추구권' 역시 '인권 보호'의 중요한 요소라는 생각이 났다.

지금 내 앞에 있는 희진이는 조금 전까지의 수줍은 희진이가 아닌, 적극적인 성향을 가진 '당당한 여성'으로 변해 있었다. 내가 전통적 통념으로부터 완전히 무화(無化)되어 버린 것과도 같은 상태에서, 묘한 쾌감을 느끼고 있다는 사실이 내가 생각해도 신기했다. 내 잠재의식 깊숙이 숨어 있던 여성다움에 대한 동경이(심리학자 칼 융은 그것을 아니마(Anima)라고 표현했던가), 표면의식의 두터운 벽을 뚫고 스멀스멀 기어 나오고 있는 것 같았다.

어느새 내 입에서는 여자같이 가늘고 섬세한 신음소리가 튀어나오고 있었고 내 몸뚱어리 역시 희진이의 리드에 따라 매우 수동적으로 움직이고 있었다.

그때 지금껏 미처 주목하지 못하고 있던 희진이의 커다란 코걸이가 눈에 들어왔다. 콧방울에 꿴 코걸이가 아니라 두 콧구멍 사이에 꿰어 아래로 늘어뜨린 특이한 디자인의 코걸이였다. 그녀는 내가 그걸 보기 좋게 코를 높이 쳐들고 있었다.

잠시 후 희진이는 자유롭고 거리낌 없는 자세로 다가와 유연한 입술놀림으로 내 몸 곳곳을 핥아 주었다. 나는 코걸이에서 느껴지는 섬뜩하면서도 짜릿한 쾌감 때문에 탐미적 오르가슴을 맛볼 수 있었다.

나를 죽여버리기라도 할 셈인지 곧 이어 희진이는 자신의 길고 날카로운 손톱으로 나의 뺨과 목을 찔렀다. 뭐라고 표현할 수 없는 기묘한 느낌이었다. 내가 탈진상태가 되도록 희진이는 계속해서 딥 키스를 했고, 나는 이것이 바로 『카마수트라』에서 말하는 '음양(陰陽)을 초월한 쾌감'이로구나 하고 생각했다.

희진이는 치아 하나하나마다 그 중간에 작은 다이아몬드를 박아 넣고 있었다. 아주 이채로운 페티시였다. 나는 희진이와 키스를 계속하는 동안, 그 페티시들을 혀끝으로 감촉할 수 있었다. 정말로 이색적인 감각으로 다가오는 엑스터시였다. 곧이어 그녀는 내 자지를 입에 물고 펠라티오를 해주기 시작했다.

정신의 텅 빈 공백상태 안으로 절묘하게 아름다운 판타지들이 쳐들어왔다. 환한 빛으로 가득한 천국의 정원 안에서, 나는 자갈 대신 온갖 보석들이 휘황찬란하게 깔린 작은 길을 걸어가고 있었고, 주변에는 이 세상에서는 보기 힘든 기화요초들이 다투어 피어나 관능적 자태를 뽐내고 있었다.

맑고 푸른 하늘 위에서는 뭐라고 형언하기 어려울 만치 감미로운 음악의 선율이 흘러나오고 있었다. 그 소리는 하프 소리 같기도 했고 플루트 소리 같기도 했고 천사들의 합창 소리 같기도 했다. 나는 몸이 두둥실 공중으로 떠오르는 것을 느끼며, 거리낌 없이 천국의 정원 상공을 유영(遊泳)할 수 있었다.

죽었다 깨어난 사람들이 다녀왔다는 천국의 경험은 바로 이런 것이 아닌가 싶었다. 죽는 순간 인간은 '유사(類似) 오르가슴'에 빠져드는 모양이었다. 교수형을 당하는 남자 사형수가 반드시 정액을 배출하며 죽어간다는 말이 새삼 이해가 되었다.

나는 얼마 있다가 감미로운 판타지에서 깨어났다. 펠라티오를 끝낸 희진이의 입술 언저리에 희부연 우윳빛 정액이 묻어 있었다. 한참 후 생각이 미쳐 자세히 관찰해 보니, 희진이가 탈진한 표정으로 자신의 자지 끝에서 흘러나와 있는 쿠퍼 액을 화장지로 닦아내며 훌쩍훌쩍 울고 있었다.

힘이 들었던지 희진이는 가쁜 숨을 토해놓고 있었다. 나는 희진이의 지친 표정을 보고서, 왠지 모를 애상감과 더불어 정체불명의 분노가 치밀어 오르는 것을 느꼈다. 그것은 특이한 성적 체질을 선천적으로 타고난 이들에 대해 한국 사회가 차별대우를 하고 있는 것에 대한 분노였다.

나는 희진이를 위로해 줄 심산으로 희진이에게 뜨거운 키스를 보냈다. 두 개의 혀가 두 입속을 교대로 들락거리면서, 점차 살풋하고 감미롭고 안온한 느낌을 만들어내고 있었다……

9 ··· 낙화암의 삼천궁녀

남자가 아무리 잘난 체해 봤자 결국 여성의 몸에서 나온 이상,
미래의 성(性)을 주도하게 되는 것은 역시 여자라는 생각이 든
다. 나는 인간(특히 남자)의 모든 욕구가 자궁회귀본능의 발현이라고 생각
하여 그것을 소재로 한 글을 여러 편 발표했다. 남자의 성적 욕구도 결국
따지고 보면 자지를 여자의 자궁 속으로 더 깊이 집어넣어 보려는 잠재
적 의도에 기인하는 것이고, 그럴 경우 자지는 남성의 전신(全身)을 대표
하는 역할을 한다는 생각에서였다.

내가 삽입성교보다 오럴섹스 등의 성희에 더 집착하는 것도, 따지고
보면 모친고착(母親固着) 심리, 즉 오이디푸스 콤플렉스로부터의 탈출을
간절히 소망하고 있기 때문인지도 몰랐다.

나는 동양인이고 동양의 우주관은 순환적 영겁회귀론에 가깝다. 그래
서 나는 '자궁회귀본능'이라는 용어를 쓰지만, 서구에서는 '자궁회귀'라

아라베스크

는 말보다는 '자궁퇴행'이라는 용어를 쓴다. 자궁퇴행(子宮退行 : Uterine regression)의 개념은 헝가리의 정신분석학자 페렌치(S. Ferenczi)가 성행위와 관련시켜 처음으로 제시한 개념이다.

페렌치는 그의 중요 저작인 『Thalassa(생식기 이론)』에서 성교행위를 출생과정을 역전시키려는 시도로 해석했다. 그래서 성행위시에 남성은 성기를 자기와 동일시하고, 성행위는 남성이 자궁으로 돌아가고자 하는 행위 그 자체라고 설명했다.

프로이트 좌파(左派)의 학자 게자 로하임(G. Roheim)도 이 설에 찬동하여, 자궁퇴행욕구를 문화의 일반 이론에 적용시켜 남성의 모든 문화적 행동들은 자궁으로 돌아가려는 욕구를 교묘하게 위장한 것에 불과하다고 주장했다.

또한 프로이트도 「무시무시한 것에 대하여(The 'Uncanny')」라는 논문에서, "무서운 공상은 단지 다른 공상이 변형된 것이며, 그 다른 공상이란 본래 조금도 무서운 것이 아니라 오히려 쾌락의 맛을 갖고 있는 것, 즉 모태(母胎) 안에서 생존했던 시절에 대한 공상이다"라고 말했다. 즉, 공포심을 통해서 얻는 쾌감이 자궁회귀본능과 관련된다고 주장하고 있는 것이다.

하지만 나는 그런 이론을 읽고 나서 약간 약이 오르는 것을 느꼈다. 역시 남자가 마조히스트 비슷하게 연출됐기 때문인 것 같았다. 그래서 나는 이번엔 내가 다시 사디스트 입장에 서서 여자들의 살덩어리 속에 묻혀 능동적으로 자궁회귀본능을 충족시키고 싶었다. '여자의 살덩어리'에 대한 집착, 또는 스킨십에 대한 집착 역시 자궁 속의 안락한 피보호 상태, 또는 무념무상의 감미로운 감금상태를 동경하는 원초적 욕구의 표현이기 때문이었다.

하지만 셰에라자드가 내게 요술로 제공해 준 왕국의 하렘에서 시녀들을 통해 맛보는 쾌락은 어딘지 모르게 어색한 데가 있었다. 우선 셰에라자드가 늘 곁에 붙어 있기 때문이기도 했고, 너무 습관적인 '당연함'이 나를 권태롭게 해주기 때문이기도 했다.

그래서 나는 셰에라자드에게 여자의 살덩어리를 즐기긴 즐기되, 좀 더 만화같이 황당무계하게 재미있는 상황에서 '황제망상'을 맛보게 해달라고 부탁, 아니 명령했다.

그랬더니 셰에라자드는, "그래 봤자 결국 비슷한 쾌락이실 텐데요"라고 말하며 잠시 시큰둥한 표정을 지었다. 그러다가 그녀는 결국 내 명령에 따라주었다. 그러면서 그녀는 이렇게 말했다.

"한국 사람들은 워낙 황당무계한 국수주의자들에다 파시스트들이니까 이번엔 국수주의적 망상을 한번 모티프로 삼아보겠어요. 그러면 선생님도 재미있으실 거예요."

그녀가 내 얼굴에 침을 세 번 퉤퉤 뱉으며 주문을 외우자, 나는 정신이 어질어질해지며 내가 어느 낯익은 장소에 와 있는 것을 알 수 있었다.

❖

백제사(百濟史)를 소재로 소설을 써보려는 M(즉 나)은 며칠째 계속되는 유적 답사 때문에 몹시 피곤해 있었다. 그래도 그는 잃어버린 백제의 역사를 캐내려고 피곤함을 잊은 채 오늘도 부지런히 부소산을 오르내리고 있었다. 산성을 휘감고 돌아가는 백마강에서는 당나라 장수 소정방이 용을 낚았다는 전설이 굽이굽이 흘러넘치고 있었고, 낙화암에서 몸을 던진 삼천궁녀의 아리따운 향내가 금방이라도 풍겨 나올 것만 같았다.

고란사에서는 지금 한창 봄을 맞아 피어나기 시작한 온갖 꽃들이 흐드러진 자태를 자랑하고 있었고, 영월대지(迎月臺址)는 벌써부터 연두색 녹음을 지어내어 보는 이의 마음을 설레게 했다.

부소산 정상까지 오른 M은 가쁜 숨을 고르며 담배를 한 대 피워 물었다. 그리고 잠시 깊은 생각 속에 빠져들어 갔다. 그가 생각하고 있는 백제의 역사는 지금 알려져 있는 백제의 역사보다도 훨씬 더 장엄하고 아름다운 것이었다. 여러 가지 문헌을 통해 고찰해 본 결과, 그는 백제가 다스린 영토가 지금의 충청도와 전라도를 합친 정도의 작은 땅덩어리가 결코 아니었다는 확신에 도달하게 되었다.

백제는 일본을 지배하여 식민지로 삼았을 뿐더러, 중국의 산동(山東) 방면까지 진출하여 엄청난 크기의 땅을 통치하고 있었다. 당나라가 신라와 한편이 되어 백제를 무찔러버리게 된 것도, 신라를 도와주기 위한 목적에서라기보다는 자기네가 백제에 잃어버린 땅을 도로 찾아보겠다는 목적에서였다.

M은 특히 삼천궁녀의 전설에 흥미를 가지고 있었다. 어떤 전설이라 할지라도 그것은 역시 실제에 바탕을 두고 있게 마련이기 때문이었다. 삼천궁녀가 과장이라고 하는 설은 역시 사대주의자 김부식의 『삼국사기』때문인 것 같았다. 김부식은 삼국시대의 강역을 의도적으로 축소시켰을 뿐아니라, 특히 백제를 왜소했던 국가로 조작하여 기술했던 것이다. 삼천 명의 궁녀가 있었을 정도라면 백제 왕실은 엄청난 부(富)와 권력을 누렸던 게 틀림없고, 그러한 부의 밑천은 역시 광대한 영토였을 것이다.

문득 그의 머릿속으로 삼천궁녀들 사이에서 질탕하게 놀며 섹스를 즐겼을 의자왕의 모습이 떠오르면서, 며칠 전 그가 유적답사를 떠나기 전날에 만났던 현희의 모습이 생각났다. 그는 마흔 살이 훨씬 넘었는데도 불구하고 아직 장가를 안 가고 있었는데, 그 이유는 그의 여자 보는 눈이 턱없이 높기 때문이었다. 그는 다만 여자의 미모만 따지는 게 아니라, 마치 옛 왕궁의 여자 후궁들처럼 자기에게 절대 복종하는 노예 같은 여자를 원하고 있었던 것이다.

그런데 요즘 세상에 그런 여자를 찾는다는 것은 결코 쉬운 일이 아니었다. 그래서 배가 고픈 김에 꿩 대신 닭이라고 학교 후배인 현희와 교제를 시작했던 것인데, 그녀의 외모가 꽤나 야하고 섹시하기 때문이었다.

그러나 그녀는 역시 건방지기 짝이 없었다. 나이 차이가 많이 나는데도 불구하고, 얼굴값을 해서 그런지 언제나 그에게 도도하게 나오기 일쑤였다. 그래도 아쉬운 김에 하는 수 없이 만나고는 있지만, M의 마음속에서는 항상 아라비아 하렘의 여자 노예나 의자왕이 데리고 놀던 삼천궁녀 중의 하나같이 요염 · 섹시하면서도 절대복종적인 여자에 대한 그리움이 사무치고 있었던 것이다.

그런 여성관은 사실 죄가 될 것도 없었다. M이 제일 좋아하는 작가인 어니스트 헤밍웨이도, 언제나 그의 소설에서 그런 복종형의 여성들만을 여주인공으로 내세웠기 때문이다. 헤밍웨이의 말에 따르면, '남자를 즐겁게 하는 것만이 자기 인생의 목적이라고 생각하는 여자'가 바로 가장 이상형의 여성이었다.

『무기여 잘 있거라』에 나오는 캐더린이나 『누구를 위하여 종은 울리나』에 나오는 마리아 같은 여자가 바로 대표적인 예다. 그런 의미에서 볼

 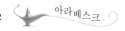

때 헤밍웨이는 무척이나 솔직한 작가였다고 볼 수 있다. 소설에서는 남녀 평등을 부르짖고 페미니스트인 체 위장하면서, 실제로는 여성을 '따먹으려고만' 드는 속물적 이중인격을 가진 요즘 한국 작가들과는 정말로 질이 달랐다.

천재적 예술가들은 대부분 그런 절대복종형 여성을 원하는 경향이 있다. 그래서 여자의 지성을 보고 결혼한 작가들은 대개 결혼생활에 실패하거나 좌절하고 만다. 평화적 자연예찬론자인 헤르만 헤세가 첫 결혼에 실패한 까닭도 바로 그런 이유에서였다. 그는 아홉 살이나 연상인 기가 센 음악가 여성과 결혼했는데, 고통스런 부부생활 끝에 결국 이혼하고 말았다.

톨스토이가 결혼생활에 이를 갈았던 것도 결국 마누라가 복종형 여성이 못 되었기 때문이다. 철저한 휴머니스트인 그도 하녀를 통해서만 성적 만족을 얻을 수 있었던 사디스트였다.

M은 삼천궁녀들의 얼굴에다 그래도 원수 같은 본능 때문에 어쩔 수 없이 그리워지는 현희의 건방진 얼굴을 겹쳐서 떠올리면서, 아쉬운 마음에 입맛을 쩝쩝 다셨다. 어쩐지 서글퍼지기도 하고 외로워지기도 하는 기분이었다.

그때였다. 갑자기 여인의 향수 냄새가 진하게 풍겨오면서 그의 코를 자극시켰다. 순간적으로 고개를 돌린 M의 뒤에는 웬 여자 하나가 보일 듯 말 듯 미소를 띠고서 그를 바라보고 있었다.

여인의 짙은 화장은 그녀의 윤기 나는 분홍색 긴 머리카락과 잘 어울렸다. 여자의 눈초리는 그에게 뭔가 부탁을 하려는 듯한 표정을 짓고 있었다.

  그는 피우던 담배를 급히 내던져버리고 한걸음에 그 여인 앞으로 다가 갔다. 거의 발뒤꿈치까지 내려오는 긴 머리카락을 흩날리며 수풀 사이에 서 있는 그녀는, 온몸이 훤하게 비치는 투명한 망사 원피스를 입고 있었 다. 대리석처럼 빛나는 맑고 투명한 피부가 마치 살아 있는 마네킹을 보 고 있는 듯한 착각을 불러일으켰다.

  그녀의 손톱은 모두 다 15센티미터가 훨씬 넘게 길러져 있었고, 손톱 마다에는 빨강색·파랑색·황금색·분홍색·갈색·자주색·아이보리 색·핑크색 등의 매니큐어들이 무지개처럼 층층이 발라져 있었다. 그녀 의 귀에는 사과알만큼 큰 황금 귀걸이가 세 개씩이나 걸려 있었고, 코에 도 엄청나게 큰 하트 모양의 코걸이가 꿰어져 있었다.

  입술엔 복숭아 색깔의 립스틱이 칠해져 있었고, 눈두덩에는 겨울 바다 를 연상시킬 만큼이나 짙푸른 아이섀도가 점점이 명멸하는 반짝이와 함 께 두텁게 발라져 있었다.

  그녀가 내미는 손을 엉겁결에 잡은 M은 순간적으로 멍한 기분에 빠져 들어 의식을 잃고 말았다. 그가 평소에 너무나 그리워 마지않던 여인의 이미지를 그대로 갖춘 여자가, 그의 앞에 꼭 도깨비처럼 홀연히 나타나 줬기 때문이다. 사랑을 하면 으레 아찔한 황홀경에 빠지게 된다고들 하는 데, 이거야말로 진짜 황홀경이었다. '황홀(恍惚)'이란 말을 글자 그대로 해 석하면 일종의 '얼이 빠진 상태'를 의미하기 때문이다.

  잠시 후 여자는 길고 날카로운 손톱으로 M의 옷을 찢어서 벗기기 시작 했다. 그리고 자기의 옷도 벗어버렸다. 봄날의 따스한 햇볕이 두 사람을 전혀 춥지 않게 해주었다.

아라베스크

얼마 후 정신을 차린 M은 여자가 자기의 몸뚱어리 위에 여성상위 체위로 엎드려 그의 자지를 그녀의 보지 속으로 밀어 넣고 있는 것을 알았다. 황홀한 상태 속에서도 어느새 그의 자지는 야구방망이만큼이나 부풀어 있었다.

여자는 그동안 섹스에 몹시나 굶주려 있었던 듯, 그의 자지를 거세게 탐닉하기 시작했다. 그러니 가뜩이나 몸이 약질인 M의 체력이 그것을 감당해 낼 리가 없었다.

그래서 그의 자지는 몇 차례의 사정(射精) 끝에 금세 축 늘어져버렸는데, 이상한 것은 여자의 긴 손톱이 그의 자지를 살금살금 갉작거려 자극시켜 주기만 하면 다시금 벌떡벌떡 일어선다는 사실이었다.

그래서 그는 마치 마약에 도취되기라도 한 사람 모양으로 계속해서 단말마(斷末魔)의 쾌락을 즐길 수가 있었다. 그러나 몇 차례의 정사 후 그는 다시 기절해 버리고 말았다. 아마도 너무나 오랜만에 음기(陰氣)를 한껏 기분 좋게 포식했기 때문인 것 같았다.

잠시 후 어렴풋하게나마 의식을 되찾은 M은, 아직도 몽롱한 눈으로 사방을 둘러보았다. 사면이 벽으로 둘러싸여 있었는데, 사람의 살 색깔과 비슷한 빛이 도는 벽은 그다지 높아 보이지 않았다.

그는 몸 안의 기운을 모아가지고 서서히 일어섰다. 옷이 갈기갈기 찢어져 거의 맨살을 드러낸 상태였다. 문득 수치감이 들어 그는 빨리 이곳을 빠져나가야겠다고 생각하며 혹시 문이 나 있는 곳이 없나 살펴보았다. 그래서 벽 가까이 다가간 순간, 그는 사면의 벽이 마치 숨을 쉬고 있는 것처럼 들썩들썩하고 있는 것을 보고 깜짝 놀랐다.

자세히 들여다보니 그를 둘러싸고 있는 벽은 살아 있는 사람, 그것도 전라의 여체(女體)들로 이루어진 것이었다. 두 눈을 수선화로 장식해서 가리고 있는 여인들이, 볼륨이 확연히 드러나는 풍만한 몸집을 하고서 그의 주위에 사각형을 만들며 늘어서 있었다.

M은 꿀 먹은 벙어리처럼 멍한 표정이 되어 그 자리에 서 있을 수밖에 없었다. 꿈이 아닌가 싶어 살을 꼬집어봤지만 아픈 걸 보니 꿈은 아닌 것 같았다.

그대로 멍청히 서 있는데, 조금 있다가 아까 부소산 정상에서 만났던 여인이 인육(人肉)의 벽을 헤치고 들어왔다. 그녀 역시 얇은 망사 옷마저 벗어던진 알몸이었다.

그녀는 M 앞에 완전히 납작 엎드려져 고개를 내리박으며 큰절을 올렸다. 그녀 옆에는 짙은 화장 내음을 풍기며 발끝까지 닿는 총천연색의 기다란 머리채를 치렁치렁 늘어뜨린 여자들이 이젠 양 옆으로 줄줄이 늘어서 있었다.

"놀라셨지요? 아까는 정말 죄송했어요. 그동안 너무나 굶주린 바람에 그만……. 앞으로는 절대로 그런 일이 없을 거예요."

하고 여자가 그에게 말했다.

M은 놀란 망아지 눈을 하고서 그 여자를 계속 물끄러미 바라볼 수밖에 없었다. 그가 말을 못하고 가만히 있자 여자는 계속 말을 이어나갔다.

"오늘이 오기만을 기다렸어요. 우선 궁금하실 테니까 저희들이 누구라는 걸 말씀드려야겠군요. 저희들은 백제가 망할 때 낙화암에서 빠져 죽은 삼천궁녀들이랍니다."

M은 계속 어안이 벙벙할 수밖에 없었다. 내 앞에 있는 여자들이 백제

 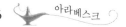

가 망할 때 죽은 삼천궁녀들이라니……. 그럼 이 여자들이 살아 있는 사람이 아니라 몽땅 귀신들이란 말인가……. 그는 꼭 만화 속에 빠져 들어간 기분이 들어 여자의 뺨을 어루만져 보았다. 만화도 아니고 절대로 꿈도 아니었다. 그는 용기를 내가지고 여자한테 물어 보았다.

"그럼 당신들은 살아 있는 사람이 아니라 귀신들이란 말입니까?"

M이 하는 말을 듣고 여자는 방그레 웃으면서 대답했다.

"말하자면 그렇지요. 하지만 귀신이라도 아주 착한 귀신들이니까 안심하셔요. 제가 자세한 사정을 말씀드리죠. 저희들은 백제가 망한 것이 한에 맺혀 저승으로 가질 못하고 모두 다 물귀신이 되었어요. 그리고 다시 한 번 의자왕 폐하를 모실 기회를 기다려왔지요. 의자왕께서는 자살을 못 하시고 제 명에 돌아가셨기 때문에 귀신이 되지 못하고 저승으로 승천하셨거든요. 선생님도 아시다시피 저승으로 간 영혼은 저승에 그대로 머물기도 하고 또다시 인간이나 동물, 또는 초목으로 환생하기도 하지요."

여자가 하는 얘기를 듣고 나서 M은 호기심이 나서 물었다.

"그럼 제 명(命)에 죽어봤자 좋을 게 없군요. 차라리 귀신으로 있는 게 더 나을 게 아닙니까? 다시 인간 세상에 환생한다고 해봤자 좋은 나라 · 좋은 가문에 태어나야만 고생을 면할 수 있을 테니까요. 게다가 뱀이나 말, 곤충 따위로 환생한다면 더 큰 고통을 받을지도 모르구요."

"바로 보셨어요. 그렇게 윤회의 고통을 겪느니보다는 차라리 귀신으로 있는 게 나아요. 하지만 귀신이 되려면 저희들처럼 자살을 한다든지 하는 방법으로 반드시 비명(非命)에 죽어야만 하거든요. 하지만 그게 생각보다 쉬운 일은 아니랍니다."

"그럼 귀신들은 다 요술도 부릴 수 있고 당신들처럼 예뻐질 수도 있소?"

그는 평소에 귀신이나 요정에 대해서 호기심이 많았던지라 계속해서 여자에게 캐물었다.

"귀신이라고 해서 다 요술을 부릴 수 있는 건 아니에요. 귀신이든 사람이든 오랜 기간 동안 도를 닦아야 하지요. 그래서 실은 귀신 중엔 흉측하고 심술궂은 귀신들이 더 많아요. 저희들은 열심히 도를 닦았기 때문에 이렇게 더 색(色)스러워질 수도 있었고 또 여러 가지 요술도 부릴 수 있게 된 거랍니다."

"도를 닦는다……. 그 도(道)란 대체 어떤 도를 말하는 거요? 도교의 도요, 불교의 도요?"

"도교나 불교의 도는 아니에요. 쉽게 설명 드리자면 섹스교(敎)의 도라고 할 수 있겠죠. 섹스의 도는 오르가슴과 우주의 기(氣)를 합치시킬 때 이루어지지요."

"그럼 그건 도교나 유교에서 말하는 도와 비슷한데……."

"전혀 달라요. 도교나 유교에서는 음양의 조화를 지나치게 중요시하지요. 진짜 섹스의 도는 오직 마스터베이션의 기술에 의해 이루어질 수 있어요. 자기 몸 안에서 음양의 기(氣)를 한꺼번에 만들어내어 남녀의 성별을 초월한 엑스터시를 느낄 수 있을 때 진짜 도가 이루어질 수 있지요."

"아, 그렇군요. 그런데…… 오늘이 오기만을 기다려왔다는 건 무슨 뜻이죠?"

"저희들은 의자왕 폐하와 더불어 정말 즐거운 나날들을 보냈어요. 저희들은 전부 철저히 길들여진 마조히스트로서 한 남자한테 철저히 복종하고 철저히 봉사할 때만 만족감을 느낄 수 있어요. …… 아까 부소산에서 제가 선생님을 범한 것은 사실 천벌을 받아 마땅할 만큼 큰 죄를 지은

아라베스크

거예요. 저희들은 어떤 일이 있어도 남자에게 먼저 능동적으로 접근할 수 없도록 길들여져 있었거든요. 사실 삽입성교를 하는 것도 금지돼 있었지요. 그건 남자의 정기를 소모시키는 못된 짓이니까요. 그런데 긴 세월 동안 남자 없이 살아오다 보니 그만 천박한 짓을 저지르고 말았습니다. 제발 제발 너그럽게 용서해 주셔요. …… 아무튼 그래서 저희들은 의자왕 폐하가 다시 인간으로 환생하실 때만을 기다려 왔지요. 그런데 그 꿈이 이제야 이루어진 거예요. 선생님은 의자왕 폐하와 얼굴이며 몸매며 음성 같은 것이 너무나 똑같으셔요. 그러니 선생님이 의자왕 폐하의 화신(化身)이신 게 틀림없어요. 의자왕 폐하 역시 섬세한 예술가형의 얼굴이셨거든요. 그러니까 제발 저희들을 거두어 주셔요. 네?"

여자가 말을 마치자 양 옆에 늘어선 여인들이 일제히 머리를 조아리며 합창하듯 말했다.

"저희들을 거두어 주셔요!"

수많은 여인들이 일제히 자기에게 애원하는 것을 보자 M은 아주 유쾌한 기분이 들었다. 그래서 정신을 완전히 수습해 가지고 약간 거드름을 피워가며 고개를 끄덕거려 주었다. 평소에 M은 모든 남자들이 그렇듯 색골 황제가 되어가지고, 예쁘고 요염한 미녀들에게 둘러싸여 여색(女色)의 꽃밭에서 노는 꿈을 꾸어왔기 때문이다.

"그런데…… 한 가지 궁금한 게 있소. 백제가 대체 얼마나 부강한 나라였소? 요즘 사람들은 삼천궁녀라는 것도 과장된 숫자라고 하는데, 어느게 맞는 얘긴지?"

그러자 수석궁녀인 듯싶은 아까의 그 여자가 빙그레 웃음을 띠고 대답했다.

"이젠 제발 반말로 해주셔요. 이랬소, 저랬소 하시며 어정쩡한 말투로 말씀을 하시니 듣기에 퍽 괴롭습니다."

M은 아차, 자기가 실수했다 싶어 약간 붉어진 얼굴로 수석궁녀의 말을 받았다.

"그래…… 내가 괜히 구닥다리 선비 흉내를 내며 실수를 했군. 앞으로는 철저히 반말을 쓰기로 하지. …… 그건 그렇고, 대체 백제의 국력이 어느 정도였나?"

"중국 중원(中原) 땅의 2분의 1에다가 일본 전체를 지배할 만큼 대국이었습니다."

"그럼 고구려는?"

"고구려는 만주 땅을 지배했죠."

평소에 생각해 보긴 했던 문제지만 막상 얘기를 듣고 보니 너무 규모가 커서 오히려 의문이 생겼다.

"그렇게 대국이었는데 왜 신라 같은 작은 나라를 그냥 내버려 뒀지?"

"그건 힘이 없어서 그런 게 아니라 같은 민족이고 해서 그냥 봐준 거였어요. 그러다가 그만 김유신과 김춘추의 농간에 당하고 만 거죠."

더 캐물어보고 싶었지만 지금 와서 그런 걸 따져 봤자 별 의미가 없을 것 같아 그는 입을 다물었다.

"한국은 고구려가 망해서 한심하게 된 게 아니라 백제가 망해서 형편없이 몰락한 거예요. 백제가 있을 때는 고구려가 멀쩡했으니까요. 그건 그렇고, 자 과거는 과거고 지금은 지금이에요. 선생님께서는 그저 오직 저희들을 이용해 즐겨주시기만 하면 됩니다."

수석궁녀는 이렇게 말하며 그의 손을 잡고서 몇 발자국 앞으로 나갔

다. 거기엔 세 명의 궁녀가 무릎을 꿇고 엎드려 있었다.

"우선 피곤하실 텐데 목욕부터 하시지요."

세 명의 궁녀는 한결같이 풍만한 육체를 가지고 있었다. 전라의 몸에는 휘황찬란한 금속으로 만들어진 귀걸이·목걸이·팔찌·젖꼭지찌·보지찌·발찌·배찌·코찌 같은 장신구들을 치렁치렁 몇 겹씩 휘감고 있었다. 칫솔, 아니 싸리 빗자루처럼 빳빳하고 긴 인조 속눈썹과 거의 기역자로 구부러진 엄청나게 긴 손톱이 그의 눈을 특히 어지럽혔다.

발끝까지 닿을 만큼 긴 머리채를 오색 물감으로 염색한 궁녀가 엉금엉금 그의 앞으로 기어왔다. 그러자 옆에 있던 수석궁녀가 말했다.

"어서 올라타셔요."

여기서는 여자들이 말이나 가마의 역할을 대신하는 모양이었다. M은 말 역할을 하는 여인의 유난히 두드러지게 살집 좋은 엉덩이를 바라보며 천천히 말 위에 올라탔다. 그리고 발가락을 꼼지락거려 가지고 여자의 유방과 배 등을 장난스레 간지럼 태워 보았다.

여자는 힘들어하는 기색도 없이 그의 몸을 싣고 앞으로 기어가기 시작했다. 나머지 두 명의 궁녀가 곁에서 호위를 하며 계속 M의 뺨과 귀와 목을 혀로 핥아주었다.

목욕실로 가는 동안 M은 주위를 둘러보았다. 정말 으리번쩍하고 화려하기 그지없는 궁궐이었다. 이것이 다 요술의 힘으로 만들어진 것이라고 생각하니 믿어지지가 않았다. 그래서 그는 곁에서 호위를 하고 있는 궁녀에게 물어보았다.

"이 집이 다 요술로 만들어진 것이란 말이지? 그럼 대체 이곳의 위치는 어딘가?"

"허공중에 있다고 말씀드리는 게 나을 거예요. 굳이 지상의 위치를 궁금해 하신다면 백마강 물속이라고 할 수가 있지요."

"백마강은 이젠 너무 더러워졌지 않아?"

"그래서 저희들도 걱정이에요. 하지만 따지고 보면 더럽고 깨끗한 것도 다 유심소조(唯心所造)니까 별 문제될 것도 없어요."

궁녀의 대답이었다.

"그것도 그렇지만 모든 게 다 현대식인데? 샹들리에 같은 것도 전기로 켜 있는 것 같고 말이야. 백제 시절의 왕궁이 이랬을 리는 없잖아."

궁녀는 다시금 웃으면서 대답했다.

"저희들 귀신들도 시속(時俗)을 따라간답니다. 생각해 보셔요. 백제시대에 수십 가지 색 매니큐어 같은 게 있었겠어요? 그때는 그저 금가루·은가루를 칠하는 정도였죠."

그러면서 그녀는 가지가지 각도로 구부러진 긴 손톱들을 나풀나풀 움직여 보였다.

잠시 후 M은 욕실에 도착했다. 대리석으로 만들어진 욕조에는 수천수만 개의 다이아몬드가 박혀 있었고, 욕조 옆에는 벌거벗은 여인들이 바닥에 납작 엎드려 그를 맞이하고 있었다. 네 명의 궁녀가 M에게 다가오더니 그의 좌우에 두 명씩 서서 그를 부축했다. 그러고는 기다랗게 생긴 의자가 있는 쪽으로 그를 안내했다.

누워서 푹 퍼져 일광욕하기엔 안성맞춤으로 보이는 의자였다. 여자가 좌우에 두 명씩이나 붙어 그의 겨드랑이를 끼고 있었으므로, 그는 걷기가 매우 불편하다고 느껴 옆에 있는 여자에게 물어보았다.

"왜 네 명이나 달라붙어 나를 부축하나?"

"힘을 쭉 빼고 걸으시라구요. 상체에서 제발 힘을 빼셔요. 그래야 저희들도 할 일이 생기죠."

"난 오히려 그렇게 하는 게 불편한데……."

"왕은 모든 걸 다 시녀들한테 맡겨야 해요. 그래야 임금님 노릇을 할 재미가 있죠. 몸을 피곤하게 움직이는 건 천한 것들이나 하는 짓이에요. 온몸에 힘을 빼시고 저희들이 힘들어 낑낑대는 꼴을 바라보시면서 즐거워하시는 게 폐하의 낙이 되어야 합니다. 그리고 항상 경멸하는 눈빛으로 시녀를 바라보는 걸 버릇 들이셔야 해요. 그렇지 않으면 시녀들이 건방지게 기어오르거나 마조히스틱한 쾌감을 못 느껴 노예 노릇 하는 데 흥을 못 느끼니까요."

그럴듯한 얘기였다. 하지만 자꾸 '폐하'라고 부르는 게 아무래도 어색하게 느껴져서 그는 곁에 있는 수석궁녀에게 말했다.

"내가 왕처럼 호사하는 건 좋지만 '폐하'라는 말은 어쩐지 듣기에 껄끄러워. 그러니 앞으로는 날 '선생님'이라고 부르도록 해. 나로서는 그게 훨씬 편하거든."

"분부대로 하겠습니다, 선생님."

수석궁녀가 이렇게 대답하자 궁녀들 사이에 텔레파시 장치라도 되어 있는지 그 다음부터는 궁녀들이 그를 '선생님'이라고 불렀다. M은 요염무쌍한 여제자들에게 둘러싸여 있는 것 같은 기분이 들어 '폐하'라고 불리울 때보다 훨씬 더 에로틱한 쾌감을 느꼈다.

그가 힘을 쭉 빼고 걷자 과연 곁에서 그를 부축하고 있는 시녀들이 힘들어하는 표정을 했다.

문득 이상한 생각이 들어 M이 다시 물어봤다.

"아까 말 역할을 했던 여자는 나를 태우고 왔는데도 끄덕도 안 했어. 그런데 너희들은 왜 금세 힘든 표정을 하지?"

그러자 시녀 하나가 샐쭉이 요상한 웃음을 흘리면서 그의 물음에 답했다.

"저희들은 사람이 아니라 귀신들이니까요. 귀신은 힘들어하고 싶을 땐 힘들어 하고 힘들어 하고 싶지 않을 땐 전혀 힘이 안 들어 할 수 있어요. 지금은 선생님이 기분 좋아하시라고 일부러 힘들어하고 있는 거예요. 또 그래야 저희들도 기분 좋은 마조히즘을 맛볼 수 있으니까요."

듣기에 알쏭달쏭한 소리였는데, 어쨌든 다들 남자한테 깜빡 죽는 마조히스트들이라고 생각하니 기분이 좋았다.

기다랗게 생긴 의자까지 가는 데도 시간이 꽤 걸렸다. 워낙 힘을 빼고 천천히 걸어간 데다 목욕탕의 크기 또한 황당하게 우람했기 때문이다.

그가 걸어가는 동안에도 욕실 바닥에는 발길에 툭툭 차일 만큼이나 많은 숫자의 미녀들이 드러누워 있었고, 그네들은 이리저리 몸을 꼬며 짙게 화장한 눈으로 그에게 뇌쇄적인 추파를 보내고 있었다. 그중엔 침을 질질 흘리는 여자조차 있었다.

기다랗게 생긴 의자는 예상했던 대로 역시 인간 의자였다. 벌거벗은 스무 명의 미녀들이 무릎을 꿇고 엎드린 자세를 하고 나란히 들러붙어 있었다.

M은 그 위에 드러누웠다. 그러자 한 떼의 궁녀들이 그에게 다가와 우선 그의 몸뚱어리를 혓바닥으로 마사지해 주기 시작했다. 귀신들이라서

그런지 여자들의 혓바닥은 유난히도 길었다. 마치 오뉴월 복중에 혀를 길게 늘어뜨리고 다니는 개의 혓바닥을 연상시킬 정도였다.

왜 혓바닥이 그렇게 기냐고 물어보니까, 궁중에서 훈련을 받을 때 좁은 주둥이의 컵 안에 들어 있는 음식을 오직 혀로만 핥아서 빼먹는 훈련을 받았기 때문이라고 했다.

혹시 손이라도 썼다가는 피나게 매질을 당하기 때문에, 탁자에 고정돼 있는 컵 밑바닥에 있는 음식을 혀끝으로만 빼내 먹어야 했다고 했다. 그런 훈련은 대략 5년가량 걸리는데, 궁중에 불려 들어올 때의 나이가 13세 전후이므로 그 훈련이 끝나면 가장 교태스런 나이의 궁녀가 될 수 있다는 것이었다.

여자들은 M의 몸뚱어리에 들러붙어가지고 여자 하나는 그의 얼굴을, 다른 여자 하나는 그의 배때기를, 또 다른 여자 하나는 그의 자지를 핥아주는 식으로 마사지를 해나갔다. 다리를 핥아주던 시녀가 자지 가까이까지 오자, 자지를 핥던 시녀가 자기 몫을 빼앗길까봐 걱정이 됐는지 다리 핥기를 맡은 시녀를 밀쳐버렸다.

그래서 두 여자 간에 싸움이 일어났는데, 수석궁녀가 급히 달려오더니 두 사람의 싸움을 뜯어말렸다. 그러고 나서 M에게 두 사람에게 벌을 줘야 한다고 말했다.

"어떤 벌을 줘야 하지? ……그동안 자지에 오죽이나 굶주렸으면 그랬겠어? 그러니 내 생각엔 그냥 용서해 줘도 괜찮을 것 같은데……."

M이 그렇게 말하자, 수석궁녀는 빙그레 웃으면서,

"그래도 벌을 주서야 해요. 그건 재네들이 나빠서가 아니라 벌주는 것이 꽤 재미있는 일이기 때문이지요. 왕은 언제나 권태에 찌들어 지내셔야 하는 법이거든요. 모든 게 다 마음먹은 대로 되고 또 손 하나 까딱 안해도 되니까 늘 심심할 수밖에 없지요. 심심할 땐 그저 남을 괴롭히며 사디즘을 맛보는 게 최고의 낙이랍니다. 그건 왕 같은 권력자의 심리적 특성이 아니라, 인간이라는 동물의 보편적 특성이기도 하죠. 그러니까 어서 벌을 내리셔요."

하고 말했다.

"그래? ……그럼 무슨 벌을 내리면 좋을까? ……엉덩이라도 서너 번씩 두들겨 줄까?"

"그 정도 가지곤 벌이라고 말할 수 없죠. 정 생각이 안 나시면 제가 한번 시범을 보여드려도 될까요?"

M이 그렇게 해보라고 하자 수석궁녀는 두 여자에게 곧바로 벌을 내렸는데, 그것은 두 여자를 거꾸로 매달아놓고 수십 명의 궁녀들이 무섭게 생긴 말채찍으로 신나게 때려주는 것이었다.

곧바로 벌이 시행되어, M은 뚝뚝 떨어지는 피를 보며 두 여자의 참혹한 비명소리를 들어야 했다. 그런데 때리는 역할을 맡은 궁녀들은 동료가 얻어맞아 죽게 되었는데도, 다들 신나게 깔깔깔 웃음소리까지 내고 있었다.

"저러다가 죽으면 어쩌지? 그 정도 했으면 이쯤에서 그만두지 그래."

M이 이렇게 말하자 수석궁녀가 대답했다.

"귀신이기 때문에 아무리 맞아도 안 죽으니까 염려 마셔요. 하긴……저희가 귀신이 되기 전엔 저러다가 죽는 애들도 꽤 많았죠. 의자왕 폐하는 특별히 사람이, 그것도 어리고 예쁜 여자가 맞아 죽는 광경을 보시는 것을 즐기셨으니까요."

"그렇게 왕이 포악했으니까 백제가 결국 망할 수밖에 없었겠군."

"아니에요. 의자왕 폐하께서 정치는 잘하셨어요. 그리고 정치를 잘하든 못하든 예전의 왕들은 어느 나라 왕이든지 간에 다 그랬으니까요. 중국 은(殷)나라의 주(紂)왕은 포락(炮烙)의 형(刑)이라고 해서 뜨겁게 달군 쇠기둥에 여자를 매달려 있게 해 그슬려 죽이는 걸 즐겼고, 잉글랜드의 메리 여왕은 남자들을 불고기 굽듯 석쇠에 구워 죽이는 걸 즐겼어요. 그렇게 신하들을 죽여 가며 피를 보는 걸 좋아했기 때문에 그녀는 '피의 메리'라고 불리어졌고, 그래서 '블러드 메리(Blood Mary)'라는 칵테일까지 나오게 된 것이죠. 그러니까 의자왕 폐하만 특별히 성질이 포악하셨다고는 말할 수 없어요."

M은 수석궁녀의 말을 듣고 내심 놀라지 않을 수 없었다. 그렇다면 진짜로 왕이 된다는 것은 정말로 신나는 일이겠다는 생각이 들었다.

다시 마사지가 계속되었다. 눈, 코, 입, 귀 그리고 목으로 여인들의 뜨거운 숨결과 함께 미끈미끈한 혓바닥이 쳐들어왔고, 아래쪽에서는 발끝에서부터 발목·무릎·허벅지 순으로 혓바닥이 올라왔다. 자지는 이제 부풀대로 부풀어 사정 직전까지 가 있었다.

"싸시겠습니까?"

수석궁녀가 그에게 물었다.

"아니, 좀더 즐기다가 싸고 싶어."

M이 이렇게 대답하자 본격적인 자지 애무가 다시 시작되었다.

우선 자지에 차가운 비단 물수건을 씌워 흥분을 가라앉힌 다음, 두 명의 여자가 자지 양쪽을 아주 느린 속도로 핥아가기 시작했다. 그러다가 강정약(强精藥)이라고 하며 향기 나는 허연 액체를 자지에 바르고 1, 2분

쯤 있다가 다시 핥아내었다. 그러기를 서너 차례 하자 M은 자신의 자지
가 전혀 사정할 기미를 보이지 않고 있다는 사실을 알 수 있었다.

약 성분이 무어냐고 물어 보니, 숫파리의 정액과 암고양이의 음수(淫
水)를 섞고 그것을 다시 숫처녀의 보지 속에 집어넣어 3년 동안 숙성시켜
만든 것이라고 했다.

이젠 사정하지 않을 수 있게 되었으므로, M은 여자들에게 다시금 자기
몸에 달라붙어 계속 빨고 핥으라고 시켰다. 그래서 그의 몸뚱어리 전체는
한 시간 동안 성에 굶주려 있는 여자들의 '먹이'가 되었다.

마사지가 끝난 후 M은 시녀들의 부축을 받으며 향기 나는 액체가 채
워져 있는 욕탕으로 들어갔다. 욕탕 전체가 인육탕(人肉湯)이라고 불러도
좋을 만큼 수많은 미녀들로 꽉 채워져 있었다.

여자들은 욕탕 안에서도 그를 계속 핥고 어르고 비비고 간지럼 태우면
서 시끌벅적한 목욕을 시켰다. 욕탕 안에 채워져 있는 물은 분홍빛이 돌
았는데, 왜 그러냐고 물어 보니 처녀의 첫 번째 멘스를 풀어 넣었기 때문
이라는 대답이었다. 건강에는 그보다 더 좋은 게 없다는 것이었다.

여자들 몸에서는 가지각색의 꽃향기가 풍겨 나왔다. 아카시아, 흑장미,
아이리스, 라일락…… 등등. M은 전라의 미녀들이 풍겨내는 꽃향기에 취
해서 해롱거리고 있다가 드디어 욕탕 밖으로 나왔다.

그의 발밑에는 여자들이 쭈욱 일렬로 드러누워 깔개 노릇을 해주고 있
었고, 그래서 그는 여체의 부드러운 탄력을 발끝에 느끼며 기분 좋게 걸
어갈 수가 있었다. 마치 구름 위에 떠 있는 듯한 기분이었다.

M은 목욕을 마치고 나서 다시 인간으로 만들어진 장의자 위에 누워

나른한 휴식을 즐겼다. 그가 휴식하는 동안 여자들은 그의 앞에서 흔들흔들 요사스럽게 춤을 추어 그의 시각을 만족시켜 주었다.

또 옆에서는 서너 명의 시녀가 야릇한 향기가 나는 술을 입으로 머금어 그에게 먹여주기도 하고, 또 과일도 씹어서 먹여주면서 그의 입을 심심하지 않게 했다. 그러는 동안에도 두 명의 시녀는 계속해서 그의 자지를 구강 안에 흡입해, 커다란 혓바닥고리가 꿰어져 있는 혀로 마찰해 주고 있었다.

휴식이 끝나자 M은 시녀들의 부축을 받으며 목욕탕에서 나왔다. 그리고 이번에는 다섯 명의 여자가 만든 인간 마차를 타고 식당으로 갔다. 세 명은 밑에서 기어가면서 말 노릇을 하고, 두 명은 말 노릇을 하는 여자의 등 위에 활처럼 휜 모습으로 드러누워 안장 노릇을 하는 마차였다.

M은 안장 역할을 하는 여자의 배를 깔고 앉아 손가락으로 음모를 뽑아보기도 하고, 또 발가락으로 여자의 항문을 꼼지락꼼지락 쑤셔보기도 하면서 말 타기를 즐겼다.

다섯 명의 여자들 눈은 모두 꽃으로 가려져 있었다. 마부 역할을 하는 시녀가 말 노릇을 하는 시녀들 목에 매여 있는 개목걸이에 연결된 긴 끈을 잡고서 끌고 가고 있었는데, 휘황찬란한 보석으로 장식된 개목걸이가 묘한 흥분을 불러일으켰다. 말하자면 천하고 지저분한 노예가 아니라 화려하기 짝이 없는 노예였기 때문이다.

안장 역할을 하는 시녀의 목에도 다이아몬드가 촘촘히 박힌 목걸이가 늘어져 있었고, 커다란 코고리와 뺨고리와 입술고리 또한 번쩍이는 보석들이 빙 둘러 박혀 있었다. 그리고 두 명의 여자 몸에는 여러 가지 화려한 문양으로 보디 페인팅이 돼 있어, 벌거벗은 몸뚱어리가 갖기 쉬운 싱거움을 보완해 주고 있었다.

　도착한 곳은 식당이었다. 이곳은 완전히 터키풍으로 꾸며져 있었다. 백제 의자왕 때 시녀 노릇을 했던 여자 귀신들이 사는 집 치고는 너무나 이국적이었다.

　"여긴 완전히 터키풍인데. 마치 오스만 터키 제국의 궁전 속에 와 있는 것 같군. 왜 그렇지?"

　그가 수석궁녀에게 물어 보았다.

　"그때도 저희 나라와 터키 사이엔 드문드문 교류가 있었어요. 하지만 자세한 것은 몰랐죠. 그런데 오랫동안 심심하게 지내다 보니, 책도 많이 보게 되고 세계 곳곳을 다녀보게도 되어 한번 이런 식으로 꾸며 보았지요."

　수석궁녀의 대답이었다.

　"세계 곳곳을 다녀 봤다구? 대체 어떤 식으로 다니지? 혹시 투명인간 식은 아닌가?"

　"투명인간이 될 때도 있고 그냥 형체를 드러내고 다닐 때도 있어요. 그건 완전히 저희들 마음대로 됩니다. 형체를 드러낼 땐 한 나라에서 몇 년 아니 몇 십 년씩 살아 보는 경우도 있지요."

　"몇 십 년씩이나? 그럼 아예 새로 태어나는 것과 마찬가지 아냐?"

　"비슷하긴 하지만 조금 달라요. 저희들은 귀신들이라 새로 태어날 수 없기 때문에 일찍 죽는 여자의 몸뚱어리 속으로 죽기 직전에 살짝 들어가지요. 이왕이면 젊고 어린 미녀를 고르는 것은 물론이에요. 저희들이 걔네들 몸뚱어리 속에 들어가면 주변 사람들은 다 죽어가던 사람들이 다시 살아났다며 아주 좋아하지요."

궁금한 게 더 있었지만 일일이 물어볼 겨를이 없었다. 농염하고 화려하기 그지없는 식당의 분위기가 그의 자지를 자꾸 발기시켜 그를 정신없이 헷갈리게 만들었기 때문이다.

식탁은 가로 세로가 각각 20미터나 되는 넓이였다. 수많은 시녀들이 무릎을 꿇고 엎드려 인간 식탁을 만들어내고 있었다. 이젠 제법 대담해진 그가 한 시녀의 엉덩이를 시험 삼아 한번 세게 꼬집어보았다. 여자가 끄떡도 않고 가만히 있다는 게 너무나 신기했다.

식탁 위엔 여러 가지 산해진미들이 차려져 있었는데, 자세히 들여다보니 벌거벗은 미녀들이 누워서 그릇 역할을 하고 있었다. 화려한 보디 페인팅과 문신, 그리고 별빛처럼 반짝거리는 보석들이 여인들의 몸을 아로새기고 있었다.

그릇 역할을 하는 여인들 역시 모두 다 꽃으로 눈을 가리고 있었고, 음식은 주로 유방이나 배 위에 얹어져 있었다. 식탁이 너무 커서 일일이 걸어 다니면서 먹는다는 것이 왠지 거북하게 느껴졌다. 그의 생각을 미리 짐작하기라도 한 듯, 수석궁녀가 손뼉을 짝짝 두 번 쳤다.

그러자 그릇 역할을 하는 여인들이 누운 채로 스멀스멀 움직여 식탁 한가운데 그가 누울 자리를 만들어 놓았다. 그래서 그는 수석궁녀의 안내를 받으며 식탁 위로 올라갔다. 세 명의 시녀가 곁에서 그를 부축했다. 식탁 위에 올라가자 한 명은 등받이 대용이 돼주고 다른 두 명은 팔받침 대용이 되어 주었다.

그는 여자의 풍만한 유방에 머리를 기대고 누웠다. 다른 두 명의 여자가 그의 양쪽 팔꿈치 언저리에 엎드려 팔받침 역할을 했다. 그는 그녀들을 팔받침으로 이용하면서, 가끔 손가락으로 불두덩 근처를 쑤석거려 보기도 하고 유방을 어루만져보기도 했다.

다시 두 명의 궁녀들이 식탁 위로 올라왔다. 그녀들은 긴 손톱을 포크 삼아 온갖 요리를 손톱으로 찍어다가 그의 입에 넣어주었다. 그러다가 목이 마를 때쯤이면 입안에다 술이나 음료수를 머금고 와서 M의 입에 흘려 넣어 줬는데, 술이나 음료수들은 모두 다 그릇 역할을 하는 시녀들이 입 속에 머금고 있던 것들이었다.

그는 음식을 먹여주는 시녀가 그릇 노릇을 하는 시녀로부터 술을 받아 올 때마다, 두 명의 여인이 입을 포개고서 키스를 하는 광경이 무척 멋지다고 생각했다.

음식을 먹여주는 시녀는 음식을 손톱으로 찍어다 먹여주기만 하는 게 아니라, 음식을 보지 속에다 머금고 와서 그의 입에 넣어주기도 했다. 섹시하고 음탕하기 짝이 없는 식사를 하는 동안 그의 자지가 다시금 근질거려 왔다. 그래서 팔받침 역할을 하는 시녀 한 명에게 계속 자지를 조곤조곤 음미하도록 시켰다.

끊임없이 펠라티오 서비스를 받다 보니 그도 이젠 더 이상 가만히 있을 수 없는 지경이 되었다. 그래서 그는 시녀의 입에다가 한번 사정(射精)을 하고 나서, 인간 그릇들을 향해 본격적으로 덤벼들었다. 그러고는 이리저리 기어 다니면서, 그릇 역할을 하는 여자들의 배며 젖가슴이며 입술 등을 닥치는 대로 흡입했다.

교교(皎皎)한 달빛 같은 흰 빛을 내는 고운 피부 위에 놓여 있는 음식들을 개처럼 핥아먹는 것은 그런대로 꽤 큰 즐거움을 가져다주었다. 여기저

 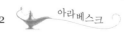

기 휘젓고 다니며 음식을 먹다 보니, 식탁 위엔 여러 가지 음식물들이 흰 몸뚱어리들과 한데 뒤섞여 마치 수채화 물감이 어지럽게 얼룩져 있는 팔레트를 연상시켰다.

대충 음식을 먹고 난 다음, M은 인간 그릇들의 성감대를 혀끝으로 자극해 보기로 했다. 그가 여인들의 클리토리스나 배꼽, 젖꼭지 등을 혀로 자극할 때마다 그녀들은 순간적으로 꿈틀꿈틀했다. 꿈틀거리는 것도 죄가 되는 듯, 그럴 때마다 수석궁녀가 올라와 채찍으로 그녀들을 거세게 내리쳤다. 자지러지게 질러대는 비명소리가 듣기에 참 좋았다.

여자들이 벌을 받는 게 재미나서, 그는 일부러 식탁 위에 서가지고 발에 힘을 주어 걸어 다녀 보았다. 그 정도 가지고는 인간 식탁이 꿈쩍도 안 하는 것을 알고, 그는 다시 식탁 위를 뛰어다녀 보기도 하고 발을 쿵쿵 굴러보기도 했다. 그러자 비로소 미동이 느껴졌는데, 허물어질 정도는 아닌 모양이었다.

그는 약이 올라 더 많은 시녀들을 식탁 위로 올라오라고 시켰다. 그리고는 식탁 위에서 미칠 듯이 춤을 춰보라고 명령했다. 거의 광란에 가까운 누드 댄싱(Nude dancing)이 벌어졌다. 그 춤은 아라비아의 배꼽춤과 스페인의 플라밍고 춤, 그리고 브라질의 삼바 춤을 섞어놓은 것이었다.

춤을 감상하면서 그는 그릇 노릇을 하는 시녀들을 곁에다 불러 모아 그의 온몸을 계속 긴 손톱으로 살살 긁으라고 시켰다. 무희들이 한 시간 쯤 춤을 추며 발을 쿵쾅거리자 드디어 식탁이 무너져 내렸다. 수석궁녀가 빙글빙글 웃으며 M 곁으로 다가와 무슨 벌을 주고 싶으시냐고 물었다.

그는 예수의 십자가 생각이 나서, 십자가에 둘씩 포개 매단 다음 아까 들었던 비명소리가 합창으로 나오게끔 무조건 때려보는 것도 좋을 것 같다고 말했다.

수석궁녀는 곧바로 그의 분부를 따랐는데, 우선 다른 시녀들을 시켜가지고 식탁 노릇을 했던 시녀들을 몽땅 십자가에 못 박아 거꾸로 매달아 놓았다. 그리고 시녀들로 하여금 인정사정 보지 말고 매섭게 채찍질을 하라고 시키고, 자기는 섹시하게 생긴 긴 황금 막대를 가지고 거꾸로 매달려 있는 시녀들 사이를 왔다 갔다 하면서 몸 여기저기를 쿡쿡 쑤시고 다녔다. 찢어지는 비명소리가 홀 안 가득히 울려 퍼졌다.

M은 수많은 시녀들의 혓바닥과 손톱 마사지를 받으면서 그 광경을 지켜보았다. 옛날 중국 주(周)나라 때의 경국지색(傾國之色)이었던 포사(褒姒)는 왕비가 된 후, 시녀들이 비단 찢는 소리를 들으며 쾌감을 느꼈다고 한다. 그런데 비단 찢는 소리쯤은 여자들이 직접 질러대는 비명소리에 비하면 아무것도 아닐 것 같다는 생각이 들었다.

한 시간 넘게 매질을 하자 거꾸로 매달려 있던 궁녀들은 몽땅 기절해버렸다. 살점이 터져 갈라지고 피멍이 든 허연 몸뚱어리들이 아주 근사해 보여서, M은 그녀들을 한데 얼기설기 포개놓고 그 위에 누웠다. 그러자 나머지 시녀들이 달려들어 다시금 그의 몸을 핥고 빨고 비비고 어루만졌다.

조금 있으려니 왠지 따분해졌다. 그래서 그는 다시 한 번 더 주연(酒宴)을 벌이라고 명령했다. 배가 슬슬 꺼져가면서 술 생각이 간절해졌기 때문이다.

수정 촛대마다 은은한 촛불이 켜지고, 이번엔 수많은 미녀들이 옷을 입고서 모여들었다. 하나같이 가는 거미줄처럼 금실 은실로 짜인 속이 훤히

아라베스크

비치는 의상이었다. 하루살이 날개처럼 가벼워 보이는 의상들과는 달리, 여자들의 몸에는 무겁고 둔탁한 황금 사슬들이 주렁주렁 휘감겨 있었다.

그는 우선 여자들의 얼굴을 하나하나 관찰해 보기 위해, 한 사람씩 기어와가지고 그의 목과 입술을 핥고 가라고 시켰다. 촛불 밑이라서 그런지 목이 간질간질해서 그런지, 여자들은 하나같이 천하절색으로 보였다.

그런 다음 다시금 이어지는 광란의 라이브 스트립쇼와 음주……. 이번에 그는 여자들의 콧구멍과 귓구멍에 담긴 술을 감칠나게 빨아 마셔 보았다.

술에 취해 그는 잠들었고, 역시 여자들의 몸뚱어리가 이불이며 포대기가 되어주고 있었다……. 꿈속에서 M은 현희에게 편지를 쓰고 있었다.

"한때나마 당신을 사랑했소. 그러나 지금 난 당신을 떠나려 하오. 더 좋은 파트너, 아니 더 착하고 야한 판타지를 만났기 때문이오. 앞으로 부디 잘 먹고 잘 사시오……."

10··· 너 죽어 봤니?

백제 멸망 때 낙화암에서 빠져 죽은 삼천궁녀들과 질탕한 성희(性戲)를 벌이고 나니까, 나는 더욱더 예쁜 여자 귀신에 대해 호기심이 생겼다. 그리고 지난번에 셰에라자드의 요술 덕으로 황진이를 만나본 적도 있기 때문에, 과거에 유명했던 미녀 귀신을 언젠가 한번 더 만나보고 싶어졌다.

그런데 그동안 내가 너무 오랫동안 집을 비워두고 있었으므로, 우선 집에 돌아가 내 분신(分身)이 일을 제대로 하고 있나 점검해 봐야겠다는 생각이 났다. 셰에라자드도 나의 계획에 흔쾌히 동의해 주었고, 내가 집에 돌아가더라도 곁에서 투명인간 상태로 지켜보며 나를 도와주기로 했다.

오랜만에 집에 돌아와 내 방에 들어서니, 나의 분신이 책상 앞에 쭈그리고 앉아 원고를 쓰고 있었다. 셰에라자드가 나를 분신의 몸뚱어리에

딱 들러붙게 한 뒤 힘껏 밀자, 나는 어느새 분신과 한 몸뚱어리가 되어 있었다.

분신이 써놓은 원고를 읽어보니 내가 쓰는 문체와 똑같았고, 내용은 짧은 분량의 단편소설이었다. 젊은 여대생을 화자(話者)로 삼은 계몽적인 내용으로, '야한 정신'을 안쓰럽게 역설해 대고 있었다. 나는 그 여대생을 닮았던 지나간 대학 시절의 내 모습을 떠올리며 깊은 감회에 젖었다.

그럼 우선 내 분신이 써놓은 단편소설을 독자 여러분께 소개하고 나서 얘기를 계속하기로 한다. 소설의 제목은 「너 죽어봤니?」로 되어 있었다.

❖

봄이라 그런지 오늘 아침엔 태양이 유난히도 예쁜 얼굴로 솟아올랐어. 모든 게 싱싱해 보이더군. 내 스무 살 뜨거운 몸뚱어리에 흐르는 싱싱한 피가 쿵쾅쿵쾅 젊음으로 약동하는 소리가 들리는 듯했어.

이불을 걷어차고 일어나 정성껏 세수를 했지. 거울을 들여다보니 내가 정말 무지무지 예뻤어. 너도 알다시피 난 정말 맨얼굴로도 자신만만해할 만한 미모잖니. 그래서 늘 하던 대로 난 스킨로션으로만 대충 만지고서 학교로 갔지.

지하철을 탔더니 얼굴에 덕지덕지 페인트칠을 한 여자애들이 여전히 와글대고 있더군. 우연히 자리가 나, 나는 앉아서 독일어로 된 헤르만 헤세의 시집을 펼쳐놓고 고상한 표정으로 읽었지.

화장 하나 안 해도, 그리고 귀걸이 목걸이 주렁주렁 안 해도, 얼마든지 미모를 뽐낼 수 있는 얼굴과 몸뚱이를 주신 하느님 아버지께 마음속 깊이 감사드렸어. 남들이 화장하는 데 허비하는 시간을 난 배우고 익히며 교양미를 갖추는 데 쏟아 부을 수 있다는 사실이, 그렇게 신나고 고마울 수가 없었단다.

지하철에서 내려 학교까지 올라가는데, 웬 놈의 못생긴 암컷 수컷들이 수없이 짝지어 올라가며 내 비위를 건드리는지 몰라. 아침부터 기분이 싹 잡쳤지 뭐야. 연애가 다 뭐람! 나는 순결하고 고상하게 곱게곱게 지내면서 공부 잘해가지고 상류사회 여류명사로 출세해 보구 싶어.

그리고 이왕이면 돈 많고 집안 좋은 신랑감 만나 결혼해 가지고 남보란 듯 위세 부리며 살아볼 테야. 남들이 연애하는 동안 난 교양서적 많이 읽고, 학점 잘 따고 하며 '내면의 아름다움'을 가꿔나가고 말이야.

7, 8교시는 괴테의 『파우스트』 강독 시간이었어. 나는 파우스트의 지성적 고뇌와 정신적 사랑에 감동하며, 목소리 작은 교수의 지루한 해석에 귀를 기울여보려고 애쓰고 있었지.

그런데 주변의 못생긴 기집애들은 어떤 줄 알아? 방과 후에 데이트라도 있는지 거울 보며 화장 고치기에만 바쁜 거야. 얼굴에 덕지덕지 바른 갖가지 페인트들은 하나같이 본디 피부 색깔을 감추고 있었고, 주렁주렁 매단 장신구들은 꼭 인도의 천한 노예계집들을 연상시켜 주더군. 치마 길이가 팬티 길이와 대충 맞먹고 말이야.

오늘따라 왠지 속이 더 미식거려 오고 토할 것 같은 기분이 들었어. 그래서 그런지 마지막 시간은 그냥 눈을 감고 있다가 내리 자버리고 말았지 뭐니.

나는 이상한 향내가 섞인 뽀얀 안개가 흐르는 거리를 정처 없이 걷고

 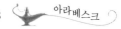

있었어. 그런데 어떤 남자가 내게 접근해 오더니, 무작정 명령조로 자기를 따라오래. 나는 왠지 모를 위엄에 압도되어 그 남자가 시키는 대로 할 수밖에 없었어.

나는 그를 따라 장미 넝쿨이 우거진 담벼락을 지나 이상하게 각진 건물로 들어갔어. 그리고 네모난 큰 방으로 안내되었지. 그곳은 온통 책으로만 꽉 차 있었어. 그리고 나무로 된 의자와 테이블이 질서정연하게 놓여 있더군.

그곳 사람들은 남자는 모두 감청색 양복에 검은 넥타이를 매고 있었고, 검정색 구두를 신고 있었어. 여자들은 똑같은 단발형 머리모양에 고동색 투피스 정장 차림을 하고 있더군. 그리고 모두 다 단정한 자세로 앉아 책을 보고 있는 거야.

그런데 이상한 것은, 수백 명이나 되는 사람들이 모여 있는데도 불구하고 책장 넘어가는 소리조차 들리지 않을 만큼 너무 조용하다는 거였어. 사람들은 다른 일엔 전혀 관심이 없는 듯 자기 책에서 눈을 떼는 일조차 없더라구.

그러다가 나는 문득 벽에 붙어 있는 안내문을 보게 되었지. 거기엔 이렇게 적혀 있더군.

"전(前) 세상에서 가장 교양 있고 고상했던 여러분이 이곳에 오신 것을 환영합니다. 여러분의 그 엄숙하고 윤리적인 노력에 보답코자 여기 천상세계도 여러분이 좋아했던 것들로만 꾸며봤습니다. 혼자서 마음 놓고 사색하고, 책을 읽고, 진리를 탐구하십시오."

안내문을 보고 나서야 나는 비로소 내가 어느새 죽어 있다는 사실을 알게 되었어. 말하자면 난 하늘나라에 와 있는 거였단 말이야.

천당인지 지옥인지 잘 모르겠지만, 방에 있는 사람들의 표정이 행복한 표정도 불행한 표정도 아닌 무표정 그 자체라는 것이 내심 이상하게 생각됐어. 천당이라면 다들 즐거운 표정을 하고 있어야 하고, 지옥이라면 다들 어두운 표정을 하고 있어야 하는데 말이야.

서가엔 내가 즐겨 있던 토마스 만과 톨스토이의 책들도 보였어. 아니 그뿐만 아니라 책 표지에서만 봤던 철학자나 작가들이 다 실제로 앉아 있는 게 아니겠니?

난 너무너무 기뻤어. 내가 존경하던 사람들을 가까이서 직접 만나볼 수 있었으니까 말이야. 그래서 나는 그들에게 가까이 다가가 말을 걸어보려고 했지. 근데 그들은 너무나 냉담한 표정으로 힐난하는 눈길을 보내더군. 그래서 난 찔끔해 가지고 뒤로 물러섰지. 이상하게도 언어교환 없이도 의사가 통하고 있었어. 역시 하늘나라라서 그런가 봐.

잠시 후 그들은 하나같이 텔레파시를 통해 내게 이렇게 말했어.

"에잇, 바보 같으니라구. 넌 뭣 하러 그렇게 오두방정 고상 떨다가 요 모양 요 꼴로 이곳엘 들어왔냐!"라고 말이야.

찬찬히 뜯어보니 모두들 심한 죄책감 때문에 괴로워하고 있는 듯 했어. 모두들 열심히 책을 읽고 있는 것 같아 보였지만 실은 그게 아니었던 거야. 그들은 서로가 서로에게 멸시의 눈길을 보내고 있었던 거지. 그러고 보니 그들은 세상에서 금욕주의를 주장했거나, 육체적 사랑을 경멸했거나, 고상한 정신적 가치만을 주장하는 글을 쓴 도덕주의자들이 대부분이더군.

어쨌든 그 순간 나는 내가 이런 고상한 부류에 속하게 됐다는 사실이 기쁘게 느껴졌어. 얼마나 고귀하고 순결한 생(生)이냔 말이야……. 그런

데 조금 더 지켜보고 있노라니 마음속에 의문이 떠올랐어. 왜 이들은 그토록 괴로워하고 있는 것일까……? 나는 정말 뭐가 뭔지 알 수 없는 기분이 되었지.

그래서 난 아까 나를 데리고 온 남자를 찾아서 그 까닭을 물어 봤지. 그는 나를 밖으로 데리고 나가더니, 며칠만 있어 보면 자연히 알게 된다고 대답해 주더군.

그러고 나서 씽긋 웃으며 미리 힌트를 주겠다고 말했어. 그 사람 왈, 여기 있는 남자나 여자들은 그들의 이중적 처신에 대한 벌로 죽어서 이곳으로 끌려온 거래. 하느님은 삶의 진정한 즐거움을 거부하고 거짓 설교만 늘어놓은 사람들을 괘씸하게 여기셔서 전세(前世)에서 산 햇수만큼 여기서 살게 하셨대.

여기선 에로틱한 상상도 할 수 없고, 사랑이나 섹스도 없고, 오로지 금욕적이고 경건한 행동만 할 수 있다는군. 그래서 여기 있는 사람들은 규격화된 생활에 지쳐 미칠 지경에 이르렀대. 정욕을 누를 길이 없어 반미치광이 상태로 하루하루를 때워가고 있다는 거지 뭐니.

그래서 나는 그 사내에게 다른 세상을 보여줄 순 없느냐고 물었지. 그 사내 왈, 그럴 수 있다더군. 그러고는 곧바로 천당이라는 곳으로 날 데려갔어.

천당에 도착하자마자 그는 나를 어느 휘황찬란한 궁전으로 데려가 한 방으로 안내했어. 사면이 유리로 되어 있어서 쉽게 안을 들여다볼 수 있었지.

그런데 그 안에 누가 있었는지 아니? '마리 뒤프레시'였어. 뒤마 피스가 쓴 소설 『춘희(椿姬 : 동백아가씨)』에 나오는 창녀 '마르그리트 고티에'의 실제 모델이었던 그 야한 여자 말이야. 그 여자가 천당에서 제일 호화찬란한 방에서 살고 있더란 말이야. 그 여자는 산만큼 부풀린 길고 숱 많은 총천연색 머리카락으로 벌거벗은 몸을 휘감고 있었어.

곁에 앉아 있는 남자는 장발에다 화장까지 진하게 하고 있는 기가 막히게 잘생긴 미남자였어. 아마 『춘희』의 남주인공 '아르망', 아니 그 사람을 통해 자신의 성애적 열정을 고백한 작가 '뒤마 피스'인가 봐.

춘희는 그 남자의 얼굴과 가슴을 대나무 젓가락처럼 가느다란 분홍빛 손가락들로 부드럽게 애무하고 있었지. 그런데 말이야, 야 정말 그 여자 손톱 한번 무지막지하게 길더라. 손톱 길이가 손바닥 길이와 맞먹었는데, 머리처럼 역시 총천연색으로 매니큐어 칠을 했더군. 그런데 자세히 보니 곁에 있는 남자 또한 손톱을 여자만큼 길게 기르고 있지 뭐니.

나중에 알게 된 건데, 19세기까지만 해도 프랑스나 유럽의 남자들은 여자처럼 길게 손톱을 길렀대. 플로베르의 『보봐리 부인』을 보니까 보봐리 부인이 젊은 남자가 기른 긴 손톱에 반해 혼외정사를 시작하는 걸로 나와 있더군. 톨스토이의 『안나 카레니나』에도 손톱 기른 남자 묘사가 나오고 말이야. 물론 금욕주의자 톨스토이는 그 남자를 욕하고 있었지만.

나는 그 다음 방으로 안내되었어. 문을 열고 들어가니 사면이 모두 다 거울이야. 그런데 이상한 것은, 거울에 내 모습은 비치지 않는다는 거였어. 옆의 남자에게 물어보니까, 선택받지 못한 사람은 거울에 나타나지 않는다고 대답해 주더군.

방안에서 내 눈에 처음 들어온 건 바닥을 돌아다니는 파랑색 뾰족구두들이었어. 굽이 바늘보다 쬐끔 더 굵은 총알굽이더군. 너무 아슬아슬해

부러질 것만 같았어. 아마 굽 높이가 18센티미터는 훨씬 넘을 거야.

그런 뾰족구두를 신은 여자들은 안개같이 투명하게 하늘거리는 천으로 된 긴 치마를 입고 있었는데, 엉덩이에서 발목까지 같은 폭으로 매끈하게 내려와 나풀거리고 있었어. 그리고 치마의 좌우 선을 따라 길게 트임이 나 있어서, 걸을 때마다 노팬티 차림의 하얀 속살이 보여. 와, 여자인 내가 봐도 가슴이 두근거려 오더군.

방 한쪽엔 황금으로 된 침대가 놓여 있었어. 그 위엔 안드레 페직보다 더 늘씬한 몸매의 여자가 속이 보일 듯 말 듯한 그물 잠옷을 입고 누워 있었지. 그리고 은빛 털을 가진 강아지가 그녀의 잠옷 속으로 들어가 그녀의 몸을 구석구석 핥아주고 있는 거야. 으윀, 난 금세 구역질이 날 것만 같았지.

다음 방에 들어가 보니 바닥이 모두 새하얀 눈, 아니 눈에 덮인 겨울 들판이야. 10센티미터나 되는 긴 발톱에 핏빛 매니큐어를 바른 여자의 우윳빛 발이 눈 위를 걷고 있었어. 긴 발톱 땜에 그 여자는 늘 맨발이라고 옆의 남자가 말해 주더군.

가죽으로 된 초미니 스커트를 입었는데, 가운데가 터진 여밈식이었어. 위에도 얼기설기 가죽끈으로 된 꽉 끼는 옷을 입고 있었지. 유방이 금세 튀어나올 것만 같더군. 얼굴에는 손톱으로 긁으면 긁혀 나올 만큼 화장을 두텁게 했어. 입술은 초록색으로 칠했고, 머리는 주황색으로 염색해 가지고 빳빳하게 풀을 먹여 에펠 탑같이 하늘로 치솟게 하고 있었지.

귀걸이와 코걸이는 황금의 링 모양인데 내 주먹이 들락날락할 정도고, 목걸이·팔찌·젖꼭지찌·배찌·반지·어깨찌가 주렁주렁·더덕더덕이야. 발찌도 꽤 무거워 보여 한 발자국 걸을 때마다 쩔그럭 쩔그럭 소리가 나더군. 여자는 나르시시즘에 빠진 듯 너무나 기분 좋은 표정으로 절정감에 넘친 미소를 흘리고 있었어.

옆의 남자 가로되, 시간이 없어 하나만 더 보여주고 끝내야겠대. 난 사실 더 볼 정신도 없었어. 또 뭐가 나올지 겁이 났으니까 말이야.

마지막 방이란 곳엔 사람들이 꽤 여럿 들어 있더군. 남자 둘에 여자 셋이었는데 모두 다 알몸이야. 옆의 남자가 이곳이 바로 천당의 가정(家庭)이라고 말해 주더군. 어떤 가정은 여자 둘에 남자 셋인 곳도 있대. 2부3처제나 2처3부제, 아니 다부다처제라는 거야.

물론 결혼을 할 필요는 없고 계약을 연장해 가며 싫증이 날 때까지만 살면 된대. 그들은 사이 좋게 술을 마시면서 서로의 몸을 구석구석 키스하고 만지고 문질러가며 희희낙락 즐기고 있더군. 몸의 이곳저곳 혀가 지나가지 않는 곳이 없었어.

천당 사람들은 매일 이렇게 놀면서도 전혀 지치거나 싫증나지 않는 특혜를 받았다니 뭐니.

하느님의 심판을 받으러 가기 위해선 전용 비행기를 타야 한대. 비행장으로 가는 도중 나는 천당의 거리를 구경할 수 있었어. 집들은 호화찬란한 보석들로 장식돼 있었고, 거리를 오가는 사람들은 남자와 여자의 구별이 힘들 정도로 모두 다 극도로 야하고 사치스런 치장을 하고 있었어. 가발인지 진짜 머린지 잘 모르겠지만, 남녀를 불문하고 부풀린 장발에 오색찬란한 염색을 하고 있었고, 손톱도 다들 지독하게 길었어.

옆의 남자가 설명해 주기를, 탐미적 에로티시즘만큼 사람의 마음을 평화롭게 해주는 것은 없다는 거야. 남자건 여자건 머리를 짧게 깎아놓으면

다들 마음이 전투적으로 된다는 거지. 그리고 손톱을 길게 기르고 정성껏 가꾸는 사람은, 손톱이 부러지는 게 아까워서라도 절대로 남을 할퀴지 않는다는 거야. 듣던 중 꽤 그럴듯한 이론이라고 생각했지.

그러면서 그는 마광수라는 시인이 쓴 「그날이 오면」이라는 시를 내게 보여주더군. 이 시를 계속 가슴에 새겨두고 있으면 세상이 좀 더 빨리 평화로워진다고 말했어.

그날이 오면

모든 여자들이 다 미녀가 되고

모든 남자들도 다 미남이 되어

서울 거리가 더 이상 촌스럽지 않게 되겠지

그날이 오면

모든 여자들이 다 솔직한 요부(妖婦)가 되고

모든 남자들도 다 솔직한 탕남(蕩男)이 되어

서울 거리가 더 이상 이중적 도덕으로 부패하지 않겠지

그날이 오면

모든 여자들이 다 야한 여자가 되고

모든 남자들도 다 야한 남자가 되어

남녀가 붙었다 싶으면 금세 사랑이 이루어지겠지

그날이 오면

모든 여자들이 다 벌거벗고 다니고
모든 남자들도 다 벌거벗고 다녀
서울 거리 전체가 순수한 관능의 도가니가 되겠지

그날이 오면
모든 여자들이 다 짙게 화장하고 다니고
모든 남자들도 다 짙게 화장하고 다녀
서울 거리에 더 이상 싸움이 없게 되겠지

비행기를 탔는데, 안내하는 아가씨들이 모두 속이 훤히 비치는 사파이어색 그물로 된 옷을 입고 있었어. 화장은 클레오파트라식으로 했고, 특히 겨드랑이 털이 모두 다 총채처럼 두텁고 숱이 많은 게 인상적이었지. 아이셰도를 알록달록 5층으로 칠해서 눈이 부시더군. 손님들 역시 모두 다 야하디야한 차림새를 하고 있었어.

드디어 나는 심판자 하느님이 머물고 있는 성에 도착했단다. 정말 호화로운 성이더군. 장미꽃잎이 뿌려진 복도를 지나 금강석으로 뒤덮인 커다란 홀로 들어갔어. 정면에 보이는 사람이 하느님 같다는 추측을 하며 가까이 다가갔지.

하느님이라는 사람은 남잔지 여잔지 구별이 안 갈 만큼 짙은 화장을 하고 너무나 육감적인 복장을 하고 있었어. 나중에 들은 얘긴데 하느님은 남자도 여자도 아닌 중성이래. 손가락이 아주 가늘고 긴 것이 인상적이었는데, 거기다 손톱까지 길다 보니 나 같은 정신주의자조차 어쩐지 머리가 어지러워지면서 뿅 가버리겠더군.

하느님 양 옆에서는 폭이 넓은 그물치마를 입은 여자(?)들이 치마로 바람을 일으켜 하느님을 시원하게 해드리고 있었고, 또 하느님 뒤에선 10센티미터쯤이나 되는 긴 손톱에 색색가지 매니큐어를 칠한 남자(?)들이 하느님의 등을 살살 긁어주고 있더군.

홀 양쪽엔 기막히게 아름다운 몸매를 가진 벌거벗은 남녀들이 온몸에 보디 메이크업을 하고 여기저기 자연스레 뭉치고 얽혀 애무를 나누고 있었지.

왠지 하느님이 날 노려보고 있는 것 같은 기분이 들었어. 나는 그 눈빛이 두려워 내 몸을 스윽 아래로 내리훑어봤지. 청바지에 낮은 굽의 둔탁한 구두, 그리고 헐렁한 티셔츠, 커트 머리에 맨얼굴, 그리고 짧게 깎은 손톱. 홀 안의 풍경과는 너무나도 다른 분위기였어.

하느님은 우선 나더러, "잘생긴 얼굴만 믿고 잘난 체 까부는 무례한 년!"이라고 고함을 치시더군. 그리고 몇 가지 질문을 시작하셨어. 장미여관엔 몇 번이나 가봤는지, 아이섀도랑 파운데이션 그리고 매니큐어는 몇 종류나 있는지, 가지고 있는 구두 중 제일 굽이 높은 것은 몇 센티미터이며, 또 제일 짧은 스커트 길이는 무릎 위 몇 센티미터인지……

또 연애한 남자 수, 키스 횟수, 페팅 횟수 등등…… 난 하느님이 너무 형이하학, 아니 허리하학적인 분이라는 사실에 내심 놀라는 한편, 그의 왠지 모를 위세와 홀 안의 야한 분위기에 짓눌려 처절할 정도로 부끄러움을 느꼈지.

내가 대답을 못하고 머뭇거리고 있자, 옆에 있던 여자가 딱하다는 표정으로 이렇게 말해 주었어. 천당에 들어가고 싶으면 앞의 질문에 거침없이 술술 대답할 수 있어야 한다고 말이야. 그리고 그러지 못하면 내가 아까 가본, 그 책으로만 가득 찬 지옥에서 20년을 살아야 한다고 단언했어. 그래서 나도 모르게 내 입에서 '악' 하는 비명이 터져 나왔지 뭐니.

그건 안 돼, 안 돼. 갑갑해서 어떻게 살아? 그래서 난 무릎 꿇고 엎드려 두 손으로 싹싹 빌며 애원하기 시작했지. 그리고 1년만 더 인간 세상에 내려 보내달라고 했지. 그러면 반드시 하느님 마음에 들게 1백 80도로 변해가지고 오겠다구 맹세를 했어.

그리고 하느님께 그 방법에 대해서도 조언을 부탁해 보았어. 하느님 왈, 우선 난 여자이기 때문에 천당 가기가 쉽대. 남자보다 여자가 더 감성적일 뿐더러 평화주의자이고 미감(美感) 또한 발달했기 때문이라는 거야. 하지만 여자인데도 불구하고 현진건의 단편소설에 나오는 'B사감'같이 되면 남자보다 더 큰 벌을 받게 된다고 말했어.

아무튼 하느님은 중성이긴 하지만 남자보다 여자를 더 좋아하시나 봐. 하느님은 말씀 끝에 덧붙이시기를, Y대 M교수가 쓴 책들을 열심히 읽어 보면 좀 진도가 빠를 거라고 했어.

나도 천당에 가야 해. 나도 천당에 가야 해……. 하느님은 야한 여자를 좋아하시는구나. 나에게도 여러 명의 남자친구가 생길 수 있고, 황진이나 임마누엘 부인처럼 화끈하게 살아볼 수도 있겠구나. 하느님도 야한 여자가 좋대. 나는 지옥이 아니라 천당에 가고 싶어…….

이렇게 중얼거리다가 깨어보니 마악 강의가 끝나가고 있더군. 좀 황당한 꿈이긴 했지만 뒷맛이 나쁘진 않아. 꿈을 꾸고 나서 보니『파우스트』책을 들고 나가시는 엄격한 표정의 교수님이 불쌍해 보이는 거 있지. 그분은 틀림없이 지옥행일 테니까 말이야.

 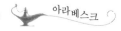

얘, 이번 주말엔 나랑 같이 이화여대 앞에 가자. 싸구려라도 좋으니 야한 것들로만 쇼핑을 한번 해봐야겠어. 그리구 너 꼭 명심해. 하느님은 야한 여자를 좋아하신다는 걸 말이야. 알았지?

11 ··· 나 하나의 사랑

나는 내 분신(分身)이 써놓은 단편소설을 읽고 나서 기분이 좋았다. 허구한 날 지껄여오던 소리이긴 하지만, 요즘 내가 쓰는 글보다는 훨씬 더 싱싱한 문체로 쓰인 것 같았기 때문이다. 나는 요즘 사실 자기검열과 피해의식이 심하기 때문에, 문체나 내용면에서 좀 답답해져 가고 있었다.

하지만 나의 분신이 나 대신 글을 썼다는 것이 기막히게 신기하게 느껴지진 않았다. 왜냐하면 나도 30대 시절에 분신과 관련된 희한한 경험을 한 적이 있기 때문이었다.

그래서 나는 내가 그때 겪었던 일을 한번 독자 여러분께 소개해보려고 한다. 거짓말이라고 생각할 분이 많겠지만 이건 정말 사실이다. 나는 세상을 살아가면서 별 희한한 일을 겪게 되는 수가 많았다. 내가 아무래도 상상력이 괴상하게 발달한 사람이라서 그런 모양이었다.

아라베스크

❖

그때 나는 오랫동안 외로움에 찌들어 있었다. 상상적 대리배설과 마스터베이션으로 만족하기엔 너무나 지쳐 있었다. 나에겐 나 아닌 또 하나의 육체가 필요했고, 그 육체는 내 마음속에 묻어두었던 이상형 여인의 이미지를 갖고 있어야 했다.

나는 그때 이런 생각을 했다.

도대체 '나'와 '남'의 구별은 무엇인가? 육체를 경계로 해서 '나'와 '남'이 구별된다면, '나'의 확장 역시 육체의 경계를 없앰으로써 이루어지는 것이 아닐까? 물리적으로 확연히 구분되는 '나'와 '남'을, 다분히 추상적인 관념에 의해 '우리'로 묶는다는 건 얼마나 허황된 일인가? '나'를 확장해 가는 방법, 그것은 '남'을 '나' 속에 포함시켜 나가는 것이고, 그것은 '나'의 물리적 경계를 없애는 것이다……

대강 이런 상념들이, 고독에 찌들어 있으면서도 사교에는 서투른 나의 머릿속을 짓누르고 있는 생각들이었다.

그런 생각에 빠져든 지 6개월쯤 됐을 때부터 내게 이상한 일이 일어나기 시작했다. 어느 날엔가 아침에 일어나 무심코 거울을 보니 또 다른 내가 내 옆에 서 있는 게 아닌가. 전날 밤 술을 너무 많이 마셔서 그런가 하고 눈을 비벼봤더니, 거울 속의 내 모습은 어느새 하나가 되어 있었다.

꺼림칙한 마음으로 집을 나섰는데, 택시를 타고 한참 달려가다 보니 이번엔 완연히 나를 닮은 사내 하나가 진짜로 내 옆에 앉아 있는 것이었다. 그런데 내가 말을 걸자마자 그 사내는 금세 내 시야에서 사라져버렸다.

그 뒤로 나는 그런 경험을 자주 하게 되었다. 물론 기분이 좋을 리 없었다. 내가 바랐던 것은 내 마음속에 있는 이상형의 여인(정신분석학자 융의 표현을 빌리자면 '아니마(Anima)'라고 하는)이었지 나를 닮은 초라한 몰골의 사내는 아니기 때문이었다.

하지만 나를 닮은, 아니 나와 똑같은 그 사내는 그 이후로도 계속 내 곁에 나타났고, 어느새 나는 그와 친구가 되어 있었다.

그래서 나는 어느 날 그가 권해준 대로 완전범죄의 은행털이를 감행할 수가 있었다. 내가 그가 준 권총을 들고 복면을 쓰고서 은행에 잠입하여 은행을 털면, 같은 시간에 또 다른 나는 은행의 고객처럼 돈을 예금함으로써 나의 알리바이를 증명하는 방식이었다.

그런 수법으로 서너 차례 돈을 강탈하자 나는 금세 부자가 되어 있었다. 그 돈으로 나는 차도 사고 운전기사도 사고 옷도 사고 집도 사고 여자도 샀다. 그리고 흥청망청 돈을 물 쓰듯 하며 하루하루를 유쾌하게 보냈다.

하지만 내 마음속은 차츰 공허감으로 가득 차기 시작했다. 그건 내가 죄의식을 느껴서가 아니라, 아무리 돈을 풀어 여자를 사봤자 마음에 드는 여자가 없었기 때문이다.

돈을 벌고 나서부터 나의 분신(分身)은 더 이상 나타나지 않았다. 나는 그 이유를 꼼꼼히 분석해 본 결과, 그는 단지 내게 돈을 벌게 해주기 위해서 나타났을 뿐이라는 결론에 도달했다. 그동안 내가 돈도 없고 고급차도 없고 옷도 초라해서 여자가 안 붙는다고 생각해왔기 때문인 것 같았다.

돈을 주고 여자를 사거나, 돈을 헤프게 씀으로써 여자를 꼬시거나 해도 마음에 드는 여자가 나타나지 않자, 나는 다시금 간절한 마음으로 나의 '아니마(Anima)'가 실제로 나타나주기를 바랐다. 그러자 신기하게도 그런 여자가 진짜로 내 앞에 나타나는 놀라운 기적이 일어났다.

어느 날 밤 나는 돈밖에 모르는 속물 여자(직업이 패션모델이었다)와 나이트클럽에서 실컷 마시고 춤추고 하다가 집에 돌아와 있었다. 데이트의 뒷맛이 너무 안 좋아 나는 침대에 누워 우울감에 빠져 있었다. 그러다가 술기운에 못 이겨 나도 모르게 잠이 들었는데, 잠에서 깨어나 보니 내 옆에 웬 여자 하나가 새근새근 잠을 자고 있는 것이었다.

새벽 달빛이 창문을 통해 스며들어 오고 있었다. 달빛 때문에 여자의 얼굴은 마치 황금 테두리를 두른 듯했다. 시원하게 튀어나온 동그스름하고 갸름한 이마, 살짝 부드러운 동선을 그리며 직선으로 뻗어 내린 콧날과 삼각형 모양의 뾰족한 코끝이, 마치 대패로 섬세하게 마무리한 상아 조각품을 연상시켰다.

부드러우면서도 또렷한 그녀의 얼굴 윤곽은 베개의 어지럽게 접힌 부분들과 대조를 이루었다. 물을 살짝 내리부으면 샘물을 이룰 정도로 깊숙이 파여 들어간 눈은, 섹시한 모습으로 가볍게 감겨 있었다. 미동조차 않는 눈꺼풀 위에는 청동빛 아이섀도가 짙게 발라져 있었고, 보라색이 도는 푸른색의 펄(pearl)이 포인트를 주며 속눈썹 주위에 덧발라져 있었다.

그 밑으로는 얇은 연필 한 자루는 족히 얹어질 것 같은 두텁고 숱 많은 속눈썹이 까만 윤기를 내며 내리뻗어 있었다. 투명한 얼음 사탕같이 흰 피부 위에서, 조금만 움직여도 짙은 그림자를 만들어낼 것 같은 두텁고 풍성한 속눈썹이 더욱 두드러진 유현미(幽玄美)를 만들어내고 있었다.

또렷한 윤곽을 가지고 얇게 도드라져 있는 이지적이면서도 도발적인 붉은 입술이 나의 성감대를 혼란시켰다. 여자는 얇고 투명한 핑크빛 실크로 된 가운을 걸치고 있었다. 부드럽고 날렵한 몸의 윤곽 때문에 생긴 회색빛 그림자가, 달빛을 받아 신비하고 영롱한 빛을 만들어냈다.

나는 더 이상 참을 수 없어 그녀의 입술에 내 입술을 가져갔다. 그리고 나도 모르는 거센 힘으로 미칠 듯이 입술을 비벼댔다.

여자는 내 키스를 받자 그 긴 속눈썹을 바르르 떨며 양미간을 귀엽게 살짝 찌푸렸다. 그러고는 입술을 살짝 벌려 내 혓바닥을 받아들이면서 눈을 반짝 떴다.

나는 입맞춤을 계속했고, 그녀는 상체를 일으켜 윤기가 찰찰 흐르는 비단결 같은 초록빛 머리카락 다발을 천천히 쓸어 올렸다. 손 전체의 길이만큼이나 긴 손톱에는, 연두색·분홍색·흰색 매니큐어가 삼색기(三色旗)처럼 발라져 있었다. 키의 두 배는 넘을 것 같은 길디긴 머리카락이 그녀의 온몸을 휘덮고 있어, 몸 전체가 마치 초록색 털코트에 파묻혀 있는 것처럼 보였다.

"당신이 정말 내 마음속에 자리 잡고 있던 바로 그 여인이오?"

내가 이렇게 묻자 그녀는 빙긋이 웃으며 고개를 끄덕였다. 나는 너무도 기뻐 머리가 돌아버릴 지경이었다.

"이름을 뭐라고 부를까?"

"당신 좋으실 대로 하세요. 당신이 마조히스트 여성을 좋아하시니까 '마조히스트'에서 두 자를 따서 '조히'라고 부르셔도 좋을 것 같군요."

나는 그녀의 말에 무조건 따르기로 했다. '조히'는 또 한자(漢子)로 손톱 조(爪) 자를 써서 '조희(爪姬)'도 되는 까닭에, 여자의 긴 손톱에 광적으로 집착하는 나의 페티시즘 취향에도 썩 어울리는 이름이었다.

행복한 나날이 계속되었다. 조히는 실로 말이 없었다. 그래서 착한 벙어리 노예를 가진 기분이었다. 하지만 조히는 자기의 감정과 생각을 표정과 행동으로 모두 나타냈고, 나 또한 그것을 넉넉히 이해할 수 있었으므로 말이 필요치 않았다.

조히는 내가 원하는 것이라면 어떤 것이라도 반대하지 않았다. 그리고 스스로 내게 항상 무언가를 해주고 싶어 했다. 그녀를 무릎 꿇려 네 발로 기게 하며 이동 테이블로 써도 마다하지 않았고, 그녀의 음부를 술잔이나 밥그릇 대신 사용하여 내 미각을 충족시키고, 그녀의 긴 머리카락을 내 이불 대신 사용해도 항상 기분 좋아했다.

나는 처음엔 그런 식으로 맺어진 그녀와의 관계가 어색하고 미안한 생각이 들었다. 하지만 시간이 지날수록 아주 자연스럽고 편안한 마음이 되었다.

조히는 타고난 마조히스트였다. 그녀는 항상 무겁고 둔탁한 금속제의 팔찌와 어깨찌와 발찌를 여러 개 두르고 다녔는데, 그것은 마치 옛날 노예들이 손목과 발목 등에 두르던 쇠사슬을 연상시켰다.

내가 서구에서 유행하는 보디 피어싱에 관심을 보이자, 그녀는 미국으로 날아가(비행기를 타고 간 게 아니라 갑자기 사라졌다가 한 시간 만에 나타났다) 귀걸이·코걸이·혓바닥걸이·입술걸이·젖꼭지걸이·배꼽걸이·음순걸이 등을 하고 왔다.

귀걸이는 늘 하던 것이었지만 구멍을 더 뚫어 양쪽에 각각 다섯 개씩의 링과 체인을 걸고 있었다. 그리고 구멍 하나는 담배를 꽂을 수 있을 만큼 크게 뚫어, 나는 그 구멍에 꽂혀 있는 담배를 빼내 피우는 즐거움을 맛볼 수 있었다.

또한 혓바닥걸이와 허벅지걸이와 미간(眉間)걸이가 인상적이었는데, 작은 쇠사슬 모양의 금속이 혀와 허벅지와 미간을 통과하고 있어, 특이하면서도 그로테스크한 분위기가 한결 더해지는 것이었다.

그녀는 혓바닥걸이를 하고 난 후 키스할 때 더 큰 쾌감을 느끼게 됐고, 심지어 식사할 때조차 성적 쾌감을 느끼게 됐다며 아주 기분 좋아했다. 음순걸이도 마찬가지였다. 내가 조금만 아랫도리를 자극해 줘도 그녀는 자지러지는 오르가슴에 빠져드는 것이었다.

조히와 즐겁게 지내면서 시간은 잘도 흘러갔다. 그런데 아주 약간씩 권태감을 느끼곤 하던 차에 새로운 해프닝이 하나 일어났다. 별로 여자가 붙지 않던 내게 한 여자가 집요하게 접근해 온 것이었다. 그 여자는 길에서 나를 보자마자 따라왔고, 매일 밤 내 집 앞을 지켰다. 처음엔 별로 마음이 내키지 않았는데, 하도 내게 정성을 쏟아붓길래 조금씩 마음이 움직였다.

어느 날 나는 드디어 그 여자와 데이트를 하고 있었다. 여자의 얼굴을 가까운 곳에서 자세히 살펴보았다. 예전엔 두툼한 입술이 얼굴의 균형을 깨뜨린다고 생각했는데, 오히려 그런 입술이 한결 도발적인 느낌으로 다가오는 것이었다. 아마도 조히의 관능미에 만성이 돼버려서 그런 것 같았다.

그 여자는 꽤 육감적인 매력을 풍기고 있었고, 특히 살이 올라 풍만한 젖가슴이 다분히 퇴폐적이었다. 그리고 그녀의 머리에서 풍겨 나오는 상큼한 꽃향기와, 문득문득 느껴지는 얇은 옷 속에 숨은 맨살의 느낌이 나의 욕망을 불러일으켰다.

나는 그녀를 이끌고 내 별장으로 갔고, 가자마자 두 팔로 그녀를 와락 끌어안았다. 그리고 오랜만에 외도하는 기분으로 약간의 스릴까지 느껴 가며 정사를 벌였다.

그런데 갑자기 이상한 일이 일어났다. 행위 중에 또 다른 내가 뜬금없이 나타난 것이었다.

그런데 더욱 이상한 일은, 그녀가 '또 다른 나'의 출현에 전혀 놀라지 않는다는 사실이었다. 그녀는 오히려 더 신이 나서 나와 또 다른 나, 두 남자를 상대로 뜨거운 성희를 벌였다.

나도 별로 기분이 나쁘지 않아 그녀의 행동을 묵인했고, '또 다른 나'와 더불어 그녀의 몸 구석구석을 집요하게 더듬었다. 그러다가 내가 먼저 그녀의 몸에 올라가 섹스를 하고, 옆에서 구경하고 있다가 흥분이 고조된 '또 다른 나'가 그녀와 더욱 격렬한 성희를 벌였다.

그걸 보는 기분이란 이상하게 감미롭기도 하고 어색하기도 했다. '또 다른 나'가 일을 치르는 모습을 보고 있을 때 내 숨은 가빠지고, 마치 내가 일을 벌이고 있는 것 같은 착각 속에 빠져드는 것이었다.

그런데 이게 웬일인가. 행위를 끝마치고 나서 그녀가 일어서려는데, 그녀의 모습이 두 개로 나의 시야에 들어오는 게 아닌가.

그래서 나는 흥분한 김에 나와 '또 다른 나', 그녀와 '또 다른 그녀', 이렇게 넷이서 어지럽게 섞여 한층 황홀한 열정 속으로 빠져들어 갔다. 셋이서 즐겼던 때와는 달리 쾌감이 서너 배로 느껴지는 것이었다.

한바탕 일을 치르고 난 후 '또 다른 나'와 '또 다른 그녀'는 사라져버렸다. 그래서 우리 둘은 침대 위에 얼싸안고 누워 달콤한 피로감을 기분 좋게 음미했다. 그때 그녀가 입을 열었다.

"걱정하지 마세요. 저도 처음엔 많이 고민했어요. 하지만 분리되는 주기도 점차 뜸해지고 있고 좋은 점도 많이 있어요. 보세요, 오늘 재미있었잖아요?"

그래서 나는 내가 처음 분신(分身)을 만났던 때의 일을 고백했고, 최근의 내 생활, 즉 조히와의 생활을 얘기해 주었다. 그녀는 아주 재미있어 했다. 나는 그녀에게 물었다.

"당신도 나처럼 마음속의 남자가 나타나기를 기대해 본 적이 있소?"

"그런 적은 없어요. 하지만 한번 실험해 봐야겠군요."

"실험해 보지 마. 난 당신이 좋아졌으니까. 다른 남자가 나타나면 질투할 것 같아."

"걱정하지 마세요. 그냥 한번 해본 소리였어요. 제가 마음속에 묻어두었던 이상형의 남자는 바로 당신이거든요. 그러니 마음속 남자가 현신(現身)해 봤자 그건 당신을 쏙 빼닮은 남자일 거예요."

"그것 참 다행이군. 그런데…… 조히 얘길 듣고 질투심이 일어나진 않았소?"

"질투심이 안 일어났다면 거짓말이겠지요. 하지만 질투심보다는 호기심이 생겼다는 게 솔직한 말일 거예요. 기회가 되면 조히 씨를 한번 꼭 만나보고 싶어요."

그날은 그렇게 헤어졌다. 하지만 나는 조히의 마음을 상하게 할 것 같아 선뜻 그 여자를 조히에게 소개할 용기가 나지 않았다. 그러던 어느 날, 조히는 나와 함께 사도마조히스틱한 보디 게임을 하던 중 문득 이렇게 말해 오는 것이었다.

 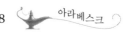

"당신은 왜 저를 속이시죠? 저는 당신의 분신이에요. 그러니까 그렇게 혼자 끙끙 앓으시며 고민하실 것 없어요. 전 다 알고 있거든요."

나는 괜히 머쓱한 기분이 들어 일부러 큰소리로 대답했다.

"난 끙끙 앓을 정도로 고민하진 않았어. 다만 조히가 샘을 낼까 봐 걱정돼서 말을 안 했을 뿐이지."

"제가 왜 샘을 내요? 전 곧 당신이잖아요. 그러니 어서 그 여자를 데려오셔요."

그래서 나는 그 여자를 우리 집으로 데리고 왔다. 조히는 너무나 천연덕스럽게 그 여자를 반겨 맞아주었다. 그 여자 역시 조히의 천진한 마음에 감동스러워했다. 마치 친자매를 보는 것 같았다.

그 여자는 손톱이 약해 내가 원하는 만큼 길게 길러주지 못하는 것을 걱정했는데(그래도 길이가 평균 5센티미터는 되었지만), 손 전체의 길이보다 더 긴 조히의 긴 손톱을 보고 아주 고마워했다. 셋이서 놀면 내 '손톱 불평'이 줄어들 것 같다는 이유에서였다.

그날로 우리는 한바탕 즐거운 육체의 향연을 벌였다. 조히가 비수처럼 긴 손톱으로 내 온몸을 살살 긁어주면 그 여자는 나와 키스를 하는 식이었다. 우리 셋은 아주 쿵짝이 잘 맞아떨어졌다.

한창 절정을 향해 치달리고 있을 때였다. 문득 그 여자의 분신이 나타났다. 그래서 나는 세 명의 여자와 더불어 더욱더 신나게 몽환경을 헤맬 수 있었다. 신기한 것은 나의 분신이 나타나지 않았다는 사실이다.

그 여자와 단둘이서 정사를 할 때는 나의 분신이 나타났는데 이번엔 안 나타났다는 사실이 신기하기도 하고 고맙기도 했다.

나중에 곰곰이 생각해 보니 그 여자와의 첫 정사 때 내 분신이 나타난 것은, 아직 그녀와 편안한 친밀감을 못 느낀 상태라서 그랬던 것 같다. 말하자면 나의 분신은 나를 도와주기 위해 나타났던 것이다.

그 뒤 내가 어떤 여우 같은 여자에게 홀려 갑자기 정신이 나가게 되자 두 여자는 내 곁에서 사라져버렸고, 내 분신도 더 이상 나타나지 않았다.

어쨌거나 나는 분신과 놀던 그 시절에 무지무지하게 즐거웠다. '천상천하유아독존(天上天下唯我獨尊)'이라는 말이 실감되었고, 나르시시즘이야말로 가장 소중한 변태성욕, 아니 개성적인 섹스 취향이라는 생각이 들었다.

12··· 색희(色姬)와 양귀비

나는 즐거웠던 지난 시절의 추억을 세밀하게 반추해 보고 나서, 방에 드러누워 담배를 한 대 피워 물었다. 새삼 과거의 또 다른 여러 가지 추억들이 나른나른 떠올라왔다. 특히 지난번에 만나본 '삼천궁녀 귀신들'과 같은 여자 귀신을 한번 더 만나보고 싶다는 생각을 하니, 내가 귀신 얘기를 쓰며 즐거워했던 일이 생각났다.

에로틱한 귀신 얘기를 쓴 것은 『광마일기』에서 처음인데, 그때 나는 터무니없게도 간행물윤리위원회라는 이름의 검열기관으로부터 '경고' 처분을 받았고, 그것이 내 필화사건의 시발이었다.

신문마다 크게 대서특필하면서 나를 신나게 공격해 댔다. 그런데 『광마일기』를 낸 1990년으로부터 한참 시간이 흐른 지금은, 에로티시즘 문학과 성담론이 유행하는 것은 물론 귀신 얘기도 많이 유행하고 있다.

내 자랑을 하는 것 같아 좀 겸연쩍지만, 성 문제든 전기적(傳奇的) 귀신 얘기든, 나는 남보다 한참 먼저 앞서가는 바람에 결국『즐거운 사라』사건을 정점(頂點)으로 화를 입게 된 것이었다. 앞서가는 사람을 그냥 내버려두지 않는 이 나라의 가학적인 문화풍토, 바로 그것이 문제였던 것이다.

그리고 보면 나는 성격이 그만하면 호방하고 솔직한 남자라고 할 수 있다. 지금까지 새장가도 가지 않고 계속 환상을 좇아가며 살고 있는 것만 봐도 그렇다. 진짜 호방한 성격이란 '장자(莊子)식 낭만주의'를 받아들일 줄 아는 성격일 것이기 때문이다. 현실과 환상을 분리하려고만 드는 '공자(孔子)식 이성주의자'들은 언제나 권위주의자가 되거나 모럴 테러리스트가 되기 쉽다.

내가 좇는 환상이란 다름 아닌 '귀신'에 대한 환상이었다. 연애를 잘 못하는 체질이라서 그런지도 몰랐다. 아니 체질 때문이 아니라 얼굴이 아무리 좋게 봐줄래도 남자답지 못하게 생긴 편이고, 또 몸도 황당하리만큼 비썩 말라 있어, 여자들한테 인기가 없다는 것이 더 맞는 말일지도 모른다.

어쨌든 그래서 나는 백제 멸망 때 낙화암에서 빠져 죽은 삼천궁녀들과 질탕한 성희를 벌여보고 나서, 더욱더 예쁜 여자 귀신에 대해 호기심이 생겼다. 그리고 지난번에 셰에라자드의 요술 덕으로 황진이를 만나본 적도 있기 때문에, 과거에 유명했던 미녀 귀신을 한 번 더 만나보고 싶어졌다.

제일 먼저 내 머릿속에 떠오른 유명한 미녀는 양귀비였다. 한국의 미녀 황진이를 만나봤으니, 이번엔 중국의 대표적 미녀를 한번 만나보고 싶었다.

그런데 타임머신을 타고 옛날 당(唐)나라 시대로 거슬러 올라가봤자,

양귀비는 기생인 황진이와는 달리 구중궁궐 속의 귀인(貴人)일 것이므로 쉽사리 만나보기 어려울 것 같았다. 셰에라자드는 투명인간이 되어 가보라고 했지만 그 또한 재미없는 일. 양귀비의 얼굴과 몸매를 곁에서 몰래 훔쳐본댔자 별로 흥이 날 것 같지가 않았다.

그래서 나는 생각 끝에 양귀비를 저승에서 불러내는 방법을 택하기로 했다. 그런데 요술궁전으로 불러내면 아무래도 별 재미가 없을 것 같아, 서울의 내 집으로 불러내기로 했다.

❖

나는 한동안 홍콩 영화에 지독하게 중독되어 있었다. 특히 왕조현을 상당히 좋아했고, 왕조현이 나오는 〈천녀유혼〉에 푹 빠져 있었다. 나는 왕조현이 출연하는 영화 가운데 귀신을 소재로 한 영화는 모조리 다 봤는데, 특히 〈천녀유혼〉을 가장 좋아했고, 그 다음으로 〈청사〉를 좋아했다. 그 다음을 꼽으라면 아마 〈동방불패 2〉 정도가 될 것이다.

나는 왕조현이 나오는 귀신 영화뿐만 아니라 귀신을 소재로 한 소설이나 설화도 좋아했다. 특히 중국 소설을 좋아해서 『전등신화』 같은 귀신 얘기책을 책장이 닳도록 들여다보았고, 중국의 설화나 한국의 설화들을 닥치는 대로 읽었다. 그 결과로 나온 것이 바로 『광마일기』였다.

기독교보다 불교를 좋아해서 그런지 『드라큘라』 같은 서양의 귀신 얘기는 별로 좋아하지 않았는데, 동양의 귀신 얘기에 비해 무섭고 잔인하기만 하기 때문이었다. 동양의 귀신 얘기 역시 무서운 요소를 내포하고 있긴 하지만, 서양의 귀신 얘기보다는 훨씬 더 순진하고 귀여운 데가 많다는 것이 내가 내린 결론이었다.

드라큘라 같은 흡혈귀 얘기는 동양의 어느 전설을 봐도 없다. 말하자면 동양 사람들은 '피'를 좋아하지 않는 것이다. 한국의 도깨비 설화 같은 것을 봐도 대개는 유머러스하고 인정미 넘치는 도깨비들만 등장하고 있다. 서양인들은 유목민족이라 그런지 짐승의 '피'를 가지고 제사를 지냈고, 예수의 십자가 상징 역시 '피'와 관련돼 있다.

부처는 80세까지 곱게 살다 죽었는데, 예수는 서른세 살에 잔인하게 처형되어 피를 흘리며 죽었다는 사실 역시 동서양의 차이를 보여준다. 예수가 피로써 세상 모든 사람들의 죄를 대속했다고 하는 기독교 교리는, 서양인들이 피와 희생을 통한 사도마조히즘을 무척이나 즐긴다는 사실을 설명해 주고 있다.

아무튼 연애도 못하고, 특히 '사라 사건' 이후로는 집 안에 틀어박혀 환상적인 내용의 비디오나 책을 보며 소일해서 그런지, 나는 최근에 와서 셰에라자드가 요술로 보여준 환상의 세계에서만이 아니라 정말로 귀신이 존재한다고까지 확신하게 되었다.

그래서 나는 젊고 예쁘고 요염한 여자 귀신이 내 앞에 진짜로 나타나주기를 진심으로 바랐고, 그런 간절한 바람이 결국에 가서는 상사병 비슷한 것으로까지 발전한 적도 있었다.

그렇다고 해서 내가 완전히 돌아버렸던 것은 물론 아니었다. 어쨌든 나는 멀쩡한 정신으로 내 일에 충실했고, 주변의 친구들이나 제자들한테서도 두터운 신임을 얻고 있었다. 다만 예쁜 여자 귀신(다시 말해서 야한 귀신)에 대한 간절한 흠모와 기다림에 한해서만은, 도무지 막무가내로 편집적이라는 점만이 특이할 뿐이었다.

내가 마법의 궁전에서 다시 집으로 돌아온 뒤, 처음 며칠간은 별다른 신기한 일이 일어나지 않았다. 그래서 셰에라자드를 부를까 말까 망설이기까지 했는데, 이왕 참은 것이니 며칠만 더 기다려보기로 했다.

그러던 어느 날 밤이었다. 나는 왕조현이 나오는 〈천녀유혼〉 시리즈 중 특히 내가 좋아하는 두 번째 편을 또다시 비디오로 보고 나서, 옅은 잠에 빠져들어 있었다. 그런데 누군가 이불 속에 손을 넣고 내 사타구니를 자꾸만 쓰다듬고 있는 것이 잠결에 어렴풋이 느껴졌다. 그래서 나는 어느 순간 번쩍 잠에서 깨어 일어나 불을 켰다.

불을 켜고 나서 방안을 둘러보니 굉장히 뚱뚱하게 살이 찌고 무지막지하게 못생긴 여자 하나가 내 앞에 앉아 있는 것이었다. 아무래도 마흔 살은 훨씬 넘어 보이는 여자였다. 나는 온몸에 오싹 소름이 돋는 걸 느끼며, 순간적으로 그녀가 귀신이라고 단정했다.

여자 귀신을 그토록 고대해 온 내가 여자를 보자마자 소름이 끼쳤다는 게 이상했다. 아무래도 너무 나이 먹고 못생긴 여자라서 그랬던 것 같았다. 죽어 있는 귀신이건 살아 있는 사람이건, 못생긴 여자를 마주 대한다는 것은 정말 진저리나게 괴로운 일이기 때문일 것이다.

그토록 고대하고 갈망하던 여자 귀신이 내 앞에 나타나긴 했는데, 그것이 너무나 늙고 못생긴 귀신이라서 나는 기가 막혔다. 저절로 한숨이 새어나오면서 신세한탄이 나왔고, 정말 엉엉 울어버리고 싶은 심정이었다. 잠시 후 셰에라자드의 장난일 거라는 생각이 퍼뜩 들었지만, 보이지를 않으니 뺨따귀를 한 대 갈겨줄 수도 없었다.

내가 기막히다는 표정으로 늙은 여자 귀신을 물끄러미 바라보고만 있자, 여자가 내게 말했다.

"당신이 그토록 기다리시던 처녀 귀신이 여기 와 있는데 왜 그러세유?"

목소리까지 지독하게 촌스러워서, 나는 예의를 따질 겨를도 없이 여자에게 신경질적으로 쏘아붙였다.

"당신 꼬락서니를 봐. 그렇게 못생겨가지고서야 어디 상대할 마음이 나겠어?"

"선생님은 뭐 잘생겼나유?"

"내가 잘생겼으면 살아 있는 영계를 꼬시지, 왜 귀신을 좋아하겠어? 그러니 어서 썩 꺼져버려!"

내가 이렇게 말하자 여자 귀신은 부끄러운 얼굴을 하고 뭔가 혼자말로 투덜거리더니 문득 사라져버리고 말았다.

귀신이 가버리자 나는 내가 평소 생각했던 것보다는 꽤 담력이 센 놈이라고 느껴 은근히 자부심이 생겼다. 그러면서도 그동안 내가 수십 년에 걸쳐 귀신에게 바쳤던 지극정성과 사모의 정이 허망하고 억울하게 생각되는 것이었다.

외로움에 찌든 멍한 기분에 사로잡혀 한참을 그대로 앉아 잠을 못 이루고 있노라니, 갑자기 내 앞에 한 젊은 여인이 나타났다. 나이는 한 스무 살쯤 되었을까, 뼈에 사무치도록 아리따운 미모였다.

왕조현은 저리 가라 할 만큼 훨씬 더 가녀리면서도 교태를 부리고, 그러면서도 우수에 찬 얼굴이 나로 하여금 정신이 번쩍 나게 했다. 미인일수록 건방진 눈매를 하고 있기 쉬운데, 이 여자는 그렇지가 않았다.

혹시 양귀비가 아닌가 생각해 봤지만 양귀비는 아닌 것 같았다. 기록에 보면 양귀비는 가늘고 가녀린 몸매가 아니라 질펙한 글래머라고 되어

있기 때문이었다. 그럼 누굴까 하고 생각하고 있는데, 여자는 바짝 성이
난 표정으로 내 앞에 바짝 다가앉더니,

"당신은 얼마나 잘났길래? 착한 내 언니를 그토록 무안 줄 수 있어?"

하고 냅다 소리를 지르는 것이었다. 성난 목소리인데도 불구하고 마치
은쟁반에 옥구슬을 굴리는 것 같은 음색이었다. 나는 새삼 정신을 수습하
고 나서 빙글빙글 웃어 보이며 여자에게 말했다.

"못생겼으니까 예쁜 여자를 좋아하지."

그러고는 여자에게 달려들어 와락 어깨를 끌어안았다. 여자는 당황해
하며 빠져나가려고 했지만, 나는 팔에 더욱 힘을 주어 그녀를 꼼짝 못하
도록 했다.

여자의 몸은 마치 솜사탕처럼 가볍고 부드러웠고, 얼음처럼 차가운 몸
에서는 진한 향수 냄새가 났다. 여자는 한참 동안 용을 쓰더니 문득 얌전
해지면서 나에게 다소곳한 음성으로 말했다.

"선생님은 정말 대담한 분이시로군요. 전 정말 귀신이에요. 귀신인데
무섭지 않아요?"

"무섭긴 뭐가 무서워. 난 당신이 예뻐서 환장하겠는걸."

나는 이렇게 말하면서 여자의 입에 거세게 키스를 퍼부었다. 그리고
여자의 옷을 벗기고서 이불 속으로 끌어들였다. 이상하게도 여자는 아무
런 저항 없이 순순히 따라주었다.

나는 원래 몸이 차가운 소음인 체질인지라 여자의 차가운 몸뚱어리와
살을 섞으니 더욱 서늘한 느낌이 밀려왔다. 그러면서 그로테스크하고 현
묘한 성감(性感)이 솟구치는 것이었다.

한참 동안의 애무가 끝난 뒤, 여자는 내 어깨에 다소곳이 머리를 기대

며 이렇게 말했다.

"제 이름은 색희(色姬)라고 해요. 중국 청나라 때 궁녀지요. 예쁘다고 궁궐에 뽑혀 들어갔는데 상궁들의 질투 때문에 황제의 얼굴 한번 못 보고 지내다가 그만 욕구를 못 이겨 분통이 터져 자살해 버렸어요."

여자의 말을 듣고 나서 나는 그녀의 어깨를 쓰다듬어 주며 말했다.

"그런데도 아직 승천을 못하고 이승과 저승 사이를 떠돌고 있나?"

"온갖 비명횡사한 유령은, 자진해서 만나러 가지 않는 한 한참 동안 염라대왕이 몰라요."

"아까 그 못생긴 여자가 진짜 친언니야?"

"아니에요. 그 언니는 저와 비슷한 시기에 자살한 시골 노처녀예요."

"내 사타구니를 쓰다듬고 있었는데 어쩔 셈이었을까?"

"언니는 저보다도 더 오래 욕구를 참다가 죽었으니 그럴 수밖에요. 하지만 언니는 너무 자존심이 없어요. 저 같으면 그런 짓은 못해요……. 하긴, 언니가 선생님께 접근하다 무안을 당하는 바람에 제가 선생님을 만나 뵙게 됐으니까, 언니가 고맙긴 하지만요."

"날 원망하진 않을까?"

"걱정 마셔요. 언닌 절 끔찍이 사랑해 주고 있으니까 다 이해할 거예요."

"근데…… 색희는 못생긴 나를 왜 갑자기 좋아하게 됐지?"

"겁쟁이가 아니라서요. 유령이나 귀신이 제일 좋아하게 되는 사람은 잘생긴 사람이 아니라 대담한 사람이죠."

우리는 밤새도록 뜨겁게 정을 나누었다. 새벽이 되자 여자는 저녁 때 다시 오겠다고 말하고서 사라져버렸다.

  아라베스크

저녁때가 되자 여자가 다시 나타났다. 나는 여자가 다시 안 올까봐 조바심을 하고 있던 차라, 마치 10년 만에 애인을 만난 것 같은 반가운 마음이었다. 우리는 한층 더 격렬하게 애무했고 서로의 육체를 지긋지긋하게 탐식했다. 색희는 이름 그대로 색이 철철 흘러넘쳐 나를 무아지경으로 이끌어갔다.

그렇게 며칠을 보내고 나서, 어느 날 밤 나는 색희에게 물어보았다.

"비명횡사한 귀신들끼리는 서로 교분이 있나?"

"그럼요. 왜, 누구 보고 싶은 분이라도 있으셔요?"

"응, 사실은 예전부터 양귀비가 얼마나 예쁜 여잔지 궁금했어."

그러자 여자는 빙그레 웃으면서 말했다.

"당신은 정말 욕심도 많으시군요……. 좋아요, 제가 한번 알아보죠. 최근에 다시 인간으로 태어났다는 말을 얼핏 들은 적이 있는데 확실한지 조사해 봐야겠어요."

다음날 저녁 색희가 와서 내게 말했다.

"양귀비는 그녀가 저지른 죄과 때문에 여태껏 구천을 떠돌고 있다가, 이제야 다시 사람으로 태어나게 되었어요. 그런데 마지막 심사과정에서 양귀비가 궁녀 하나를 몹시 매질한 게 추가로 드러나는 바람에, 그 재판이 새로 시작되어 질질 끌고 있는 중이더군요. 제가 언니를 시켜 간수에게 뇌물을 써보도록 시켰으니까 잠깐 데려올 수 있을지도 모르겠어요."

"양귀비가 정말 예뻐?"

"글쎄요…… 보는 사람에 따라 다르겠죠. 당나라 땐 미의 기준이 청나라 때와는 좀 달랐으니까요. 그때는 서양 문물이 처음 소개되던 때라서 그런지, 얼굴보다는 유방과 엉덩이가 큰 여자를 무조건 미인으로 쳤대요."

둘이서 서로 물고 빨고 뒹굴며 놀고 있다 보니, 어느새 밤 열두 시가 넘어 있었다. 그때 색희의 그 못생긴 언니가 양귀비를 데리고 나타났다.

과연 굉장한 글래머로, 색희와는 정반대의 체격을 가지고 있었다. 키가 어림잡아 1백 80센티미터는 넘어 보였고, 가슴과 엉덩이가 정말 무지막지하게 컸다. 내가 어렸을 때 좋아했던 여배우 지나 롤로브리지다나 메릴린 먼로의 확대판 같기도 하고, 라켈 웰치나 소피아 로렌의 확대판 같기도 했다. 내가 주눅 든 기분으로 멍하니 있자 색희는,

"실컷 말씀들 하세요. 전 내일 밤 다시 올게요."

하고 말하고는 못생긴 언니와 함께 사라지고 말았다. 참 눈치 빠른 여인이었다.

"저 같은 사람을 불러주시다니 정말 감사드려요."

하고 양귀비가 말했다. 목소리가 우렁우렁하면서도 기름져 있었다.

"뭘요, 당신같이 유명한 분이야 찾는 이가 얼마나 많겠습니까."

내가 용기를 되찾아 일부러 큰소리로 말했다.

"요즘은 과학시대라서 그런지 귀신을 사모하는 이가 거의 없어요. 귀신 영화는 좋아하면서도 진짜 귀신을 좋아하진 않거든요. 게다가 전 너무 유명해서 그런지 더 겁을 내더라구요."

나는 양귀비의 산같이 풍만한 가슴을 슬슬 어루만져보았다. 가슴을 살짝 만졌는데도 양귀비는 높은 옥타브의 바이올린 소리를 냈다. 참 신기한 일이었다. 나는 그녀의 소리에 기분 좋게 빠져들면서, 궁녀를 때린 사건

 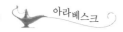

은 그래 어떻게 돼 가느냐고 물었다.

"걱정해 주셔서 고마워요. 이젠 거의 다 해결되었어요."

우리 두 사람은 침대 위로 올라가 서로 부둥켜안고 쾌락한 기쁨 속에 잠겼다. 양귀비의 살갗은 기름을 바른 비단결같이 매끄러웠고, 글래머인 데도 불구하고 살집이 정말 부드러웠다. 그래서 나는 양귀비의 몸무게를 거의 의식하지 못하고 즐거운 애무에 빠져 들어갈 수가 있었다. 마치 푹 신푹신한 스펀지 위에서 노는 것 같은 기분이었다.

다만 삽입성교만은 겁이 나서 못했는데, 내 사이즈로는 아무래도 '한강 에 돌 던지기'가 될 것 같아서였다. 하지만 양귀비는 조금도 서운해 하지 않고 내 자지를 열심히 펠라티오 해주었다.

입도 크고 혀도 크고 침도 많아서, 마치 자지를 커다란 욕조 안에서 목 욕시키는 기분이었다. 그러나 느낌만은 기막히게 좋았다. 치아가 자지에 전혀 닿지 않도록 유연하게 혓바닥을 휘둘러대는 기술이 정말 신기(神技) 에 가까웠다. 아마도 현종(玄宗)이 그 기술에 녹아난 것 같았다.

다음날도 양귀비는 어김없이 찾아왔고 잠시 후 색희도 왔다. 그래서 우리 세 사람은 신나는 쓰리썸의 쾌락으로 온밤을 지새울 수가 있었다.

끈끈하고 질퍽한 성희가 끝난 후 내가 양귀비에게 물었다.

"궁금한 게 있어. 당신은 원래 현종의 마누라가 아니라 현종의 아들의 마누라였잖아? 아무리 황제라고 해도 어떻게 아들의 마누라를 빼앗을 수 있지? 우리나라 조선시대 같았더라면 유생들이 벌떼같이 들고일어나 골 치 아팠을 텐데……."

"그땐 근친간의 성애나 결혼이 용납 받는 때였고, 아버지가 죽으면 아 들이 의붓어머니를 데리고 사는 등 성도덕이 아주 자유로운 때였어요. 그래서 아들이 마누라를 아버지에게 바치는 게 하나도 이상할 게 없었죠. 중국은 명나라 때부터 성윤리가 경직되기 시작해서 아주 보수적이고 이중적인 성(性) 도덕이 정착되죠. 그러면서 권위주의적 독재도 심해지고 여성의 사회적 지위도 낮아지게 되구요."

"맞아, 당나라 시절에는 우리 신라도 성도덕이 유연하고 융통성이 많았어. 그건 고려 때까지도 그랬고. 그래서 근친애는 물론 동성애도 허용됐지. 고려 태조 왕건의 아들인 광종이 자기의 이복누이와 결혼했을 정도고, 공민왕도 동성애자였으니까. 중국이 명나라 이후부터 성 억압이 심해졌듯, 우리나라도 조선조 이후부터 성 억압과 여성 억압이 심해졌지."

"역사는 발전하는 게 아니라 거꾸로 가나 봐요. 중국도 과거로 갈수록 자유롭거든요."

"그리고 참…… 하나 더 궁금한 게 있어. 중국같이 큰 나라라면 궁중에 후궁들이 수천 명은 넘었을 거 아냐? 그런데 어떻게 황제의 얼을 쏙 빼놓을 수 있었지? 내가 황제라면 싫증이 나서라도 한 여자한테만 푹 빠져 있지는 않을 것 같은데……."

"글쎄요……. 아무래도 제 애무 기술 때문이었던 것 같아요. 저는 어렸을 때부터 도교(道敎)의 방중술(房中術)을 익혔어요. 그래서 구강성희는 물론이고 피·가학 성교나 항문성교 등 온갖 사랑의 비술(秘術)들을 터득했지요. 현종께서는 아마 거기에 녹아난 것 같아요."

"그래도 그렇지, 다른 궁녀들이라고 사랑의 비술을 안 익혔겠어?"

양귀비는 잠시 생각에 잠겨 있더니 조금 있다가 내 물음에 대답했다.

"그럼 제가 성희를 할 때 소리를 크게 지르기 때문이었는지도 몰라요. 저는 젖꼭지든 음핵이든 아주 살짝 자극만 해도, 마치 비파 소리 같은 섹

시한 신음소리가 크게 터져 나오거든요. 현종께서는 나이를 많이 잡수셔서 직접성교보다는 분위기 있는 성교를 좋아하셨고, 특히 채찍질을 할 때 쾌감을 느끼기도 하셨어요. 근데 전 비명도 아주 아름답게 잘 질렀거든요."

이렇게 말하고 나서 양귀비는 한참 동안 생각에 잠겨 있다가 다시금 말을 이었다.

"참, 그리고 저는 다른 궁녀들에겐 없는 희한한 성희용 기구를 하나 갖고 있었어요. 방중술을 연구하는 어떤 도교의 도사(道士)가 만들어준 것이었지요. '면령(勉鈴)'이라고 이름 붙인 은으로 만든 속이 빈 작은 방울(또는 공)인데, 저는 그것 두 개를 늘 보지 안에 넣고 있었지요. 한 방울 안에는 수은 알맹이가 들어 있고, 다른 방울 안에는 몸을 움직일 때마다 진동해서 소리를 내는 금속 알맹이가 들어 있었어요. …… 저는 면령 두 개를 제 보지 안에 삽입해 놓고서 얇은 종이 마개로 고정시켜 놓았죠. 제가 넓적다리를 움직이거나 몸을 흔들 때 나는 영롱한 방울 소리가 황제에게 별다른 쾌감을 크게 불러 일으켜줬던 것 같아요. 또 황제가 쿤닐링구스를 해주거나 손으로 보지를 자극해 줄 때 제가 더 큰 쾌감을 느껴 섹시하고 요란한 비명소리를 지르게 되기 때문에, 황제가 아주 만족한 것은 물론이구요."

나는 양귀비가 성희의 비기(秘器)로 사용했다는 방울이 내가 상상 속에서 만들어낸 '나르시시즘적 사랑의 방울'과 거의 일치하는 데 놀랐다. 나는 그 상상을 「내가 여자라면」이라는 제목의 시로 표현한 바 있는데, 그 시의 내용을 소개해 보면 이렇다.

내가 여자라면

혓바닥을 뚫어 커다란 링을 꿰고 다닐 테야

내가 혀를 움직일 때마다 둥그런 링은 기분 좋게 흔들리겠지

그러면서 입천장과 이빨을 자극하겠지

그러면 나는 하루 종일 키스하고 있는 기분이 들어

남자 없이도 외롭지 않겠지

내가 여자라면

보지 속에다 금방울 두 개를 넣고 다닐 테야

내가 걸어 다닐 때마다 두 개의 금방울은 다정하게 부딪치겠지

그러면서 영롱한 소리를 만들어내겠지

그러면 나는 하루 종일 사랑하고 있는 기분이 들어

남자 없이도 외롭지 않겠지

못생겼어도 외롭지 않겠지

어쨌든 그제야 나는 좀 의문이 풀렸다. 내게 해주는 걸로 봐서 양귀비는 성감(性感)을 표현하는 것이 아주 뛰어난 여자였다. 그리고 그녀는 특히 비명소리가 주특기인 천부적인 마조히스트였던 것 같다. 아무리 왕에게 침을 흘리는 궁녀들이라 해도 선천적으로 '즐거운 마조히스트'가 되기는 어려운 일이었을 것이다. 양귀비는 마조히즘의 성애가 무엇인지 온몸으로 알고 있었던 것 같다.

닷새가 지난 어느 날 밤이었다. 양귀비는 눈물을 흘리면서 내게 이렇

게 말했다.

"제가 아프리카의 우간다라는 나라에서 다시 태어나게 되었어요. 헤어지는 게 정말 싫어요. 어떻게 하면 좋을까요?"

"아니, 하필이면 왜 아프리카란 말이오? 좀 더 좋은 나라에 태어나지 않고……."

"제가 저지른 죄업이 워낙 크기 때문이죠. 저로서는 차라리 계속 귀신으로 있는 게 더 나아요."

양귀비가 계속 눈물을 흘리자 곁에서 지켜보고 있던 색희가 이렇게 말했다.

"제게 한 계책이 있어요. 아직 한동안은 더 계실 수가 있어요."

양귀비는 눈물을 거두고 그 방법을 물었다. 색희는 나에게 1백만 원짜리 자기앞수표를 한 만 장쯤 복사한 후 그것을 태워서 연기를 하늘로 올려 보내주면, 그 돈으로 양귀비의 아프리카 호송 책임을 맡은 귀졸(鬼卒)을 매수해 가지고 태어날 날짜를 연기시켜 보겠다고 말했다. 그녀는 정말 질투심도 없는 착한 여자였다.

다음날 오후에 나는 서둘러 1백만 원짜리 자기앞수표를 구해 그것을 만 장 복사했다. 그리고 그것을 태워 천천히 하늘로 올려 보냈다. 그러자 저녁때 색희가 양귀비랑 같이 와서 말했다.

"일이 잘됐어요. 앞으로 열흘 동안은 셋이서 더 지낼 수가 있어요!"

양귀비도 너무나 기쁜 표정이었다. 우리는 술자리를 벌이고서 축하의 파티를 했다. 그러고 나서 더욱더 질탕하고 요변스럽게 서로의 육체를 탐닉했다.

이렇게 하여 1주일이 지났다. 양귀비는 기한이 곧 찰 것을 생각하여 다시 우울한 표정이 되었고, 밤새 눈물이 그치지 않았다. 아무래도 그녀가 나를 진심으로 사랑하고 있는 것 같았다.

나도 양귀비를 떠나보내기 싫었다. 그래서 색희에게 또 무슨 방법이 없겠냐고 물어보았다. 그러자 색희는,

"두 번씩이나 연기를 하는 건 좀 무리예요. 하지만 얼굴에 철판 깔고 한번 더 나서보죠. 저도 양귀비 언니를 사랑하게 됐거든요. 하지만 그렇게 하려면 돈이 아마 전의 열 배쯤은 들 텐데요……."

하고 말했다. 그래서 나는 그 정도쯤은 얼마든지 가능하다고 대답하고, 다음날 오후 10만 장의 자기앞수표(물론 복사한 것)를 태워서 하늘로 올려 보냈다.

그날 밤 색희가 먼저 오더니 기쁜 얼굴을 하고 이렇게 말했다.

"제가 다시 그 귀졸을 구워삶아 보았어요. 처음엔 매우 떫은 얼굴을 하고 있더니 대금(大金)을 보고는 마음이 달라졌죠. 그래서 이번엔 아예 양귀비 언니 대신 다른 귀신을 우간다로 보내도록 시켰지요."

잠시 후 양귀비가 나타나 나와 색희에게 너무나 고맙다고 하며 감사의 눈물을 흘렸다. 그날 밤부터 우리 세 사람은 하루도 빼놓지 않고, 밤마다 계속 기쁘고 즐겁고 음탕하고 자지러지는 시간들을 가질 수가 있었다.

그렇게 한 달쯤 시간이 지나간 뒤 갑자기 색희가 정신이 이상하게 되어 미친 사람처럼 되었다. 마치 귀신이 씌운 사람과도 같았다. 그러자 양귀비는 색희를 어루만지며 내게 이렇게 말했다.

"색희가 정신병에 걸렸어요. 성적 욕구를 너무나 오랫동안 참아오다가 갑자기 포식하게 돼서 그런 것 같아요. 빨리 구해주지 않으면 큰일 나겠

아라베스크

어요. 프로이트가 지금 저승에 있으니까 불러다 치료시켜야겠어요."

양귀비가 일단 사라지고 나서, 얼마 후 프로이트와 함께 왔다. 나는 프로이트가 생식적 성교 이외의 성희를 모두 다 '변태'로 몰아붙인 게 싫어서 그를 보고도 별로 반가운 마음이 일어나지 않았다.

하지만 그는 역시 정신과 의사로서는 최고였다. 프로이트가 1주일 이상 심리치료를 하자 색희는 그제야 정신이 돌아왔다.

그러고 나서 다시 또 한 달이 행복하게 지나갔다.

어느 날 밤 양귀비가 허겁지겁 나타나 나에게 이렇게 말했다.

"전에 귀졸에게 뇌물을 쓴 게 발각되어 더 모실 수가 없게 될 것 같아요. 전 정말 당신을 사랑하고 있기 때문에 언제나 죽은 채로 있고 싶어요! 이것으로 영원히 작별하게 되다니 이것도 운명일까요!"

색희도 달려와 함께 눈물을 흘렸다. 자기도 상당한 처벌을 받게 된다는 것이었다.

나는 울면서 죄를 면할 도리가 없겠냐고 물어보았다. 그러자 두 여인은 둘이서 같이 입을 모아 이렇게 대답했다.

"이번만은 별 도리가 없어요."

"벌이 중한가?"

나는 더 큰소리로 울면서 물었다.

"생각보다는 가벼울 거예요. 생(生)을 훔치는 죄는 중하고, 죽음을 훔치는 죄는 가볍다고 되어 있으니까요……."

말을 끝내자 두 여인은 자취를 감추었다. 나는 멍청한 얼굴로 슬픔을 삼킬 수밖에 없었다.

13 ··· 샹그릴라

요즘 세상이 뒤숭숭해서 그런지 '노스트라다무스의 예언'이나 '파티마의 예언' 등 괴상한 예언서들이 많이 떠돌아다니고, 비행접시를 봤다는 사람은 날로 더 늘어가기만 한다. 그런 와중에도 세계 도처에서는 수많은 사람들이 굶어 죽어가고 있고, 한국같이 한심한 나라에선 근대화된 합리적 사고방식조차 제대로 뿌리를 내리지 못하고 있다.

나는 셰에라자드를 다시 불러냈다. 내 생각을 그녀에게 이야기하자 그녀는 이렇게 말했다.

"이 우주는 너무 복잡해요. 저는 그저 마신으로부터 상상과 환상의 힘에 대해서만 교육받았을 뿐이라서, 진짜 진실이 어떤 건지는 잘 몰라요. 하지만 어리석은 인간들만이 우주의 중심이 자기들이라고 생각할 뿐이지, 이 세상에는 형언할 수 없이 많은 미지의 세계들이 존재하고 있는 건 분명해요."

"예수가 지하세계에서 파견된 인물이라는 얘기가 있는데 맞는 말일까?"

"그럴 가능성이 크지요. 인간은 천문학을 조금 발전시켰다고 해서 마치 우주를 다 아는 것처럼 떠드는데, 사실은 지구나 인간에 대해서도 잘 모르고 있다고 할 수 있거든요. 미래 영화라는 것들을 보면 너무 건방진 상상력으로 차 있어요. 21세기 후반을 시대배경으로 잡은 SF 영화들도 심지어 '우주전쟁'을 소재로 다루고 있으니까요. 우선은 지구 안의 일에 대해서 보다 확실히 아는 게 중요해요. 인류의 역사만 제대로 알 수 있어도 인류는 큰 진보를 이룩할 수 있지요. 역사는 모두 승리자들이 조작한 것이라서 하나도 믿을 게 없으니까요."

나는 그녀의 말이 맞는 말이라고 느꼈다. 세상에는 정말 풀기 어려운 수수께끼 같은 일이 많다. 아무리 과학이 발달했다고 하더라도 미해결로 남아 있는 불가사의한 일들이 얼마든지 널려 있는 것이다.

U.F.O의 문제도 그렇고 버뮤다 삼각지대 안에서의 연이은 비행기·선박 증발 사건도 그렇다. 그래서 이 세상에는 갖가지 추측과 전설, 그리고 정체 모를 괴소문이 늘 떠돌아다닌다.

U.F.O가 외계인들이 지구에 설치해 놓은 기지에서 쏘아올린 정찰기라는 설도 있다. 티베트 부근의 고산 지대에 설치돼 있는 그 기지에서는, 우수한 두뇌를 가진 외계인들이 지구의 운명을 조절하고 있다고 한다.

버뮤다 삼각지대에서의 수수께끼 같은 증발 사건은 외계인들이 비행기나 배에 탄 지구인들을 실험용으로 납치해 가는 것이라고 주장하는 이도 있고, 그곳에 4차원 세계로 가는 통로가 있어 그 통로를 통해 배나 비행기가 빨려들어 가는 것이라고 주장하는 학자도 있다.

모든 신비한 일을 외계인의 소행으로 돌리는 것이 이젠 너무 상투적인 해답으로 들린다면, 더 흥미로운 주장도 있다.

이슬람교의 신비주의 종파인 '수피'파 중에는, 중앙아시아의 고지대 어디엔가 숨겨져 있는 지역에, 신비한 힘을 소유하고 있는 일군의 인간들이 존재하고 있다고 믿는 이들이 있다. 이 '중심부'는 어떤 측면에서 볼 때 세계의 비밀정부라고 볼 수도 있다는 것이다.

이러한 전승(傳承)은 회교 세계뿐만 아니라 십자군 시대의 서양에서도 전해지고 있다. 이 지역을 그들은 '샹그릴라'라고 부르는데, 제임스 힐튼이 『잃어버린 지평선』이라는 소설에서 그린 히말라야의 전설적인 이상향 샹그릴라는 바로 이런 전승에서 따온 것이다.

샹그릴라에 살고 있는 '신비한 사람들'은, 평범한 인간의 조건을 초월해서 진화하며 지구를 초월적 힘으로 통치한다고 한다. 그러므로 U.F.O가 히틀러의 숨겨진 남극기지에서 발사된 것이라고 보는 설은, 어쩌면 샹그릴라의 전설을 빌려다가 끼워 맞춘 것인지도 모른다.

샹그릴라의 신비한 은둔자들 중에는 인간세계에 내려와 보통 사람들과 섞여서 생활하고 있는 이들도 있다고 한다. 그들은 지구의 운명을 결정할 각종 정보를 수집하거나 인류의 파국을 막아낼 수 있는 방법을 모색하기 위해 힘쓴다고 한다. 그리고 궁극적으로는 인간의 순조로운 진화를 위해서 노력한다는 것이다.

나는 미국의 어느 학자가 쓴 『불가사의 백과』라는 책을 통해 이 얘기를 듣고 나서, 히말라야의 은둔자들이 외계인일지도 모른다고 생각했다. 어쨌든 지구는 수억 개가 넘는 별 가운데 하나일 뿐이고, 인류가 이룩해낸 문명은 극도로 발달된 외계의 문명에 비할 때 어린애 축에도 못 들 정

도의 것이라는 생각이 들어서였다.

이 세상에는 수많은 예언자들이 있고 가지각색의 예언들이 떠돌아다니고 있다. 엉터리 예언자도 많지만 노스트라다무스나 에드가 케이시 같은 걸출한 예언자도 있다. 그들이 혹시 샹그릴라에서 파견된 '신비한 은둔자'들은 아니었을까? 사악하고 잔인한 인간들이 지구를 자멸로 이끄는 것을 막아내기 위해 경종을 울리는 일을 맡은 것은 아니었을까?

나는 원래 신비주의를 싫어했고 종교에도 관심이 없었다. 그렇지만 나는 황당하기 짝이 없는 필화사건을 겪고 나서부터, 꽉 막힌 인간들이 저지르는 사디스틱한 문화적 테러리즘에 질려 인간의 지성이나 인류문명의 '진보'에 의심을 품었다. 그러면서 갖가지 말세론이나 지구 파멸론, 또는 후천개벽설 같은 데 관심을 갖게 되었다. 사람은 사회로부터 소외되거나 억울한 피해를 입게 될 때, 어쩔 수 없이 '너 죽고 나 죽자' 식의 저주 어린 냉소주의자가 되거나 비관론자가 되나 보다.

그러던 중에 나는 또다시 아주 이상하고 신비로운 체험을 하나 겪었다. 꿈인지 생시인지 정말 구별이 안 갈 정도로, 도저히 믿기지 않는 일이 내게 일어났다. 셰에라자드의 요술이 관련된 것인지는 알 수 없었다. 그녀가 이번엔 시치미를 떼고서 자기는 전혀 모르는 일이라고 얘기했기 때문이다.

❖

나는 집이 서울 동부이촌동이라 가끔 용산 가족공원으로 산보를 갔다. 미군 전용 골프장을 공원으로 꾸민 곳이라 널따란 잔디가 좋아서였다. 그날은 비가 부슬부슬 내리는 날씨였는데, 비가 와서 그런지 산책하러 나온 사람들이 별로 없었다.

천천히 한가롭게 걷고 있으려니, 갑자기 시야가 흐려졌다 밝아지면서 전혀 낯선 풍경이 내 앞에 나타났다.

나는 투명하리만치 맑은 물이 넘쳐흐르는 드넓은 강가의 희디흰 모래 사장에 서 있었고, 강가의 언덕엔 키 큰 나무들이 미풍에 한들거리고 있었다. 하늘은 높푸르게 맑았고, 날씨는 알맞게 따스했다.

강 저편으로 호화롭고 사치스런 거대한 집채들이 늘어서 있는 게 보였다. 반짝이는 분홍빛 대리석이 금은보화로 장식돼 있어 멀리까지 광채를 뿜어댔다.

그래서 나는 이곳이 사람 사는 세상이 아니라는 것을 직감으로 알 수 있었다. 감미로운 아름다움과 안온한 분위기, 그리고 해맑은 공기가 나를 편안하게 도취시키고 있었기 때문이다.

형언할 수 없으리만치 황홀한 안도감에 휩싸여 강가를 이곳저곳 거닐고 있을 때, 강변으로 배 한 척이 와 닿는 게 보였다.

배는 황금빛으로 번쩍이며 호화로운 위용을 자랑하고 있었고, 난간에는 10여 명의 미녀들이 완전히 벌거벗은 몸뚱어리에 성기게 짜인 금빛 그물로 된 옷을 걸치고 서 있었다. 배꼽과 이마, 그리고 불두덩에 박혀 있는 커다란 보석들이 햇빛을 받아 번쩍이고 있었다. 그들은 나보고 손짓하며 어서 배에 올라타라는 신호를 보냈다.

나는 멍한 기분으로 뱃전으로 다가가 배 위에 올라탔다. 미녀들은 나를 좌우에서 부축하여 배 한가운데 있는 넓은 방으로 데리고 갔다. 바닥과 벽에 갖가지 보석을 박아 넣어 햇빛보다 찬란한 빛을 발하는 방이었

아라베스크

다. 그 방 안에는 어떤 남자가 한 명 앉아 있었다.

그 남자는 여자 뺨치는 미남이었고, 역시 금실로 짜인 성긴 가운을 걸치고 있었다. 자지에 두른 여러 줄의 다이아몬드 띠가 유난히 시선을 끌었고, 무성한 음모에도 금빛 물을 들여 사타구니 전체가 휘황하게 빛나고 있었다.

곧 이어 여인들이 술상을 차려가지고 나왔다. 생전 처음 보는 음식들이었는데, 술은 그 미묘한 향기가 폐부를 찌를 듯했다.

남자는 아무 말 없이 내게 술을 권했다. 서너 잔 마시고 난 뒤 그제야 남자가 입을 열었다.

"선생님은 여기가 어디라고 생각하십니까?"

나는 최근에 본 샹그릴라 얘기가 퍼뜩 생각나서 "샹그릴라 아닐까요?" 하고 대답했다.

"맞습니다. 여긴 샹그릴라입니다. 마 선생님은 역시 직관력이 대단하시군요."

"샹그릴라는 히말라야 고산지대에 있다고 들었습니다. 어찌 된 영문인지 잘 모르겠군요."

"그것도 맞는 말입니다. 여긴 히말라야입니다. 제가 선생님을 순간 이동 방법으로 모셔온 것이지요."

"히말라야인데 왜 춥지가 않지요?"

나는 바보같이 계속 따지고 들었다.

"인간의 과학은 아직 어리석은 데가 많지요. 남극에도 우리는 따뜻한 날씨를 가진 마을을 만들 수 있어요."

"그럼 이곳은 지하입니까, 지상입니까? 솔직히 말해서 잘 이해가 가지 않습니다."

"지하도 아니고 지상도 아닙니다. 4차원의 세계라고만 대답해 두죠. 더 설명해 봤자 잘 이해가 안 가실 것 같아서요."

대화를 주고받는 동안, 여인들은 나와 남자를 에워싸고 온갖 애무를 천박하지 않게 베풀어주고 있었다. 손가락과 배가 주로 동원되었는데, 긴 손톱 끝에다 모두 다이아몬드로 된 손톱걸이를 하고 있고 배꼽에도 톡 튀어나온 커다란 사파이어를 박고 있어, 그 자극으로 정신이 아득해질 지경이었다.

"이 여인들은 그럼 일종의 로봇인가요?"

내가 얻어들은 상식을 동원하여 남자에게 물어 보았다. 그러자 남자는,

"맞습니다. 일종의 생물학적 로봇들이지요. 하지만 정말 착하고 정말 야해요. 나는 이 여인들을 진심으로 사랑합니다."

라고 말했다.

나는 남자의 말을 듣고, 옛날 신선 이야기책에 나오는 신선들의 생활이 연상되었다. 아름다운 선녀들에 둘러싸여 지낸다는 신선들은, 그렇다면 외계인이거나 초능력을 가진 인간들임에 분명했다.

"남자 로봇도 있나요?"

내가 다시 남자에게 물었다.

"물론 있죠. 여자가 사는 저택에서는 여러 명의 남자 로봇이 여주인을 시중들어 주고 있지요."

"그렇다면 당신은 외계인인가요?"

"외계인일 수도 있고 아닐 수도 있지요. 우리들의 선조가 외계인이었

을 수는 있습니다. 하지만 우리들은 독자적인 힘으로 샹그릴라를 건설했습니다."

"처음 샹그릴라가 건설된 게 대관절 몇 년 전쯤 되나요?"

"몇 년 전이 아니라 몇 년 후라고 해야 하겠죠. 서력기원으로 A.D. 2900년쯤에 우리는 이 샹그릴라를 건설했습니다."

"그렇다면 타임머신을 타고 다시 현재로 되돌아온 것이란 말씀입니까?"

"그렇다고 볼 수도 있겠지요. 우리는 시간을 초월하는 방법을 개발해 냈어요. 우리는 시간 속을 마음대로 왔다 갔다 이동할 수 있습니다. 3차원의 공간 안에서 마음대로 움직일 수 있는 것과 같은 원리지요."

"그럼 서기 2900년쯤 가서 당신과 같은 몇 명의 과학자들만 살아남고 인류가 멸망해 버린 것은 아닙니까?"

"멸망하지는 않았어요. 다만 비참하게 서로 헐뜯고 죽여 가며 문명을 지탱해 가고 있지요."

"당신네들이 지구의 운명을 조절해 간다는 설이 있던데요……."

"그렇지는 않아요. 우린 이제 인간들에게 관심이 없어요. 짐승만도 못한 게 인간들이거든요. 그들은 사디스틱하게 동종의 인간을 괴롭히고 또 권력에 혈안이 되어 있지요. 이중적 위선 또한 그들의 불치병이구요."

"그럼 당신네들은 일종의 신선이로군요. 옛날부터 전해오는 신선 얘기가 거짓말이 아니란 걸 알았습니다. 사람이 도를 닦으면 살아 있는 신선이 된다고 되어 있는데, 그게 바로 당신들이었군요."

"맞습니다. 우리들은 말하자면 일종의 신선입니다. 그래서 오늘 이렇게 마 선생님을 이리로 모셔온 것입니다. 신선 식구를 한 명 더 늘려 보려구요. 당신의 솔직담백한 심성은 신선이 될 자격을 충분히 갖추고 있습니다."

"도를 닦는 게 너무 어렵고 힘든 일일 것 같은데요."

"그렇지 않습니다. 신선 이야기책에 있는 건 모두 다 엉터리입니다. 대부분이 금욕주의적인 인내와 수양을 강조하고 있는데, 그건 상상에서 나온 얘기일 뿐이죠."

"어쨌든 상상력은 중요한 거 아닙니까? 전 '상상력의 해방'을 위해서 이를 뽀드득 갈며 이토록 애를 쓰고 있는데요."

"하기야 상상력이 모든 문제 해결의 열쇠긴 하지요. 하지만 상상력도 상상력 나름이죠. 사이비 상상력, 이를테면 플라톤식 관념적 유토피아니즘이 사람들에게 주는 폐해는 너무 커요."

"옳은 말씀입니다. 그런데…… 인류의 장래가 정말 그렇게 어둡습니까?"

"무지무지하게 어두워요. 기아와 질병 그리고 난폭한 전쟁이 계속 인류를 괴롭히게 되지요. 왜 셰에라자드가 그런 말을 해주지 않던가요?"

나는 그 남자가 셰에라자드를 알고 있다는 사실이 놀라웠다. 그래서 나는,

"아니, 어떻게 셰에라자드를 다 알고 계십니까? 그럼 그녀가 이 샹그릴라의 주민이나 로봇이라도 되는가요?"

하고 물어보았다. 그랬더니 남자는 빙그레 웃으면서 대답했다.

"로봇은 아니고요……. 우리가 불러다가 훈련을 시킨 애라고 할 수 있죠."

나는 그 얘기에 금세 믿음이 가지 않았다.

  아라베스크

"그럼 당신이 바로 그 마신입니까? 셰에라자드의 얘길 들으니 그 마신의 이미지는 너무 황당무계할 정도로 동화적, 아니 만화적이던데요."

"만화를 무시하면 안 됩니다. 인류 구원의 열쇠가 오직 만화적 상상력에 달려 있으니까요."

들기에 알쏭달쏭한 얘기였다. 그러나 나는 더 이상 캐묻지 않고 대충 받아넘겨 그에게 이렇게 말했다.

"그러니까 만화적 상상력과 과학의 힘이 합쳐지면 인류가 구원된다는 말씀이시로군요. 그게 바로 도(道)인가요?"

"맞습니다. 그러니까 우리와 함께 도를 한번 닦아봅시다."

"만화적 상상력이라면 저도 좀 자신이 있죠. 하지만 거기에도 과학적 분석력이 따라줘야 하니까 그래도 과학 공부는 열심히 해야 하지 않겠어요? 저는 수학이라면 질색인데요."

"이곳엔 과학자만 필요한 게 아니에요. 시인도 필요하고 화가도 필요하지요. 선생은 그저 속세를 버릴 결심만 하시면 됩니다. 그러면 우리가 드리는 약 한 알로 단박에 신선이 되실 수가 있어요. 불로장생은 물론 언제나 신선한 관능적 쾌락이 보장되는 신선 말입니다."

나는 남자의 얘기를 듣고 그가 말하는 약 한 알이 도교에서 말하는 단약(丹藥)이라는 생각이 들었다. 그렇다면 도교의 전승도 크게 틀린 것은 아니라는 얘기가 된다. 도교에서는 신선이 되는 비법으로 늘 '연단술(鍊丹術)', 즉 불로장생의 단약 만드는 방법을 제시하고 있기 때문이다.

나는 당장에라도 남자의 권유에 응하여 신선이 되겠다고 대답하고 싶었다. 그러나 문득 늙으신 어머니 생각이 나서 금세 입이 떨어지지 않았다.

"왜 그토록 주저하십니까? 어머님 때문에 그러십니까?"

남자는 용케도 내 마음속까지 꿰뚫어보고 있었다.

"사실은 그렇습니다. 그리고 솔직히 말씀드려서 위선과 기만으로 가득 찬 이 세상을 위해 좀 더 애써보고 싶은 생각도 있구요."

"어머님 생각을 하신다면 아직 속세에 미련을 두고 계신 것입니다. 그리고 사악한 인간 세상이 조금이라도 개선될 수 있다고 생각하는 것은 헛된 미망입니다. 차차 시간을 두고 생각해 보십시오."

말을 마치고 나서 남자는 곁에 있는 여인에게 배를 출발시키도록 일렀다. 배는 잔잔한 물결을 타고 삽시간에 강 저편에 도착했다. 나는 한 저택 아니 궁전으로 안내되었는데, 내부가 너무나 화려 · 찬란하여 눈을 못 뜰 지경이었다.

그 집 안에는 남자라고는 그 사람과 나 둘뿐이고 온통 여자들뿐이었다. 수백 명의 여자들은 하나같이 젊고 싱싱한 미녀들이었고, 전라의 몸에 호사의 극을 달리는 머리장식과 장신구를 하고 있었다. 특별히 내 눈을 끈 것은, 모두들 목에 꽉 끼는 개목걸이와 배꼽고리, 그리고 클리토리스고리를 등에까지 세로로 연결시킨 황금 체인을 몸에 꽉 끼게 두르고 있는 것이었다.

환영식을 베풀어주는 셈인지 거창한 연회가 벌어졌다. 프랑스의 베르사유 궁전을 연상시키는 거대한 홀 중앙에는 따스한 물이 가득 찬 커다란 욕조가 향내를 풍기고 있었고, 수십 명의 여인들이 그 안에서 인어처럼 헤엄치며 수중발레를 벌이고 있었다.

갖가지 진기한 요리와 과일들이 연이어 날라져오고, 수백 가닥으로 땋은 오색 머리카락이 발끝까지 내려오는 미녀 여덟 명이 내 좌우에서 시

중을 들었다. 잔등이 가렵다고 느끼기가 무섭게 한 미녀가 긴 손톱으로 내 등을 긁어주는 식으로, 여자들은 내 수족이 되고 의자나 등받이가 되고 또 팔걸이나 발받침이 되어 나를 무아지경으로 이끌어갔다.

술은 아무리 마셔도 골치가 아프지 않았고, 아무리 퇴폐적 쾌락 속에서 놀아도 뒷맛이 꺼림칙하지 않았다. 오줌이 마려울 때마다 여자들의 입이 요강 역할을 해주었다.

잔치 중간에 나는 또 호기심이 나서 그 남자에게 물었다.

"여자들은 그렇다 치고, 도대체 이 화려한 보석들과 진기한 음식들은 다 어떻게 마련된 것입니까?"

"일종의 환각이라고 생각하시면 됩니다. 우리는 꿈을 현실로 재현시키는 기술을 발명해 냈습니다. 하지만 물질과 마음은 서로 통하는 것이기 때문에 환각이라 해도 환각이 아니지요."

잔치가 끝난 후 나는 침실로 안내되어 여덟 명의 미녀들과 함께 드넓고 호사스런 침대 위에 누웠다. 관능적 흥분 때문에 잠이 오지 않아 밤새껏 그녀들과 어울려 음란하게 놀았다. 그런데도 어쩐 일인지 하나도 피곤하지가 않았다.

펠라티오보다 더한 쾌감을 준 건 그녀들의 보지 운동이었다. 어찌 된 일인지 보지에 들어가는 순간부터 자지가 확대되는 것은 물론, 전혀 사정(射精)을 유도하는 일 없이 보지 자체만 꿈틀꿈틀 요동을 치는 것이었다.

다음날 아침, 나는 다시 주인 남자와 마주앉아 아침 식사를 하게 되었다. 그 남자가 다시 내게 물었다.

"그래 결심이 서셨습니까?"

나는 금세 대답을 할 수가 없었다. 역시 문학에 대한 미련과 노모에 대한 걱정, 그리고 그 잘난 애국심 때문이었다. 내가 우물쭈물하고 있자 남자가 말했다.

"아직 의심이 가기도 하고, 속세에 미련이 있기도 한 것 같군요. 좋습니다. 우선은 이것으로 작별하기로 하십시다. 얼마 후에 다시 또 모시도록 하지요."

남자가 손뼉을 딱딱 치며 나를 살짝 떠밀자 나는 어느새 용산 가족공원에 와 있었다. 화려한 궁전도 청아한 미녀들도 사라지고 없었다. 한바탕 꿈을 꾸고 난 것 같은 기분이었는데, 절대로 꿈은 아니었다.

시계의 날짜판을 보니 샹그릴라로 빠져들어 갔던 어제 그 날짜로 되어 있었고, 시간도 바로 그 시간이었다.

나는 며칠 동안 샹그릴라에의 향수와 미련을 떨쳐버리려고 노력했다. 그러던 중 나는 그곳에서 사는 것이 분명 권태로울 것이라는 결론에 도달했고, 그러고 나서야 비로소 마음이 홀가분해졌다.

그렇게 느낀 순간, 문득 편지가 한 통 내게 배달되었다. 발신자가 누군지 적혀 있지 않은 편지였다. 봉투를 열어보니 흰 종이에 다음과 같은 글이 적혀 있었다.

"권력에도 권태가 있고 음식에도 권태가 있고 사랑에도 권태가 있다. 이 세상 모든 것은 다 권태롭다. 그러나 오직 하나, 신선들이 즐기는 다양한 변태적 섹스에만은 권태가 없다."

아라베스크

14··· 야하긴 뭘 야해?

셰에라자드는 나에게 한국 여성들이 처한 현실을 체험해 보라고 권했다.

그래서 이번엔 대학을 졸업한 여성의 결혼문제를 갖고서 가상체험을 해보되, 여자를 다시 '그만하면 예쁜 여자'로 만들기로 했다(아니 그런 여자의 혼(魂) 속으로 내가 들어가기로 했다). 그렇게 결정하고 나자 셰에라자드는 배시시 웃으며, 내게 이런 말로 꼬리를 달았다.

"이번에 체험하실 가상현실 속엔 주인님도 나와요. 제가 주인님으로 변신하여 주인님 역할을 한번 해볼게요. 하지만 한국의 거지 같은 현실을 감안해서 주인님을 체념적 냉소주의자로 만들어볼 거예요. 그러더라도 나중에 화내지 마셔요, 네?"

셰에라자드의 말을 들으니 약간 불안해지기도 하고 또 호기심도 생겼다. 하지만 어쨌든 재미있는 발상인 셈이었다.

여자인 내게 결혼문제는 항상 은근한 고민거리일 수밖에 없었다. 당연히 결혼을 해야 하고, 당연히 아이를 낳아야 하고, 당연히 현모양처가 돼야 한다고 생각하는 젊은 여성은 요즘 세상에 물론 없다. 게다가 나처럼 그만하면 좋은 대학 나오고 그만하면 괜찮은 몸매와 얼굴을 하고 있는 여자라면 결혼보다는 당당한 사회활동에 더 큰 비중을 두는 것이 당연하다.

나 역시 그래서 대학을 졸업할 때까지만 해도 적어도 겉으로만은 결혼 같은 건 생각해 보지도 않았다. 그런데도 결혼문제가 역시 늘 은근한 고민으로 다가올 수밖에 없었던 것은, 우리나라가 아직 완벽한 독신주의, 다시 말해서 자유연애(프리섹스)를 해나가면서 법적(法的)으로만 독신으로 지내는 독신주의 문화가 채 정착되지 못한 사회이기 때문이었다.

고등학교 때부터 나는 꽤 자유분방한 생활을 했다. 그렇다고 해서 공부를 지지리도 못하는 '문제아'는 아니었다. 아마도 엄마와 아빠가 외동딸인 나를 끔찍이도 사랑해 주고 또 비교적 너그럽게 키워 주었기 때문일 것이다.

그래서 대학에 입학한 뒤에도 나는 다른 여자애들보다 한껏 자유로운 대학 시절을 보낼 수가 있었다. 귀가 시간이 아무리 늦어도 아빠는 절대로 야단치지 않았고, 언제나 "난 널 믿는다"였다.

담배를 피우게 된 다음부터 엄마는 아예 내 방에 재떨이까지 마련해 주며, "담배는 몸에 나쁘지만 이왕에 배운 거라면 숨어서 피우지 말고 당당하게 피워라"고 당부하기까지 했다.

그래서 나는 대학 시절에 연애도 실컷 해볼 수 있었는데, 미치도록 예

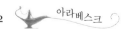

쁘게 생긴 얼굴은 못 되지만 키가 그만하면 평균을 넘어서는데다가, 한껏 야한 화장과 옷차림을 할 수 있었기 때문인 것 같았다.

아니, 그보다는 내가 촌스러운 '피해의식' 같은 것 없이 남자애들을 편하게 대해주다 보니까 남자애들이 줄줄 꾀는 것 같았다. 내가 다닌 대학은 남녀공학이라서 그런지, 정말 신물이 날 정도로 프러포즈를 많이 받아 볼 수 있었다.

대학을 졸업할 즈음에 나는 두 명의 남자와 집중적으로 교제하고 있었다. 한 명은 복학생이면서 나와 함께 졸업하는 K였고, 다른 한 명은 우연히 길에서 부딪쳐 나를 집요하게 추적해 온 T였다.

T는 나보다 일곱 살 연상으로 유수한 회사에 다니고 있었는데, 내가 졸업하게 되자 빨리 결혼하자고 졸라대는 것이었다. 그때 나는 취직시험에 매달리고 있었으므로 T의 그런 제안을 코웃음으로 받아넘겼다. 그리고 실상 나는 K보다 T가 더 좋다는 확신조차 서 있지 않은 상태였다.

졸업 후 나는 어쩌다 운 좋게 내가 원하던 직장에 취직할 수가 있었다. 방송사 스크립터 자리였다.

틀에 박힌 직장생활이 질색이었던 나는 출퇴근이 자유로울뿐더러 옷차림도 마음대로 할 수 있고, 또 극작가의 꿈도 키울 수 있는 그 일자리가 썩 마음에 들었다.

한편 K는 그가 원하던 신문기자 시험에 실패하고서, 취직 재수를 하지 않고 곧바로 모 기업 홍보실로 들어갔다.

사회에 나와 1년쯤 직장생활을 하다 보니, 나의 옷차림과 연애 풍속도가 슬슬 달라지는 것을 느낄 수 있었다.

우선 자꾸 눈이 높아지는 것이 문제였다. 예전엔 옷도 야하기만 하면 그만이었지 메이커나 옷감 따위엔 신경 쓰지 않았는데, 사회생활을 하다 보니 비싼 옷이 결국 좋은 옷이라는 쪽으로 생각이 달라져가는 걸 느낄 수 있었다. '내가 어느새 속물이 되어가는구나' 하고 반성을 해보게도 되었지만 현실은 어디까지나 현실이었다.

데이트를 해도 싸구려 소줏집에서 하는 것보다는 근사한 레스토랑에서 하는 편이 훨씬 더 편했고(근사한 게 아니라), 택시를 타고 하는 데이트보다는 고급 자동차를 모는 남자와 하는 데이트가 훨씬 우아해(물론 편하기도 하고) 보였다.

그러다 보니 자연 평범한 집안 출신인 K나 T는 내 시야에서 멀어질 수밖에 없었고, 나 역시 두 사람을 미치도록 사랑한 것은 아니었기에 그들을 일단 떨쳐버리기로 마음먹을 수밖에 없었다.

하지만 그들이 계속 나를 붙들고 늘어지자 마음 약한(또는 착한) 나로서는 동정이 가지 않을 수 없어, 얼렁뚱땅 교제를 계속해 나갔다.

그러던 중 내 앞에 F라는 이름의 희한한 킹카 한 명이 나타났다. 얼굴이 잘생긴데다가 돈도 그만하면 많았다. 나이는 T와 같은 서른 살이었고 직업은 그의 아버지가 경영하는 꽤 큰 기업의 중역이었다.

F는 바람둥이 체질이라 그 나이까지 결혼 같은 건 생각하지 않고 오로지 노는 데만 열중하고 있었다. 그러다가 나를 만나자 그만 '뿅' 가버려가지고 결혼해 달라고 보채대는 것이었다. 이젠 방황을 끝내고 그만 안정하고 싶다는 게 이유였다.

"난 결혼하고 싶은 마음이 없어요. 아직 젊은 걸요."

라고 내가 말하자 F는,

"현실을 따라가야 해. 우리나라는 아직 여자의 나이를 따지거든. 아예 독신으로 산다면 몰라도 말이야."

하고 말하는 것이었다. 하긴 그의 말이 맞는 성싶기도 했다. 내가 확실한 독신주의자는 못 된다는 것이 그 당시 내가 내린 결론이기 때문이었다. 하지만 나는,

"그래도 난 더 연애하며 청춘을 좀 더 엔조이 하고 싶단 말이에요! 그리고 직업인으로도 성공하고 싶구요."

하고 신경질적으로 말했다.

"일이야 결혼하더라도 얼마든지 할 수 있지. 그리고 영화 〈엠마누엘 부인〉도 못 봤어? 결혼하고서도 얼마든지 엔조이는 할 수 있어."

"당신이 그걸 허락해 줄 수 있단 말이죠? 정말이에요?"

"그럼, 정말이구말구. 그래야 나도 엔조이를 할 수 있으니까."

믿어지지 않는 얘기였지만 F의 제안이 제법 솔깃하게 들렸다. 그래서 나는 F와 본격적으로 데이트하며 그를 좀더 관찰해 보기로 했다. T나 K는 어느새 '먼 그대'가 되어가고 있었다.

하지만 아무리 생각해도 꺼림칙했다. 내가 너무 속물인 것 같은 생각이 들어서였다.

그렇지만 아무리 쫀쫀하게 뜯어봐도 F는 잘생긴 얼굴이었고, 설사 그가 돈이 없다고 해도 K나 T하고는 비교가 되지 않을 만큼 멋진 매너와 화술을 가지고 있었다.

서서히 마음을 굳혀가면서도 내심 찜찜했던 것은, 생각했던 것보다 내가 너무 빨리 시집을 가게 된다는 데 대한 굴욕감 같은 것이 생겨난다는

사실이었다.

　고민 끝에 나는 마광수 교수를 찾아가 상담을 해보기로 작정했다. 나는 마 교수가 쓴 책은 모조리 다 읽었을 만큼, 말하자면 그의 팬이었다. 그래서 마 교수라면 내게 시원한 해답을 주리라 생각됐던 것이다.

　전화를 해서 약속을 하자고 하면 틀림없이 귀찮아할 것 같아 나는 다짜고짜 그가 근무하는 학교의 연구실로 쳐들어갔다. '즐거운 사라' 필화 사건 때문에 학교에서 면직되긴 했어도, 학생들의 끈질긴 복직 운동 때문에 그가 시간강사 자격으로 강의를 계속하고 있고, 또 연구실도 학생들 힘으로 계속 사용하고 있다는 보도를 신문을 통해서 보았기 때문이다.

　문이 잠겨 있어 학과 사무실로 가서 물어보니 강의 중이라고 했다. 그래서 나는 강의가 끝날 때까지 강의실 문 앞에서 기다렸다가 그에게 다가가 면담 신청을 했다.

　내 깐엔 최대한 화려하게 차려입고 갔기 때문에 나는 그가 반색을 하고 덤벼들 줄 알았다. 그런데 그는 피곤에 찌든 표정에다 시큰둥한 억양으로 마지못해 면담을 허락하는 것이었다. 그가 쓴 소설인『권태』의 제목 그대로, 그는 권태(아니면 무기력)에 절어 있는 것처럼 보였다.

　내가 그동안의 자초지종 얘기를 끝내자, 마 교수는 약간 신경질적인 어조로 입을 뗐다.

　"뭐든지 당장 하고 싶은 대로 하면 돼요. 내가 보니 나애 씨는 이미 그 F라는 분하고 결혼하기로 마음을 정하고 있군요."

　"하지만 제가 너무 돈에 집착하는 것 같아 좀 창피한 생각이 들어서요. 또 그런 결혼을 했다가 나중에 꽉 잡히게 될 것 같은 불안감도 들구요. 제게 자유를 주겠다지만 100% 곧이들리지가 않거든요."

나는 구겨져가는 자존심을 달래가며 본전은 뽑아야겠다는 생각으로 최대한 겸손을 가장하여 말했다.

"F씨도 결혼 후 바람을 피우겠다고 했다지요? 그걸 참아낼 자신은 있습니까?"

"친구 정도로 사귀는 건 봐줄 수 있을 것 같아요. 저도 남자친구를 갖고 싶으니까요."

"그렇게만 될 수 있다면 정말 이상적인 커플이 되겠지요. 하지만 우리나라에선 결혼이 아직 독점적 소유의 의미를 벗어나기 어렵다는 사실을 미리 염두에 둬야 할 겁니다. 그리고 돈에 팔려간다는 생각은 하실 필요가 없어요. 결혼이란 이미 상호간의 상품가치 교환을 전제로 하는 거래행위니까요. 돈을 밝히는 건 절대로 죄가 되지 않습니다. 돈을 안 밝히는 체하는 게 오히려 위선이지요."

마지막 대목이 썩 마음에 들었다.

"그냥 연애만 하면서 평생을 독신으로 사는 것에 대해 교수님은 어떻게 생각하시죠?"

"가장 바람직한 라이프스타일이라고 볼 수 있죠. 하지만 아직은 과도기라 그게 그렇게 쉽지 않습니다. 독신녀보다는 이혼녀가 훨씬 심리적으로 안정돼 있는 게 한국의 현실이니까요."

"이혼을 하게 되면 상처가 너무 크지 않을까요?"

"그러니까 결혼을 하긴 하되 적어도 2년간은 아이를 갖지 않도록 하세요. 혼인신고도 안 하면 물론 더 좋구요. 아이가 없고 법적으로도 혼자면, 만에 하나 이혼을 하게 되더라도 후유증이 훨씬 덜 하지요."

"그렇다면 그건 동거나 다를 바 없는 거 아니에요?"

"그냥 동거한다고 하면 부모님이나 주변 사람들이 이상하게 볼까 봐 그러는 거지요 뭐. 식(式)만 올리면 대충 봐주니까요."

"글쎄요. 하긴 제가 금세 어머니가 된다고 생각하면 끔찍한 생각이 들긴 해요. 지금 같아선 영원히 아이를 갖고 싶지 않거든요."

"그분이 동의해 준다면 그래도 괜찮겠지요. 내가 보기에 나애 씬 모성애 체질이 아닙니다. 여자는 모성애 체질과 연애 체질, 두 타입으로 나뉘지요. 연애 체질의 여자가 아이를 갖는 건 아이한테 죄악이에요."

"아이 없이 늙으면 노후가 너무 외롭지 않을까요?"

내가 이렇게 묻자 마 교수는 이번엔 아주 짜증 섞인 목소리로 다음과 같이 대답하는 것이었다.

"앞일을 걱정해 봤자 아무 소용이 없어요. 그건 또 그때 가봐야 하는 거지요. 양손에 떡을 쥐려고 하면 안 됩니다."

마 교수의 방을 나오면서 나는 그가 한 충고들이 결국 '순간의 욕구에 솔직하라'로 요약될 수 있다는 걸 알았다.

어쨌든 그런대로 보람 있는 상담이었다고 생각하며, 나는 그날 저녁 F와 만났다. 그리고 마 교수가 한 말을 전하고, 그 조건에 동의하면 결혼하겠다고 말했다. F는 혼인신고는 해야 한다고 우겼지만 결국은 내 말에 따라주었다.

결혼을 하고 나서 6개월은 아주 행복했다. 둘이서만 오붓이 살며 관능적 쾌감에 취하다 보니(그런대로 속궁합이 맞는 것 같았다) 각자 바람을 피우긴커녕 저녁 시간이 기다려질 정도였다. 바깥에서 하는 일도 능률도 올

아라베스크

랐고, 주말마다 여기저기 여행을 다니는 것도 꿀맛이었다.

내가 생각해도 이상한 것은, 내가 친구들한테 수다를 떨며 남편 자랑·살림 자랑을 늘어놓기 시작했다는 것이다.

친구들이 샘을 낼 걸 뻔히 알면서도, 나는 졸지에 수다쟁이 아줌마가 되어 결혼한 위세를 떨어대었다. 특히 남편과의 잠자리 얘기까지 과장해서(섹시한 억양까지 섞어가며) 늘어놓는 내가 참으로 신기해 보였다. 확실히 난 평범한 여자에 불과한가 보았다.

그런데 6개월이 지나면서부터 F의 태도가 달라지기 시작했다. 바람을 피우는 게 아니라 도리어 어린애처럼 되어 내게 들러붙어 있으려고만 했다.

나는 마 교수가 지적한 대로 내가 결코 모성애 체질이 아니란 걸 실감할 수 있었다. 그리고 아이만 자식이 아니라 남편 또한 자식이라는 사실을 확실히 깨달을 수 있었다. 아차! 싶었지만 이미 때는 늦었다.

직업상 나는 늦게 귀가하는 일이 많았다. 6개월까진 그래도 방송사 사람들이 일찍 귀가하도록 봐줬고 나 또한 그게 전혀 미안하지 않았는데, 6개월이 지나면서부터는 집에 일찍 가는 것을 그들도 나도 허락하질 않았다.

물론 F는 직장 일로 늦게 귀가하는 경우가 많았다. 하지만 그는 자기가 집에 돌아왔을 때 내가 없으면 버럭 짜증을 내는 것이었다. 그리고 또 하나 내게 고통스러웠던 일은, 시부모와 F가 아이를 가져달라고 은근히 재촉하기 시작했다는 것이다.

당장 헤어져버리고 싶은 마음이 생긴 것은 결혼 후 1년이 된 시점부터였다. 하지만 정이란 게 뭔지 남편에게 아주 정나미가 떨어진 것은 아니었다. 그리고 아무리 혼인신고를 안 했다고는 하지만, 어쨌든 금세 이혼녀 소리를 듣게 되는 게 어쩐지 두렵고 창피했다. 고민 끝에 나는 다시 한 번 더 마 교수를 찾아가 보기로 결심했다. 자존심 상하는 일이지만 하는 수 없었다.

마 교수와 대면을 하고 사정을 털어놓자, 그는 역시 예상했던 대로라는 듯 냉소적인 표정을 지었다. 그리고 헤어지는 것은 아직 이르다며 다음과 같이 말하는 것이었다.

"지금 이혼하면 반드시 후회하게 됩니다. 내가 보기엔 남편이 의처증 같은 건 아니니까 한 1년만 더 견뎌보세요."

"그때 왜 결혼하지 말라고 말리지 않으셨죠? 전 결혼한 게 너무나 후회가 돼요. 전 자유로워지고 싶거든요."

"말려봤자 쓸데없을 것 같아서 그랬죠. 또 우리나라 실정상 결혼을 안 하고 버텨봤자 우아한 독신녀가 되기보다는 현진건의 단편소설에 나오는 'B사감'같이 심통 맞은 독신녀가 되기 십상이기 때문이었죠. 그리고 F씨가 내 보기엔 상당히 괜찮은 신랑감이었고……."

"아이를 가져보면 어떨까요? 제게도 모성애가 생기지 않을까요?"

"아직은 위험합니다. 아이는 남편으로 충분해요. 그보다 남편과 애정이 아닌 우정을 가꿔나가 보도록 하세요. 말하자면 덤덤한 룸메이트가 되는 거죠."

"그러다가 각자 바람이라도 피우게 되면 어쩌죠?"

"각자 다른 상대와 바람을 피워도 서로 묵인하기로 약속하셨다면서요?"

"말이 그렇지 그게 어디 그리 쉽겠어요?"

"조금만 더 기다려보세요. 곧 진짜 권태기가 찾아올 테니까요. 그러면 좋은 이성 친구가 나타나게 되죠. 다시 말해서 살을 섞는 바람까진 안 가더라도, 다른 남자와 데이트만 해도 흐뭇해지게 된단 말입니다. 그리고 하시는 일에 더 관심을 집중시켜 승부욕을 가져 보시구요."

"결국 이혼은 손해란 말씀이시군요."

"남편이 증오스러워질 정도면 이혼이 낫지요. 하지만 아직 그런 단계는 아닌 것 같아서요. 그리고 혼자 살아봤자 계속 애인이 생기는 것도 아니에요. 나를 보세요. 이렇게 하릴없이 늙어만 가고 있지 않습니까? 반찬 없는 맨밥이라도 굶는 것보다는 낫거든요. …… 남편이나 아내는 말하자면 반찬 없는 맨밥과 같은 거랍니다. 그래도 밥이란 것은 없어선 안 될 주식이거든요. 프리섹스, 아니 프리연애는 우리 현실에선 아직 신기루일 뿐이에요."

이렇게 말하는 마 교수가 갑자기 몹시도 측은하고 불쌍해 보였다. 그리고 F의 건장한 어깨가 문득 그리워지는 것이었다. 참으로 묘한 일이었다.

나는 마 교수의 연구실을 나오면서 내가 정말 바람둥이 체질일까 자문해 보기 시작했다. 나도 결국 평범한 여자에 불과하다는 생각이 들어 이가 갈리도록 억울한 기분이 들었다.

난 왜 소설 속의 여주인공들처럼 드라마틱한 인생을 살 수 없단 말이냐……. 에이, 후다닥 이혼을 결행해 버려? 오만가지 생각들이 머릿속을 오가며 나를 복잡하게 만들었다.

집에 돌아와 마 교수의 책을 뽑아들었다. 『사랑학 개론』이었다. 책을 다시 읽어가다 보니 아까 마 교수가 해준 말대로 아직 우리 부부가 권태기까진 안 된 것 같았다.

'그래, 마 교수 말이 맞아. 진짜 권태기가 오면 그때 가서 다시 생각해보기로 하자.' 나는 마음속으로 이렇게 중얼거리며 일단 산란해진 정신을 가라앉혔다.

근데 금방 생각이 달라지며 왠지 모를 짜증이 엄습해 왔다.

'하지만…… 하지만…… 그 권태기란 놈이 너무 늦게 찾아오면 어떻게 하지? 그럼 난 팍삭 늙어버려 가지고 남자친구 하나 사귈 수 없게 될지도 모르는데…….'

그러다가 문득 『사랑학 개론』 책에 나와 있는 마 교수의 사진을 들여다보았다. 마 교수는 얄밉게도 배시시 웃고 있었다. 나는 공연히 약이 올라, 나도 모르게 마 교수의 얼굴을 향해 큰소리로 이렇게 내뱉었다.

"젠장, 니가 야하긴 뭘 야해?"

15··· 막간(幕間)의 삽화

싱싱한 젊은 여자 얘기를 경험하다보니, 나는 내가 늙은 게 우울해졌다. 그래서 나는 셰에라자드에게 코믹하게 에로틱한 만화영화에 나오는 식의 어린애같이 유쾌한 연애를 한번 경험해 보게 해달라고 부탁했다.

그래서 셰에라자드의 마력으로 나는 다시 화사하게 꾸미고 다니는 젊은 남자 대학생이 되었고, 만화같이 황당한 연애를 막간극 삼아 체험해 보게 되었다. 다음은 내가 체험한 것을 소설체로 써본 것이다.

나는 아침에 일어나서 샤워를 하고, 또 금발로 염색한 머리에 드라이도 말끔하게 했다. 그리고 면도를 한 후 아라미스 스킨로션을 바르고 구찌 향수를 뿌렸다. 평소에도 뿌리는 것이지만 오늘은 특히 진하게 뿌렸다. 그리고 나서 얼굴에 분을 곱게 발랐다.

내가 특별히 정성을 쏟은 이유는, 내가 속해 있는 어느 동아리의 여선배가 내게 여자를 소개시켜 주기로 했기 때문이다. 지금까지는 내게 여자를 소개시켜 준 사람이 하나도 없었는데, 처음으로 소개팅 비슷한 것, 즉 '블라인드 데이트'라는 것을 해보게 된 것이다.

물론 기대를 하지는 않았다. 소개팅이란 게 원래 '혹시나' 하는 마음으로 나갔다가 '역시나' 하는 마음으로 돌아오는 것이 정석(定石)으로 돼 있기 때문이었다.

게다가 소개를 시켜주는 여자 선배가 상당히 안 생겼고, 또 자기 깐에는 멋을 부린다고 하지만 '지성미'를 항상 내세우기 때문에 별 기대를 걸수 없었다. 사람을 보면 그 친구를 안다고, 선배와 비슷하게 생긴 여자애가 나올 것으로 예상됐기 때문이다.

하지만 그래도 혹시나 하는 마음으로 나는 강남역 부근에 있는 '드셩'이라는 이름의 카페로 갔다. 만나기로 한 시간은 3시였지만, 강남역 근처의 '물'이 어떤가 시찰해 볼 겸 해서 30분 정도 먼저 갔다.

나는 카페 앞에 도착해서 주위를 어슬렁거리며 그 동네 여자들의 '물'을 관찰해 보았다. 생각했던 것보다 '물'이 별로 안 좋았다.

하지만 그래도 기대를 걸어보기로 하고 '드셩' 카페로 들어갔다. 카페의 분위기가 촌티를 벗어나지 못하고 있었다. 나는 속으로 '이거 내가 괜한 헛고생만 하는 게 아닌가' 하고 중얼거리면서 3시가 될 때까지 기다렸다.

카페의 분위기와 어울리지 않게 눈에 띄는 아가씨가 한 명 있었다. 키

  아라베스크

는 168센티미터쯤 되고 가슴이 클 뿐더러, 얼굴도 남자를 꽤나 밝힐 것 같은 얼굴이었다. 나는 그 아가씨를 보며 저 정도 여자라면 괜찮겠다고 생각했다.

3시가 조금 넘어서 선배가 들어왔다. 아니나 다를까, 역시 어색한 지성미가 줄줄 흐르는 옷차림이었다. 나는 아는 척하기도 창피했지만 할 수 없이 인사를 했다.

선배는 나를 보는 둥 마는 둥 하고 나서, 나오기로 한 여자애부터 찾았다. 선배가 아까 그 여자 쪽으로 다가가는 듯해서 나는 마음이 놓였다.

그렇지만 선배는 그 여자의 뒤쪽 테이블에 앉아 있는, 상당히 꾸민 흔적이 보이기는 하지만 역시 위선적 지성미를 못 벗어난 여자한테로 가서 그 앞자리에 앉았다. 그러고는 손짓으로 나를 불러 그 자리에 합석을 시켰다.

나는 마지못해 내 소개를 하고 이야기를 시작했다. 내 취미가 화장이라고 말하자, 여자는 농담인 줄 알고 약간 비웃듯이 웃었다.

그래서 나는 갑자기 열통이 터져서 여자 옆자리로 가 바지를 걷고, 털을 깨끗이 밀어낸 내 다리를 보여 주었다. 그러자 여자는 화가 난 얼굴을 해가지고, 나를 마치 벌레라도 보는 듯한 눈초리로 쩨려보는 것이었다.

나는 기분이 나빠져서 그냥 카페를 나와 버렸다. 그 잘난 '남자의 지성미'를 좋아하는 여자와 잠시라도 얘기를 나눴다는 사실에 대해 참을 수 없는 굴욕감이 느껴졌다.

기분을 풀기 위해 H호텔로 전화를 걸어 1009호실을 찾았다. 여화(麗華)를 만나기 위해서였다.

여화의 성은 장(張). 홍콩에 있는 P항공사의 스튜어디스로 일하고 있는 아름다운 아이다. 키는 약 175센티미터, 몸매는 킴 베이싱어 이상이고 얼굴은 장백지와 나탈리 포트만을 섞어놓은 듯한 중국 아이다. 이 아이를 꼬드기려고 내가 얼마나 영어와 중국어를 열심히 했던가.

요즘 H호텔은 지하에 있는 나이트클럽보다 1층에 있는 커피숍 쪽이 오히려 더 물이 좋고 선수층도 두껍다. 여화도 그 커피숍에서 꼬드겼다. "Be friend." 이 한마디로 오케이였다. 다른 영어나 중국어는 필요가 없었다.

그날로 나는 여화와 헤비 페팅을 했다. 원래 방 하나에 두 명의 스튜어디스가 들어가게 돼 있어서, 그녀의 룸메이트는 우리를 위해 자리를 비켜주었다. 그 후 우리는 여러 번 즐거운 만남을 같이했고, 여화는 내게 '야광(夜光) 립스틱'을 선물로 주기까지 할 정도로 아주 친한 사이가 되어 있었다.

마침 그녀가 전화를 받았다. 나는 눈물이 날 정도로 감격했다. 아까 만났던 '딱딱한' 두 여자와 비교해 보면 여화는 '부드럽디부드러운' 여자요, 천사나 공주 이상이었다. 나는 H호텔 커피숍으로 가겠다고 하고서 전화를 끊었다.

약속한 장소로 가니 여화가 환하게 웃는 얼굴로 나를 반겨주었다. 가슴을 깊게 판 민소매의 블라우스가 탱탱한 그녀의 몸매를 한층 더 순수하고 솔직해 보이도록 해주고 있었다.

그녀는 내가 좋아하는 걸 알고, 아주 길고 숱 많은 인조 속눈썹을 눈 위쪽만이 아니라 아래쪽에도 붙이고 있었다. 그리고 눈 아래위를 까만색 아이라이너로 떡칠하듯 두텁게 그리고 있었다.

아라베스크

그래서 그녀의 눈은 마치 눈동자조차 없는 까만색 덩어리로 보였다. 특히 그녀가 눈을 아래로 내리감을 때, 눈두덩에 칠해진 황금색 아이섀도가 뚜렷이 드러나 보이는 게 좋았다.

눈 주위에는 반짝이는 은분(銀粉)이 아주 넓게 뿌려져 있었는데, 그녀가 한참 동안 눈을 감고 있으면 화려한 문양의 팝 아트 그림을 보고 있는 듯한 기분이 들 정도였다. 나는 그녀의 눈을 바라보며 정신이 얼얼해질 정도로 강한 관능의 취기(醉氣)를 느꼈다.

다시는 소개팅 같은 건 하지 말아야지…… 한국 여자들 중에 여화만큼 눈 화장을 짙게 해줄 여자는 결코 없을 테니까…… 나는 마음속으로 이렇게 중얼거렸다.

여화가 그녀의 높고 뾰족한 반지 끝으로 내 목을 살살 긁작거려 주면서 이야기를 시작했다. 이번에 서울로 오는 비행기 안에서 재미있는 일을 경험했다는 것이다.

비행기가 막 이륙하고 제 고도를 찾았을 무렵, 그녀는 불현듯 키스가 하고 싶어졌다. 그래서 아무 거하고라도 하려고 화장실로 들어갔는데, 옷을 걸어두라고 만든 톡 튀어나온 쇠장식이 그렇게 섹시해보일 수가 없었다. 그래서 그것을 핥고 빨고 하다가, 결국에 가서는 그녀의 가슴속에 손가락을 집어넣고 유두를 꼬집으며 자극하게까지 됐다는 것이다.

그녀의 얘기를 듣고 나서 나는 순간적으로 나의 자지가 발기해 오는 것을 느꼈다.

구름 위로 펼쳐진 파아란 하늘과 그녀의 미끈한 다리, 그리고 젖무덤 사이에 들어가 있는 그녀의 희고 가느다란 손가락…… 이러한 광경이 내 머릿속을 지나가면서 마른침이 저절로 꿀꺽 넘어갔다.

나는 여자의 늘씬한 다리를 좋아한다(하긴 여자의 늘씬하게 잘빠진 다리에 미치지 않는 남자가 어디 있겠냐만). 특히 허벅지 부분을 사랑한다.

나는 스타킹을 신고 있지 않아 더욱 보들보들한 감촉으로 다가오는 여화의 허벅지를 어루만지면서, 그녀와 함께 동승하는 모든 승무원과 조종사들한테 질투심 섞인 부러움을 느꼈다. 그들은 그녀의 야하디야한 얼굴과 몸매를 항상 보고 있을 것이기 때문이다. 하지만 바보같이 질투만 느끼고 있을 수는 없었다.

나도 한번 그녀가 그런 식으로 키스하는 모습을 보고 싶었다. 문득 좋은 아이디어 하나가 떠올라왔다. 내 차에 그녀를 태우는 것이다. 내 차는 자동 변속기가 아니라 수동 변속기인데, 변속 레버를 남자의 페니스 모양으로 바꿔놓았던 것이다.

그런 생각을 하고 나자 나는 날아갈 듯 기분이 상쾌해졌다. 그래서 남들의 시선 따윈 아랑곳하지 않고 그녀의 입술에 오랫동안 키스했다. 짙게 칠해져 있는 커피색 립스틱이 내 입술과 인중, 그리고 턱과 뺨 등에 사정없이 묻혀졌다. 여화의 입술 부근 역시 어지럽게 지저분해지긴 마찬가지였다.

그녀는 키스를 끝내고 나서 손수건을 꺼내 입술을 닦았다. 그리고 내 입술도 닦아주려 했다. 그러나 나는 그녀에게 그만두라고 말했다. 어차피 앞으로 키스를 여러 차례 더 할 게 분명하므로, 닦으나 마나라고 생각했기 때문이다.

여화는 다시금 입술에 립스틱을 짙게 발랐다. 그걸 보니 다시 또 흥분이 되어 내가 더 열정적으로 키스를 했다. 그녀는 손수건으로 입술을 닦고 이번엔 립스틱을 새로 칠하지 않으려고 했다. 그래서 나는 그녀의 허벅지를 손바닥으로 한 대 때려주며 다시 또 립스틱을 바르라고 시켰다.

그리고 나서 새로 립스틱을 바른 입술에 뭉개듯 짙은 키스를 퍼부었다. 그녀의 따스한 온기가 내 몸 안 구석구석까지 전해졌고, 내 몸뚱어리 전체에서 정염(情炎)의 불기둥이 솟아오르고 있었다.

나는 여화와 함께 H호텔을 빠져나와 그녀를 내 차에 태웠다. 그리고 북악 스카이웨이 깊숙이 있는 외진 곳으로 차를 몰았다. 운전하는 동안 마음을 안정시키기 위해서 음악을 틀었다. 영화 〈나인 하프 위크〉에서, 킴 베이싱어가 애인 앞에서 스트립쇼를 할 때 나오는 음악인 〈Leave yours at on〉이었다.

여화는 아직 내 자동차 기어의 변속 레버에 대해 눈치를 못 챈 것 같다는 생각이 들었다. 그래서 조금 있다가 그녀를 놀라게 해줄 수 있을 것 같아 나는 기뻤다.

팔각정 조금 못 미쳐 있는 숲 속에 차를 세웠다. 그리고 시동을 끄고 나서 좌석을 뒤로 제쳤다. 그녀 역시 색기(色氣) 발랄한 눈으로 나를 바라보며 좌석을 뒤로 제쳤다.

그녀가 자연스럽게 내 곁으로 다가와 내 귀를 흡입해 주었다. 나나 그녀는 언제나 애무를 귀에서부터 시작한다.

우리는 깊은 키스를 교환했다. 입술과 입술 사이로 혀를 집어넣어 입 안 구석구석을 더듬었다. 나는 그녀의 혓바닥을 강한 흡입력으로 빨아들여 잘근잘근 씹었다. 그녀의 숨소리가 차츰 거칠어졌다.

나는 그녀의 블라우스를 젖히고 손을 집어넣어 젖가슴을 천천히 쓰다듬었다. 역시 생각했던 대로 '노 브래지어'였다. 내 손가락 놀림이 거세짐에 따라 점점 유두가 발기되는 것이 느껴졌다.

그녀도 나의 목 언저리를 뾰족한 손톱 끝으로 갉작거려 주었다. 그러면서 손바닥으로 내 배를 쓰다듬기도 하고, 손가락 끝으로 배꼽을 문지르기도 했다.

그녀는 내 몸뚱어리 중에서도 특히 배 부분을 좋아한다. 근육이 임금왕(王) 자 모양으로 붙은 내 배를, 그녀의 젖가슴으로 두 시간 동안이나 애무해 준 적도 있었다.

나는 그녀의 치마 밑으로 손을 집어넣어 보았다.

앗, 이게 웬일인가? 오늘따라 그녀는 팬티를 입고 있었다. 내가 놀랐다는 표정을 하자 그녀는 나를 보고 배릿한 웃음을 흘린다. 그래서 나도 그녀를 따라 같이 웃어주었다. 그 의외성이 썩 참신하게 느껴졌다. 그녀는 팬티를 입고 있었던 적이 한 번도 없었던 것이다.

팬티는 이미 촉촉해져 있었다. 나는 그녀에게 자지 모양의 기어 변속 레버를 보여 주었다. 그녀는 한쪽 눈을 찡긋거려 보이면서 내 불두덩을 날카로운 손톱으로 살짝 꼬집었다. 그러고 나서 섹시한 웃음을 흘리면서 자지 모양의 변속 레버에 키스를 하기 시작했다. 그리고 내 얼굴도 함께 번갈아가면서 핥아 주었다.

그녀가 레버 곁에 앉을 수 있도록 도와주면서 그녀의 다리를 손으로 마찰했다. 그녀는 섹시한 자세로 엎드리면서 보지 사이로 레버를 집어넣었다. 그러고 나서 아래위로 몸을 움직이고 돌리기도 하면서 들입다 교성을 질러댔다.

"아, 아……."

"Perfect, Perfect, Ah……."

나는 "No"라고 말하며 시동을 걸었다. 그러자 변속 레버가 엔진 회전에 맞춰 떨리기 시작했다.

여화는 나를 천사가 봐도 질투심을 느낄 정도로 사랑이 담뿍 담긴 눈으로 바라보았다.

나도 웃으며 그녀의 아랫도리를 손가락으로 애무했다. 그리고 그녀의 다리를 잡고서, 허벅지 윗부분에 내 손바닥을 대고 비비고 문지르기 시작했다. 정말 짜릿하고 황홀한 순간이었다.

그녀는 마치 꿈속에서 노니는 듯 힛힛 기쁨의 소리를 질렀다. 나 역시 마찬가지였다.

30분쯤 동안이나 그녀는 변속 레버와 섹스를 했다. 그 정도의 시간이 아주 짧은 한순간처럼 느껴졌다. 레버는 그녀의 애액으로 젖어 있었다. 나는 레버에 묻은 애액을 그녀의 허벅지에다가 골고루 발라 주었다.

우리는 잠시 휴식을 취하면서 담배를 피웠다. 색다른 '관능적 완상(玩賞)' 뒤의 담배는 역시 감칠맛이 있었다.

담배를 다 피우고 나서 우리는 다시 애무를 시작했다. 그녀가 내 코와 입술과 목을 정성껏 흡입하고 음미해 주었다. 그녀는 늘 입술을 안으로 오므리고서 키스를 해주기 때문에 느낌이 아주 자극적이었다.

그녀의 얼굴을 끌어올려 오랫동안 서로의 코를 비빈 뒤, 나는 드디어 나의 혓바닥을 그녀의 눈 부근으로 들이밀었다. 눈 화장이 어지럽게 얼룩지는 것이 내게 새삼스런 쾌감을 가져다 주었다. 나는 여화가 너무나 예뻐 보여 온갖 정성을 다해 그녀를 기쁘게 해주었다.

한바탕 관능적 격전을 치르고 나자, 그녀는 얼얼한 표정으로 추상화 같은 얼굴이 되어 있었다. 그러나 무척 기분 좋아하는 것 같았다.

여화는 역시 탐미적 취향에 있어 대담한 데가 있었다. 그녀는 담배를 한 대 피우고 나자 다시금 생기를 되찾았다. 그러고는 기어 변속을 자기가 해주겠다고 제의해 왔다.

물론 변속 레버를 자기의 보지 안에 넣은 채로 말이다. 그래서 나는 잠시 어리둥절해질 수밖에 없었다. 그녀가 그렇게까지 나오리라고는 미처 예상하지 못했기 때문이다.

나는 좀 떨떠름한 채로 그녀의 제의에 동의했다. 왜 떨떠름했냐 하면, 그러다가 혹시 사고라도 나면 어쩌나 하는 생각이 들었기 때문이다. 내가 걱정하는 표정을 보이자, 그녀는 염려 말라고 하며 손가락 두 개로 브이 (V) 자를 만들어 보였다.

그녀는 아까처럼 기어 위에 엉거주춤한 자세로 앞을 보며 앉고, 내가 시동을 걸었다. 그녀가 원체 능숙하고 힘차게(나는 여자의 보지가 그토록 힘셀 줄은 미처 몰랐다) 기어 변속을 해주었기 때문에, 마치 자동변속기로 돼 있는 자동차를 운전하고 있는 것 같았다.

나는 그녀 덕분에 오른손이 자유로워져서, 그녀의 몸 구석구석을 애무해 줄 수 있었다. 누가 보더라도 캄캄한 밤중이라 우리가 어떤 자세로 운전을 하고 있는지 알아볼 리 없었다.

우리는 그런 식으로 운전하여 팔각정을 한참 지나서 있는 어느 조용한 레스토랑까지 왔다. 레스토랑에서 우리는 바닷가재 요리를 시켜 먹었다. 신나는 별미(別味)의 에로틱한 해프닝을 벌이고 난 뒤라 그런지 여화는 잘도 먹었다.

나는 그녀가 발라서 입에 넣어주는 바닷가재 살을 씹어 먹으며, 그녀의 입술을 씹고 있는 것 같은 착각을 느꼈다.

식사를 한 뒤, 우리는 아까처럼 운전하여 시내 중심가에 있는 L호텔까지 갔다. 그리고 맨 꼭대기에 있는 나이트클럽으로 올라가 술을 마시며 신나게 몸을 흔들었다.

그녀가 춤추고 있는 모습이 꼭 아까 기어 변속을 할 때의 자태 그대로였다. 내가 그걸 보고 기분 좋게 웃자 그녀도 나를 따라 깔깔거리며 웃었다. 아마 다른 손님들은 우리가 무엇 때문에 웃었는지 잘 몰랐을 것이다.

L호텔에서 하룻밤을 보낸 후, 다음날 오전에 나는 그녀를 공항까지 차로 바래다주었다. 훤한 대낮인데도, 그녀는 깡도 좋게 다시금 자기의 보지로 기어 변속을 해주었다. 차를 빨리 몰았기 때문에 누가 본다고 해도 그냥 지나쳐버릴 수밖에 없었을 것이다.

그녀의 그런 모습이 너무도 사랑스러워 보여, 잠시라도 그녀와 떨어져 있다는 게 몹시도 슬프게 여겨졌다.

그래서 나는 기어 변속을 하는 그녀의 사타구니를 쓰다듬던 오른손을 내 입술로 가져가, 그녀가 흘린 애액을 옮겨 발랐다. 그녀의 정성을 내 마음속 깊숙이 좀 더 강하게 각인시켜 놓기 위해서였다.

공항에 내려 여화를 전송했다. 그녀는 내 자지를 긴 손톱으로 장난스레 쿡 찌르고는, 발길을 돌려 총총히 사무실 쪽으로 사라져버리고 말았다.

여화는 떠났다. 아마 1주일 뒤에나 볼 수 있을 것이다.

나는 이제 여화랑 같이 일하는 비행기 승무원들이 하나도 부럽지 않고 또 그들에게 질투도 느껴지지 않는다. 역시 응용력의 승리였다. 참신한 아이디어야말로 인생을 즐겁게 해준다. 다음엔 또 어떤 변화를 시도해볼까? 나는 기대감에 넘쳐 상상 속으로 빠져들었다.

16··· 잠자는 숲 속의 미녀

　나는 페티시즘(fetishism)에 관한 글을 많이 썼다. 시로 소설로 에세이로, 페티시즘은 절대 도착성욕이 아니며 '페티시(fetish)' 역시 '탐미적 사랑의 대상물'일 뿐이라는 주장을 폈다.

　그러면서 『사랑학 개론』이란 책을 써서 출간할 때, 페티시즘의 우리말 번역어를 내 나름대로 고쳐 '고착적 탐미애(固着的 耽美愛)'로 했다. 그 전까지는 흔히 '절편음란증(節片淫亂症)'이라는 무시무시한 말이 통용되고 있었는데, 도무지 마땅치가 않아 오랜 고심 끝에 만들어낸 용어였다.

　'페티시(fetish)'는 원래 '물신(物神)' 또는 '주물(呪物)'이란 뜻을 가진 종교학 용어이다. 그러다가 프로이트 이후 성애적 의미로 많이 쓰여 성욕의 도착적 대상물을 가리키게 되었다.

　그럴 경우의 페티시는 성적(性的) 성질이 없는데도 성적 반응을 일으키는 육체의 일부 혹은 물건을 의미한다. 남성의 대표적인 페티시로는 여자

아라베스크

의 발·머리카락·하이힐·긴 부츠·가죽 옷 등이 있고, 넓은 의미의 페티시로는 섹시한 젖가슴이나 다리, 음순걸이·배꼽걸이 등의 특이한 장신구, 똥, 오줌 등의 배설물 같은 것들도 들어간다. 물론 여자에게도 페티시가 있다. 남자의 수염, 가슴털, 가죽옷, 모자, 염색한 머리 등이다.

나의 페티시는 주로 여인의 '긴 손톱'이었다. 적어도 10센티미터가 넘는 긴 손톱의 환상은 언제나 나를 황홀케 했다. 그러나 현실적으로는 그런 손톱을 가진 여자를 만나보기가 힘들었다. 그래서 나는 『권태』, 『페티시 오르가즘』, 『별것도 아닌 인생이』 등의 장편소설을 통해 그런 손톱을 가진 여인을 장황하게 묘사해 보기도 했다.

우리나라에서도 요즘엔 네일 아트 샵이 슬슬 생겨나고 있고, 서구에서는 손톱 미용이나 인조손톱 붙이기가 일상화되어 있다. 하지만 한국이나 서구나 아주 길게 기른 손톱을 가진 여성을 찾아보긴 힘들다. 또 '긴 손톱'을 성적 페티시로 인정하고 있지도 않은 것 같다. 서구의 성 전문가들이 쓴 책을 봐도, 긴 손톱은 본격적인 페티시의 범주에서 제외되고 있다.

어떤 독자가 인터넷에 있는 〈Long nail fetish〉라는 사이트에 있는 사진들을 복사해 보내주어 반가운 마음으로 받아봤는데, 손톱을 아주 길게 기른(또는 붙인) 여성들이 등장하긴 하되 모두 다 손톱을 사도마조히즘의 도구로만 이용하고 있었다. 말하자면 남자 마조히스트를 할퀴거나 겁주면서 즐겁게 해주기 위해 긴 손톱을 이용하고 있었다.

나에게 있어 긴 손톱은 사도마조히즘의 도구로서가 아니라 탐미적 대상물로, 또는 '탐미적 평화주의'나 '일부러 불편하게 하기'의 상징으로 들어온다. 굽 높은 하이힐이나 전족, 높고 무거운 가발 등과 함께 긴 손톱은 육체적 동작을 둔화시키는 수단인 것이다.

동작이 둔화되면 자연히 싸울 수도 없어져 '탐미적 평화주의'가 이루어진다. 그러면서 자궁 속의 태아와도 같은 안온한 구속이나 정지 상태를 즐기려는 욕구가 충족되게 되는데, 이런 심층심리가 '손톱 기르기'의 내면적 동인(動因)이라는 게 내 생각이다.

긴 손톱보다 좀더 보편적인 페티시로 기능하는 것이 여자의 '긴 머리카락'인데, 이는 특별한 설명을 붙일 필요도 없이 남성이라면 누구나 좋아하는 것이다. 또 여성들이 가장 자랑스런 나르시시즘으로 즐기는 것이 자신의 '긴 머리카락'이라고 할 수 있다.

'긴 머리카락'은 가끔 '높고 무거운 헤어스타일'로 되기도 하여 18세기 유럽에서는 1미터가 넘는 높이의 머리모양이 유행했고, 우리나라 조선시대 때도 '덧머리'나 '큰머리'가 유행하여 '다리(月子)'라고 불리는 가발이 이용되었다. 기록에 나오는 것을 보면, 어떤 여인은 너무나 많은 다리를 얹어 그 무게 때문에 목뼈가 부러졌다고 한다.

나 역시 여인의 긴 머리카락을 긴 손톱만큼이나 좋아했다. 그래서 손톱을 아주 길게 기른 여인을 묘사할 때는 머리카락 역시 길고 치렁치렁하게 묘사하곤 했다.

하지만 긴 손톱이나 긴 머리카락이나, 현실에서는 늘 한계가 있게 마련이었다. 내가 만났던 여자들 가운데 손톱을 아주 길게 길렀다고 자부하는 여자라 해도 손끝에서 5센티미터 정도 뻗어나간 게 고작이었고, 큰맘 먹고 머리를 길렀다고 해도 허리 정도까지 내려오는 게 고작이었다.

서구에서 나온 잡지책이나 사진집에서는 그보다 긴 손톱이나 머리카락을 이따금 볼 수 있었는데, 내가 본 것 중 가장 길었던 손톱은 10센티미터 정도의 길이였고 머리카락은 2미터 정도의 길이였다.

아라베스크

하지만 나의 탐미적 상상력은 점점 더 욕심을 내가고 있었다. 진통제나 진정제를 상습적으로 복용하다 보면 점점 복용량을 늘려가야 하는 것처럼, 나는 무지무지하게 긴 손톱이나 긴 머리카락을 가진 여자를 상상하며 안쓰럽게 입맛을 다셔대고 있었다. 아무리 상상적 이미지를 명료하게 만들어봤자, 현실 속에서 직접 보고 만지는 것만은 못하기 때문이었다.

서론이 너무 길어졌다. 아무튼 그래서 나는 램프의 요정 셰에라자드에게 이런 심정과 고충을 호소했다. 그랬더니 셰에라자드는 한참 동안 생각에 잠겨 있다가 손뼉을 치며 이렇게 말하는 것이었다.

"아, 정말 좋은 생각이 났어요. 제가 주인님이 바라시는 여자를 만나보실 수 있도록 해드릴게요. 100년 동안이나 손톱과 머리를 기른 여자라면 주인님을 충분히 만족시켜 드릴 수 있을 거 아니겠어요?"

나는 그녀의 말에 귀가 솔깃해지면서 당장 군침이 꼴깍꼴깍 넘어갔다. 그래서 나는 그녀에게,

"100년 동안이라구? 야, 그것 참 볼 만하겠군. 손톱과 머리를 100년 동안이나 기르면 대체 얼마만큼의 길이가 될까?"

하고 말했다.

"저도 금방 상상이 안 가는군요. 적어도 손톱은 1미터, 머리카락은 10미터 정도가 되지 않겠어요?"

셰에라자드의 말을 듣고 나서 나는 이내 흥분이 되었다. 마치 당장 회춘이라도 한 것 같은 기분이었다. 그래서 나는 관능적 상상력이야말로 '비아그라'라는 약보다 훨씬 더 강한 발기유도제라고 느꼈다.

벌써부터 흥분하는 게 그녀 보기에 약간 창피하여, 나는 잠시 숨을 고

르며 마음을 진정시켰다. 그러면서 생각을 모아가다 보니 문득 머릿속에 떠오르는 의문이 있었다. 그래서 나는 그녀에게 이렇게 말했다.

"100년 동안 손톱과 머리카락을 기른 것은 좋아. 하지만 그런 여자라면 적어도 100살은 넘었을 것 아냐? 손톱과 머리카락만 길면 뭐하겠어. 얼굴과 몸매가 젊고 싱싱해야지."

말을 끝내놓고 보니 이내 관능적 흥분이 사그라졌다. 100살 먹은 노파를 만나본다는 상상만 해도 징그럽고 끔찍한 느낌이 들었기 때문이다. 그러자 세에라자드는 배시시 웃으면서 내게 말했다.

"별 걱정을 다하시는군요. 도대체 저를 뭘로 보시는 거예요? 이래봬도 저는 마술을 부릴 수 있는 램프의 요정이라구요. 그러니 그런 염려일랑 제발 붙들어 매셔요. 이팔청춘 꽃 같은 아가씨를 만나게 해 드릴 테니까요."

"그렇게 어린 여자가 어떻게 100년 동안이나 손톱과 머리카락을 기를 수 있지?"

"마법의 나라, 아니 동화 속의 나라니까 가능하지요. 선생님은 독일의 그림 형제가 쓴 동화집도 못 보셨어요?"

"보긴 봤지……. 『그림 동화』에 그런 얘기가 다 있었나? 잘 생각이 안 나는데."

"물론 그런 얘기는 없지요. 하지만 제가 어떤 동화에 살을 덧붙이는 식으로 해서 주인님을 즐겁게 만들어 드리려고 해요."

"도대체 그 동화 제목이 뭔데?"

"원래 제목은 「장미 공주」예요. 하지만 흔히 「잠자는 숲 속의 미녀」로 알려져 있죠. 이젠 생각이 나시죠?"

그제야 나는 생각이 났다. 무녀(巫女)의 저주로 100년 동안 잠들어 있게 된 16세 공주의 이야기인데, 공주뿐만 아니라 궁성 안의 모든 사람들과 동물·곤충들에 이르기까지 다 잠들게 된다는 스토리로 시작된다.

그러다가 100년이 지난 후 어떤 용감한 왕자가 나타나 궁성 주변의 빽빽한 가시덤불을 헤치고 들어가 공주와 키스를 한다. 그러자 공주뿐만 아니라 공주의 부모인 왕과 왕비, 그리고 궁성 안의 모든 신하들과 일꾼들, 동물들, 곤충들이 긴 잠에서 깨어난다는 줄거리로 되어 있다. "그리하여 공주와 왕자는 곧바로 결혼식을 올렸습니다. 그리고 죽을 때까지 행복하게 살았습니다"라는 말이 이야기 끝머리에 덧붙여 있는 것은 물론이다. 그러니까 내가 바로 그 왕자 역할을 하게 된 셈이었다.

잠자는 동안에도 손톱, 발톱, 머리털들은 충분히 자랄 수 있을 것이다. 그러나 그동안 공주가 늙어가지는 않았을 것이다. 왜냐하면 동화책에 그렇게 쓰여 있으니까. 나는 기묘한 아이디어를 낸 셰에라자드의 기지에 감탄했다.

"그럼 어서 떠날 준비를 하셔요. 꽤 재미있는 여행이 되실 거예요."

셰에라자드가 나를 재촉했다. 대체 어디로 어떻게 가라는지 막연했다. 내 생각을 눈치 챘는지 셰에라자드는 방긋 웃으면서 서재로 가 『그림 동화』를 뽑아왔다. 그러고는 「장미 공주」 편이 나와 있는 페이지를 펼치더니, 그 페이지 위에 연필로 문을 하나 꽤 정교하게 그렸다. 그리고 나서 나에게,

"이게 바로 '비밀의 문'이에요. 이 문 안으로 들어가시면 장미 공주가 잠들어 있는 궁전으로 가는 길이 나 있을 거예요. 너무 긴장하거나 겁먹으실 필요는 없어요. 제가 늘 주인님을 지키며 돌봐드릴 테니까요."

하고 말하며 내 등을 책 쪽을 향해 힘껏 미는 것이었다. 그래서 나는 얼떨결에 비밀의 문을 통과하게 되었다.

문을 나서자 아름다운 전원 풍경이 펼쳐졌다. 맑은 공기와 푸른 하늘, 그리고 드문드문 떠가는 흰 구름이 내 마음을 푸근히 안정시켜 주었다. 인가는 보이지 않았고 싱그러운 풀들과 이름 모를 들꽃들, 그리고 짙은 녹음을 드리우고 서 있는 키 큰 나무들이 작은 길을 에워싸고 있었다.

나는 천천히 걸어가면서 이런저런 생각에 잠겼다. 새삼 여자가 부럽다는 생각이 들었다. 손톱을 기르고, 머리를 기르고, 몸매를 아름답게 단장할 수 있는 자유가 여자들한테는 확보돼 있기 때문이었다.

안락한 피보호(被保護)를 즐기고 나른한 자궁회귀의 기쁨을 '일부러 불편하게 하기' 기법을 통해 맛볼 수 있는 여자들……. 나는 손톱도 머리도 마음껏 기를 수 없는 나 자신의 신세(또는 용기 없음)를 새삼 한탄했다.

'잠자는 숲 속의 미녀'만 해도 그렇다. 편하게 잠들어 있을 수 있다는 건 얼마나 행복한 일인가. 왜 그런 것은 언제나 여자인 '공주'의 몫이 되고, 낑낑대며 위험을 무릅쓰고 공주를 찾아가 그녀를 구원하는 것은 꼭 남자인 '왕자'의 몫이 되어야 한단 말인가.

문득 내가 예전에 썼던 시 「여자가 더 좋아」가 생각났다.

차라리 여자라면 좋겠다
그러면 먼저 화장부터 덕지덕지 야하게 하겠다.
머리는 꼬불꼬불 파마를 하고
울긋불긋 총천연색으로 염색도 하겠다.

머리털을 길게도 짧게도, 볶을 수도 펼 수도 있는 자유

치마도 바지도, 짧게 길게, 넓게 좁게

마음대로 입을 수 있는 자유

남자처럼 그 신물 나는 양복에 넥타이만이 아니라

수만 가지 스타일로 옷을 해 입을 수 있는 자유

요란하고 섹시하게 꾸며도 되는 자유

적당히 기분 좋게 노출을 해도 되는 자유

그런 여자의 자유가 나는 부럽다.

내가 여자라면, 싸구려라도 좋으니

열 손가락에 모두 반지를 끼고

귀걸이 목걸이 팔찌 발찌까지 주렁주렁 달겠다.

그리고 손톱도 아주 뾰족하게 길러

열 손톱마다 각각 다른 색깔의 매니큐어를 칠하겠다.

(그 손톱으로는 물론 내 애인의 온몸을 슬슬 쓰다듬어 주지)

아름답게 보인다는 것, 관능적으로 보인다는 것 하나만을 위하여

온 마음을 쏟아 열중할 수 있다는 것은

얼마나 대견스러운 일이랴, 얼마나 부러운 일이랴

화장도 못하고, 머리도 못 기르고

목걸이 귀걸이도 못하는 지금의 나

언제나 점잖은 척 뻔뻔한 얼굴로 살아가야 하는

지금의 나로서는, 자유를 두려워하는

겁쟁이인 나로서는.

나는 '남성다움'의 틀에 갇혀서 지내야 하는 이 시대의 '남성상'에 너무나 불만이 많았다. 내 마음속에는 '여성 트랜스젠더'나 '복장도착자'가 되고 싶어하는 원초적 본능이 자리 잡고 있었는지도 모른다.

위의 시는 풍자적 시구(詩句)로 마지막을 얼버무리고 있지만, 창작 동기의 핵심은 어디까지나 나의 내면적 본능을 그대로 솔직히 발가벗겨 대리배설 시키는 데 있었다고 할 수 있다.

요즘 와서는 사실 한국 사회에서도 남성의 여성화 현상이 두드러지게 나타나고 있다. 머리를 아주 길게 길러 샛노란색이나 보라색, 빨강색 등으로 염색한 남성을 심심찮게 만나게 되고, 귀걸이는 물론 목걸이, 팔찌 같은 것을 차고 다니는 남성은 이젠 흔하다. 어쩌다 코걸이를 한 젊은 남자를 본 적도 있고, 심지어는 입술걸이를 한 젊은 남자도 보았다.

손톱까지 길게(한 3센티미터 정도?) 기르고 다니는 남자 대학생을 본 적도 있는데, 신기한 것은 그런 남학생을 보고도 여학생들이 거부반응을 일으키지 않는다는 사실이었다.

요즘 젊은 여성들은 예전같이 건장하고 투실투실하게 생긴 '믿음직한' 남성을 별로 좋아하지 않는다. 어딘지 모르게 가냘프고 예쁜 얼굴을 한, 사춘기 소년 같은 남성을 좋아한다. 흔히 말하듯 '모성애'를 자극하기 때문만은 아닌 것 같다. 남성미든 여성미든, 이제는 둘 다 똑같이 '화사하게 아름다운' 용모가 가장 높은 점수를 받게 됐기 때문이라고 본다.

내가 1989년 봄에 에세이집 『나는 야한 여자가 좋다』와 시집 『가자,

장미여관으로』를 출간했을 때만 해도, 화장 많이 하고 긴 손톱에 매니큐어 칠을 한 관능적인 용모의 여자는 '골빈 여자'나 '헤픈 여자'로 치부되었고, 그런 여자가 좋다고 하는 나를 두고 식자층 여성들은 여성의 외모를 상품화하려는 남성 쇼비니즘적 태도라고 몰아붙였다.

그런데 불과 20여년 정도가 지난 지금, 여성은 물론 남성들까지도 '야한 매력'을 가꾸려고 애쓰고 있다. 그래서 지금까지 흔히 얘기돼 왔던 '내면의 아름다움'이나 '건강한 자연미'보다는, '섹시한 외모'와 '화려한 인공미'가 더 강하게 어필하고 있는 것이다.

이런 현상은 내가 일찍부터 예견했던 현상이다. 사회가 경제적으로 성장하여 '먹을 걱정'이 줄어들수록 반드시 탐미적 유미주의 바람이 일어난다. 그런데 아름다움이란 결국 타인(특히 이성)의 시선을 끌어 모아 멋진 섹스를 해보고자 하는 노력의 산물에 다름 아니므로, 탐미성의 추구는 곧 관능적 쾌락의 추구와 매한가지인 것이다.

물론 우리나라가 지금 완벽하게 경제가 안정되고 사회복지가 이룩되고 인권이 존중되는 사회라고는 볼 수 없다. 말하자면 아직은 '어정쩡한 상태'의 과도기이기 때문에 '성의 상품화 문제'나 '외설이냐 예술이냐' 따위의 소모적 논쟁이 많고, '관능미' 자체에 대해 거부반응을 일으키는 부류가 많을 수밖에 없는 것이다.

하지만 한국 경제가 지속적으로 신장되고 사회 보장과 자유민주주의가 토착화되어 갈 것이라고 가정할 때, 남자든 여자든 자신을 성적(性的)으로 '상품화'시켜 나가면서 나르시시즘적 만족을 얻게 되는 사회가 도래할 것이라고 단언할 수 있다. 유니섹스 모드와 관능미 위주의 몸치장이 특히 신세대들 사이에서 유행하고 있는 이유는, 그들이 구세대에 비해 비교적 풍요로운 환경에서 성장했기 때문일 것이다.

이런 와중에서 우리가 특별히 주목하게 되는 현상이 바로 남성의 여성화 경향이다. 이제는 여성이 남성을 부러워하는 것이 아니라 남성이 여성을 부러워하게 된 것이다. 프로이트의 남근선망(男根羨望 : Penis envy) 이론이 이젠 무력해졌다는 것을 우리는 실감하게 되었다.

여성해방론자들은 지금까지 여성이 억압받아 온 것만 강조하고, 남성이 당한 불이익에 대해서는 무시하는 경향이 있었다. 그러나 남성이 받은 억압이나 불이익 역시 이루 헤아릴 수 없이 많은데, 대충 꼽아보면 다음과 같다.

첫째, 남자는 여자처럼 '보호받을 권리'가 없다. 가족 부양도 남자 책임이고 전쟁이 나면 나가서 싸워 용감하게 죽어 마땅한 것도 남성이다. 배가 난파하더라도 부녀자부터 먼저 살리고 난 후 자기는 빠져 죽어야 한다.

둘째, 남자는 무조건 튼튼하고 정력이 세고 참을성이 많아야 한다. 여자처럼 눈물을 흘려서도 안 되고 말이 많아서도 안 된다. 섹스행위 때도 절륜한 정력으로 여성을 만족시켜 줘야만 한다.

셋째, 남성은 여성처럼 화사하게 치장하고 몸을 가꿀 권리가 없다. 여자는 머리를 길게 짧게 마음대로 할 수 있고 지지고 볶거나 염색까지 할 수 있지만, 남자는 그렇지 못하다. 화장을 짙게 할 수 없는 것은 물론 치마도 입을 수 없고, 몸을 과도하게 노출시킬 수도 없다.

상황이 이토록 처참한 지경이었으니, 남성들이 억울함을 호소하며 들고일어나는 것은 어찌 보면 당연한 결과라고 할 수 있다.

 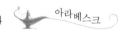 아라베스크

남성이 여성화되기 시작하면서 눈에 띄게 노출되는 현상이 '게이와 트랜스젠더와 쉬메일의 증가' 또는 '퀴어 문화에 대한 사회적 관심의 증가'다. 최근에 발표되는 문화비평들을 보면, 동성애 문제나 쉬메일(복장도착) 문제를 반드시 양념으로 끼워 넣고 있다.

동성애를 다룬 영화도 많이 나왔는데(〈패왕별희〉〈크라잉게임〉〈결혼피로연〉〈필라델피아〉 등), 특이한 것은 여성간의 동성애를 다룬 영화는 별로 없고 거의가 남성간의 동성애만을 다루고 있다는 점이다. 그리고 TV 등 일반 언론매체에서도 동성애를 취재하여 보도하는 일이 잦아졌고, 특별히 '여장남성'에 초점을 모으는 것이 유행처럼 되었다.

여장남성 가운데 진짜 여자 뺨치게 고운 용모를 한 몇몇 사람들은 매스컴에 얼굴이 알려지고 영화에 출연하게도 되면서, 잠시 스타급으로 부상하기도 했다. 과거에는 전혀 예상치 못했던 현상이라 하겠다.

나는 우연한 기회에 동성애 문제를 다룬 영화에 주연으로 출연한 한 여장남성을 만나봤는데, 아무리 뜯어봐도 여자였다. 그 사람은 성전환수술도 받지 않은 순수한 남성이었다.

그런데도 처마처럼 흐른 어깨선이나 희고 가느다란 손가락 등 정말로 고운 외모를 갖고 있었다. 게다가 화사하게 치장하고 정성스레 매니큐어를 하는 등 몸매 가꾸는 것을 귀찮아하지 않고 당당한 나르시시즘으로 즐기고 있어, 부럽기도 하고 대견스럽기도 했다.

고전적인 정신분석학에서는 남자가 여자처럼 꾸미고 싶어하는 심리를 '복장도착증(transvestism)'이라고 하여 일종의 변태로 보았다. 그런데 요즘 정신과 의사들은 동성애나 복장도착증을 무조건 변태나 병으로 보지는 않는 것 같다. 그래서 성전환수술 같은 것도 국내에서 꽤 이루어지고 있는 것이다.

레비스트로스 같은 인류학자는 동성애 증가현상을 인구폭발에 대응하는 집단무의식적 노력으로 보았다. 인구증가에 따른 식량감소를 겁내다 보니 이성애를 회피하게 된다는 것이다.

하지만 동성애 심리와는 별개로 단순히 '여자처럼 꾸미기'만을 즐겨하는 복장도착자(C. D.)가 증가하고 있는 것을 보면, 그런 해석이 딱 부러진 정답은 안 되는 것 같다. 그보다는 차라리 '과중한 노역에 피로해진 남성들의 현실도피 심리'가 더 맞는 해답일 것이다.

이젠 정말 '진짜 남녀평등'이 무엇인가를 심각하게 따져봐야 할 때가 되었다. '여성학'만이 아니라 '남성학'도 나와 지금까지 '특권'이라는 이름으로 남성들에게 부당하게 부과되었던 과중한 짐들을 솔직하게 해부해 봐야 할 것이다…….

대강 이런 생각에 빠져들며 천천히 걸어가다 보니, 문득 내가 정력이 약하다는 사실에 생각이 미쳤다. 하긴 나뿐만 아니라 세계 모든 남성들의 정력이 약해져가고 있는 게 사실이다. 여기서 말하는 '정력'은 물론 삽입 성교를 할 때 쓰이는 정력을 의미한다.

아무튼 남성들의 정충 수가 50년 전에 비해 반 정도로 줄어들었다는 의학통계까지 나와 있는 것을 보면, 남자들이 점차 시들어가고 있는 것만은 분명한 사실인 것 같다. 공해 때문이기도 하겠지만 아무래도 과도한 책임감과 의무감, 그리고 여성들의 기가 점점 더 세지고 있다는 것이 근본적인 원인일 것이다.

멀리 커다란 궁성이 보이기 시작했다. 나는 잠들어 있는 장미 공주를 만날 수 있다는 생각에 가슴이 두근거려 오기 시작했다. 그리고 긴 손톱이나 머리카락 생각보다도, 그녀가 살아 있는 상태로 '잠들어 있다'는 사실에 더 관심이 가는 것이었다. 약해진 정력 생각을 해서 그런지도 몰랐다.

공주에게 키스를 해주면 그녀는 깨어나게 되고 키스를 안 해주면 그녀는 계속 잠들어 있게 된다. 키스를 해줄까 말까…….

이런 생각을 하는 내 머릿속으로 문득 시 한 편의 내용이 떠올라왔다. 꼼꼼히 퇴고를 할 것도 없이 그냥 그대로 한 편의 완성된 시가 될 것 같았다. 나는 머릿속에 떠오른 시의 제목을 「잠자는 숲 속의 미녀」로 정하기로 했다.

　　잠자는 숲 속의 미녀와 사랑을
　　나눌 수 있다면 얼마나 좋을까

　　만날 잠만 잘 테니 내가 정력이
　　없다고 보채대지도 않을 것이고

　　나 역시 그녀를 마음대로 애무하며
　　한껏 으스대는 사랑을 할 수 있을 거야

　　여자의 오르가슴에 신경 쓰지 않아도 되는 사랑
　　여자의 변덕에 가슴 아파하지 않아도 되는 사랑

그런 사랑을 신나게 신나게
즐길 수 있을 거야

드디어 성 앞에 도달했다. 동화책에 쓰여 있는 대로 성 주변은 가시덤
불로 뒤덮여 있었다. 덤불 틈 사이를 헤치고 지나가 보려고 애를 써봤지
만, 날카로운 가시에 찔릴 뿐 도저히 대책이 서지 않았다.

그래서 나는 하는 수 없이 약간 자존심이 상하는 기분으로, 세에라자
드가 가르쳐준 주문을 외웠다.

"야하디야하다 야하디야하다 길아 열려라 쌍!"

그러자 그토록 빽빽하던 가시덤불 한가운데가 짝 갈라지면서 길이 만
들어졌다. 그래서 나는 길 한가운데로 수월히 지나갈 수가 있었다.

성 앞에 당도하니 성은 맑은 물이 넘실거리는 해자(垓字)로 둘러싸여
있었다. 아까 외운 주문이 그대로 효력을 발휘했는지 못 위로 다리가 내
려왔다. 나는 다리를 건너 열려진 성문을 지나 성 안으로 들어갔다.

궁성 안은 생각했던 것보다 화려했다. 영화에서 보았던 중세 유럽의
성들처럼 칙칙하고 어둡지가 않았다. 스페인의 알람브라 궁전처럼 화려
하고 정교한 가운데, 옥색 불빛이 성 내부를 은은히 밝혀주고 있었다. 벽
과 천장에는 갖가지 보석들이 촘촘하게 박혀 있었고, 흰 치즈빛 대리석으
로 된 바닥은 유리처럼 매끈거렸다.

성 안에 있는 군인들이나 하인들, 시녀들은 모두가 곤한 잠에 빠져들
어 있었다. 개도 자고 있었고 말도 자고 있었고 파리도 자고 있었다. 궁전
중앙의 큰 홀에서는 옥좌에 앉은 왕과 왕비가 앉은 채로 잠들어 있었고,
신하들 역시 코를 골고 있었다. 완전한 적막 사이로 코고는 소리만이 야

트막하게 들렸다.

나는 왕과 왕비, 그리고 신하들의 머리털과 손톱을 살펴보았다. 하나도 자라지 않은 상태 그대로였다. 그래서 나는 잠깐 실망할 수밖에 없었는데, 세에라자드가 내게 헛약속을 했을 것 같지는 않아 공주가 잠들어 있는 방을 빨리 찾아보기로 했다.

커다란 궁성 안의 이 방 저 방을 오랫동안 뒤진 결과 나는 드디어 공주의 방을 발견할 수 있었다.

공주의 방은 크고 사치스러웠다. 장미꽃 모양의 샹들리에가 천장에서 내려와 수만 가지 보석으로 뒤덮인 방 내부를 환히 밝혀주고 있었다.

바닥은 산호와 진주로 모자이크된 분홍빛 대리석으로 되어 있었는데, 감촉이 너무나 부드러워 마치 고운 모래밭을 걷는 것 같은 기분이었다.

방 한가운데에는 화려하기 그지없는 페르시아 양탄자가 넓게 깔려 있었고, 그 한가운데에 황금으로 만든 화려한 침대가 놓여 있었다.

나는 가슴이 두근거려 공주에게 빨리 다가갈 수가 없었다. 뛰는 가슴을 진정시키면서 한 발짝 두 발짝 앞으로 나가다 보니, 시녀들 여러 명이 바닥에 웅크린 채로 잠들어 있는 게 보였다.

시녀들은 거의 맨몸뚱이나 다름이 없었는데, 그도 그럴 것이 속이 훤히 비치는 옥빛 망사 옷감으로 된 팬티 비슷한 아랫도리 하나씩만 걸치고 있기 때문이었다. 하나같이 요염하게 생긴 얼굴들이었고, 눈썹과 뺨과 턱, 그리고 젖가슴 사이의 둔덕과 허벅지에는 커다란 황금 고리가 꿰어져 있었다.

나는 시녀들의 손톱과 머리모양을 살펴보았다. 머리는 어깨를 덮는 길이의 이집트 스타일이었고, 꼬아 놓은 머리가닥마다 갖가지 보석이 주렁주렁 매달려 있었다.

하지만 그동안 더 길게 자라난 것 같지는 않았다. 손톱 역시 마찬가지였다. 5센티미터 정도의 길이로 뻗어 나와 오색 매니큐어가 발라져 있긴 했지만, 더 자라나지 않은 게 분명했다.

나는 약간 실망하면서 공주의 손톱과 머리카락에 더욱 큰 기대를 갖게 되었다. 나는 드디어 공주가 잠들어 있는 침대 앞으로 천천히 다가갔다.

공주는 아주 행복한 표정으로 잠들어 있었다. 도화지같이 흰 피부에 오똑하게 솟아오른 코, 그리고 장밋빛 뺨과 꽃분홍색 입술이 그녀의 순진한 고혹미를 극대화시키고 있었다.

공주 역시 시녀들처럼 거의 벌거벗은 상태였는데, 거의 9등신에 가까운 날씬한 체구와 매끈하게 뻗어 내린 긴 다리가 내 눈을 어지럽혔다.

나는 드디어 공주의 손톱을 보았다. 아아, 셰에라자드의 말대로 공주의 손톱만은 백 년 동안 무럭무럭 자라나 있었다! 1미터가 훨씬 넘는 듯했다.

손톱을 아주 길게 기르면 안으로 완전히 꼬부라들어 보기 흉하게 되기 쉬운데, 공주의 손톱은 적당히 밍긋한 곡선을 그리며 멋있게 구부려져 있었다. 매니큐어 칠이 돼 있지 않아 희고 깨끗한 손들이 더욱 매력적으로 보였다.

그 다음에 나는 공주의 발톱을 보았다. 발톱 역시 손톱처럼 길디길게 자라나 있었다. 길이는 한 60센티미터쯤 될까?

하얗고 작은 발에는 다이아몬드로 된 발찌가 둘려 있었는데, 긴 발톱

들이 다이아몬드처럼 반짝거리며 윤기를 뿜어내고 있었다. 나는 점점 더 정신이 혼미해지면서 불두덩이 달아오르는 것을 느꼈다.

이젠 공주의 머리카락을 설명할 차례이다. 공주의 머리카락 길이는 10미터가 훨씬 넘었다. 윤기 나는 금빛 머리카락이 폭포수처럼 흘러내려 침대 주변으로 갈가리 길게 흩어져 있었다. 나는 그녀의 길디긴 머리카락을 보며 심장이 멎는 것 같은 충격을 받을 수밖에 없었다.

순간 나는 속으로 생각했다. 아아, 저 정도 길이의 머리카락이라면, 그것도 숱이 아주 많은 머리카락이라면, 그 무게가 대체 얼마나 될까. 공주가 잠에서 깨어난다 해도 저토록 긴 머리카락을 그냥 혼자서 감당해 내진 못할 것이다. 반드시 여러 명의 시녀가 그녀의 머리카락을 뒤에서 받들고 다녀야 할 것이다…….

또 손톱·발톱은 어떠하냐. 1미터나 넘는 손톱이라면 정말 손으로 아무것도 할 수가 없다. 설사 공주가 깨어난다고 해도 그녀는 자궁 속의 태아처럼 그저 가만히 있을 수밖에 없을 것이다.

긴 발톱 역시 마찬가지. 그런 발톱을 갖고선 한 발짝도 걸을 수가 없다. 시녀나 노예들이 일일이 안고 다니거나 움직이는 의자 노릇을 해줘야 한다…….

이런 생각을 해나가는 동안 나는 미칠 듯이 부풀어 오르고 있는 나의 자지를 느꼈다.

예전부터 왕비나 공주들은 걷지 않아도 되는 게 특권으로 되어 있었다. 그래서 역시 『그림 동화』에 나오는 「신데렐라」 이야기는 신데렐라의 '작은 발'이 모티프가 되어 있다.

신데렐라가 무도회 때 떨어뜨리고 간 유리구두는 아주 작았다. 그래서 그녀를 못 잊어하던 왕자는 온 나라를 뒤져 구두 주인을 찾는다. 드디어 신데렐라네 집 순서가 되자 신데렐라의 의붓언니 두 명은 작은 구두에 맞추기 위해, 한 명은 발가락들을 한 명은 발뒤꿈치를 칼로 잘라버린다. 그때 피 흘리며 아파하는 그녀들을 독려하며 신데렐라의 계모가 하는 말은 다음과 같다.

"괜찮아, 아프더라도 참고 잘라버려. 왕비가 되면 걸을 일이 없으니까 발병신이 돼도 돼."

중국의 전족이나 서구 여성들이 신는 굽 높은 뾰족구두 같은 것들은 '신데렐라의 유리구두'의 연장이다. 말하자면 노동을 안 해도 되는 귀족적 안락함에의 동경이요, 나아가 자궁 속의 태아와도 같은 '안온한 정지상태'에 대한 동경인 것이다. 긴 손톱 역시 마찬가지다.

나는 공주의 길디긴 손톱과 길디긴 발톱, 그리고 길디긴 머리카락을 바라보며 넋을 잃고 앉아 있었다. 정신을 수습하고 나서 찬찬히 뜯어보니 공주의 몸은 온통 휘황찬란한 보석으로 뒤덮여 있었다.

포도송이 같은 진주 귀걸이와 넓고 무거워 보이는 사파이어 목걸이, 그리고 작은 금강석을 이어 만든 해바라기 모양의 코고리…….

황금으로 된 젖꼭지고리는 젖꼭지 하나에 세 개씩이나 걸려 있었고, 배꼽에도 하트 모양의 배꼽고리가 걸려 있었다. 백금으로 된 암릿(armlet)과 루비 다발로 된 팔찌, 색색가지 보석들로 뒤덮인 손가락과 발가락, 그리고 커다란 링으로 된 클리토리스고리와 음순고리……. 내 손이 저절로 자지 쪽으로 내려갔다.

아라베스크

한참을 꼼꼼히 뜯어보다가 나는 긴 머리카락과 긴 손톱에 눈이 팔려 미처 보지 못했던 희한한 '페티시'들을 볼 수 있었다.

우선 공주의 속눈썹이었다. 속눈썹 역시 머리카락처럼 무럭무럭 자라나 턱 부근까지 흘러내려와 있었던 것이다! 숱 많은 금빛 속눈썹은 부챗살처럼 갈가리 뻗어내려 작은 폭포수를 만들고 있었고, 속눈썹 바로 위에는 청동색 아이섀도가 공주의 눈매를 시원스럽게 만들어주고 있었다.

턱까지 흘러내려온 속눈썹이 내겐 너무나 자극적이었다. 긴 손톱과 긴 머리카락은 상상 속에서 많이 만나봤지만, 그토록 길디긴 속눈썹은 미처 상상해 본 적이 없기 때문이었다. 나는 전신의 기운이 빠지면서 맥이 탁 풀리는 것을 느끼며, 극한적인 오르가슴의 수렁 속으로 빠져들어 갔다.

다음으로 나를 놀라게 한 것은 공주의 겨드랑이 털이었다. 겨드랑이 털의 색깔은 연보라색이었는데, 자라날 대로 자라나 발목 언저리까지 흘러내려와 있었던 것이다!

또 음모(陰毛)는 어떠하냐. 연두색 음모 역시 길게 길게 자라나 날씬한 두 다리 사이를 지나 흘러내리고 있는 게 아닌가! 공주의 음모는 앙당스런 맵시의 작은 수풀을 이루며 침대 아래까지 흘러내려와 아리땁게 넘실거리고 있었다.

길디긴 금빛 머리카락과 길디긴 연보라색 겨드랑이 털, 그리고 길디긴 연두색 음모는 서로 싱그러운 하모니를 이루며 공주를 더욱 신비스런 관능의 여신으로 만들어가고 있었다.

나는 정말로 심장이 멎어버릴 것만 같았다. 아니 심장을 날카로운 송곳으로 콕콕 찔리는 것 같았다.

공주를 바라보며 멍하니 앉아 있기를 대체 몇 시간 동안이나 했을까. 시간이 얼마나 흘러갔는지 나는 알 수가 없었다. 한 시간 같기도 하고 하루 같기도 했다. 아무리 오랫동안 바라보고 있어도 전혀 싫증이 나지 않았고, 배가 고프지도 않았고, 목이 마르지도 않았다.

마침내 나는 피곤해져서(더 솔직히 말하면 너무나 많이 한 마스터베이션으로 녹아떨어져서) 잠이 들었다. 공주 곁에 누우면 행여 손톱을 부러뜨리기라도 할까 봐 나는 바닥에 깔려 있는 카펫 위에 누워서 잤다.

공주와 삽입성교(아무리 내가 '비생식적 성교'를 주장해 온 사람일지라도, 그녀에게만은 삽입하고 싶은 충동을 강하게 느낄 수밖에 없었다)를 하지 못한 것도, 실은 그녀의 손톱·발톱이 다칠까 봐 염려되어서였다.

이튿날 아침 잠에서 깨어난 후, 나는 공주와 키스를 할 것인가 말 것인가 하는 문제로 한참 동안 고민할 수밖에 없었다. 고민하는 시간이 너무 오래가자 나는 결정을 일단 보류하기로 했다. 그 대신 그녀의 손톱·발톱에 매니큐어 칠을 해보며 은근한 관능적 열락(悅樂)의 시간을 가져보기로 마음먹었다.

그래서 나는 주문을 외워 스무 가지 색 매니큐어를 장만해 가지고, 그녀의 긴 손톱·발톱을 각각 다른 색으로 칠해나가기 시작했다. 시간이 너무 오래 걸렸으나 아스라이 황홀한 기쁨을 지속적으로 맛볼 수 있었다.

매니큐어 바르기가 다 끝나자 공주의 손톱·발톱은 찬란한 쌍무지개가 되어 나의 시야를 더욱더 어지럽혔다. 나는 매니큐어가 마른 뒤 그녀의 손톱·발톱 하나하나를 천천히 혀끝으로 핥아내려 가며 관능의 허기증을 달랬다.

아라베스크

그런 다음 그녀의 긴 머리카락 다발을 한 움큼 쥐고서 쿵쿵 냄새 맡아 보기도 하고, 머리카락 더미 속에 얼굴을 파묻고서 한참 동안의 무아지경을 경험해 보기도 했다.

시간이 흐른 후 나는 공주의 발을 만져보았다. 작고 앙증맞은 발이 말랑말랑한 피부 때문에 더욱 사랑스러워 보였다. 열 개의 발가락들은 손가락들처럼 한껏 가느다랗고 길었다.

길게 뻗어나간 발톱들을 보며 나는 문득 섹시한 신발을 신기고 싶어졌다. 긴 발톱 때문에, 하이힐을 신기더라도 발가락이 노출되는 샌들형이어야 했다.

나는 주문을 외워 굽 높은 뾰족샌들을 구했다. 굽 높이를 몇 센티미터로 할까 궁리하다가, 이왕 신고 다닐 수 없는 신발일 바에야 기형적으로 높은 하이힐이 좋겠다 싶어 굽 높이를 20센티미터로 정했다.

요즘 흔히 볼 수 있는 앞창을 두껍게 댄 하이힐이 아니라 앞창이 얇은 진짜 고전적인 샌들형 하이힐인데다가, 굽이 송곳처럼 가늘어 그걸 신고서는 잠시도 서 있을 수 없을 것 같아 보였다.

뾰족샌들을 신기자 공주의 발은 발가락들이 끝나는 부분에서 니은(ㄴ) 자 모양으로 휘어지면서 곧바로 곧추 선 형태가 되었다. 나는 공주의 긴 손톱과 긴 발톱, 그리고 뾰족샌들의 날카롭게 뻗은 굽을 바라보며 새삼 관능적 포만감을 느꼈다.

온몸이 스멀거려 와 도저히 견딜 수가 없어서, 나는 다시 한 번 마스터베이션을 했다. 마스터베이션을 하는 동안 내 혓바닥은 계속 공주의 음모 사이에 있는 보지를 집요하게 헤집고 있었다. 혓바닥에 다가오는 금속제 클리토리스고리와 음순고리의 차가운 느낌이 나를 더욱 흥분시켰다.

갑자기 배가 고파졌다. 그래서 나는 공주의 방을 나와 궁성 안을 이리 저리 돌아다니며 요리실을 찾아보았다. 다행히 요리실을 찾아 들어가 보니 맛있게 요리된 음식들이 쌓여 있었다.

요리들 역시 잠자고 있었기 때문에 신선도를 유지하고 있었다. 나는 알맞게 구워진 비프스테이크와 빵, 그리고 싱싱한 채소들을 배불리 먹었다.

배를 채우고 나서 다시 공주의 방으로 왔다. 다시 한 번 고민이 시작되었다. 공주의 입술에 키스를 할 것인가 말 것인가…….

나는 두터운 젖꼭지고리가 우악스럽게 꿰어져 있는 공주의 젖꼭지를 게걸스럽게 빨면서 계속 머리를 굴려보고 있었다.

하루 종일 생각해 봐도 도무지 답이 떠오르지 않았다. 그래서 나는 할 수 없이 램프의 요정 셰에라자드를 불러내 의논을 해봐야겠다고 마음먹었다.

"야하디야하다 야하디야하다 셰에라자드 나와라 쌍!"

주문을 외우자 셰에라자드가 금방 내 앞에 나타났다. 그녀는 나를 보자 한 손으로 내 뺨을 살근살근 쓰다듬어 주면서 이렇게 말했다.

"저런, 그 사이에 많이 야위셨군요. 장미 공주와 섹스를 너무 많이 하셨나 보죠?"

그녀의 말을 듣고 나는 좀 창피한 생각이 들었다. 삽입성교는 한 번도 못하고 미칠 듯 마스터베이션만 해댔기 때문이다. 하지만 나는 그녀에게 솔직히 털어놓기로 했다.

"…… 사실 섹스는 한 번도 하지 못했어. 그 대신 마스터베이션만 했지."

"왜요? 주인님이 이 성으로 오시는 동안엔 시까지 쓰셔가며 공주와의 일방적 섹스를 원하셨잖아요?"

셰에라자드는 내가 그 사이 「잠자는 숲 속의 미녀」라는 시를 쓴 것까지 알고 있었다.

"그땐 그랬지……. 하지만 막상 공주를 만나보니까 너무나 긴 손톱, 발톱, 그리고 길디긴 머리카락과 속눈썹, 음모, 겨드랑이 털 등등에 얼이 빠져버리겠더군. 그런 탐미적 경탄 때문에 도저히 섹스를 할 수 없었어. 또 무엇보다도, 공주를 부둥켜안고 섹스 행위를 하다가 손톱·발톱이 혹시라도 부러질까 봐 겁이 나기도 해서 말이야."

내 말을 듣고 나서 셰에라자드는 따스한 미소를 흘리며 이렇게 말했다.

"주인님은 역시 진짜로 탐미적인 완상자(玩賞者)세요. 또 탐미적 페티시스트이시기도 하구요. 사실 그래서 주인님을 찾아와 도와드리고 있는 것인데, 주인님은 이번에도 저를 실망시키지 않으셨군요. 탐미적이고 관능적인 아름다움을 탐닉하는 것은 창조적이고 고귀한 것이지만, 생식적 섹스와 '소유로서의 섹스'에 집착하는 것은 폭력적이고 천한 것이거든요. 선생님은 역시 천골(賤骨)이 아니라 귀골(貴骨)이셔요. 귀골만이 '유미적 평화주의'가 어떤 것이란 걸 알거든요."

셰에라자드가 나를 너무 비행기 태웠기 때문에 나는 좀 쑥스러워졌다. 그래서 그녀의 말을 어떻게 해석해야 할지 한동안 생각해 보다가(나는 사실 삽입성교를 '초월'했다기보다 '정력 콤플렉스'를 갖고 있어 그걸 피하는 면도 있으므로) 골치가 아파져 화제를 본론으로 돌렸다.

"그건 그렇다 치고, 사실은 통 결단을 내릴 수가 없어서 너를 부른 거야."

"무슨 결단을 말씀하시는 거죠?"

"공주와 키스를 할 것인가 말 것인가 하는 문제지. 공주와 키스하면 그녀가 100년 동안의 잠에서 깨어날 게 아니겠어? 그러면 말도 하게 될 거고 움직이게도 될 거란 말이야. 그러다 보면 그녀의 음색이 거칠다든가 행동거지가 건방지다든가 하는 단점이 튀어나올지도 모르지. 그런 공주의 모습보다는 지금처럼 죽은 듯 잠들어 있는 가사 상태가 훨씬 더 관능적 아름다움으로 충만해 있는 상태라는 생각이 들기도 해서, 도무지 결단을 내리기 힘들더군."

"그 말씀은 충분히 일리가 있어요. 하지만 주인님은 정작 더 중요한 일을 생각해 보지 않으셨군요."

"더 중요한 일이 뭔데?"

"공주에게 키스해 가지고 그녀가 깨어나면, 주인님은 그녀와 결혼하셔야 한다는 사실을 말하는 거죠."

"맞아……! 그걸 내가 깜빡 잊고 있었군. 또 공주뿐만 아니라 왕과 왕비, 신하와 시녀들도 다 잠에서 깨어나게 되어 있다는 사실도 잊고 있었고……. 장인·장모를 모시고 사위 노릇을 하는 건 정말 골치 아픈 일인데……. 또 한 여자와 평생 같이 살아야 한다는 것도 지겨운 일이고……. 잠에서 깨어난 공주는 서서히 늙어갈 거란 말이야. …… 하긴 이 정도로 손톱·발톱·머리털·음모·속눈썹·겨드랑이 털이 긴 여자를 다시 만나기는 어려울 것 같아 미련이 남는 게 사실이지만."

"그러니까 빨리 결심하셔야 해요. 공주를 이 상태로 두고 한없이 이곳에 머무르실 수는 없으니까요. 동화 나라에도 어떤 법칙이 있기 때문이지요. 「장미 공주」라는 동화는 어쨌든 '결혼'으로 끝나도록 되어 있어요. 그렇지 않으면 선생님은 동화의 신(神)으로부터 야단을 맞게 돼요."

"동화는 역시 골치 아프군. 몽땅 결혼 이데올로기의 포로가 돼 있으니까 말이야. …… 장미 공주를 이 상태 그대로 현실로 데려올 수는 없을까?"

"그건 제 힘 가지고서는 안 돼요. 그림 형제를 찾아가 그들을 설득해 가지고 동화의 끝 부분을 수정하지 않는 한은요."

나는 잠들어 있는 공주를 다시 한 번 찬찬히 바라보았다. 긴 손톱, 발톱, 머리카락 등이 풍겨내는 그로테스크한 아름다움이 다시금 나의 머릿속을 쿡쿡 쑤시게 하며 오장육부를 뒤흔들어 놓았다.

그녀와 이대로 이별하기는 정말 싫었다. 나는 셰에라자드가 앞에 서 있는데도 불구하고 다시 한 번 격렬한, 아니 자학적인 마스터베이션을 했다.

마스터베이션이 끝나자 셰에라자드가 조금 미안하다는 표정을 지으며 내게 말했다.

"그러니까 결국 공주와 결혼하진 않으시겠다는 거죠? 그럼 제가 자리를 피해드릴 테니까 마지막 작별의 시간을 가지세요."

셰에라자드가 방을 나가자 나는 슬프고 우울한 마음이 되었다. 그러나 어쩔 수 없는 일. 나는 공주의 모습을 내 머릿속에 보다 더 선명하게 간직해 놓고 싶어 그녀를 아주 찬찬히 뜯어보았다.

그러고 나서 나는 그녀의 길디긴 손톱·발톱을 긴 시간 동안 조심스럽게 어루만지며, 짜릿하고도 미묘한 감촉을 기억 속에 저장해 두려고 애썼다. 손톱·발톱 하나하나마다에 일일이 불타는 키스를 퍼부은 건 물론이었다.

그런 다음 나는 그녀의 길디긴 속눈썹을 조심스럽게 들어 올려 한 올 한 올 뚫어져라 들여다보고 나서 살포시 입을 맞추기도 했다. 그러고 나서 길디긴 머리카락을 한데 뭉쳐 그 안에 내 얼굴을 박았다. 마치 열반에 든 것 같은 무아의 경지에서, 나는 머리카락이 주는 식물성 이미지와 식물성 가사상태(假死狀態)를 오랫동안 흡입할 수 있었다.

나는 그 뒤 길디긴 겨드랑이 털 사이에도 오랫동안 얼굴을 박았고, 길디긴 음모의 수풀 사이에도 긴 시간 얼굴을 박았다.

공주는 정말 '나무'와도 같았다. 내가 아무리 그녀의 털을 비벼대고 살을 비벼대도 그녀는 그저 가만히 있을 뿐이었다.

나는 작별의 선물로 공주에게 바치는 시 한 편을 써서 남겨놓고 오고 싶어졌다. 한참 동안 공을 들여 상념을 가다듬다 보니 「나무」라는 제목의 시가 한 편 이루어졌다.

너의 머리카락은 나무 같다
너의 손톱도 나무 같다

자라나기는 자라나는 나무
그러나 감각도 없고
통증도 모르는 것 같은 나무

나는 식물이 좋아
식물의 무심함으로 돌아가고 싶어

너의 긴 손톱을 한없이 만지작거린다
너의 긴 머리카락 수풀 속에 한없이 머리를 박는다

아름다워라, 이 풋풋한 자연의 향기!
쾌락하여라, 이 무심한 몰아(沒我)의 관능!

17··· 내 친구 Z

문득 스쳐가는 생각이 있어 몇 자 적어본다.

원래 인간이 돈 벌고 출세하려고 악을 박박 쓰는 이유는, 일단 부귀를 얻고 난 다음에 실컷 호색(好色)할 수 있기 때문이다. 이건 남자뿐만 아니라 여자도 마찬가지일 것이다.

중국 당나라 때의 측천무후 같은 여걸이 정권을 잡으려고 악을 쓴 이유는 오직 부귀와 더불어 호색하기 위해서였고, 또 정권을 잡고 난 뒤 80여 세의 장수를 누릴 수 있었던 것도 마음껏 호색할 수 있어 기분이 좋았기 때문이다.

자고로 이런 법칙이 통하지 않았던 시절은 없었다. 그러나 그런 욕망의 실천은 시대에 따라 달랐다. 예컨대 엄격한 가부장 중심의 유교 윤리로 무장되어 있던 우리나라 조선시대에는 일단 부자 또는 권세가가 된 남성만이 축첩을 할 수 있는 특권을 누렸다. 그때는 철저한 남존여비 시

아라베스크

절이었기 때문이다.

그래서 조선조의 명신(名臣)들 가운데는 색(色)을 즐기는 사람들이 많았고, 그렇다고 해서 요즘 시대처럼 정치적으로 매장돼 버리거나 하는 경우는 없었다. 요즘 같으면 '외설죄'로 걸려들 만한 내용으로 되어 있는 야한 이야기책인 『고금소총(古今笑叢)』은, 사실 서거정 등의 유학자들에 의해 쓰인 것이다.

서구에서는 여자들이 외도(外道)의 특권을 누렸을 때도 많았다. 예컨대 17, 18세기의 유럽에서는 유부녀들이 아무리 바람을 피워대도 남편이 거기에 대해 왈가왈부 시비를 걸지 못하는 사회풍토가 조성되어 있었다.

내 친구 Z는 '용설학(用舌學)'의 대가였다. 그는 돈도 잘 벌었지만 특히 도교의 방중술(房中術)에 조예가 깊어서, 어떻게 하면 정력을 낭비하지 않고 많은 숫자의 여인들과 끊임없이 성희를 즐길 수 있는가를 깊이 연구했다.

그래서 그 결과로 얻어진 것이 '혓바닥의 다양한 사용법'에 대한 이론이었고, 그는 친구들에게 자신의 이론을 소개할 때마다 그것을 '용설학'이라고 불렀다.

그렇지만 이론과 실제 사이엔 엄청난 차이가 있었다. 아무리 돈을 주고 여자를 사서 매일 밤 바꿔가며 상대해 봤자 별 재미가 없었던 것이다.

그래서 그는 늘 자기가 20세기의 한국에 태어난 것을 억울해했다. 그는 자기가 몇 백 년 전의 우리나라나 중국, 아니 이왕이면 개인적인 '하렘'이 허용되는 중동지방에 태어나기만 했어도 이렇게 찝찝하고 안쓰럽고 성에 안 차는 성희를 마지못해 즐기지는 않았을 것이라고 말했다.

그는 일부일처제야말로 남자의 정력과 창의력을 고갈시키는 나쁜 제도라고 생각하여 늦도록 장가를 가지 않고 혼자 지내고 있었다.

그는 특히 요즘 여자들이 점점 더 기가 세지는 것을 늘 못마땅해 했는데, 아무리 여자에게 돈을 많이 주고 봉사를 시켜봤자 재미를 별로 못 느꼈기 때문이다.

그런데 그토록 우울해하던 Z에게 새로운 전기가 생겼다. 그는 무역관계로 남태평양에 있는 Q국에서 1년 동안 체류할 일이 생겼는데, 그동안 자신이 소망해 왔던 것과 아주 흡사한 생활을 경험하게 되었던 것이다.

Q국 정부 측에서는 Z를 마치 칙사처럼 대접해 주었다. 바닷가의 호화저택을 내주고 다섯 명의 하인을 딸려주었다. 집은 공짜지만 하인들의 임금은 Z가 지불해야 했다.

Z는 다섯 명까지는 필요 없다고 우겼으나, Q국 관리는 고용 증대를 위해서 그러는 것이니 제발 거두어달라고 간청했다. 월급을 물어보니까 생각했던 것보다 너무 쌌다. 한 사람당 월 50달러만 주면 되었다. 그래서 Z는 생전 처음으로 왕족 같은 호사를 누리게 되었다.

물론 Z는 부자였기 때문에 서울에 있을 때도 가정부, 운전기사, 정원사 등 서너 명의 고용인을 집에서 부리고 있었다. 그렇지만 그들이 해주는 서비스가 성에 찰 리가 없었다. 인권이 향상되고 노동력이 달려서 그런지, 월급을 아무리 많이 줘도 그들은 언제나 '시큰둥한 봉사'만을 억지로 해주었기 때문이다.

그런데 Q국의 하인들은 달랐다. 빈부 격차가 극심한데도 불구하고, 주

아라베스크

인을 바라볼 때 적개심에 가득 찬 눈초리로 쳐다보는 사람은 하나도 없었다. 너무들 가난해서 그런지 일거리를 잡은 것만 해도 그저 감지덕지라는 식이었고, Z가 조금이라도 친절하게 대해주면 그것을 오히려 어색해했다.

그래서 Z는 처음에 Q국 관리가 해준 말이 맞다고 생각했다. 그 관리는 Z에게 하인들은 반드시 경멸하듯 다뤄야 하며, 잠자리든 음식이든 절대로 주인과 똑같은 것을 쓰고 먹고 하게 해서는 안 된다고 주의를 줬던 것이다. 만약에 그들에게 친절하게 굴었다가는 Q국의 미풍양속(?)에 흠이 가게 된다는 것이었다.

그래서 Z는 좀 미안하다는 생각이 들긴 했지만 결국 그 관리가 시킨 대로 했다. 그래서 돼지우리 같은 방에다 하인들을 재우고, 음식도 자기가 먹다 남긴 찌꺼기만을 먹게 했다.

그렇게 한 달쯤 생활하다 보니 천국이 따로 없는 듯싶었다. 그래서 그는 하녀 다섯 명을 더 고용해 보기로 했다. 아리따운 얼굴에다가 마음도 싱싱하고 착한 처녀들을 얼마든지 싼 값으로 구할 수가 있었다. 그는 여자들에게는 오로지 자기의 시중만 들도록 시켰다.

일부다처제까지도 필요가 없었다. 하녀들에게 돈을 좀 더 주고 에로틱한 섹스 봉사를 시키니까, 그녀들은 Z가 요구하는 대로 별의별 짓까지 다 해주었다.

그래서 Z는 약속된 1년이 지나자 아예 Q국에서 평생 동안 머물기로 작정을 했다. 그래서 더 큰 집을 사들이고 더 많은 하인과 하녀들을 두었다.

매일같이 향락의 주지육림에서 노는데도, 그의 얼굴은 한국에 있을 때보다 더 혈색 좋고 건강해 보였다. 다 '용설학' 덕분인 것 같았다.

얼마 전 그가 잠시 한국에 다니러 왔을 때, 나는 Z에게 고향 생각이 나지 않느냐고 물어보았다. 그러자 Z는 고개를 설레설레 저으며 이렇게 대답하는 것이었다.

"고향? 고향이 따로 있나. 남자에겐 계집의 보지가 바로 고향이지. 여자의 얼굴이 예쁘고 밉고는 별 상관이 없어. 섹스 서비스의 매너가 좋은 여자가 남자한텐 최고야."

Z는 요즘도 내게 그 지긋지긋하고 재미없는 한국 생활을 때려치우고 Q국으로 건너오라고 권유하는 내용의 편지를 보내온다.

하지만 나는 한국말로 글을 써서 먹고 살아야 하는 처지이기 때문에, 그리고 새하얀 색 피부의 여자를 좋아하기 때문에 도저히 그럴 용기가 나지 않는다. 솔직히 말해서 나는 여자의 피부 빛깔이나 서구식으로 길들여진 미모를 따지지 않는 Z가 참으로 부럽다.

18··· 여름밤은 깊어만 가고

나는 셰에라자드와 재미있는 얘기도 서로 주고받으며, 또 그녀와 유쾌하고 야한 애무를 나누기도 하면서 즐거운 나날들을 보냈다. 둘이서 같이 외출할 때도 있었는데, 그럴 때마다 그녀를 헬렐레한 눈빛으로 바라보는 뭇사람들의 시선에 내 어깨가 으쓱해지는 것이었다.

그러던 어느 날, 셰에라자드는 내게 울먹이는 목소리로 드디어 이별할 때가 왔다고 말했다. 대충 자기의 임무를 완수했기 때문에(다시 말해서 나를 어느 정도 기분전환 시켜줬기 때문에), 이제 그만 돌아오라는 마신(魔神)의 지시가 내려왔다는 것이다. 나는 너무나 갑자기 닥쳐온 이별에 어안이 벙벙해질 수밖에 없었다.

"갑자기 네가 가버리면 나는 어떻게 하지? 그럼 다시는 마법의 왕궁에 가볼 수도 없고 환상체험도 해볼 수 없단 말이야?"

내가 한숨을 푹푹 내쉬며 투덜거리자 셰에라자드는 생긋 웃으면서 이렇게 대답했다.

"그렇지는 않아요. 마법의 왕궁엔 언제라도 가보실 수가 있어요. 이번에 저와 함께 만들어낸 소설의 모티프가 '알라딘의 신기한 램프'니까. 특별한 왕궁을 하나 준비해서 알라딘이 결혼했던 공주를 주인님의 수석궁녀로 만들어놓겠어요. 그러니까 알라딘은 결국 '부마 콤플렉스'를 극복하고서, 공주의 아버지인 왕을 쫓아내고 자기가 직접 왕 노릇을 하고 있는 셈이죠. 그리고 공주는 왕비도 아닌 수석궁녀로 격하시켜 버린 거구요. 주인님은 거기 가실 때마다 알라딘이 되시는 셈이에요. …… 그리고 그 왕궁의 후궁들 말고도 저를 대신할 만한 착하고 아리따운 진짜 애인을 하나 따로 소개해 드리겠어요. 주인님과 지속적인 사랑을 나눌 수 있을 만한 여자예요. 마법의 왕궁은 그저 별궁(別宮) 정도로만 생각하시고 이따금 생각나실 때마다 들르시면 돼요. 너무 환상 속에 파묻혀 계시면 싫증도 나실 거고 또 주인님이 하시는 일에도 방해가 될 테니까요."

"그럼 그 별궁은 지난번에 가봤던 마법의 왕궁이 아니란 말인가?"

"비슷하지만 아니에요. 주인님이 너무 해외여행을 안 하시는 성격이라서 이번의 별궁은 프랑스에 마련해 놨어요. 프랑스는 그래도 가장 자유로우면서도 합리적인 문화풍토가 정착된 곳이니까요. 비행기를 타고 가보셔도 되고 그게 귀찮으시면 주문을 외우셔도 돼요. 비행기를 타고 가시면 시녀들이 마중 나와 있을 거고, 주문을 외우시면 순식간에 왕궁에 도착하시게 되죠. 주문을 조금 바꾸겠어요. 새 주문은 이거예요. 왕창왕창 야하디야하자 셰에라자드 쌍."

나는 할 수 없이 그녀를 떠나보낼 수밖에 없었다. 그리고 새 애인을 소개받고 별궁에도 이따금 들르게 되었다.

아라베스크

그럼 먼저 별궁에 갔던 얘기부터 하고 나서 새 애인을 소개받은 얘기를 하기로 한다. 별궁에는 먼저 주문을 외워서 두 번 갔다가 세 번째는 여행 기분도 낼 겸 해서 비행기를 타고 갔다. 다음 기록은 내가 세 번째로 마법의 별궁에 갔다 온 이야기다.

❖

리용을 향해 날아가는 항공기의 특별석에서, 창 밖에 뭉실뭉실 피어오르는 구름을 바라보며 나는 상념에 빠져 셰에라자드 생각을 하고 있었다.

비행기의 날개가 창밖으로 보였다. 거대하고도 서늘한 느낌을 주는 날개가 엄청난 힘과 무한한 부드러움을 함께 간직한, 에로틱한 사도마조히즘을 위해 만들어진 성희 도구처럼 보였다.

이번에도 지난번과 같이 프랑스의 자유로운 공기를 호흡하게 되리라. 그러나 지난번처럼 남프랑스의 뜨거운 햇살을 받으며 거리를 구경하기보다는, 판타스틱하고 쾌적한 분위기의 왕궁 안에서의 생활이 주가 될 것 같은 생각이 들었다.

공항에는 공주, 아니 수석궁녀와 그녀의 아랫시녀들인 나오미와 리타가 나와 있었다.

오랜만에 타는 볼보가 흐드러진 녹원을 뚫고 성문 앞에 이르자, 나는 내가 이런 호강을 할 수 있다는 사실을 흐뭇하게 되씹으며 셰에라자드의 정성과 마법의 위력을 찬미했다.

별궁 출입구엔 국적이 다른 나의 사랑스런 애첩들이 그들의 지위에 따라 도열하여 내게 인사를 하고 있었다. 나는 내가 총애하는 첩실(妾室) 중 하나인 하나코(花子)가 없음에 놀라, 수석궁녀인 공주에게 그녀의 행방을 물었다. 그러자 공주는 갑작스레 얼굴을 붉히며 대답했다.

"글쎄, 그년이 알라딘 폐하를 뵈러 공항까지 마중 나가겠다고 악을 쓰며 우기지 않겠어요? 당연히 그건 첫째 첩실인 저와 저의 시녀들만이 누릴 수 있는 권리인데 말이에요……. 나무라도 듣질 않기에 할 수 없이……."

"할 수 없이 어쨌다는 거지?"

내가 따져서 묻자 나오미가 두려운 표정으로 대답했다.

"할 수 없이 그년을 매달아놓고 순치용(馴致用) 채찍으로 들입다 쳤지요. 한 30, 40대쯤 쳐서 기절시킨 후 그대로 매달아놓았어요. 죄송해요, 임금님……. 저희가 함부로 손을 대서……."

나는 하나코의 애틋한 마음을 짓밟은 둘이 얄밉기도 했지만, 내가 없는 동안에도 잘 잡혀 있어야 할 궁내(宮內)의 기강을 위해서 그냥 모른 체하기로 했다.

나는 옷도 갈아입지 않은 채 바로 교육실로 가서 쇠사슬에 묶인 채 늘어져 있는 하나코를 일으켜 깨웠다. 그녀는 나를 보자 아무 말도 못하고 눈물만 흘렸다. 그녀의 등과 엉덩이는 심하게 찢어져 있었고, 그녀는 가까스로 기운을 짜내어, 이런 모습을 보여드려 죄송하다고 말했다.

나는 그녀를 풀어주고 잘 위로해서 돌려보낸 후, 비로소 내 방으로 돌아와 여장을 풀었다.

애첩들 중 몇 명을 골라 목욕 시중을 들게 한 후, 탕 속에서 나는 오랜만의 핑크빛 휴식을 즐기며 온몸의 긴장을 풀었다.

새침한 나스타샤, 그리스 조각 같은 얼굴의 그레이스, 성성하고 도발적인 지나, 풍만한 춤의 여왕 엠마 등이 정성을 다해 내 몸 구석구석을 그녀들의 혀와 입술과 온몸으로 씻고 안마해 주었다.

나는 린하이향(林海香)을 불렀다. 그녀는 미인인데다가 중국 무술의 여류 명인이다. 그녀는 붉은 비단으로 된, 허벅지가 살풋 엿보이는 중국옷을 입고 욕실로 들어왔다.

나는 그녀에게 옷을 벗고 태극권을 응용한 춤을 추도록 명령했다. 그녀는 뽀오얀 수증기 속에서 환상적인 쿵푸 스타일의 춤을 연기해 보였다.

나는 그녀가 귀여워 그녀를 탕 속에 끌어들여 사타구니를 애무해 주었다. 제아무리 쿵푸의 명인일지라도 그녀 역시 순진한 여자인지라, 그녀는 나의 자극적인 애무에 정신이 나가 황홀경을 오락거렸다.

나는 그녀의 몽실한 젖가슴을 입술과 코를 사용하여 공격했고, 서서히 그녀의 허리와 엉덩이를 쓰다듬다가 드디어 그녀의 보지를 벌렸다.

가뜩이나 열이 오른 그녀의 가장 민감한 부분에 뜨거운 손길이 스며들자, 그녀는 참지 못하고 허리를 비틀며 '하아~'하고 중국 여자 특유의 애교스러운 비명소리를 뱉어냈다.

나는 그녀의 근육이 잘 발달된 허벅지를 벌리고 '좁은 문'으로 들어가기를 힘썼다. 그러는 동안에도 네 명의 애첩들은 나와 하이향의 온몸을 더욱 즐겁게 해주고자 진땀을 흘리며 봉사하고 있었다.

목욕이 끝난 후 가운을 걸치고 보르도 한 모금으로 목을 축이고 나서, 나는 촉촉한 눈빛과 한껏 달아오른 얼굴로 내게 사랑받기를 갈구하는 수백 명의 애첩들과 시녀들 가운데 영광스런 첫날의 희생자를 누구로 할 것인지 생각해 보았다.

그녀들은 모두 내가 사랑을 베풀어주는 것을 원하고 있었다. 나는 고민에 빠지지 않을 수 없었다.

히프가 큰 엘레나를 곤장으로 칠 것인가, 프랑스 여배우 출신인 요염한 불여우 쟌느를 수소의 성기를 늘여 말린 매로 때려줄 것인가? 아니면 육감적인 소피아를 다이아몬드 채찍으로 볼기질 할 것인가? 어찌하나…….

결국 나는 제비를 뽑아 오늘의 제물을 선출하기로 했다. 물론 이따가 밤 수청을 들 여자는 내가 직접 선택할 수밖에 없지만.

제비를 뽑자, 엘레나와 나오미가 선출되었다. 나는 내심 퍽 기뻤다. 섹스의 여신 같은 엘레나와 싱싱하고 감칠맛 나는 나오미의 도발적인 엉덩이를 매질한다는 것은, 언제나 극적인 쾌감을 선물 받는 일이었다.

자신들이 뽑힌 것을 알자, 그녀들은 한껏 상기된 얼굴로 옷을 벗어부쳐 나체가 되었다. 엘레나는 퍽이나 즐거운 얼굴로 속이 비치는 핑크빛 하렘 팬츠를 내려 그 풍만한 엉덩이를 끄집어내었고, 나오미는 수줍은 체 미소 지으며 초미니 스커트를 벗어내렸다.

그녀들은 오늘 밤부터 내일 아침까지는 아무것도 입어선 안 되도록 되어 있었다. 그들의 몸에 걸쳐지는 것은 수갑과 황금 사슬과 족쇄뿐인 것이다.

나는 서늘한 '쾌락의 방'으로 내려가, 엘레나에겐 곤장 중 대곤(大棍)과 치도곤(治盜棍)을, 나오미에겐 뱀 채찍과 승마용 채찍을 사용하도록 지시했다.

시녀들이 엘레나와 나오미에게 수갑을 채워 쾌락의 방으로 데려왔다.

나는 그들이 매맞을 준비를 하는 동안, 리타와 그레이스의 입술과 혀를 통해 보르도와 달팽이 요리를 즐기며 배를 채웠다.

이윽고 남프랑스의 석양이 나의 눈동자를 붉게 물들일 무렵, 나는 애첩들을 의자 및 발받침 대용으로 삼고 앉아 아래쪽을 내려다보았다.

엘레나는 장틀에 열 십자형으로 엎어져 묶여 있었고, 나오미는 두 기둥 사이에 양손을 벌린 자세로 서서 묶여 있었다. 두 여자 모두 다리는 묶지 않아, 매질을 당할 때 다리를 비비꼬고 엉덩이를 비트는 율동미를 내가 감상할 수 있도록 되어 있었다.

나는 미국 여성인 엘레나가 한국식 장틀에 묶여 한국식 곤장으로 볼기질을 당할 것을 생각하니 온몸이 짜릿해졌다. 오래 전부터, 아니 내가 초등학교 4학년 때 마스터베이션을 스스로 깨달아 행하기 이전에도, 나는 여성의 엉덩이와 궁둥이에 페티시즘적 집착을 가지고 있었다.

내가 중학생쯤 되었을 때, 한 TV 드라마를 봤던 기억이 난다. 그 때 한 심통 사나운 사또가 양민인 처녀를 잡아다 물볼기를 치는 장면이 나왔다.

사또는 그녀를 계속 꾸짖으며 세게 내리칠 것을 부하들에게 독촉했고, 처녀는 볼기에 넓적하고 판판한 곤장 세례를 받는 고통에 못 이겨 온몸을 비틀고 두 주먹을 움켜쥐었다 폈다를 반복했다.

특히 그녀는 형틀에 양 뺨을 번갈아 비벼대면서 매우 섹시한, 지금 생각하면 성교시의 그것과 같은 신음소리를 연발하곤 했다. 넓은 동헌 마당엔 여자의 궁둥이 살이 곤장과 마찰하면서 내는 타성(打聲)이 시원스레 울려 퍼지고 있었고, 나는 어린 마음에도 그 장면에 관능적으로 압도당했던 것이다.

사실 나는 그때나 지금이나 매우 인정이 많은 휴머니스트인 것이 분명하다. 그래서 그때에도 매 맞는 여인이 몹시도 불쌍하게 느껴졌는데, 그녀가 가련하게 느껴지면 느껴질수록, 그녀가 고통 받는 모습에서 왠지 모를 격렬한 쾌감이 찾아왔던 것이다.

그 이후로 나는 영화나 비디오는 물론 수많은 문학작품을 통하여 볼기를 맞는 섹시한 여성들을 접해왔다. 문학작품 중에서는 『춘향전』이나 『O의 이야기』, 『금병매(金瓶梅)』, 『소돔 120일』, 그리고 내가 쓴 『권태』 같은 소설들은 그 묘사와 전개가 압도적인 흥미와 감동을 주는 것들이었다.

조선조 당시 세계에서 가장 여성의 노출이 금지되었던 우리 사회의 풍속은, 죄지은 여성에게도 볼기를 까는 일이 허용되지 않았다. 그러나 예외가 있었으니, 간통한 여인은 그 음심(淫心)의 근원이 밝은 태양 아래에서 빛을 쪼임으로서 소멸된다는 핑계로, 맨궁둥이를 때릴 수 있도록 되어 있었다.

나는 어렸을 때 어마어마하게 풍만하고 하얀 히프를 가진 외국의 글래머 여인이 우리나라에 표류해 와서, 심문을 받으며 궁둥이를 맞는 상상을 하곤 했다. 그녀는 우리나라 봉건 시절의 상상할 수도 없을 만큼 무서운, 그리고 부끄럽기 짝이 없는 인권유린적 형벌에 정신이 나가, 거대한 고통에 몸부림을 치는 것이었다.

이제 나는 내가 해왔던 수많은 공상 중에서 가장 흔한 공상을 다시금 실현해 보고 있는 것이었다.

엘레나와 나오미는 꽤 오랫동안 발가벗은 채 매질을 기다리고 있었으므로, 이미 그들의 얼굴은 무서운 공포감과 달착지근한 기대감으로 몹시

일그러져 있었다.

　나는 그녀들에게 다가가 다정한 눈빛과 애정 어린 말로 그녀들이 당할 고통과 수고를 위로해 주었다. 엘레나도 나오미도 나의 친절에 흠뻑 감동하여 눈가가 젖어들고 있었다.

　내가 엘레나의 눈같이 흰 볼기를 어루만져 주고 나오미의 한껏 위로 올라붙은 탱탱한 엉덩이를 쓰다듬어 주자, 그녀들은 멍한 표정이 되어 황홀해했다. 나는 두 여인의 나신에 키스한 후, 내 자리로 돌아와 앉았다.

　매질 잘하는 시녀들이 희생자들 옆에 둘씩 서서, 각각 곤장과 채찍에 물을 축였다. 시녀들은 웃통을 벗어부치고 유방을 드러낸 채, 속이 비치는 시폰 팬티와 끈이 허벅지까지 올라가는 로마식 가죽 샌들을 신고, 요란한 가발과 현란한 장신구로 무장하고 있었다.

　나는 여인들을 훈육함에 있어 훈육을 당하는 여인들은 최대한 자연 그대로의 원초적인 모습과 상태를 드러내야 하며, 훈육을 하는 자와 훈육을 위한 도구는 최대한 인위적인 세련미를 갖춰야 한다는 원칙을 세워놓고 있었다.

　그래서 훈육 당하는 여인들은 항상 그들의 의무가 완료될 때까지 아무것도 입을 수 없었다(때로는 관능적 자극을 위해 긴 가죽부츠나 황금 링으로 된 뺨고리, 이마고리, 입술고리 등을 부착하는 것이 허용되기도 하지만).

　그들을 때리기 위한 형구는 여러 가지가 있었다. 그것들은 대부분 여성의 볼기를 치기 위한 도구로서, 히코리 나무나 복숭아나무 또는 오죽(烏竹)으로 된 회초리, 어린 버드나무로 만든 각종 곤장(여기에는 크기와 무게에 따른 여섯 가지 등급이 있다), 각종의 체벌용 가죽 채찍이나 승마용 채찍, 대나무로 된 태장(笞杖), 수소의 성기로 된 매 등이었다.

이런 도구들은 가장 적은 상처를 주면서, 희생자들이 오랜 시간동안 훈육과 순치를 당할 수 있도록 특별히 제조된 것들이었다. 물론 그렇다고 해서 순치의 고통이 더 약해지는 것은 아니지만.

"자아, 이제 시작하지!"

명령이 떨어지자 '휘잉' 하는 소리에 이어 '처얼썩!' 하는 소리가 나며 회초리와 맨살 간의 시원한 마찰음이 들렸다.

풍만한 엘레나의 허연 볼기살이 납작하게 짜부라졌다가 원래대로 돌아오면서 시뻘겋게 출렁거렸다. 순간 그녀는 통렬한 자극에 고개를 쳐들고 일어설 듯한 포즈를 취했으나, 양쪽 손목이 묶여 있어 다시금 풍만한 유방을 장틀에 뭉개야만 했다.

다시 맞은편에 서 있던 시녀가 큰 곤장을 어깨 너머에서부터 휘둘러, 불쌍한(그러면서도 뻔뻔스러울 정도로 당당하게 솟아오른) 그녀의 평퍼짐한 궁둥이 부위를 강타했다.

"꺄아악!"

그녀는 비명을 지르며 허리를 비틀고 발을 동동 굴렀다.

기다리고 있던 나오미의 훈육 시녀도 '쌔앵' 소리와 함께 기다린 물채찍을 날렸다. '촤아악' 소리와 함께 물에 젖어 번질번질한 뱀 채찍이 복숭아 같은 나오미의 엉덩이에 정확하게 휘감겼다.

"하악!"

숨넘어갈 듯한 나오미의 신음소리가 마치 오르가슴에 도달했을 때의 그것을 연상시켰다.

"짜작!"

 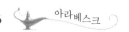

나오미와 엘레나의 껍질을 깐 물복숭아 같은 살갗에는 시뻘건 벌레들이 지나간 것 같은 매질 자국이 생겨나기 시작했다.

"흐윽!"

"아아악!"

"어우!"

"옴마야!"

엘레나의 다소 낮은 듯한 신음소리와 나오미의 째지는 듯한 하이 소프라노의 비명이 번갈아가며 나의 청각을 기쁘게 해주고 있었다.

엘레나는 마치 여성 상위의 체위로 장틀과 섹스라도 하고 있는 듯이 미칠 듯 엉덩이를 비틀어대었고, 나오미는 자유로운 다리를 이용해 마치 무당이 신들려 춤을 추듯 발광했다. 매를 때리는 시녀들의 땀에 젖은 얼굴에서는 차가운 미소가 번져 나오고 있었다.

한여름 밤, 팔뚝 같은 초들이 쾌락의 방을 밝히고 있었지만 방안은 대단히 서늘했다. 그러나 발가벗은 그녀들은 전혀 추위를 느끼지 못하는 것 같았다. 매 맞는 볼기나 잔등만이 아니라 온몸 구석구석이 달아오르면서, 흘러내리는 땀에 살갗이 흥건히 젖어 있었다.

이 그로테스크한 광경을 느긋하게 탐미적으로 즐기는 사람은 나밖에 없었다. 언제나 내 앞에서 순치당하는 것을 예사로 알았고, 또 내가 어쩌다 들렀을 때 순치당하는 것을 상상하며 자위행위들을 했을 게 분명하지만, 나의 애첩과 시녀들 모두 이 원색적인 광경 앞에서 한껏 상기된 채 새삼스레 몸서리를 치며 떨고 있었다.

나는 내 좌우에 있는 시녀들을 끌어당겨 내 몸을 젖가슴과 혀로 애무하도록 시켰다. 나도 그녀들의 부드럽고 매끄러운 몸을 손으로 슬근슬근 쓰다듬어 주었다.

엘레나와 나오미는 이미 질투의 눈초리를 보낼 수 있는 상태가 못 되었다. 엘레나의 히프는 뻘겋게 부풀어 올라 훨씬 더 커져 있었다.

나는 속이 비어 탄력이 있으면서도 무겁지도 않고 독성이 없는 특수한 버드나무로 곤장을 만들게 했으므로, 엄청난 횟수의 매질에도 장독이 오르지 않았다. 그러나 고통이 덜 하는 것은 아니었으므로, 엘레나는 결국 엄청나게 부풀어 오른 엉덩이를 위로 하고 기절하고 말았다.

나는 그녀를 끌어내어 중앙 홀로 데려가 바닥 위에 엎드린 채로 큰 대 (大) 자로 묶어두도록 명령했다. 그러나 나오미는 아직도 경쾌한 마찰음과 섹시한 비명소리를 내며 볼기를 유린당하고 있었다.

나는 원작과는 좀 다르지만 잘 만들어진 프랑스 영화 〈O의 이야기〉에서 O가 서서 묶인 채로 볼기를 채찍질 당하던 장면을 머릿속에 떠올렸다. 그때의 O처럼 나오미도 눈이 튀어나올 정도로 인상을 쓰며 목이 쉬어라고 악을 쓰고 있었다.

그녀의 비명과 신음소리와 악다구니는 정말로 아름다웠다. 가와바타 야스나리의 소설 『설국(雪國)』에서 료코(葉子)가 남동생을 부르는 목소리가 어찌 이만큼 아름답고 슬플 것이랴……

이미 나오미의 당당하고 탄력 있는 엉덩이는 찢어 헤쳐져 피가 흐르고 있었다. 나는 매질을 중지시켰다. 그녀는 고개를 떨구고 쓰러져, 묶인 양손에 의해 기둥에 대롱대롱 매달려 있었다.

나는 그녀의 얼굴 위에 흠뻑 적셔든 눈물과 땀과 침을 손수 닦아주고, 그녀의 얼굴과 입술에 키스했다. 그녀는 완전히 지쳐 있어 처음엔 혀도

움직일 수 없는 듯했으나, 나의 깊숙한 혀 놀림에 맞춰 곧바로 열렬한 키스를 하기 시작했다.

나는 그녀의 땀에 젖은 유방을 부드럽게 애무해 주고 나서, 다시 손을 미끄러뜨려 그녀의 아랫도리 짙은 수풀을 헤쳐 들어갔다. 내가 그녀의 눈을 부드럽게 응시하자, 그녀는 묶여 있는 상체를 내 가슴에 던지며, 울면서 사랑을 고백했다. 나는 그녀에게 지금 애무를 해주겠다고 말했다. 그녀는 또다시 엉엉 울었다. 환희에 넘친 감사의 눈물이었다.

그러나 나는 그 전에, 내가 손수 너를 매질해도 되겠느냐고 물었다. 그녀는 순간 반사적으로 몸부림치며, 아직도 쓰라리고 견딜 수 없이 아릴게 분명한 엉덩이를 무섭게 꿈틀거렸다. 그러나 결국 그녀는 엉덩이의 경련을 멈추고서, 자신의 몸은 나의 것임을 고백했다.

나는 소의 음경을 늘여 말린 매를 가지고 그녀의 찢어진 볼기와 발가벗은 온몸을 내리갈겼다. 그녀는 한없이 울며 몸부림쳤고, 빌어야 할 죄가 하나도 없는데도 불구하고 내게 용서해 달라고 애원했다.

매질은 오래가지 않았다. 나는 그녀의 늘씬하고 탱탱한 허벅지를 벌리고, 위로 올라붙은 그녀의 명기(名器) 보지 속을 손으로 파고들었다. 파죽(破竹)의 돌진과 종횡무진의 합종(合從)과 연횡(連橫)이 이어졌고, 나오미는 두 손이 쇠사슬에 매어달리고 볼기엔 상처를 입은 채, 끝없이 아름다운 비명을 질러댈 수밖에 없었다.

내가 침실로 든 것은 한밤중이 되어서였다.

나는 먼저 욕탕으로 들어갔다. 나스타샤가 깔개가 되고 엠마가 온몸에 비누칠을 한 채 보디마사지를 해주었다. 그 밖에도 여러 명의 시녀들이 욕탕 속에서 노닐며 물거품을 일으켰다.

침상에 눕자 갑자기 온몸에 피곤이 몰려왔다. 나른하고 노곤한 기분이 마치 꿈을 꾸는 것 같았다. 곁에서 공주와 나스타샤와 엠마가 온몸과 혀로 애무해 왔다. 나는 나체의 세 미녀와 질펀한 정사를 나누었다.

엠마의 유방을 만지면서 나스타샤와 키스를 나누었고, 공주의 볼기짝을 깨물면서 나스타샤의 애무를 받았다. 그들은 나의 자지와 사타구니와 엉덩이를, 번갈아가며 풍성하게 핥고 빨고 문지르고 머금어 주었다.

여러 차례의 다양한 성희가 끝나자 그녀들은 나의 깔개가 되길 자청했다. 나는 세 미녀의 알몸 위에 드러누웠다.

눈을 감자, 온갖 섹시한 발상(發想)이 머릿속에 떠올라왔다. 그것은 아무것에도 구애받지 않는 자유로운 상상이었다.

서양 여자들 곤장 치기, 나치 장교와 유대인 포로수용소의 섹시한 처녀, 춘향전·옥단춘전·숙영낭자전, 잘 익은 석류, 싱그러운 모과 향기, 볼기짝의 낙인과 음핵에 거는 링, 배꼽에 촛농 떨구기, 에이널 섹스, 냉장고처럼 찬 지하감옥(여기에 수감된 나체의 미녀가 채찍 맞는 일에 자원하면 궁전으로 보내준다), 수중 변기, 공작새의 깃털 애무, 뱀을 목걸이 대신 두르고 다니는 여자, 여자의 입을 재떨이로 쓰기, 거대한 세파트, 낙엽수의 앙상한 가지, 깜동·어우동·장희빈 볼기 치기, 벨리 댄서와의 여성상위 체위의 성교, 예쁜 비명 콘테스트, 중국 무술 고단자 여성을 섹스로 굴복시키기, 쇠사슬로 유방·히프·허벅지·팔·사타구니 등을 매어 대롱대롱 매달아놓고 흔들기, 카사블랑카, 그리고 쿠오바디스!

나는 나스타샤의 팔을 꺾고 갖가지 색깔 매니큐어를 센스 있고도 그로테스크하게 칠한 기다란 손톱을 바라보았다. 그녀는 대담하게도 검은 색깔의 매니큐어까지 멋지게 소화하고 있었다.

나는 세 개의 혓바닥고리가 꿰어져 있는 엠마의 혀를 기분 좋게 빨았다. 그러고 나서 그녀의 폭포수 같은 금빛 머릿결에 코를 묻어, 그 싱그러운 향기 속에서 잠을 청했다.

내일 아침엔 내가 손수 엘레나와 나오미의 사슬을 풀어 주리라. 그녀들은 오늘 밤 내내 온몸을 조여드는 고통스런 쾌감에 취해 잠을 이루지 못하고 있을 것이다.

내일은 수축형 가죽 브래지어와 고슴도치형 바이브레이터와 바늘로 찌르는 문신 예술에 의한 관능의 유희가 있을 것이다. 그리고 공주를 한번 본격적으로 괴롭혀봐야겠다. 또한 하나코와 쟌느를 수중섹스의 황홀감에 전율케 하리라……. 리용의 여름밤은 한없이 깊어만 갔다.

19··· 갈매기의 꿈

 다시 먼저로 되돌아가서, 내가 셰에라자드로부터 새 애인을 소개 받은 얘기를 해야겠다. 나는 셰에라자드를 떠나보내는 게 못 견디게 아쉬웠다. 그녀와 헤어지고 나면 다시는 그만한 여자를 못 만날 것 같았다.

그러나 셰에라자드는 마신의 명(命)을 도저히 거역할 수 없다면서, 자기보다 더 순하면서도 관능적인 여자를 내게 붙여주겠다며 나를 달래는 것이었다.

그래서 나는 할 수 없이 그녀를 떠나보낼 수밖에 없었는데, 떠나는 순간까지도 셰에라자드는 내게 소개해 줄 새 여자에 대해 더 구체적인 언급이 없었다. 그래서 나는 염치 불구하고 그녀에게 말했다.

"새 여자는 어떻게 된 거지? 너를 떠나보내는 게 슬프지 않고 새 여자 생각만 해서 그러는 건 절대로 아냐. 다만 궁금해서 그래."

그러자 셰에라자드는 빙그레 웃으면서 대답했다.

"조금만 참고 기다려보셔요. 주인님께서는 신비하고 낭만적인 체험과 더불어 그 여자를 저절로 만나시게 될 거예요."

이 말과 함께 열렬한 입맞춤을 남기고 셰에라자드는 사라져버렸다. 나는 멍한 기분이 들면서 새 여자 생각보다는 셰에라자드를 잃은 슬픔에 넋이 나갈 수밖에 없었다.

그러고 나서 몇 달이 지나갔다. 나는 그동안 외로움에 못 이겨 프랑스에 있는 마법의 궁전에 한번 다녀왔다. 그런데 황당무계하리만치 도착적(倒錯的)이고 가학적인 성희가 너무 쉽게 가능하기 때문에, 애틋한 로맨스의 쾌감 같은 것은 별로 느끼지 못했다. 하지만 시원한 몽환적 카타르시스로선 그만이었다.

그런 다음에도 셰에라자드가 약속한 새 여자는 내 앞에 나타나지 않았다. 그러다가 여름이 되었고, 나는 여름방학을 이용해 내 복직운동을 해주고 있는 대학생들과 함께 남해에 있는 백구도(白鷗島)라는 섬에 놀러가게 되었다.

백구도는 통영에서 배를 타고 여섯 시간이나 가야 하는 꽤 멀리 떨어져 있는 섬이었는데, 이름 그대로 갈매기가 많았다.

나는 열여덟 명의 학생들과 함께 바닷가 모래사장에 나가 해수욕을 하기도 하고, 또 작은 어항(漁港)에 나가 어부들이 고기잡이하는 것을 구경하기도 하며 한가롭게 시간을 보냈다. 마침 빈집 한 채를 통째로 빌릴 수 있어, 밤새 술도 마시고 트럼프 놀이도 하면서 우리는 한껏 즐거울 수가 있었다.

그러던 어느 날이었다. 나는 전날 밤에 너무 술을 많이 마셔 아주 녹초가 되어 있었기 때문에, 학생들만 바닷가로 내보내고 나 혼자 집에 남아 쉬고 있었다.

누워서 한가롭게 빈둥대고 있는데, 갑자기 집 안으로 눈부신 빛깔의 흰 옷을 입은 사람들이 우르르 몰려들어 왔다. 그러더니 다짜고짜 나를 끌고 어디론가 데려가는 것이었다. 나는 영문도 모르는 채 그들을 따라갈 수밖에 없었다.

한참 만에 목적지에 도착하니 대궐같이 으리으리한 집이 보였다. 그들은 나를 끌고 집 안으로 들어갔다. 대궐 안에는 그들의 우두머리처럼 보이는 아주 인자하게 생긴 노인이 앉아 있었다.

모두들 노인을 보고 절을 했고, 흰 옷 입은 사람 중 하나가 노인 앞에 무릎을 꿇고 앉아 이렇게 말했다.

"백의부대(白衣部隊)에 한 사람의 결원이 생겼으므로 이 사람으로 보충했으면 합니다."

그러자 그 노인은 나를 물끄러미 바라보며 찬찬히 관찰하는 것이었다. 그러더니 노인은,

"나이가 너무 많지 않을까? 관상을 보니 정직하게는 생겼는데 아무래도 좀 기운이 없어 보이는군. 대체 몇 살이나 됐지?"

하고 말했다. 옆에 있는 사람이 나를 툭툭 치며 대답을 재촉했으므로 나는 내 나이를 솔직하게 털어놓았다.

그러자 노인은 나를 한참 동안 더 쳐다보더니 이렇게 말하는 것이었다.

"나이에 비해서는 동안(童顔)이로군. …… 그래, 맑은 안색과 표정이 마음에 들었어. 백의부대에 편입시키도록 하게."

말을 끝내고 나서 노인은 허락의 표시로 머리를 끄덕였다. 그리고 부하를 시켜 백의(白衣)를 꺼내오게 하여 내게 입히는 것이었다.

옷은 솜털같이 가벼운 모직으로 만들어져 있었는데, 그 옷을 입자마자 어느새 내 몸은 한 마리 갈매기로 변해 있었다. 그래서 나는 흰 옷을 입은 사람들이 갈매기의 정(精)이었다는 사실을 알 수 있었다.

왠지 하늘로 날아오르고 싶은 기분이 들어 날개를 펄럭여보았더니 아주 쉽게 몸이 떠오르는 것이었다. 날아가다 보니까 갈매기 떼들이 모여 있었으므로, 함께 날아가 작은 고기잡이배의 돛대 위에 앉았다.

고맙게도 뱃사람들이 먹이를 던져주었다. 갈매기들은 공중에서 입으로 받아먹었는데, 나도 그것을 흉내 내어 받아먹다 보니 대뜸 배가 불러왔다.

멀리 떨어진 백사장에서는 나와 함께 놀러 온 학생들이 해수욕을 하며 즐기고 있는 것이 보였다. 나는 그들 위로 날아올라가 소리 높여 그들의 이름을 불러보았지만 알아듣는 학생이 없었다.

섭섭한 마음을 느끼며 나는 해안 가까이 늘어서 있는 작은 돌섬에 가서 앉았다. 이상하게도 상당히 만족스러운 느낌이 들었고, 갈매기로 변한 것이 그다지 어색하지가 않았다. 아마 내가 『갈매기의 꿈』이라는 책을 예전부터 좋아했고, 또 여러 가지 울화에 여전히 시달리고 있어서 그랬는지도 몰랐다.

나는 한국 사람들의 무식한 문화탄압에 여전히 분을 못 삭이고 있는 중이었고, 그러다 보니 인간이라는 동물에 대해 혐오감을 느끼고 있던 참이었다.

1주일쯤 지나자 우두머리 갈매기는 외롭게 지내는 내가 측은하게 보였던지 한 마리의 암컷 갈매기를 짝지어 주었다. 설희(雪姫)라는 이름의 갈매기였다.

설희는 몹시도 예쁘게 생긴 얼굴이었다. 흰 피부에 조각 같은 이목구비, 그러면서도 그윽하게 고혹적인 눈매와 입술이 나를 황홀하게 했다. 그래서 나는 금세 그녀를 사랑하게 되었고, 설희 역시 나를 끔찍이도 위해주었다.

그 뒤 나는 갈매기 생활에 점점 익숙해졌고, 먹을 것을 구하는 데도 아주 민첩해졌다. 그래서 사람들을 별로 무서워하지 않게 되었는데, 설희는 늘 나더러 조심하라고 타이르는 것이었다. 하지만 나는 그냥 즐겁기만 할 뿐이었다.

그러던 어느 날 역시 돛대에 앉아 먹을 것을 구하고 있던 중, 나는 그만 어느 심술 사나운 어부가 장난으로 던진 돌에 가슴을 맞게 되었다.

설희가 금세 날아와 애를 써서 나를 물고 달아났기 때문에 잡히지는 않았다. 하지만 나는 정통으로 심장을 맞았기 때문에, 설희의 정성스런 간호에도 불구하고 이틀 후에 죽어버렸다.

설희를 두고 죽는 게 하도 원통하여 엉엉 울고 있다 보니 별안간 눈이 떠졌다.

나는 아까 그대로 텅 빈 방안에 누워 있었고, 학생들은 아직 바닷가에서 안 돌아온 듯 사방이 고요하기만 했다. 낮잠 끝에 나는 한바탕 꿈을 꾼 것이었다.

서울로 돌아온 뒤에도 나는 내내 설희를 사모하며 그리워했다. 그때까

지도 셰에라자드에 대한 그리움을 떨쳐버리지 못하고 있었기 때문에, 그녀를 쏙 빼닮은 설희의 섹시한 외모와 복종적인 매너를 도저히 잊을 수 없었다.

그래서 나는 혹 부산이나 강릉 등 바닷가 도시로 강연을 하러 갈 일이 있을 때마다, 해운대나 경포대 등의 바닷가에 들러 갈매기 떼를 보며 이렇게 소리 높여 말을 붙여보곤 했다.

"이 가운데 설희가 있으면 제발 남아 주오!"

그러나 갈매기 떼들은 들은 척 만 척 그냥 제 갈 데로 날아가 버리는 것이었다.

이렇게 몇 달을 보내자 나는 설희 생각에 사무쳐 그만 상사병이 들 정도가 되었다. 아무리 꿈속에서 만난 갈매기라고 해도, 관능미와 우아미의 극치를 달리는 그녀의 얼굴과, 그녀와 나누었던 살풋한 애무의 느낌이 너무나 생생하게 기억에 남아 있는 탓이었다.

그래서 나는 이번에는 아예 혼자서 다시 백구도를 찾기로 했다.

황혼녘에 백구도에 도착하자마자, 나는 설희와 함께 지낸 돌섬이 보이는 바닷가로 달려갔다. 그러고는 설희의 이름을 목청 높여 몇 번이고 불러보았다.

한참을 그러고 있는데, 갑자기 내 앞에 흰 갈매기 한 마리가 너울너울 날아와 앉았다. 그러고 나서 금세 사람으로 변했는데, 한 스무 살쯤 돼 보이는, 뼛속까지 녹일 듯한 아리따운 얼굴과 우아한 몸매를 가진 여인이었다. 여인은 석류처럼 붉은 입술을 열어 방긋 웃으며 이렇게 말하는 것이었다.

"서방님, 그동안 안녕하셨어요?"

나는 깜짝 놀라 대체 누구냐고 물어보았다.

"어머, 당신은 어느새 설희를 잊으셨어요?"

나는 그녀가 설희라는 것을 알고 너무나 기뻤다. 게다가 꿈속에서 만난 기억으로 마음속에 그리고 있던 설희의 이미지보다 열 배는 더 황홀한 미모라서 정신이 아득해질 지경이었다.

나는 한바탕 기쁨의 키스를 나눈 후, 대체 어떻게 된 거냐고 물어보았다. 그랬더니 설희는,

"저는 당신이 죽은 후 너무나 애통해서 몇 달을 울다가 그만 죽어버리고 말았어요. 그랬더니 천제(天帝)께서 저의 지극한 사랑에 감동하셔서 저를 신녀(神女)로 만들어 주셨답니다."

하고 대답하는 것이었다.

나는 천제(天帝)라는 말에 불쑥 의아심이 생겼다. 그래서 설희에게 물었다.

"천제라니? 그럼 하느님이란 말인가? 예수교에서 말하는 하느님을 말하는 건가, 아니면 도교에서 말하는 옥황상제를 말하는 건가?"

"둘 다 아니에요. 그런 것들은 다 인간이 만들어낸 가짜들이지요. 진짜 천제는 인간 중심의 사고를 초월한 우주 바깥에 있어요. 우주는 무한하다고 하지만 사실은 유한한 것이고, 유한 그 너머에는 우주를 일종의 장난감처럼 가지고 노는 여러 천제들이 모여 사는 나라가 따로 있어요. 그러니까 『걸리버 여행기』에 나오는 거인국 같은 곳인데, 우리들의 상상을 초월하는 극대의 체구들을 가지고 있지요. …… 그들은 우주를 장난감 삼아 컴퓨터 게임을 하며 무료한 시간을 달래나가죠. 그래서 어떤 때는 노아의

아라베스크

홍수 같은 기상이변을 일으켜 그들의 권태를 달래기도 하고, 어떤 때는 특별한 은혜를 베풀어 무료함을 삭이기도 하지요."

딴은 그럴듯한 얘기였다. 하지만 나는 갈매기가 신이 되었다는 게 너무도 이상하여 그녀를 만난 기쁨도 잊고 이런 말을 뱉어내고 말았다.

"아니, 사람도 아닌 갈매기가 어떻게 신(神)이 될 수가 있지?"

"당신은 정말 뭘 몰라도 한참 모르시는군요. 인간들은 워낙 심보가 고약해서 죽어서 신이 되는 경우는 거의 없어요. 오히려 짐승이 신으로 되는 경우가 더 많지요."

설희의 대답을 듣고 보니 맞는 말이었다. 그래서 나는 금세 납득할 수가 있었다.

설희는 나를 자기가 살고 있는 신궁으로 안내해 주었다. 그녀가 내 손을 잡아 이끄니 나는 어느새 하늘 위 구름 속을 날고 있었고, 눈 깜짝할 새에 화려하기 그지없는 궁전에 도착했다.

마치 동화 속에 나오는 궁전 같았는데, 온통 크리스털과 백옥과 다이아몬드로만 만들어진 거대한 건물들이 햇빛을 받아 휘황한 광휘를 내뿜고 있었다. 당장 침실로 달려가 오랫동안 굶주렸던 사랑의 욕정을 밤을 새워가며 풀었다. 그러고 나서 나는 달짝지근한 피로감에 넘쳐 잠에 곯아떨어졌고, 아침에 눈을 떠보니 설희는 어느새 일어나 농염하게 화장한 얼굴에 미소를 가득 머금고 나를 내려다보고 있었다.

사방을 둘러보니 밤에 봤던 것보다도 더 현란하고 우아한, 진정 호사(豪奢)와 품위를 극(極)한 궁전이었다. 벽이며 기둥들이 모두 번쩍이는 보석으로 되어 있었고, 천장에는 비취와 마노와 루비가 촘촘히 박힌 샹들리에가 휘황한 빛을 뿜어내고 있었다.

곧바로 시녀들이 아침상을 차려가지고 왔다. 아주 젊은 나이의 간드러진 절색들이었고, 특히 투명한 비늘들에 싸여 속살이 그대로 드러나는 인어 모양으로 된 의상이 인상적이었다.

설희와 나는 서로서로 음식을 씹어 먹여줘 가며 사랑이 담뿍 서린 아침 식사를 했고, 뒤이어 곧바로 침대 속으로 다시 또 미끄러져 들어갔다.

그날 이후로 우리는 밤낮으로 주연과 희락(喜樂) 속에 묻혀가지고 지냈다. 그러면서 한껏 질탕한 애무를 나누며 살았는데, 너무도 즐겁기만 해서 나는 집도 글 쓰는 일도 잊고 돌아갈 생각을 하지 않고 있었다.

하지만 두 달이 지나자 아무래도 집안 일이 걱정되기 시작했다. 특히 늙으신 어머님께 미안하다는 생각이 들었다. 그래서 나는 설희에게 아무래도 집에 돌아가야겠다고 말하고 나서, 혹시 같이 갈 수는 없겠냐고 물어보았다.

"죄송해요, 저는 갈 수가 없어요. 인간의 세계와 하늘의 세계가 다르니까요. 그보다도 저를 그냥 여기 놓아두시고 가끔씩 찾아주시면 어떨까요?"

그래서 나는 인간인 내가 어떻게 마음대로 하늘나라를 왔다 갔다 할 수 있겠냐고 말했다. 그랬더니 설희는 내가 처음 백구도에 갔을 때 입었던 백의(白衣)를 꺼내주면서 이렇게 말하는 것이었다.

"당신이 전에 입고 계시던 백의가 아직 여기 있어요. 제가 보고 싶어지면 이걸 입고서 잠자리에 드세요. 그러면 제게로 날아오실 수가 있어요."

그리고 나서 그녀는 시녀들을 시켜 더욱 진기한 음식을 차려오게 해가

지고 작별의 주연을 베풀었다. 그런 뒤에 우리는 헤어지는 기념으로 더욱 농밀한 섹스를 나누고 나서 잠이 들었다.

한참 만에 깨어보니 나는 어느새 서울 내 집에 와 있었다. 어머님께 물어보니, 내가 백구도로 떠난 지 사흘 만에 돌아와 몹시 피곤하다며 금세 잠에 곯아떨어지더라는 것이었다.

아마도 설희가 요술을 부려 나의 분신을 만들어 놓았던 것 같다. 머리맡에 웬 보따리가 있어 끌러보니, 설희가 준 백의가 들어 있었다.

집에 돌아온 지 보름이 지나자 나는 사무치게 설희 생각이 났다. 그래서 반신반의하면서 그녀가 준 백의를 입고 잠자리에 들어보았다.

자리에 눕기가 무섭게 나는 금방 갈매기로 변했다.

날개를 퍼덕여 하늘 높이 올라가 마음 내키는 대로 날아가다 보니, 어느새 설희의 궁전에 닿아 있었다. 시녀들이 나를 알아보고는 "마 서방님께서 오셨습니다!" 하고 크게 소리를 질렀다.

잠시 후 설희가 나오더니 시녀들을 시켜 백의를 벗겨주었다. 살가죽이 다 떨어져나가는 것처럼 아팠지만 옷을 벗고 나자 금세 편안해졌다.

기쁨에 넘친 기나긴 포옹을 나눈 후, 설희가 내게 말했다.

"마침 때맞춰 잘 오셨어요. 며칠 있으면 해산이거든요."

어쩐지 설희의 배가 불룩해 보여 이상하다 싶었는데, 그새 아이가 생긴 모양이었다. 그리고 갈매기의 신녀(神女)들은 아이를 두세 달 만에 낳는 모양이었다.

나는 아이를 별로 좋아하지 않는지라, 화들짝 기쁜 시늉을 지어낼 수가 없었다. 그러자 설희는 빙그레 웃으면서,

"걱정 마셔요. 아이는 제가 맡아 기를 테니까요. 당신은 가끔 오셔서 귀여워해 주시기만 하면 돼요."

하고 말하는 것이었다. 나는 무안하고 미안한 생각이 들어 금세 표정을 고쳐가지고 웃으면서 말했다.

"아냐, 내가 아이를 얼마나 좋아하는데……. 이왕이면 당신만큼 섹시하면서도 우아하게 생긴 여자애를 낳았으면 좋겠군. 그런데 대체 아이는 태생(胎生)인가 난생(卵生)인가?"

"그냥 두고 보셔요. 알로 나오는지 그냥 나오는지……."

배시시 미소를 머금고 설희가 한 말이었다.

며칠이 지나자 과연 아이를 낳았다. 시녀들이 두텁게 싼 포대기를 들치자 큰 알이 보였다.

그것을 깨자 여자 아이가 나왔는데, 갓난아이인데도 불구하고 얼굴의 윤곽이 뼈에 사무치리만큼 예뻤다.

나는 기뻐서 딸에게 야희(野姬)라는 이름을 붙여주었다. 성을 붙이면 '마야희(馬野姬)'가 되어 좀 이상하긴 하지만, 그런대로 이국적인 이름이 될 것 같았다.

산후 조리가 끝나자 이웃의 신녀(神女)들이 몰려와 여러 가지 선물을 내놓으며 축하잔치를 베풀어주었다. 모두들 스물다섯 미만의 나이들로 하나같이 아름다웠는데, 번쩍이는 장신구로 뒤덮인 몸매들이 눈이 부실 정도로 고혹적이었다.

특히 눈두덩에 일곱 무지개 색깔 아이섀도를 칠하고, 머리를 키의 두 배 정도의 길이로 길러 총천연색으로 염색을 한 여자한테서 나는 눈을

뗄 수가 없었다. 그래서 잔치가 끝나고 여인들이 돌아가자, 나는 설희에게 그 여자가 누구냐고 물어보았다.

"그 여자요? 그 유명한 마농 레스코예요. 제 친구들 중에서 제일 야한 애죠."

마농 레스코라면 소설에 나오는 여주인공이 아닌가. 소설 속의 인물이 신녀가 되어 있다는 게 너무도 이상했다. 나는 뭐가 뭔지 통 알 수 없는 기분이 되었다.

수개월이 지나자 설희는 나를 다시 집으로 돌려보내 주었다. 눈을 잠깐 감으라고 해서 감았다 떠보니 나는 내 방 잠자리에 누워 있었고, 시계의 날짜와 시간은 내가 떠난 다음날 아침 8시를 가리키고 있었다. 나는 단 하룻밤 만에 집으로 돌아온 것이었다. 머리맡엔 여전히 백의가 든 비단 보따리가 놓여 있었다.

그 뒤로 나는 설희가 생각날 때마다 백의를 입고 잠자리에 들었고, 설희의 궁전에 도착하면 한 달씩 묵으며 온갖 쾌락 속에서 지냈다. 프랑스의 별궁과는 뭔가 색다른, 어쩐지 마음을 가라앉게 만드는 즐거움의 연속이었다. 역시 설희가 있어서 그런 것 같았다.

언젠가 설희에게 가보니 그 마농 레스코라는 신녀가 놀러 와 있었다. 설희는 웃으면서,

"당신이 하도 이 친구를 못 잊어 하시길래, 아예 우리 집에 와서 함께 살자고 했어요. 괜찮으시겠죠?"

하고 말하는 것이었다.

나는 설희가 내 마음을 알아주고 이해해 준 것이 너무나 기뻤고, 그래

서 더욱더 설희를 사랑하게 되었다. 두 여자를 비교해 보니 얼굴은 설희 쪽이 훨씬 더 아리따웠고, 긴 머리카락과 긴 손톱, 그리고 컬러풀한 화장 등 야하디야하게 치장하는 것에는 마농이 더 적극적이었다.

두 여인과 함께 잠자리에 드니 이곳이 바로 천국이구나 싶었다. 둘은 서로 샘내는 일도 없이 지극정성으로 나를 애무해 주는 것이었다.

차츰 설희도 마농처럼 극도로 야한 치장이나 그로테스크한 옷차림을 좋아하게 되었는데. 그래서 나는 더욱 감읍(感泣)하여 해롱거릴 수밖에 없었다.

이렇게 나는 내 집과 설희네 집을 왔다 갔다 하면서, 그리고 프랑스의 별궁에도 가끔 들러 가상적 대리배설(카타르시스)의 즐거움을 맛보기도 하면서, 지금까지 즐겁게 지내오고 있다(그 동안에 나는 다행히 복권이 되어 학교에 다시 복직할 수 있었다).

설희와 마농은 도무지 나이를 먹지 않고 점점 더 젊어지는 것 같다. 다만 야희는 초고속으로 쑥쑥 자라주어 벌써 열세 살이 됐는데, 아비인 내가 봐도 소녀로 안 보이고 완숙한 여성으로 보일 만큼 정말 우라지게 섹시하고 예쁘다.

나는 야희가 한두 살 더 먹으면 서울로 데려와 아주 야한 여자로 키워, 배우나 모델을 시켜볼까 생각하고 있다. 학교는 물론 안 보낼 것이다. 배우나 모델은 그 지긋지긋한 공부를 안 해도 되고 만날 화장하고 멋만 부리면 되니 좀 좋은가. ■

검열이 없는 세상에서 살고 싶다

눈을 떴다. 오늘도 어김없이 또 하루가 시작되었다. 옆을 보았다. 나를 마주보고 있는 건 외로운 베개……. 날씨가 서늘해지고 추워짐에 따라 여름에는 느끼지 못했던 감각이 느껴진다. 옆구리가 점점 외롭게 시려온다. 여자는 봄을 타고, 남자는 가을을 탄다는데 그 말이 맞는 것 같다.

볼록해진 페니스가 더욱더 외로워한다. 옆에 있는 베개를 갖고 와서 가랑이 사이로 끼워 넣었다. 무언가 꽉 차오르는 듯한 느낌은 오지만, 오히려 가슴은 더 텅 빈 것처럼 막막하게 저려온다. 이럴 때는 그 웬수 같던 이혼한 마누라조차 가끔 그리워지곤 한다.

공복에는 담배가 너무 해롭다는 것을 알면서도 외로움에서 벗어나기 위해 일어나자마자 담배에 불을 붙였다. 한 대 피워 물고 나니까 마음이 좀 진정되는 것 같다.

마음을 가라앉히고서 집을 나왔다. 학교와 집, 강의실과 연구실을 계속 왔다 갔다 하는 지루하고 반복적인 일상이 오늘도 다시 시작된 것이다. 요새 들어 가끔은 이런 일상에서 탈피하고 싶다는 생각이 자주 든다. 이제는 비키니 바(bar)나 토킹 바도 싱겁기만 하다. 갈 때는 언제나 마음이 설레 가지고 기분 좋게 들어가지만 끝나고 나오면 항상 뒤끝이 좋지 않다.

더구나 요새는 애들이 아무리 서비스 정신이 투철하다고 해도 나같이 늙은 놈이 오면 아무래도 젊은 애들만큼은 반겨주지 않는다. 그래서 서운한 마음이 들어서 더 그런 것 같다. 내가 문학을 전공해서 그런지, 아니면 워낙 예민하고 날카로운 성격이라서 그런지, 그런 서운한 느낌들이 섬세하게 나를 갉아먹는다. 그리고 돈을 주고 하는 성관계는 내가 질색이라서, 나는 나의 욕구를 일시적으로라도 해소할 수 없다.

…………

위의 글은 '일상의 외출'이란 제목으로 원래 이 책의 프롤로그로 새로 쓰였던 원고의 일부분이다. 그러나 교정 막바지에 '에덴동산에 가다'로 바꿨다. 하지만 먼저 것이 내게도 훨씬 재미있고 상징적 충격을 주는 것이었지만, 결말이 주인공 남자가 여학생에게 강간을 당하는 내용이라, 요새 워낙 강간에 대한 사회와 정치, 사법 당국의 시선이 매서운 때라서 하는 수 없이 바꾼 것이다.

또 우선 꼭 짚고 넘어가고 싶은 것은 이 책에 나오는 '자지'나 '보지'란 단어는 요즘 다른 책들에서도 많이 나온다는 것이다.

일례로 최근에 나온 『채털리 부인의 사랑』, 『벨벳 애무하기』(레즈비언

아라베스크

소설) 등의 번역판이나 다른 국내 젊은 작가 소설들을 봐도 순우리말인 자지, 보지를 서슴없이 사용하고 있다.

한편, 덧붙이자면 『아라베스크』 두 배 분량의 원본이 다른 제목으로 처음 나왔을 때 [19 금] 판정을 받지 않았고, 오히려 칭찬하는 글이 유명 일간신문에 크게 실렸다.

그럼에도 불구하고 프롤로그를 자체적으로 교체한 이유는 대한민국 검열(심의)기관의 변덕이 일정한 기준도 없이 심하고 또 요즘 정국이 '도덕적 공안 정국' 비슷해서 조금 걱정이 됐기 때문이다. 우리나라의 '판매 금지 처분'이나 [19 금] 판정은 정말 '엿장수 마음대로'라서 운에 맡길 수밖에 없다. 그러나 이 책은 지금으로부터 15년 전 옛날에도 [19금 판정]을 받지 않았다는 것을 상기해 볼 때, 분명히 일사부재리의 원칙이 적용되어야 할 것이다.

매번 책을 출판하면서 작가로서 나는 참으로 우울하다. 늘 검열을 의식하게 하는 한국에서 산다는 게 싫어진다. 검열이 없는 세상에서 살고 싶다.

1951년 - 3월 10일(음력), 가족이 한국전쟁 중 1·4 후퇴시 잠시 머문 경기도
          수원에서 출생. 본적은 서울.

1963년 - 서울 청계초등학교 졸업. 대광중학교 입학.

1969년 - 대광고등학교 졸업. 연세대학교 국문학과 입학.

1973년 - 연세대학교 국문학과 졸업. 연세대 대학원 국문학과 입학.

1975년 - 연세대 대학원 국문학과 졸업(문학석사).
        - 방위병으로 군 복무.

1976년 - 연세대 대학원 국문학과 박사과정 입학.
        - 이후 1978년까지 연세대, 강원대, 한양대 등 시간강사 역임.

1977년 - 『현대문학』에 「배꼽에」「망나니의 노래」「고구려」「당세풍의 결혼」
          「겁(怯)」「장자사(莊子死)」 등 6편의 시가 박두진 시인에 의해 추천

되어 문단에 데뷔.

1979년 - 홍익대학교 국어교육과 전임강사로 취임. 1982년 조교수로 승진.

1980년 - 처녀시집 『광마집(狂馬集)』을 심상사에서 출간.

1983년 - 연세대 대학원에서 「윤동주 연구」로 문학박사 학위 받음. 학위논문 『윤동주 연구』를 정음사(2005년 개정판부터 철학과현실사)에서 단행본으로 출간.

1984년 - 연세대학교 국문학과 조교수로 취임. 1988년 부교수로 승진.
  - 시선집 『귀골(貴骨)』을 평민사에서 출간.

1985년 - 문학이론서 『상징시학』을 청하출판사(2007년 개정판부터 철학과현실사)에서 출간.

1985년 - 12월에 결혼.

1986년 - 문학이론서 『심리주의 비평의 이해』를 청하출판사에서 출간.

1987년 - 평론집 『마광수 문학론집』을 청하출판사에서 출간.
  - 문학이론서 『시창작론』을 오세영 교수와 공저로 방송통신대학 출판부에서 출간.

1989년 - 에세이집 『나는 야한 여자가 좋다』를 자유문학사(2010년 개정판부터 북리뷰)에서 출간.
  - 시선집 『가자, 장미여관으로』를 자유문학사에서 출간.

- 5월부터 『문학사상』에 장편소설 『권태』를 연재하여 소설가로서의
  활동을 시작함.

1990년 - 1월에 이혼(자식 없음).

1990년 - 장편소설 『권태』를 문학사상사에서 출간(2011년 개정판부터는 책마
  루에서 출간).

- 장편소설 『광마일기』를 행림출판사(2009년 개정판부터는 북리뷰)에
  서 출간.

- 에세이집 『사랑받지 못하여』를 행림출판사에서 출간.

1991년 - 1월에 이목일, 이외수, 이두식 씨와 더불어 서울 동숭동 '나우 갤러
  리'에서 〈4인의 에로틱 아트전〉을 가짐.

- 문화비평집 『왜 나는 순수한 민주주의에 몰두하지 못할까』를 민족
  과문학사(재판부터는 사회평론사)에서 출간.

- 장편소설 『즐거운 사라』를 서울문화사에서 출간.

- 간행물윤리위원회의 판금 조치로 출판사에서 자진 수거·절판됨.

1992년 - 에세이집 『열려라 참깨』를 행림출판사에서 출간.

- 장편소설 『즐거운 사라』 개정판을 청하출판사에서 출간.

- 10월 29일, 『즐거운 사라』가 외설스럽다는 이유로 검찰에 의해 전
  격 구속되어 서울구치소에 수감됨.

- 12월 28일, 『즐거운 사라』 사건 1심에서 징역 8월에 집행유예 2년

판결을 받음.

1993년 - 2월 28일, 연세대학교에서 직위 해제됨.

1994년 - 1월에 서울 압구정동 다도 화랑에서 첫 번째 개인전을 가짐. 유화, 아크릴화, 수묵화 등 70여 점 출품.

- 『즐거운 사라』 일본어판이 아사히 TV 출판부에서 번역·출간되어 베스트셀러가 됨.

- 문화비평집 『사라를 위한 변명』을 열음사에서 출간.

- 7월 13일, '즐거운 사라' 사건 2심에서 항소 기각 판결을 받음.

1995년 - '즐거운 사라' 필화사건의 진상과 재판과정, 마광수의 문학 세계 분석 등을 내용으로 연세대 국문학과 학생회가 쓰고 엮은 『마광수는 옳다』가 사회평론사에서 출간됨.

- 6월 16일, '즐거운 사라' 사건 대법원 상고심에서 상고 기각 판결 받음. 동시에 연세대학교에서 해직되고 시간강사로 됨.

- 철학에세이 『운명』을 사회평론사(2005년 개정판부터 『비켜라 운명아, 내가 간다』로 제목을 바꿔 오늘의 책)에서 출간.

1996년 - 장편소설 『불안』을 도서출판 리뷰앤리뷰(2011년 개정판부터 제목을 『페티시 오르가즘』으로 바꿔 Art Blue)에서 출간.

1997년 - 장편에세이 『성애론』을 해냄출판사에서 출간.

- 문학이론서 『시학』을 철학과현실사에서 출간.

- 문학이론서 『카타르시스란 무엇인가』를 철학과현실사에서 출간.
- 시집 『사랑의 슬픔』을 해냄출판사에서 출간.
1998년 - 장편소설 『자궁 속으로』를 사회평론사(2010년 개정판부터 『첫사랑』으로 제목을 바꿔 북리뷰)에서 출간.
- 3월 13일에 사면·복권되고 5월 1일에 연세대 교수로 복직됨.
- 에세이집 『자유에의 용기』를 해냄출판사에서 출간.
1999년 - 철학에세이 『인간』을 해냄출판사(2011년 개정판부터 제목을 『인간론』으로 고쳐 책마루)에서 출간.
2000년 - 장편소설 『알라딘의 신기한 램프』를 해냄출판사에서 출간.
- 7월에 이른바 〈교수재임용 탈락 소동〉이 국문학과 동료교수들의 집단 따돌림으로 일어나, 배신감으로 인한 심한 우울증에 걸려 2년 반 동안 연세대를 휴직함.
2001년 - 문학이론서 『문학과 성』을 철학과현실사에서 출간.
2003년 - 강준만 외 5인이 쓴 『마광수 살리기』가 중심출판사에서 나옴.
2005년 - 에세이집 『자유가 너희를 진리케 하리라』를 해냄출판사에서 출간.
- 장편소설 『광마잡담(狂馬雜談)』을 해냄출판사에서 출간.
- 6월에 서울 인사동 인사 갤러리에서 〈마광수 미술전〉을 가짐.
- 장편소설 『로라』를 해냄출판사에서 출간.
2006년 - 2월에 일산 롯데마트 갤러리에서 〈마광수·이목일 전〉을 가짐.

- 시집 『야하디 얄라숑』을 해냄출판사에서 출간.
- 문학론집 『뼈딱하게 보기』를 철학과현실사에서 출간.
- 장편소설 『유혹』을 해냄출판사에서 출간.

2007년 - 1월에 〈색色을 밝히다〉 전시회를 서울 인사동 북스 갤러리에서 가짐.
- 시집 『빨가벗고 몸 하나로 뭉치자』를 시대의창에서 출간.
- 4월에 소설 『즐거운 사라』를 인터넷 홈페이지에 올렸다는 이유로 기소되어 벌금 200만 원 형을 판결 받음.
- 7월에 미국 뉴욕 Maxim 화랑에서 〈마광수 개인전〉을 가짐.
- 에세이집 『나는 헤픈 여자가 좋다』를 철학과현실사에서 출간.
- 문화비평집 『이 시대는 개인주의자를 요구한다』를 새빛에듀넷에서 출간.

2008년 - 문화비평집 『모든 사랑에 불륜은 없다』를 에이원북스에서 출간.
- 단편소설집 『발랄한 라라』를 평단문화사에서 출간.
- 중편소설 『귀족』을 중앙북스에서 출간.

2009년 - 연극이론서 『연극과 놀이정신』을 철학과현실사에서 출간.
- 소설집 『사랑의 학교』를 북리뷰에서 출간.
- 4월에 서울 청담동 '갤러리 순수'에서 〈마광수 미술전〉을 가짐.

2010년 - 시집 『일평생 연애주의』를 문학세계사에서 출간.

2011년 - 장편소설 『돌아온 사라』를 Art Blue에서 출간.

　　　　- 2월에 〈소년 광수 미술전〉을 서울 서교동 '산토리니 서울' 갤러리에서 가짐.

　　　　- 에세이집 『더럽게 사랑하자』를 책마루에서 출간.

　　　　- 5월에 〈마광수 초대전〉을 서울 삼청동 연 갤러리에서 가짐.

　　　　- 화문집(畵文集) 『소년 광수의 발상』을 서문당에서 출간.

　　　　- 장편소설 『미친 말의 수기』를 꿈의열쇠에서 출간.

　　　　- 산문집 『마광수의 뇌 구조』를 오늘의책에서 출간.

　　　　- 장편소설 『세월과 강물』을 책마루에서 출간.

2012년 - 육필 시선집 『나는 찢어진 것을 보면 흥분한다』를 지식을만드는지식에서 출간.

　　　　- 3월에 〈마광수 · 변우식 미술전〉을 서울 인사동 '토포 하우스'에서 가짐.

　　　　- 산문집 『마광수 인생론 : 멘토를 읽다』를 책읽는귀족에서 출간.

　　　　- 장편소설 『로라』 개정판을 『별것도 아닌 인생이』로 제목을 바꿔 책읽는귀족에서 출간.

　　　　- 시집 『모든 것은 슬프게 간다』를 책읽는귀족에서 출간.

2013년 - 소설 『청춘』을 책읽는귀족에서 출간.

　　　　- 장편 에세이 『나의 이력서』를 책읽는귀족에서 출간.

　　　　- 단편소설집 『상상 놀이』를 책읽는귀족에서 출간.

아라베스크

- 문화비평집 『육체의 민주화 선언』을 책읽는귀족에서 출간.
- 소설 『2013 즐거운 사라』를 책읽는귀족에서 출간.
- 장편에세이 『사랑학 개론』을 철학과현실사에서 출간.
- 시집 『가자, 장미여관으로』 개정판을 책읽는귀족에서 출간.
- 『마광수의 유쾌한 소설 읽기』를 책읽는귀족에서 출간.

2014년 - 『생각』을 책읽는귀족에서 출간.
- 2월에 〈마광수 초대전〉을 부천시 '라온제나 갤러리'에서 가짐.
- 옴니버스 장편소설 『아라베스크』를 책읽는귀족에서 출간.

아라베스크

초　판 1쇄 인쇄 | 2014년 2월 28일
초　판 1쇄 발행 | 2014년 3월 10일

———

지은이 | 마광수
펴낸이 | 조선우
펴낸곳 | 책읽는귀족

———

등록 | 2012년 2월 17일 제396-2012-000041호
주소 | 경기도 고양시 일산동구 백석동 현대밀라트 2차 B동 413호
전화 | 031-908-6907
팩스 | 031-908-6908
홈페이지 | www.noblewithbooks.com
트위터 | http://twtkr.com/NOBLEWITHBOOKS
E-mail | idea444@naver.com

———

책임 편집 | 조선우
표지 & 본문 디자인 | 아베끄
표지 그림 | 마광수

———

값 18,000원

ISBN 978-89-97863-24-2　03810

※ 잘못 만들어진 책은 구입하신 서점에서 바꿔드립니다.

이 도서의 국립중앙도서관 출판시도서목록(CIP)은 서지정보유통지원시스템 홈페이지
(http://seoji.nl.go.kr)와 국가자료공동목록시스템(http://www.nl.go.kr/kolisnet)
에서 이용하실 수 있습니다.(CIP제어번호: CIP2014005629)